2025

모두 풀어버리는

ALL

올풀

타임논술연구소

서경대
논술고사
핵심이론 ➕ 실전문제

서경대 논술고사

핵심이론＋실전문제
[계열공통]

인쇄일 2024년 9월 1일 3판 1쇄 인쇄
발행일 2024년 9월 5일 3판 1쇄 발행
등 록 제17-269호
판 권 시스컴 2024

발행처 시스컴 출판사
발행인 송인식
지은이 타임논술연구소

ISBN 979-11-6941-402-9 13800
정 가 17,000원

주소 서울시 금천구 가산디지털1로 225, 514호(가산포휴) │ **홈페이지** www.siscom.co.kr
E-mail siscombooks@naver.com │ **전화** 02)866-9311 │ Fax 02)866-9312

머리말

그동안 내신 모의고사 3등급 이하의 학생들이 대학에 입학하기 위한 도구로써 활용했던 대입적성검사가 폐지되고 가칭 약술형 논술고사가 새로운 대안으로 떠올랐다. 약술형 논술고사는 400~1,000자의 서술을 요구하는 상위권 대학의 작문형 논술고사가 아니라, 한두 어절이나 30~40자 이내의 한 문장 또는 빈칸 채우기 등의 단답형 논술고사이다.

약술형 논술고사는 학생들의 시험 준비부담을 덜기 위해 고교 교과과정 내에서 또는 EBS 수능연계 교재를 중심으로 출제되므로, 학생들은 별도의 사교육 부담 없이 학교 수업과 정기고사의 단답형 주관식 시험을 충실하게 준비하고, 아울러 EBS 연계 교재를 꼼꼼히 학습한다면 좋은 성과를 얻을 수 있다.

본 도서는 약술형 논술고사를 통해 대학 입학의 관문을 두드리는 학생들에게 각 대학에서 시행하는 약술형 논술고사의 출제경향과 문제흐름을 익힐 수 있도록 다음과 같은 특징들을 갖고 출간되었다.

시험장에서 바로 볼 수 있는 핵심이론

실전문제를 풀기에 앞서 각 과목별 핵심이 되는 기본 이론이나 공식들만 간추려 수록함으로써, 시험장에서 꼭 필요한 필수 이론과 공식을 암기할 수 있도록 하였다.

해당 단원을 총괄하는 대표문제

해당 단원을 가장 대표하는 예시문제를 엄선하여 모범답안, 바른해설, 채점기준에서부터 예상 소요 시간과 배점에 이르기까지 해당 대표문제에 대한 총괄적인 문항 내용을 직관적으로 파악할 수 있게 하였다.

기출유형과 100% 똑 닮은 실전문제

각 대학별 약술형 논술 유형을 철저히 분석하여 실제 시험과 문제 스타일이나 출제방식이 똑 닮은 싱크로율 100%의 실전문제를 수록하였다.

실제 시험 유형을 대비한 최신 기출문제

각 대학에서 시행한 최신 기출문제를 수록하여 학생들이 각 대학들의 논술시험 특징을 파악하고 엉뚱한 시험 범위와 잘못된 공부 방법으로 시간을 낭비하지 않도록 유도하였다.

부디 이 책이 학생들의 대학 진학에 조금이나마 도움이 되길 바라며, 아울러 수험생들의 충실한 길잡이가 되기를 기원한다.

●● 2025학년도 약술형 논술대학

[전형기초]

대학	계열	선발인원	전형방법	문항수			출제범위							고사시간	수능최저
							국어					수학			
				국어	수학	합계	독서	문학	화작	문법	기타	수학 I	수학 II		
가천대	인문	286	논술 100%	9	6	15	○	○	○	○	국어	○	○	80분	○
	자연	686		6	9										
고려대 (세종)	자연	193	논술 100%		±6	6	X	X	X	X		○	○	90분	○
삼육대	인문	40	논술 70% 교과 30%	9	6	15	○	○	○	○		○	○	80분	○
	자연	87		6	9										
상명대	인문	54	논술 90% 교과10%	8	2	10	○	○	○	○	국어	○	○	60분	X
	자연	47		2	8										
서경대	공통	216	논술 90% 교과 10%	4	4	8	○	○	X	X		○	○	60분	X
수원대	인문	135	논술 60% 교과 40%	10	5	15	○	○	X	X		○	○	80분	X
	자연	320		5	10										
신한대	인문	75	논술 90% 교과 10%	9	6	15	○	○	X	X		○	○	80분	○
	자연	49		6	9										
을지대	공통	219	논술 70% 교과 30%	7	7	14	○	○	X	○		○	○	70분	X
한국공학대	공통	290	논술 80% 교과 20%		9	9	X	X	X	X		○	○	80분	X
한국기술교대	인문	26	논술 100%	±12		12	X	X	X	X	국어 사회	○	○	80분	X
	자연	144			±10	10									
한국외대 (글로벌)	자연	66	논술 100%		7	7	X	X	X	X		○	○	90분	○
한신대	인문	108	논술 60% 교과 40%	9	6	15	○	○	X	X		○	○	80분	X
	자연	157		6	9										
홍익대 (세종)	자연	122	논술 90% 교과 10%		7	7	X	X	X	X		○	○	70분	○

●● 2025학년도 서경대 논술전형

[전형일정]

구분	일시	비고
원서접수	2024. 09. 9(월) ~ 13(금) 17:00 ※ 24시간 접수 가능	인터넷접수만 실시하며, 방문 또는 우편접수는 시행하지 않음
시험일	2024. 11. 3(일)	1. 최종 지원인원에 따라 고사시간이 오전 또는 오후 등으로 나눠질 수 있음(학과 또는 단과대학) 2. 준비물: 수험표, 신분증, 샤프 또는 연필, 지우개 등 3. 세부사항은 고사전 지원자 유의사항에서 안내
합격자 발표	2024. 12. 13(금) 17:00	1. 본교 홈페이지(www.skuniv.ac.kr) 입학안내 2. 개별 통보하지 않으므로 본인이 반드시 확인 3. 본교 홈페이지 입학안내에서 합격통지서 및 등록예치금 고지서 출력 (별도 교부 없음)
합격자 등록	2024. 12. 16(월)~18(수) 16:00까지	1. 등록방법은 추후 발표 2. 홈페이지에서 등록예치금고지서 출력 후 납부

[원서접수 방법]

순서	내용
1	인터넷원서접수 사이트에 접속 후 회원가입 및 로그인
2	원서접수 대학 중 "서경대학교" 선택
3	모집요강, 지원자유의사항, 원서접수방법 등을 확인
4	입학원서 지원사항 입력 및 확인(전형유형 및 지원학과, 인적사항 등을 반드시 확인)
5	전형료 결제(계좌이체, 무통장입금, 신용카드)
6	수험표 확인 및 출력(유의사항 포함) – 수험표 재출력 가능함
7	서류제출 대상자에 한하여 입학원서 및 봉투표지 출력 후 원서 및 해당 제출서류를 동봉하여 직접 제출 또는 등기우편 송부

※ 수험표는 출력한 후 신분증과 함께 고사 당일 반드시 지참(고사 대상자에 한함)

[원서접수 유의사항]

가. 접수가 완료되지 않은 상황에서 접속이 중단될 경우를 대비하여 충분한 시간적 여유를 가지고 접수에 임하여야 함

나. 접수 시 유의사항 및 확인문구를 반드시 확인하고 지시에 따라 빠짐없이 입력하여야 함

다. 지원자의 전화번호(전형기간 중 실제 연락 가능한 자택, 직장, 휴대전화 등 모두 기재) 및 주소를 정확히 기재하여야 함

라. 입력사항의 누락 또는 오류 등으로 발생되는 불이익에 대하여는 수험생이 그 책임을 짐

마. 인터넷 원서접수는 반드시 전형료 결제가 이루어져야 접수가 완료됨

바. 전형료 결제 이전에는 입력한 사항의 수정 및 삭제가 가능하나 결제 후에는 절대 불가함

    1) 착오로 인한 입력오류도 수정 불가하니 반드시 입력사항을 확인 후 결제하여야 함

    2) 원서접수를 완료하여 수험번호가 부여된 이후로는 학과변경 및 취소가 절대 불가하오니 신중히 접수 바람

사. 접수여부 확인 등 인터넷 원서접수와 관련된 사항은 반드시 해당 인터넷 원서접수업체에 문의

아. 원서의 입력사항이 허위이거나 지원자격의 미달, 기타 부정한 방법으로 합격 또는 입학한 사실이 확인된 경우에는 입학한 후라도 합격 또는 입학을 취소함

자. 기타 인터넷 원서접수와 관련된 자세한 사항은 해당 원서접수 업체의 안내사항을 참고하기 바람

[모집단위 및 모집인원]

대학	모집단위		모집인원
	학과(부)	전공	
미래융합대학	미래융합학부1		101
	미래융합학부2		93
	자유전공학부		22
합계			216

[지원자격]

가. 국내 고등학교 졸업자 및 졸업예정자

나. 법령에 의하여 위와 동등한 자격 이상의 학력이 있다고 인정된 자

[전형요소별 반영배점]

모집단위	전형요소별 반영배점			최저학력기준
	학교생활기록부	논술고사	총점	
미래융합학부1 미래융합학부2 자유전공학부	100	900	1,000	없음

※ 학교생활기록부 교과성적 및 논술고사 성적을 전형요소별 반영비율에 따라 합산하여 고득점자 순으로 선발함(총점은 소수점 이하 넷째자리에서 절사)

※ 고사 결시자 또는 부정행위자는 불합격 처리함

※ 지원자가 모집인원에 미달하거나 초과한 경우라도 학업능력이 현저히 부족하여 대학에서의 수학에 지장이 있다고 판단되는 자는 선발하지 않을 수 있음

[영역별 문항수 및 점수배점]

모집단위	문항(수)			문항(배점)			총점	기본점수	만점
	국어	수학	계	국어	수학	계			
미래융합학부1 미래융합학부2 자유전공학부	4	4	8	10점	10점	80점	80점 (환산점수 800점)	100점	900점

※ 인문 · 자연 등의 계열구분 없이 공통 문제로 진행

[출제범위 및 고사시간]

모집단위	출제범위	평가기준	고사시간
국어	문학, 독서	• 제시문의 핵심 내용에 대한 정확한 이해와 표현 • 문항에서 요구하는 조건에 충실한 서술 및 파악	60분
수학	수학Ⅰ, 수학Ⅱ	• 문제에 필요한 개념과 원리에 대한 정확한 서술 및 파악 • 정확한 용어, 기호를 사용한 표현	

[학생부 반영요소 및 반영비율]

가. 반영요소: 교과성적만 100% 반영함(비교과 성적, 출석점수는 반영하지 않음)
나. 학년별 반영비율: 학년별 반영비율은 적용하지 않으며, 전체 반영학기를 일괄 합산하여 반영함

[학생부 교과성적 반영방법]

가. 석차등급과 이수단위를 반영하며, 반영교과 내 본교 지정과목을 반영(진로선택, 전문교과 해당 과목은 제외)
나. 반영교과에 해당하는 과목은 본교에서 지정함(교과별 반영과목 표 참조 : NEIS 과목코드 기준)
   1) 학교생활기록부의 교과(재량, 교양 등)와 관계없이 NEIS 과목코드가 일치하면 본교 반영교과의 과목으로 인정
   2) 비온라인제공 대상자는 학교생활기록부의 과목명이 일치한 경우 본교 과목으로 인정
다. 동일과목이라도 1학기, 2학기를 각각의 과목으로 구분하여 반영함.
라. 반영과목의 성적이 없는 학기가 있을 경우, 반영과목이 있는 학기의 과목만으로 성적을 산출함
마. 전 과목 반영이 아닌 상위 과목을 반영하는 경우 석차등급이 동일할 때는 이수단위가 높은 과목을 반영함
바. 반영교과 중 과목의 성적이 전혀 없는 교과가 있는 경우, 일반학생전형은 학교생활기록부 성적이 없는 자에 준하여 처리하나, 그 외의 전형은 "0"점으로 처리한다.
사. 3학년 1학기까지 5학기 성적을 반영함
아. 반영과목의 석차등급과 이수단위가 반드시 기재되어 있어야 하며, 석차등급이 기재되어 있지 않은 교과목이 있을 경우 그 과목은 성적반영에서 제외함.
자. 학교생활기록부 온라인제공 자료의 공문 등에 의한 수정요청 사항은 일절 반영하지 않음
차. 기타 명시되어 있지 않은 사항은 본 대학 신입학전형의 입학사정원칙에 따름

[학생부 반영교과 및 반영과목]

구분	반영교과					
	기초				탐구	
	국어	영어	수학	한국사	사회	과학
공통비율 100	상위 3과목	상위 3과목	상위 3과목		상위 3과목	

[학생부 교과성적 석차등급 산출방법]

구분	석차등급	1	2	3	4	5	6	7	8	9
전모집단위	점수	100	99	98	97	96	95	90	80	60

[동점자 처리기준]

대학 \ 순위	동점자 처리기준					
	①	②	③	④	⑤	⑥
전 모집단위 (이공대학 제외)	논술고사 성적 상위자	논술고사 국어영역 성적 상위자	논술고사 수학영역 성적 상위자	학생부 국어/영어/수학 교과영역 중 성적 상위자	학생부 국어/영어/수학 교과영역 중 차상위 성적 상위자	학생부 국어/영어/수학 교과영역 중 3순위 성적 상위자
이공대학	논술고사 성적 상위자	논술고사 수학영역 성적 상위자	논술고사 국어영역 성적 상위자	학생부 국어/영어/수학 교과영역 중 성적 상위자	학생부 국어/영어/수학 교과영역 중 차상위 성적 상위자	학생부 국어/영어/수학 교과영역 중 3순위 성적 상위자

※ 전형총점이 동점일 경우 위 "동점자 처리기준"에 의거 하여 순위를 정함

[서류제출]

서류제출이 필요없는 자	가. 2017년 2월 이후 졸업(예정)자 (2017년 2월 졸업자 포함) 중 학교생활기록부자료 온라인제공에 동의한 자 나. 검정고시출신자 중 대입전형자료 온라인 제공에 동의한 자	
	구분	**제출서류**
서류제출 대상자	학교생활기록부 온라인제공 대상자 중 온라인제공 비동의자 또는 비대상교학생	① 입학원서 1부(인터넷 원서접수 후 출력하여 제출) ② 학교생활기록부(반드시 학교장 직인 날인)
	2016년 2월 이전 졸업자 ※2016년 2월 졸업자 포함	① 입학원서 1부(인터넷 원서접수 후 출력하여 제출) ② 고등학교 졸업증명서 1부 ※ 비교내신대상자이므로 학교생활기록부는 제출할 필요 없음
	고졸학력 검정고시 합격자 ※ 온라인제공 비동의 또는 비대상자	① 입학원서 1부(인터넷 원서접수 후 출력하여 제출) ② 검정고시 합격증명서 1부
	외국고교 졸업자	① 입학원서 1부(인터넷 원서접수 후 출력하여 제출) ② 외국고교 졸업증명서 1부 ※ '아포스티유확인서'를 해당대학 소재국에서 지정한 기관에서 발급받거나, 미가입국 또는 가입국이라도 발급이 어려울 경우 해당대학 소재국 한국영사관에서 '재외교육기관 확인서' 또는 '영사확인서'를 발급받아 제출

2025 올풀 서경대 논술고사를 효율적으로 학습하기 위한

● ● Study plan

영 역			날 짜	시 간
PART 1 국어 영역	I. 문학	핵심이론		
		실전문제		
	II. 독서	핵심이론		
		실전문제		
PART 2 수학 영역	수학 I	I. 지수함수와 로그함수	핵심이론		
			실전문제		
		II. 삼각함수	핵심이론		
			실전문제		
		III. 수열	핵심이론		
			실전문제		
	수학 II	IV. 함수의 극한과 연속	핵심이론		
			실전문제		
		V. 다항함수의 미분법	핵심이론		
			실전문제		
		VI. 다항함수의 적분법	핵심이론		
			실전문제		

●● 구성과 특징

핵심 이론

시험장에서 바로 볼 수 있는 핵심이론

실전문제를 풀기에 앞서 각 과목별 핵심이 되는 기본 이론이나 공식들만 간추려 수록함으로써,
시험장에서 꼭 필요한 필수 이론과 공식을 암기할 수 있도록 하였다.

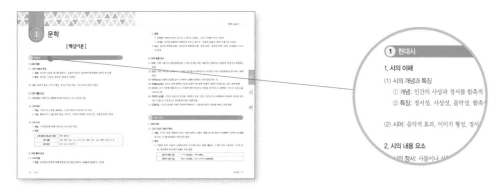

실전문제

기출유형과 100% 똑 닮은 실전문제

각 대학별 약술형 논술 유형을 철저히 분석하여
실제 시험과 문제 스타일이나 출제방식이 똑 닮
은 싱크로율 100%의 실전문제를 수록하였다.

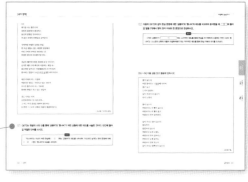

대표문제

해당 단원을 총괄하는 대표문제

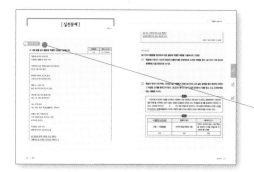

해당 단원을 가장 대표하는 예시문제를 엄선하여 모범답안, 바른해설, 채점기준에서부터 예상 소요 시간과 배점에 이르기까지 해당 대표문제에 대한 총괄적인 문항 내용을 직관적으로 파악할 수 있게 하였다.

기출문제

실제 시험 유형을 대비한 모의 또는 기출문제

각 대학에서 시행한 모의 또는 기출문제를 수록하여 학생들이 각 대학들의 논술시험 특징을 파악하고 엉뚱한 시험범위와 잘못된 공부 방법으로 시간을 낭비하지 않도록 유도하였다.

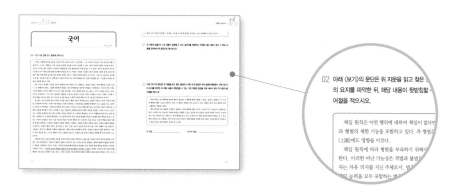

합격을 기원합니다

CONTENTS

서경대 논술고사 핵심이론 + 실전문제[계열공통]

시스컴은 여러분을 응원합니다

PART **1**

문학

[핵심이론]

1 현대시

1. 시의 이해

(1) 시의 개념과 특징

　① 개념: 인간의 사상과 정서를 함축적·운율적 언어로 압축하여 형상화한 문학의 한 갈래

　② 특징: 정서성, 사상성, 음악성, 함축성, 압축성

(2) 시어: 음악적 효과, 이미지 형성, 정서적 연상 작용, 시의 어조와 분위기 형성

2. 시의 내용 요소

(1) 시의 정서: 사물이나 상황에 부딪혀 일어나는 모든 감정과 상념

(2) 시적 화자

　① 개념: 시인의 목소리를 대변하는 시인의 제2의 자아(허구적 자아)

　② 기능: 배경 묘사, 인물 정보 제공, 이야기·사건의 객관화, 주제 강조, 작품의 분위기 형성

(3) 시의 어조

　① 개념: 시적 화자에 의해 나타나는 목소리의 특성

　② 유형

시적 화자의 목소리 지향	독백, 대화 등
시의 내용	고백, 애원, 찬양, 기도, 분개, 풍자, 해학, 관조, 교훈, 회화, 염세, 냉소 등
시의 화자	여성, 남성, 어린 아이

3. 시의 형식 요소

(1) 시의 운율

　① 개념: 규칙적인 반복에 의해 형성된 음악성을 말하며, 운(韻)과 율(律)로 구분됨

② 종류

ⓐ 외형률: 반복의 양식이 겉으로 드러나는 운율로, 고전 시가에서 주로 나타남

ⓑ 내재율: 의미와 융화되어 내밀하게 흐르는 정서적 · 개성적 운율로, 현대 시에 주로 나타남

③ 요소: 음보의 반복(음보율), 음절수의 반복(음수율), 동일 음운 · 음절의 반복, 단어, 문장(통사 구조)의 반복

4. 시의 표현 요소

(1) **비유**: 어떤 사물이나 관념(원관념)을 그것과 유사한 다른 사물이나 관념(보조 관념)과 연결시켜 표현하는 방법

(2) **상징**: 어떤 시어(보조 관념)가 그 자체의 의미를 유지하면서도 추상적인 다른 뜻(원관념)을 환기하는 표현 방법

(3) **반어(irony)**: 표현의 효과를 높이기 위하여 실제와 반대되는 뜻의 말을 하는 것

(4) **역설(paradox)**: 겉으로 보면 명백히 모순된 문장이지만 표현 속에서 나름의 진실을 담고 있는 표현 방법

(5) **이미지**: 감각 기관에 의해 떠오르는 대상에 대한 영상이나 대상을 감각적으로 표현하는 것으로 심상(心象)이라고도 함

(6) **객관적 상관물**: 시인의 사상이나 정서를 구체적인 심상, 상징, 사건 등으로 표현하여 독자들의 공감을 얻어 내는 수법으로 간접적으로 정서를 환기하는 표현 방법

(7) **감정이입**: 시인의 정서를 구체적 대상에 투영하여 그 사물과의 합치, 융화를 꾀하는 표현 방법

② 고전 시가

1. 고대 가요

(1) 고대 가요의 개념과 특징

① **개념**: 구석기 씨족 사회부터 삼국 시대 이전의 노래로, 향찰 표기의 향가가 발생하기 전까지 존재했던 모든 시가를 통칭하는 편의상의 명칭

② **특징**

ⓐ 기원과 전개: 주술적 노래에서부터 서사적인 원시 종합 예술의 시기를 거쳐 서정적인 시가로 분리, 발전하여 독자적인 갈래로 자리 잡음

| 집단적 주술 가요 | 「구지가(龜旨歌)」, 「해가(海歌)」 |
| 개인적 서정 가요 | 「황조가(黃鳥歌)」, 「공무도하가(公無渡河歌)」 |

ⓛ 문자 없이 구전되다가 한자의 습득과 더불어 한역으로 전해짐

ⓒ 배경 설화와 함께 전해짐

(2) **주요 작품**: 공무도하가(公無渡河歌), 구지가(龜旨歌), 황조가(黃鳥歌), 정읍사(井邑詞)

2. 향가

(1) 향가의 개념과 특징

① **개념**: 신라 때부터 고려 초기까지 존재했던 정형시가를 의미하며, 넓은 의미로는 중국 한시에 대한 우리나라의 노래를 의미함

② **특징**

ⓛ 표기: 한자의 음과 뜻을 빌려 순 우리말을 국어의 어순대로 적은 향찰(鄕札)로 표기

ⓒ 형식: 4구체, 8구체, 10구체

(2) 주요 작품

4구체	「서동요(書童謠)」, 「풍요(風謠)」, 「헌화가(獻花歌)」, 「도솔가(兜率歌)」
8구체	「모죽지랑가(慕竹旨郎歌)」, 「처용가(處容歌)」
10구체	「혜성가(彗星歌)」, 「원왕생가(願往生歌)」, 「원가(怨歌)」, 「제망매가(祭亡妹歌)」, 「안민가(安民歌)」, 「찬기파랑가(讚耆婆郎歌)」

3. 고려 가요

(1) 고려 가요의 개념과 특징

① **개념**: 고려 때 서민, 평민들이 부르던 민요를 궁중에서 일부 개편하여 궁중 속악으로 부른 노래가사로, 경기체가를 제외한 고려 가요를 말하는데, 향가계 가요까지도 포함된다.

② **특징**

ⓛ 형식

구조	분절체(=분연체, 연장체) 구조가 많음
후렴구	각 연마다 후렴구가 붙음(후렴구는 일정하지 않음)
운율	3 · 3 · 2조 또는 3 · 3 · 4조의 3음보 운율을 지님

ⓒ 내용: 남녀 간의 애정, 자연에 대한 예찬, 이별에 대한 아쉬움 등

(2) **주요 작품**: 동동(動動), 정석가(鄭石歌), 처용가(處容歌), 청산별곡(靑山別曲), 서경별곡(西京別曲), 가시리, 쌍화점(雙花店), 만전춘(滿殿春), 사모곡(思母曲), 상저가(相杵歌), 유구곡(維鳩曲)

4. 경기체가

(1) **개념**: 고려 중엽 이후 대두되기 시작한 신흥 사대부에 의해 향유된 시가로, 노래 말미에 반드시 '위~경긔 엇더하니잇고'라는 후렴구가 붙음

(2) **특징**

① 형식

형식	몇 개의 연이 중첩되어 한 작품을 이루는 연장(聯章) 형식
구조	분절 구조로 각 장은 4구의 전대절(前大節)과 2구의 후소절(後小節)로 나누어짐
운율	전 3구는 3 · 3 · 4조, 4 · 4 · 4조 등으로 이루어진 3음보이며, 후 3구는 4 · 4 · 4 · 4조로 4음보인 경우가 많음

② **내용**: 귀족들의 멋과 풍류, 사물이나 경치, 학식과 체험 등을 주로 노래하였으며, 고답적 · 퇴폐적 · 도피적 성격의 내용이 대부분임

(3) **주요 작품**: 한림별곡(翰林別曲), 관동별곡(關東別曲), 죽계별곡(竹溪別曲)

5. 시조

(1) **시조의 개념과 형식**

① **개념**: 고려 말에서 조선 초에 이르는 기간에 정제되어, 조선 시대와 개화기를 거쳐 현재에 이르기까지 생명력을 유지해 온 서정 시가

② 형식

평시조	3장 6구 45자 내외의 기본 형태를 가진 시조
엇시조	초장 또는 종장 중 어느 한 장이 긴 중형 시조
사설시조	3장의 의미 단락만 유지되고, 3장 중 2장 이상이 길어져 파격을 이룬 시조
연시조	2수 이상의 시조를 거듭하여 한 편의 작품을 이룬 시조

(2) **주요 작품**

① **조선 전기**: 맹사성 「강호사시사」, 이현보 「어부사」 · 「농암가」, 이황 「도산십이곡」, 이이 「고산구곡가」, 정철 「훈민가」 · 「장진주사」 등

② **조선 후기**: 박인로 「오륜가」 · 「조홍시가」, 윤선도 「견회요」 · 「어부사시사」, 안민영 「오륜가」, 작자미상 「창 내고쟈 창 내고쟈」 · 「귀또리 져 귀또리」 등

6. 가사

(1) 가사의 개념과 특징

　① 개념: 고려 말에 경기체가가 쇠퇴하면서 나타난 시가 문학으로, 조선조(朝鮮朝)에 들어와 본격적으로 전개되면서 사대부들에게 널리 향유되었던 4음보의 운문 장르

　② 특징

　　㉠ 형식: 보통 3 · 4조, 4 · 4조의 4음보 연속체로 구성(한 행의 길이는 제한이 없음)

　　㉡ 내용: 강호한정, 연주충군, 사대부 여인의 신세 한탄 등

(2) 주요 작품: 「누항사(陋巷詞)」, 「속미인곡(續美人曲)」, 「일동장유가(日東壯遊歌)」, 「농가월령가(農家月令歌)」, 「규원가(閨怨歌)」

---

3 소설

1. 소설의 이해

(1) 소설의 개념과 특징

　① 개념: 현실 세계에 있을 법한 일을 작가의 상상력에 의해 창조해 낸 허구의 이야기로, 인물이나 사건의 전개를 통일성 있게 구성하여 인생의 진리를 표현하려는 산문 문학

　　현실 세계 ⇨ 모방(창조) ⇨ 허구의 세계

　② 특징: 허구성, 개연성, 진실성, 모방성, 서사성, 산문성

(2) 소설의 요소

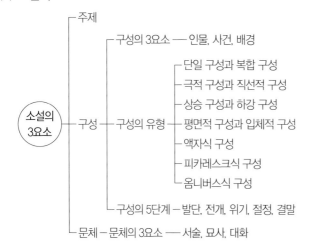

2. 주제

(1) **개념**: 작가가 작품을 통해서 전달하고자 하는 말(작품 속 중심 사상)

(2) **표현 방법**

① 작품 속에서 직접 제시 **예**고전 소설, 신경향파 소설, 카프 소설

② 갈등 구조와 해소를 통해 제시 **예**하근찬「수난 이대」, 윤흥길「장마」

③ 상징적 사물에 의해 제시 **예**이상「날개」, 이범선「오발탄」

④ 작중 인물의 대화를 통해 제시 **예**김승옥「서울, 1964년 겨울」, 이태준「해방전후」

3. 구성

(1) **개념**: 주제를 효과적으로 표현하기 위해 일정한 형식과 작가의 미적 안목에 의해 통일성 있게 구성하는 것

(2) **구성의 단계**

발단	이야기가 시작되는 부분으로 인물과 배경이 처음으로 제시되고, 주제와 사건의 실마리가 암시되는 단계
전개	사건이 구체적으로 전개되면서 갈등이 표면화되는 단계
위기	새로운 사건이 발생하기도 하고, 갈등이 고조되고 심화되는 단계
절정	갈등이 최고조에 이르고, 사건 해결의 분기점이 되는 단계
결말	갈등과 위기가 해소되고, 등장인물의 운명이 분명해지는 단계

4. 인물

(1) **개념**: 소설에서 행위나 사건을 수행하는 주체

(2) **인물의 성격 제시 방법**

직접적 제시(분석적, 논평적 제시)	간접적 제시(극적, 장면적 제시)
말하기(telling), 설명적	보여주기(showing), 묘사적
인물의 성격이나 특성을 서사, 서술을 사용하여 설명함	인물의 성격이나 특성을 행동, 대화, 장면의 묘사를 통해 보여줌
서술이 간단하고 시간이 절약됨	구체적이고 감각적인 묘사로 독자의 상상적 참여가 가능함
구체성을 잃고 추상적 설명으로 흐르기 쉬운 단점이 있음	표현상의 제약이 있음

5. 갈등(사건)

(1) **개념**: 등장인물이 겪게 되는 대립적 관계로서, 한 인물의 내부적 혼란이나 그를 둘러싼 외적인 요소 간의 대립

(2) **갈등의 양상**

내적 갈등		개인 내부의 심리적 모순에 의한 내적 갈등
외적 갈등	개인과 개인	주인공과 그와 대립하는 인물 간의 갈등
	개인과 사회	개인과 개인이 속해 있는 사회적 환경과의 갈등
	개인과 운명	개인과 인간의 조건과의 대결에서 오는 갈등

6. 시점과 거리

(1) **시점의 개념**: 서술의 진행 양상을 바라보는 서술자의 각도와 위치를 말하며, 서술자의 위치나 태도에 따라 시점은 달라짐

(2) **시점의 종류**
   ① **1인칭 주인공 시점**: 주인공이 자기 자신의 이야기를 하는 시점
   ② **1인칭 관찰자 시점**: '나'가 관찰자의 입장에서 주인공에 대해 이야기하는 시점
   ③ **전지적 작가 시점**: 작가(서술자)가 전지전능한 위치에서 인물의 심리나 행동을 분석하여 서술하는 시점
   ④ **작가 관찰자 시점**: 서술자가 외부 관찰자의 입장에서 이야기를 서술하는 시점

④ 기타 문학의 갈래

1. 수필

(1) **수필의 개념** : 인생이나 자연의 모든 사물에서 보고, 듣고, 느낀 것이나 경험한 것을 형식과 내용상의 제한을 받지 않고 붓 가는 대로 쓴 글

(2) **수필의 종류**
   ① **경수필** : 일정한 격식 없이 개인적 체험과 감상을 자유롭게 표현한 수필로 주관적, 정서적, 자기 고백적이며 신변잡기적인 성격이 담김
   ② **중수필** : 일정한 격식과 목적, 주제 등을 구비하고 어떠한 현상을 표현한 수필로 형식적이고 객관적

이며 내용이 무겁고, 논증, 설명 등의 서술 방식을 사용

③ **서정적 수필** : 일상생활이나 자연에서 느낀 정서나 감정을 솔직하게 주관적으로 표현한 수필

④ **교훈적 수필** : 인생이나 자연에 대한 지은이의 체험이나 사색을 담은 교훈적 내용의 수필

2. 희곡

(1) 희곡의 정의와 특성

① **희곡의 정의** : 희곡은 공연을 목적으로 하는 연극의 대본, 등장인물들의 행동이나 대화를 기본 수단으로 하여 관객들을 대상으로 표현하는 예술 작품

② **희곡의 특성**

㉠ 무대 상연을 전제로 한 문학 : 공연을 목적으로 창작되었기 때문에 여러 가지 제약(시간, 장소, 등장인물의 수)이 따름

㉡ 대립과 갈등의 문학 : 희곡은 인물의 성격과 의지가 빚어내는 극적 대립과 갈등을 주된 내용으로 함

㉢ 현재형의 문학 : 모든 사건을 무대 위에서 배우의 행동을 통해 지금 눈앞에 일어나는 사건으로 현재화하여 표현함

(2) 희곡의 구성 요소와 단계

① **희곡의 구성 요소**

㉠ 해설 : 막이 오르기 전에 필요한 무대 장치, 인물, 배경(때, 곳) 등을 설명한 글로, '전치 지시문'이라고도 함

㉡ 대사 : 등장인물이 하는 말로, 인물의 생각, 성격, 사건의 상황을 드러냄

㉢ 지문 : 배경, 효과, 등장인물의 행동(동작이나 표정, 심리) 등을 지시하고 설명하는 글로, '바탕글'이라고도 함

㉣ 인물 : 희곡 속의 인물은 의지적, 개성적, 전형적 성격을 나타내며 주동 인물과 반동 인물의 갈등이 명확히 부각됨

② **희곡의 구성 단계**

㉠ 발단 : 시간적, 공간적 배경과 인물이 제시되고 극적 행동이 시작됨

㉡ 전개 : 주동 인물과 반동 인물 사이의 갈등과 대결이 점차 격렬해지며, 중심 사건과 부수적 사건이 교차되어 흥분과 긴장이 고조

㉢ 절정 : 주동 세력과 반동 세력 간의 대결이 최고조에 이름

㉣ 반전 : 서로 대결하던 두 세력 중 뜻하지 않은 쪽으로 대세가 기울어지는 단계로, 결말을 향하여 급속히 치닫는 부분

ⓑ 대단원 : 사건과 갈등의 종결이 이루어져 사건 전체의 해결을 매듭짓는 단계

> **TIP**
>
> 〈희곡의 구성단위〉
> - 막(幕, act) : 휘장을 올리고 내리는 데서 유래된 것으로, 극의 길이와 행위를 구분
> - 장(場, scene) : 배경이 바뀌면서, 등장인물이 입장하고 퇴장하는 것으로 구분되는 단위

---

(3) 희곡의 갈래

① **희극(喜劇)** : 명랑하고 경쾌한 분위기 속에 인간성의 결점이나 사회적 병폐를 드러내어 비판하며, 주인공의 행복이나 성공을 주요 내용으로 삼는 것으로, 대개 행복한 결말로 끝남

② **비극(悲劇)** : 주인공이 실패와 좌절을 겪고 불행한 상태로 타락하는 결말을 보여 주는 극

③ **희비극(喜悲劇)** : 비극과 희극이 혼합된 형태의 극으로 불행한 사건이 전개되다가 나중에는 상황이 전환되어 행복한 결말을 얻게 되는 구성 방식

④ **단막극** : 한 개의 막으로 이루어진 극

(4) 희곡의 제약

① 희곡은 무대 상연을 전제로 하기 때문에 시간적, 공간적 제약을 받음

② 등장인물 수가 한정

③ 인물의 직접적 제시가 불가능, 대사와 행동만으로 인물의 삶을 드러냄

④ 장면 전환의 제약을 받음

⑤ 서술자의 개입 불가능, 직접적인 묘사나 해설, 인물 제시가 어려움

⑥ 내면 심리의 묘사나 정신적 측면의 전달이 어려움

3. 시나리오(Scenario)

(1) 시나리오의 정의와 특징

① **시나리오의 정의** : 영화나 드라마 촬영을 위해 쓴 글(대본)을 말하며, 장면의 순서, 배우의 대사와 동작 등을 전문 용어를 사용하여 기록

② **시나리오의 특징**

㉠ 등장인물의 행동과 장면의 제약 : 예정된 시간에 상영될 수 있도록 해야 함

㉡ 장면 변화와 다양성 : 장면이 시간이나 공간의 제약 없이 자유자재로 설정

㉢ 영화의 기술에 의한 문학 : 배우의 연기를 촬영해야 하므로, 영화와 관련된 기술 및 지식을 염두에 두고 써야 함

(2) 시나리오의 갈래

    ① 창작(original) 시나리오 : 처음부터 영화 촬영을 목적으로 쓴 시나리오

    ② 각색(脚色) 시나리오 : 소설, 희곡, 수필 등을 시나리오로 바꾸어 쓴 것

    ③ 레제(lese) 시나리오 : 상영이 목적이 아닌 읽기 위한 시나리오

(3) 시나리오와 희곡의 공통점

    ① 극적인 사건을 대사와 지문으로 제시

    ② 종합 예술의 대본, 즉 다른 예술을 전제로 함

    ③ 문학 작품으로 작품의 길이에 어느 정도 제한을 받음

    ④ 직접적인 심리 묘사가 불가능

[실전문제]

해답 p.224

 대표문제

▶ **다음 글을 읽고 물음에 적절한 대답을 진술하시오.**

배점(총점)	예상 소요 시간
10점	5분 / 전체 80분

창밖에 밤비가 속살거려
육첩방(六疊房)은 남의 나라

시인이란 슬픈 천명(天命)인 줄 알면서도
한 줄 시를 적어 볼까

땀내와 사랑내 포근히 품긴
보내 주신 학비 봉투를 받아

대학 노−트를 끼고
늙은 교수의 강의 들으러 간다.

생각해 보면 어린 때 동무를
하나, 둘, 죄다 잃어버리고

나는 무얼 바라
나는 다만, 홀로 침전(沈澱)하는 것일까?

인생은 살기 어렵다는데
시가 이렇게 쉽게 씌어지는 것은
부끄러운 일이다.

육첩방은 남의 나라
창밖에 밤비가 속살거리는데

[A] 등불을 밝혀 어둠을 조금 내몰고
시대처럼 올 아침을 기다리는 최후의 나

[B] 나는 나에게 적은 손을 내밀어
눈물과 위안으로 잡는 최초의 악수.

– 윤동주, 「쉽게 씌어진 시」 (1946)

[예시문제]

〈보기〉의 비평문을 참고하여 다음 질문에 적절한 내용을 기술하시오. (20점)

01 윗글에서 화자가 자신의 현실적 상황인식을 단정적으로 드러낸 부분을 찾아 〈보기〉의 ㉠에 하나의 명제화된 진술 문장으로 쓰시오.

02 윗글의 작자가 추구하는 가치의식을 이해하기 위해 〈보기〉의 ㉡과 같은 표현을 찾아 해석적 의미와 그 타당한 근거를 밝히고자 한다. 〈조건〉의 예시와 같이 [A]와 [B]에서 (가)를 찾고, (나), (다)에 해당하는 내용을 쓰시오.

보기

　시인으로서 자신의 소명을 인식하고 수용하는 것은 단순하고 쉬운 일이 아니었다. 윤동주에게 "시인이란 슬픈 천명"을 수락하는 것은 수없는 성찰과 망설임과 회의와 고뇌, 두려움과 용기를 통과하여 이루어진 것이다. 그러므로 여기서 '(㉠).'는 것은 역설이자 반어이다. 시적 표현의 측면에서 시인은 ㉡대립적 이미지의 시어를 활용하여 이러한 역설적 상황 인식과 내면적 고뇌의 극복의지를 드러내고 있다.

조건

㉡대립적 시구(시어)	함축적 의미	해석의 근거
어둠 ↔ 아침(등불)	비극적 현실:미래의 지향	미래가 보이지 않는 시대 현실을 오히려 다가올 아침으로 인식하려 했기 때문
(가)	(나)	(다)

모범답안 01 시가 쉽게 씌여진다

02 (가) 최후의 나 ↔ 최초의 악수

(나) 불행한 현실 상황 속의 자아 인식: 자아긍정을 통한 극복의지의 표명

(다) 비극적 존재 현실에 대한 운명적 수긍과 결연한 극복 의지를 표명함으로써 새로운 출발점을 자각할 수 있다고 생각하였기 때문

바른해설 작품의 해석 과정에서 함축적 시어를 통한 표현에 내재된 시인의 가치의식을 추론해보고, '역설적 상황인식'이라는 시인의 존재성을 인식적으로 공유하는 공감적 소통의 수용과 그 논리적 근거를 밝힐 수 있도록 한다.

채점기준

답안	배점
01, 02 – (가), (나), (다) 항 모두 정답인 경우 *각 답안별 5점 만점	20점
01, 02 – (가), (나), (다) 항 중 세 항목 정답인 경우	15점
01, 02 – (가), (나), (다) 항 중 두 항목 정답인 경우	10점
01, 02 – (가), (나), (다) 항 중 한 항목 정답인 경우	5점
01, 02 – (가), (나), (다) 항 중 모두 오답인 경우	0점
01 시 본문의 구절 그대로 쓴 경우(시가 이렇게 쉽게 씌여지는 것은 부끄러운 일이다) : 1점 감점 * "시가 이렇게 쉽게 씌여진다"만 쓴 경우 만점 처리 02 (가) 한 단어의 시어로만 제시한 경우 (최후/최초) : 1점 감점 * 위 두 시어 모두 제시 경우 만점 처리 (나) '운명적 존재인식 : 자아의 화해, 희망' : 1점 감점 * 역설적 자아인식을 드러낸다는 취지에서 함축적 의미를 해석했으면 인정, 만점 처리. (다) '최후' '최초'에 담긴 함축적 의미(시인의 현실인식)를 밝혔으면 인정, 만점 처리 * 상호 관련이 없이 대립적 시구 각각의 의미 근거만 밝힌 경우 : 1점 감점	공통사항

〈2023학년도 서경대 논술 모의문제〉

[01~02] 다음 글을 읽고 물음에 답하시오.

(가)

금붕어는 어항 밖 대기(大氣)를 오를래야 오를 수 없는 하늘이라 생각한다.
금붕어는 어느새 금빛 비눌을 입었다 빨간 꽃 잎파리 같은
꼬랑지를 폈다. 눈이 가락지처럼 삐여저 나왔다.
인젠 금붕어의 엄마도 화장한 따님을 몰라 볼게다.

금붕어는 아침마다 말숙한 찬물을 뒤집어 쓴다 떡가루를
흰손을 천사(天使)의 날개라 생각한다. 금붕어의 행복은
어항 속에 있으리라는 전설(傳說)과 같은 소문도 있다.

금붕어는 유리벽에 부대처 머리를 부시는 일이 없다.
얌전한 수염은 어느새 국경(國境)임을 느끼고 아담하게
꼬리를 젓고 돌아선다. ⓐ지느러미는 칼날의 흉내를 내서도
항아리를 끊는 일이 없다.

아침에 책상우에 옴겨 놓으면 창문으로 비스듬이 햇볕을 녹이는
붉은 바다를 흘겨본다. 꿈이라 가르켜진
그 바다는 넓기도 하다고 생각한다.

금붕어는 아롱진 거리를 지나 어항 밖 대기(大氣)를 건너서 지나해(支那海)의
한류(寒流)를 끊고 헤엄처 가고 싶다. 쓴 매개를 와락와락
삼키고 싶다. 옥도(沃度)빛 해초(海草)의 산림속을 검푸른 비눌을 입고
상어(鰤漁)에게 쪼겨댕겨 보고도 싶다.

금붕어는 그러나 작은 입으로 하늘보다도 더 큰 꿈을 오므려
죽여버려야 한다. 배설물(排泄物)의 침전(沈澱)처럼 어항 밑에는
금붕어의 연령(年齡)만 쌓여간다.
금붕어는 오를래야 오를 수 없는 하늘보다도 더 먼 바다를
자꾸만 돌아가야만 할 고향(故鄕)이라 생각한다.

– 김기림, 「금붕어」

*지나해: 일본에서 말레이반도 남단에 이르는 태평양 해역

(나)
현기증 나는 활주로의
최후의 절정에서 흰나비는
돌진의 방향을 잊어버리고
피 묻은 육체의 파편들을 굽어본다

기계처럼 작열한 심장을 축일
한 모금 샘물도 없는 허망한 광장에서
어린 나비의 안막을 차단하는 건
투명한 광선의 바다뿐이었기에—

진공의 해안에서처럼 과묵한 묘지 사이사이
숨가쁜 제트기의 백선과 이동하는 계절 속—
불길처럼 일어나는 인광(燐光)의 조수에 밀려
흰나비는 말없이 ⓑ이즈러진 날개를 파닥거린다

하얀 미래의 어느 지점에
아름다운 영토는 기다리고 있는 것인가
푸르른 활주로의 어느 지표에
화려한 희망은 피고 있는 것일까

신도 기적도 이미
승천하여버린 지 오랜 유역—
그 어느 마직 종점을 향하여 흰나비는
또 한번 스스로의 신화와 더불어 대결하여본다

— 김규동, 「나비와 광장」

01 〈보기〉는 윗글의 ⓐ와 ⓑ를 통해 '금붕어'와 '흰나비'가 처한 상황에 대한 태도를 서술한 것이다. 빈칸에 들어갈 적절한 단어를 쓰시오.

보기

'지느러미'는 자신이 처한 현실에 (①)하는 '금붕어'의 태도를 나타내며, '이즈러진 날개'는 현대 문명에 의해 (②) 받는 '흰나비'의 모습을 나타낸다.

02 다음의 〈보기〉와 같이 현실 문명에 대한 '금붕어'와 '흰나비'의 태도를 비교하여 분석했을 때, ⬚㉠⬚ 에 들어 갈 말을 (가)에서 찾아 25자 이내의 한 문장으로 완성하시오.

> **보기**
>
> (가)의 '금붕어'가 '⬚⬚⬚㉠⬚⬚⬚'라는 소극적인 태도를 통해 현실을 무기력하게 수용하는 반면, (나)의 '흰 나비'는 '스스로의 신화와 더불어 대결하여본다'라는 적극적인 태도를 통해 현실 극복의 의지를 드러낸다.

[03~04] 다음 글을 읽고 물음에 답하시오.

헌사한 조화옹이 산천을 빚어낼 때
낙은암(樂隱岩) 깊은 골을 날 위하여 삼겨시니
산봉우리도 빼어나고 경치도 뛰어나다
어와 주인옹이 명리(名利)에 뜻이 없어
진세를 하직하고 암혈에 깃들이니
내 생애 담백한들 분수이니 상관하랴
농환재(弄丸齋) 맑은 창에 주역을 점검하니
소장진퇴*는 성훈*이 밝아 있고
낙천지명*은 경계도 깊어세라
달을 희롱하고 말 잊고 앉았으니
천지를 몇 번이나 왕래한고
장금을 빗기 안아 슬상*에 놓아두고
평우조(平羽調) 한 소리를 보허사(步虛詞)에 섞어 타며
긴 가사 짧은 노래 천천히 불러 낼 때
유연이 흥이 나니 세상 걱정 전혀 없다
남촌의 늙은 벗님 북린의 젊은이들
송단에 섞어 앉아 차례 없이 술을 부어
두세 잔 기울이고 무슨 말을 하옵나니
앞 논에 벼가 좋고 뒷내에 고기 많데
춘산에 비 온 후에 미궐*도 살졌다네
한중의 이런 말씀 소일이 족하거니

분분한 한 시비(是非)야 귓결엔들 들릴쏘냐

해당화 깊은 곳에 낚싯대 메고 내려가며

어부사(漁父詞) 한 곡조를 바람결에 흘려 불러

목동의 피리 소리에 넌지시 화답하니

석양 방초(芳草) 길에 걸음마다 더디구나

┌ 동풍이 건듯 불어 세우를 재촉하니

　도롱이 걸치고서 바위에 앉으니

　용면*을 불러내어 이 형상 그리고쟈

　영욕을 불관하니 세사를 내 알더냐

　주육(酒肉)에 빠진 분들 부귀를 자랑 마오

　여름날 더운 길의 홍진* 간에 분주하며

　겨울밤 추운 새벽 대루원*에 서성이니

[A] 자네는 좋다 하나 내 보기엔 괴로워라

　어와 내 신세를 내 말하니 자네 듣소

　삼복에 날 더우면 백우선(白羽扇) 높이 들고

　풍령*에 기대 다리 펴고 누웠으니

　편안한 이 거동을 그 누가 겨룰쏘냐

　동지 밤 눈 온 후에 더운 방에 이불 덮고

　목침을 돋워 베고 해 돋도록 잠을 자니

└ 편함도 편할시고 고단함 있을쏘냐

삼공이 귀타 하나 나는 아니 바꾸리라

값으로 따진다면 만금인들 당할쏜가

보리밥 맛 들이니 팔진미 부럽잖고

헌 베옷이 알맞으니 비단 가져 무엇 할까

(중략)

옥류폭(玉流瀑) 노한 물살 돌을 박차 떨어지니

합포의 명월주를 옥반에 굴리는 듯

은고리 수정렴을 난간에 걸었는 듯

티끌 묻은 긴 갓끈을 탁영호(濯纓湖)에 씻어 내니

귀 씻던 옛 할아비* 자네 혼자 높을쏘냐

반곡천(盤谷川) 긴긴 굽이 초당을 둘렀으니

드넓은 저 강물아 세상으로 가지 마라

연사*에 막대 짚어 무릉계(武陵溪) 내려가니

양안의 나는 도화(桃花) 붉은 안개 자욱하다

물 위에 뜬 꽃을 손으로 건진 뜻은

춘광을 누설하여 세간에 전할세라

단구(丹丘)를 넘어 들어 자연뢰(紫煙瀨) 지나가니

향로봉 남은 안개 햇빛에 비치었다

구변담(鷗邊潭) 고인 물이 거울처럼 맑구나
속세 잊은 저 백구(白鷗)야 너와 나와 벗이 되어
물가에 노닐면서 세상을 잊자꾸나
청학동(青鶴洞) 좁은 길로 선부연(仙釜淵) 찾아가니
반고씨 적 생긴 가마 제작도 공교하다
형산에 만든 솥을 뉘라셔 옮겨 왔나
석간에 걸린 폭포 상하연에 떨어지니
공연한 벼락 소리 대낮에 들리는고
계산*에 취한 흥이 해 지는 줄 잊었는데
쌍계암(雙溪庵) 먼 북소리 갈 길을 재촉하네
퉁소에 봄을 담아 유교(柳橋)로 돌아드니
서산(西山)의 상쾌한 기운 사의당*에 이어졌네
어와 우리 형님 환정*이 전혀 없어
공명을 사양하고 삼족와*로 돌아오니
재앙의 남은 물결 신변에 미칠쏘냐
긴 베개 높이 베고 두 노인이 나란히 누워
슬하의 모든 자손 차례로 늘어서니
먹으나 못 먹으나 이 아니 즐거운가
아마도 수석에 소요하여 남은 세월 마치리라

– 남도진 「낙은별곡」

*소장진퇴: 세상사가 변화하는 이치. 음양의 이치.
*성훈: 성현의 교훈.
*낙천지명: 천명을 깨달아 즐기면서 이에 순응함.
*슬상: 무릎 위.
*미궐: 고비와 고사리.
*용면: 송나라 때 화가 이공린.
*홍진: 번거롭고 속된 세상을 비유적으로 이르는 말.
*대루원: 이른 아침에 대궐로 들어가려는 사람이 대궐 문이 열리기를 기다리던 곳.
*풍령: 바람이 시원한 창가.
*귀 씻던 옛 할아비: 중국 요임금 시절의 은사인 허유.
*연사: 안개가 낀 모래사장 또는 물가.
*계산: 시내와 산.
*사의당: 남도진의 형인 남도규의 서재 당호(堂號).
*환정: 벼슬을 하고 싶어 하는 마음.
*삼족와: 남도진의 형인 남도규의 서재 당호.

PART 1
국어

PART 2
수학

PART 3
해답

03 다음의 〈보기〉를 참고하여 윗글을 감상할 때, 밑줄 친 ⓐ에 해당하는 시행 두 곳을 찾아 적으시오.

> 보기
>
> 18세기에 창작된 강호 가사인 「낙은별곡」에서는 이전의 강호 가사에 흔히 나타나는 자연물에 도덕적 이상을 투영하거나 벼슬에 미련을 보이는 태도는 찾을 수 없다. 이 작품의 작가는 수도인 한양을 벗어나 한양에서 가까운 한적하고 아름다운 장소를 골라 거주한 것으로 알려져 있다. 작가는 ⓐ세속적 명리에 얽매이지 않고 소박하게 살아가는 삶에 대한 자부심을 드러내고 있다. 그리고 형의 가족과 자기 가족이 모여 사는 상황과 가문의 화목을 추구하는 모습을 구체적으로 나타내고 있는데, 이는 현실에서 만족을 얻으려는 현실 지향적 태도를 형상화한 것으로 볼 수 있다.

① _____

② _____

04 [A]에 나타난 화자의 태도를 다음의 '핵심어'를 사용하여 30자 이내의 한 문장으로 밝히시오.

핵심어: 대조

[05~06] 다음 글을 읽고 물음에 답하시오.

> 풀이 눕는다.
> 비를 몰아오는 ㉠동풍에 나부껴
> 풀은 눕고
> 드디어 울었다.
> 날이 흐려서 더 울다가
> 다시 누었다.

풀이 눕는다.
바람보다도 더 빨리 눕는다.
바람보다도 더 빨리 울고
바람보다 먼저 일어난다.

날이 흐리고 풀이 눕는다.
발목까지
발밑까지 눕는다.
바람보다 늦게 누워도
바람보다 먼저 일어나고
바람보다 늦게 울어도
바람보다 먼저 웃는다
날이 흐리고 풀뿌리가 눕는다.

— 김수열, 「풀」

05 다음의 〈보기〉는 위 작품에 나타난 풀의 대립적 행위와 반복적 효과를 도식화한 것이다. ⓐ와 ⓑ에 들어갈 시어와, ⓒ에 들어갈 내용을 쓰시오.

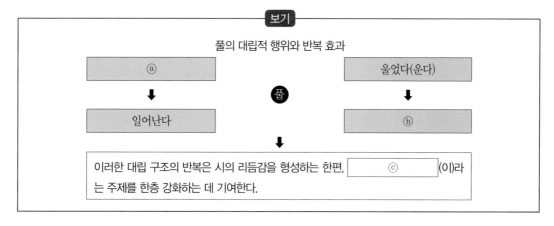

보기

풀의 대립적 행위와 반복 효과

ⓐ		울었다(운다)
↓	풀	↓
일어난다		ⓑ

↓

이러한 대립 구조의 반복은 시의 리듬감을 형성하는 한편, ⓒ (이)라는 주제를 한층 강화하는 데 기여한다.

06 다음 〈보기〉의 시어 중 ①의 '동풍'과 유사한 시적 기능을 하는 시어를 골라 제시하시오.

> 보기

벼는 서로 어우러져
기대고 산다.
햇살 따가워질수록
깊이 익어 스스로를 아끼고
이웃들에게 저를 맡긴다.

서로가 서로의 몸을 묶어
더 튼튼해진 백성들을 보아라.
죄도 없이 죄지어서 더욱 불타는
마음들을 보아라. 벼가 춤출 때,
벼는 소리 없이 떠나간다.

벼는 가을 하늘에도
서러운 눈 씻어 맑게 다스릴 줄 알고
바람 한 점에도
제 몸의 노여움을 덮는다.
저의 가슴도 더운 줄을 안다.

벼가 떠나가며 바치는
이 넓디넓은 사랑,
쓰러지고 쓰러지고 다시 일어서서 드리는
이 피 묻은 그리움,
이 넉넉한 힘······

– 이성부, 「벼」

[07~08] 다음 글을 읽고 물음에 답하시오.

"우리 모자가 다니다가 또 무슨 화를 볼지 모르오니 절을 찾아 의지함이 어떠하니이꼬?"

부인이 웅의 말을 옳게 여겨 사찰을 찾아갈새, 이때 웅의 나이 십이 세라. 종일 걸어 다니다가 나무 그늘에 앉아 쉬는데, 한 도승이 지나거늘 웅이 합장 배례(合掌拜禮)하고 말했다.

"소승(小僧)은 사부(師父)를 모시고 정처 없이 다니는 걸승(乞僧)이라 바라건대 대사는 구하소서."

대사가 황망히 답례하고 말했다.

"빈승(貧僧)이 별호는 월정이라 하옵거니와, 공자가 두병의 난을 피한 줄 알았으나 멀리 맞지 못하였나니이다."

웅이 크게 놀라 말했다.

"어찌 자세히 아나니이꼬?"

도사가

"우리 연분이 있으매 어찌 모르리오?"

하고 공자와 부인을 모셔 본사(本寺)로 돌아가니, 여러 승려가 다 배례하였다.

부인이

"인간 유락(流落)한 사람이 선경을 구경하니 외람하도다."하니, 승려가 고마워하며

"십 년 전에 부인께옵서 천금을 주셔 이 절을 수리하였으니 어찌 큰 공이 아니리이꼬?"

하더라.

월정이 공자를 데리고 글과 술법을 가르쳤는데, 이때 웅의 나이 십사 세라. 술법을 배움에 무불통지(無不通知)라. 하루는 웅이 생각하되,

'내 이제 기탄(忌憚)이 없으니 산문(山門)에 나가 황성 소식을 알아보리라.'

하고 모친께 고하니, 모친이 말했다.

"너를 보내고 내 어찌 홀로 있으리오. 네 스승께 고하고 경솔이 굴지 말라."

웅이 물러와 대사께 사연을 고하니, 대사가 크게 기뻐하며 말했다.

"네 술법(術法)이 족히 염려 없으니 수이 돌아와 모친을 모시라."

웅이 사례하고 모친께 하직하고 이어서 절 문밖으로 나서니 거리낄 바가 없는지라. 강호 땅에 이르러 물정(物情)을 구경하더니, 한 노인이 삼척장검(三尺長劍)을 팔에 걸고 앉았거늘, 웅이 그 칼을 보고 가지고 싶으나 푼돈이 없는 고로 칼만 보고 앉았더니, 날이 저물매 노인이 칼을 넣고 가거늘, 이튿날 또 저자에 가니 노인이 또 앉았더라. 웅이 자세히 보기만 하고 저물면 주막에 돌아와 잠을 이루지 못하더니, 하루는

'월정에게 이 말을 하여 값을 취하리라.'

하고 또 나가 보았다. 노인이 칼을 걸고 앉았거늘, 가까이 가 자세히 보니 칼 곁에 조웅검(趙雄劍)이라 하였더라. 웅이 보고 여취여성(如醉如醒)하여 노인께 절하고 칼값을 물으니, 노인이 얼마간 보다가 웅의 손을 잡고 말하길

"그대 조웅이 아니냐?"

하니, 웅이 답하여 말했다.

"어찌 아시나이꼬?"

노인이

"하늘이 보검을 주시매 임자를 찾으러 두루 다니더니, 수월 전에 장성(張星)이 강호에 비치거늘, 이곳에 와 기다리되 끝내 만나지 못하매 괴이히 여겨 다시 천문(天文)을 보니 장성은 떠나지 아니하나 행색이 곤핍(困乏)하기로 개걸(丐乞)하는 줄 짐작하였으나 어찌 늦게 오뇨?"

하고 칼을 주거늘, 웅이 재배하고 말했다.

"이런 보배를 주시되 값이 없으니 어찌하리이꼬?"

노인이 웃으며

"어찌 값을 의논하리오?"

하고

"그대는 진심갈력(盡心竭力)하여 광산 도사를 찾아 술법을 배우라."

하고 당부하고 가더라. 웅이 배별(拜別)하고 여러 날 만에 광산에 들어가 도사를 찾아 배례하니, 도사가 말하길,

"그대 이 험한 길에 나를 찾으니 그 정성은 알거니와 무엇을 배우고자 하느뇨?"

하니, 웅이 재배하며 말했다.

"배운 바가 없삽기로 의사(意思)를 보고 열고자 하나니이다."

도사 웃고

"그대는 장부인데 어찌 모르리오?"

하고 천문·지리와 육도삼략(六韜三略)을 가르쳤더니 수년 내에 재주가 능통한지라.

하루는 벽력같은 소리가 들리거늘, 웅이 놀라

"이 무슨 소리니까?"

하니, 도사가 말했다.

"수년 전에 망아지 하나를 얻으니 심히 사나워 근심하노라."

웅이 곧 가 보니 과연 말의 털 빛깔이 가을 물결 같은지라.

고삐를 이끄니 그 말이 웅을 오래 보다가 고개를 숙이거늘, 웅이 반겨 말값을 묻거늘, 도사가 말했다.

"하늘이 용총(龍驄)을 내시매 자연 임자를 주나니 어찌 값을 말하리오?"

– 작자 미상, 「조웅전」

07 윗글에서 조웅이 성장하는 데에 모친 외에 조력자로서의 역할을 담당하고 있는 인물들을 모두 제시하시오.

08 윗글에서 월정 대사가 조웅을 만나기 이전에 이미 조웅의 모친과 특별한 인연이 있었음을 나타내는 대목을 찾아 35자 이내의 한 문장으로 진술하시오.

[09~10] 다음 글을 읽고 물음에 답하시오.

홍랑이 다시 공중을 향해 두 손으로 쌍검을 받고 바람과 같이 몸을 돌려 말 위에서 춤추며 사방으로 내달리니, 휘날리는 흰 눈이 공중에 나부끼는 듯하고 조각조각 떨어진 꽃잎이 바람 앞에 날리는 듯하더니, 갑자기 한 줄기 푸른 기운이 안개같이 일어나며 사람과 말이 점점 보이지 않더라. 소유경이 크게 놀라 방천극을 들고 동쪽으로 충돌하면 무수한 부용검이 공중에서 떨어져 내려오고, 서쪽으로 충돌해도 무수한 부용검이 공중에서 떨어져 내려오니, 소유경이 허둥지둥해 우러러보니 무수한 부용검이 하늘에 흩어져 있고, 굽어보니 무수한 부용검이 땅에 가득 차 있어 칼날 천지에서 벗어날 길이 없으매, 정신이 혼미하고 진퇴할 길이 없어 마치 구름과 안개 사이에 있는 듯하더라.

소유경이 하늘을 우러러 탄식해, / "내가 어찌 이곳에서 죽을 줄 알았으리오?"

방천극을 들어 푸른 기운을 헤쳐 나가고자 하는데, 갑자기 공중에서 낭랑하게 외치는 소리가 들리더라.

"명나라의 이름난 장수를 내 손으로 죽임은 의리가 아니라. 살길을 마련해 주노니, 장군은 원수에게 돌아가 빨리 대군을 거두어 돌아가도록 아뢰어라."

말을 마치매 푸른 기운이 점차 사라지고, 홍랑이 다시 부용검을 들고 웃으며 바람에 나부끼듯 본진으로 돌아가니, 소유경이 감히 쫓지 못하고 돌아와 양 원수를 뵙고 숨을 헐떡이며 망연자실하더라.

"제가 비록 용렬하나 병서를 여러 줄 읽고 무예를 약간 배워, 전쟁터에 나서면서 겁낸 적이 없고 적을 대해 용맹을 떨쳤나이다. 그런데 오늘 남만 장수는 사람이 아니요 분명 하늘 위의 신으로, 바람같이 빠르고 번개같이 급해 어지럽고 황홀해 헤아리기 어려우니, 붙잡고자 하나 붙잡을 수 없고 도망가고자 하나 피하기 어렵더이다. 사마양저의 병법과 맹분 · 오획의 용맹이 있더라도 이 장수 앞에서는 소용없을까 하나이다."

양 원수가 이 말을 듣고 매우 근심해,

"오늘은 이미 해가 졌으니 내일 다시 싸우되, 만약 이 장수를 사로잡지 못하면 내가 맹세코 회군하지 않으리라."

(중략)

양 원수가 귀 기울여 들으니 어찌 그 곡조를 모르리오? 여러 장수를 돌아보며,

"옛적에 장자방이 계명산에 올라 통소를 불어 초나라 병사들을 흩어지게 했는데, 알지 못하겠도다. 이곳에서 어떤 사람이 능히 이 곡조를 아는고? 내가 어렸을 때 옥피리를 배워 몇 곡조를 기억하니, 이제 마땅히 한 곡조를 시험해 삼군의 처량한 마음을 진정시키리라."

㉠상자에서 옥피리를 꺼내어 장막을 높이 걷고 책상에 기대어 한 곡을 부니, 그 소리가 화평하고 호방해, 마치 봄 물결이 천 리 장강에 흐르는 듯하고, 삼월의 화창한 바람이 아름다운 나무에 불어오는 듯해, 한 번 불매 처량한 마음이 기쁘게 풀어지고, 두 번 불매 호탕한 마음이 저절로 생겨나 군중이 자연히 평온해지더라. 양 원수가 또 음률을 바꾸어 한 곡을 부니, 그 소리가 웅장하고 너그러워 도문의 협객이 축에 맞춰 노래하는 듯하고, 변방에 출전하는 장군이 철기를 울리는 듯하더라. 막하 삼군이 기세가 늠름해져 북을 치고 칼춤을 추며 다시 한번 싸우길 원하니, 양 원수가 웃으며 옥피리 불기를 그치고 다시 군막으로 들어가 몸을 뒤척이며 생각하되,

'내가 천하를 두루 다니며 인재를 다 보지는 못했으나, 오랑캐 땅에 이렇게 뛰어난 인재가 있을 줄 어찌 알았으리오? 남만 장수의 무예와 병법을 보니, 참으로 이 나라의 선비 가운데 그와 견줄 사람이 없고 천하의 기재이거늘, 이 밤 옥피리 역시 평범한 사람이 불 수 있는 바가 아니로다. 이는 하늘이 우리 명나라를 돕지 않고 조물주가 나의 큰 공로를 시기해 인재를 내어 남만 왕을 도움이로다.'

잠을 이루지 못하다 군막으로 소사마를 다시 불러 묻기를,

"장군이 어제 진중에서 남만 장수의 용모를 자세히 보았는가?"

소사마가 대답하길,

"가시덤불 속 꽃다운 풀이 분명하고, 기와 조각 속 보석이 완연하니, 잠깐 보았으나 어찌 잊을 수 있으리이까? 당돌한 기상은 이 시대의 영웅이요, 아리따운 태도는 천고의 가인이라. 연약한 허리와 가느다란 눈썹은 남자의 풍모가 적으나, 빼어난 용모와 용맹한 기상 역시 여자의 자태가 아니니, 대개 남자로 논한다면 고금에 없는 인재요, 여자로 논한다면 나라와 성을 기울게 할 미인일까 하나이다."

양 원수가 듣고 묵묵히 말이 없더라. 이때 홍랑이 사부의 명으로 남만 왕을 도우러 왔으나 또한 부모의 나라를 저버리지 못해, ㉡조용히 옥피리를 불어 장자방이 초나라 병사인 강동의 자제들을 흩어지게 한 술법을 본받고자 함이거늘, 뜻밖에 명나라 진영 안에서도 옥피리로 화답하니, 비록 곡조는 다르나 음률에 차이가 나지 않고, 기상은 현격하게 다르나 뜻에 다름이 없어, 마치 아침 햇살에 빛깔고운 봉황 암수가 화답함과 같더라. 홍랑이 옥피리 불기를 멈추고 망연자실해 고개를 숙이고 오래 생각하길,

'백운 도사께서 말씀하시길, 이 옥피리가 본디 한 쌍으로 한 개는 문창성*에게 있으니 그대가 고국에 돌아갈 기회가 이 옥피리에 달려 있노라 하셨거늘, 명나라 원수가 어찌 문창성의 성정이 아니리오?

그러나 하늘이 옥피리를 만들되 어찌 한 쌍을 만들었으며, 이미 한 쌍이 있다면 어찌 남북에서 그 짝을 잃게 하여 서로 만남이 이같이 더딘고?'

또 생각하길,

'이 옥피리가 짝이 있다면, 그것을 부는 사람이 분명 짝이 될지라. 하늘이 내려다보시고 밝은 달이 비추시니, 강남홍의 짝이 될 사람은 양 공자 한 분이라. 혹시 조물주가 도우시고 보살께서 자비를 베푸시어 우리 양 공자께서 이제 명나라 진영의 도원수가 되어 오신 것인가? 내가 어제 진영 앞에서 병법을 보았고 오늘 달빛 아래 다시 옥피리 소리를 들으니, 이 세상에 둘도 없는 인재라. 내가 마땅히 내일 도전해 원수의 용모를 자세히 보리라.'

– 남영로, 「옥루몽」

＊문창성: 양창곡이 인간 세계에 태어나기 전 선계에서 신선일 때의 이름

09 위의 작품을 몽자류 소설의 효시인 「구운몽」과 비교할 때, 세속적인 삶과 부귀영화에 대해 각 작품의 서술자가 바라보는 차이점을 한 문장으로 제시하시오.

10 ㉠과 ㉡의 행위 주체와 그 의도를 각각 차례대로 적으시오.

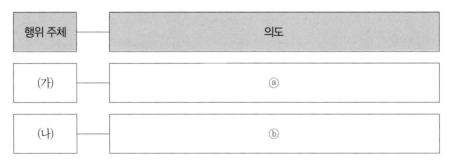

행위 주체	의도
(가)	ⓐ
(나)	ⓑ

[11~12] 다음 글을 읽고 물음에 답하시오.

최명길은 더욱 낮은 목소리로 말했다.

"예관의 말은 말로써 옳으나 그 헤아림이 얕사옵니다. 화친을 형식으로 내세우면서 적이 성을 서둘러 취하지 않음은 성을 말려서 뿌리 뽑으려는 뜻이온데, 앉아서 말라 죽을 날을 기다릴 수는 없사옵니다. 안이 피폐하면 내실을 도모할 수 없고, 내실이 없으면 어찌 나아가 싸울 수 있겠사옵니까. 싸울 자리에서 싸우고, 지킬 자리에서 지키고, 물러설 자리에서 물러서는 것이 사리일진대 여기가 대체 어느 자리이겠습니까. 더구나……."

김상헌이 최명길의 말을 끊었다.

"이거 보시오, 이판. 싸울 수 없는 자리에서 싸우는 것이 전이고, 지킬 수 없는 자리에서 지키는 것이 수이며, 화해할 수 없는 때 화해하는 것은 화가 아니라 항(降)이오. 아시겠소? 여기가 대체 어느 자리요?"

최명길은 김상헌의 말에 대답하지 않고 임금을 향해 말했다.

"예판이 화해할 수 있는 때와 화해할 수 없는 때를 말하고 또 성의 내실을 말하니, 아직 내실이 남아 있을 때가 화친의 때이옵니다. 성 안이 다 마르고 시들면 어느 적이 스스로 무너질 상대와 화친을 도모하겠나이까."

김상헌이 다시 손바닥으로 마루를 때렸다.

"이판의 말은 몽매하여 본말이 뒤집힌 것입니다. ⓐ전이 본(本)이고 화가 말(末)이며 수는 실(實)이옵니다. 그러므로 전이 화를 이끌어 내는 것이지 그 반대가 아니옵니다. 더구나 천도가 전하께 부응하고, 전하께서 실덕(失德)하신 일이 없으시며 또 이만한 성에 의지하고 있으니 반드시 싸우고 지켜서 회복할 길이 있을 것이옵니다."

최명길의 목소리는 더욱 가라앉았다. 최명길은 천천히 말했다.

[A]
> "상헌의 말은 지극히 의로우나 그것은 말일 뿐입니다. 상헌은 말을 중히 여기고 생을 가벼이 여기는 자이옵니다. 갇힌 성안에서 어찌 말의 길을 따라가오리까."
>
> 김상헌의 목소리에 울음기가 섞여 들었다.
>
> "전하, 죽음이 가볍지 어찌 삶이 가볍겠습니까. 명길이 말하는 생이란 곧 죽음입니다. 명길은 삶과 죽음을 구분하지 못하고, 삶을 죽음과 뒤섞어 삶을 욕되게 하는 자이옵니다. 신은 가벼운 죽음으로 무거운 삶을 지탱하려 하옵니다."
>
> 최명길의 목소리에도 울음기가 섞여 들었다.
>
> "전하, 죽음은 가볍지 않사옵니다. 만백성과 더불어 죽음을 각오하지 마소서. 죽음으로써 삶을 지탱하지는 못할 것이옵니다."

임금이 주먹으로 서안을 내리치며 소리 질렀다.

"어허, 그만들 하라. 그만들 해."

최명길은 계속 말했다.

"전하, 그만할 일이 아니오니 신의 말을 막지 마옵소서. 장마가 지면 물이 한 골로 모이듯 말도 한곳으로 쏠리는 것입니다. 성안으로 들어오기 전부터 묘당의 말들은 이른바 대의로 쏠려서 사세를 돌보지 않으니, 대의를 말하는 목소리는 크고 사세를 살피는 목소리는 조심스러운 것입니다. 사세가 말과 맞지 않으면 산목숨이 어느 쪽을 좇아야 하겠습니까. 상헌은 우뚝하고 신은 비루하며, 상헌은 충직하고 신은 불민한 줄 아오나 상헌을 충렬의 반열에 올리시더라도 신의 뜻을 따라 주시옵소서."

김상헌은 다시 고개를 들었다.

"묘당의 말들이 그동안 화친을 배척해 온 것은 말이 쏠린 것이 아니옵고 강토를 보전하고 군부를 지키려는 대의를 향해 공론이 아름답게 모인 것이옵니다. 뜻이 뚜렷하고 근본이 굳어야 사세를 살필 수 있을 것이온데, 명길이 저토록 조정의 의로운 공론을 업신여기고 종사를 호구(虎口)에 던지려 하니 명길이 과연 전하의 신하이옵니까?"

임금이 다시 주먹으로 서안을 내리쳤다.

– 김훈, 「남한산성」

11 위 작품에서 ⓐ가 의미하는 바를 싸움과 화친의 선후 관계, 그리고 이에 따른 '내실'의 관계에 비추어 35자 내외로 진술하시오.

12 다음의 〈보기〉는 위 작품의 [A]에 따라 삶과 죽음에 관한 등장인물들의 태도를 비교하여 설명한 것이다. [A]의 내용을 바탕으로 〈보기〉의 빈칸을 하나의 명제화된 진술 문장으로 쓰시오.

> **보기**
>
> 화친을 말하는 최명길은 [A]에서 '삶과 죽음은 모두 가볍지 않으니, 죽음으로써 삶을 지탱할 수 없다'고 주장하였다. 반면에, 화친을 반대하는 김상헌은 [A]에서 '삶은 무겁고 죽음은 가벼우니,   ⓐ   '고 주장하였다.

[13~14] 다음 글을 읽고 물음에 답하시오.

눈이 올라나 비가 올라나 억수장마 질라나
만수산 검은 구름이 막 모여든다
아리랑 아리랑 아라리요 아리랑 고개고개로 나를 넘겨 주게(이하 후렴구 생략)

서산에 지는 해는 지고 싶어 지나
정들이고 가시는 임은 가고 싶어 가나

아침저녁에 돌아가는 구름은 산 끝에서 자고
예와 이제 흐르는 물은 돌부리에서 운다

일 년 일도에 감자꽃은 삼재팔난을 적는데
대한의 청년 남아는 만고풍상을 다 적네

산천에 올라서 임 생각을 하니
풀잎에 매디매디 찬 이슬이 맺혔네

정선 앞 조양강물은 소리 없이 흐르고
임 향한 충절은 변함이 없네

봄철인지 갈철인지 나는 몰랐더니
뒷동산 행화춘절이 날 알려 주네

무릉도원 삼산 오수(三山五水)에 도하는 만발했는데
짝을 잃은 외기러기 갈 곳이 없구나

한 치 뒷산의 곤드레 딱주기 임의 맛만 같다면
올 같은 흉년에도 봄 살아나지

네 날 짚세기 육 날 미투리 신들메 짤근 매구서
문경 세재 넘어가니 눈물이 팽팽 도네

돌담 넘어 밭 한 떼기를 건너가면 되련만
얽히고설키었으니 수천 리로구나

비봉산 한중 허리에 두견새가 울거든
정든 님 영혼이 돌아온 줄 알어라

– 작자 미상, 「정선 아리랑」

13 위의 작품에서 봄의 정경과 대조되는 화자의 외로운 처지를 표현한 연의 첫 낱말과 화자를 투영한 객관적 상관물을 찾아 쓰시오.

ⓐ 첫 낱말: _____

ⓑ 객관적 상관물: _____

PART 1 국어

PART 2 수학

PART 3 해답

14 위의 작품은 정선의 지역적 특성과 방언을 사용하여 향토적 분위기를 형성하고 있다. 이 작품에 사용된 방언과 그 뜻을 진술하시오.

ⓐ 방언: _____

ⓑ 뜻: _____

[15~16] 다음 글을 읽고 물음에 답하시오.

우리 장인님은 약이 오르면 이렇게 손버릇이 아주 못됐다. 또 사위에게 이 자식 저 자식 하는 이놈의 장인님은 어디 있느냐. 오죽해야 우리 동리에서 누굴 물론하고 그에게 욕을 안 먹는 사람은 명이 짜르다, 한다. 조고만 아이들까지도 그를 돌라세 놓고 욕필이(본이름이 봉필이니까) 욕필이, 하고 손가락질을 할 만치 두루 인심을 잃었다. 허나 인심을 정말 잃었다면 욕보다 욕의 배 참봉 댁 마름으로 더 잃었다. 번히 마름이란 욕 잘하고 사람 잘 치고 그리고 생김 생기길 호박개 같애야 쓰는 거지만 장인님은 외양이 똑 됐다. 작인이 닭 마리나 좀 보내지 않는다든가 애벌논 때 품을 좀 안 준다든가 하면 그해 가을에는 영락없이 땅이 뚝뚝 떨어진다. 그러면 미리부터 돈두 먹이고 술도 먹이고 안달재신으로 돌아치든 놈이 그 땅을 슬쩍 돌라안는다. 이 바람에 장인님 집 빈 외양간에는 눈깔 커다란 황소 한 놈이 절로 엉금엉금 기어들고, 동리 사람은 그 욕을 다 먹어 가면서도 그래도 굽신굽신하는 게 아닌가—

그러나 내겐 장인님이 감히 큰소리할 계제가 못 된다.

뒷생각은 못 하고 뺨 한 개를 딱 때려 놓고는 장인님은 무색해서 덤덤히 쓴침만 삼킨다. 난 그 속을 퍽 잘 안다. 조곰 있으면 갈도 꺾어야 하고 모도 내야 하고, 한창 바쁜 때인데 나 일 안 하고 우리 집으로 그냥 가면 고만이니까. 작년 이맘때도 트집을 좀 하니까 늦잠 잔다구 돌멩이를 집어 던져서 자는 놈의 발목을 삐게 해 놨다. 사날씩이나 건승 끙, 끙, 앓았더니 종당에는 거반 울상이 되지 않았는가—

"얘, 그만 일어나 일 좀 해라. 그래야 올갈에 벼 잘되면 너 장가들지 않니."

그래 귀가 번쩍 띄어서 그날로 일어나서 남이 이틀 품 들일 논을 혼자 삶아 놓으니까 장인님도 눈깔이 커다랗게 놀랐다. 그럼 정말로 가을에 와서 혼인을 시켜 줘야 온 경오가 옳지 않겠나. 볏섬을 척척 들여쌓아도 다른 소리는 없고 물동이를 이고 들어오는 점순이를 담배통으로 가리키며

"이 자식아. 미처 커야지, 조걸 데리구 무슨 혼인을 한다구 그러니 온!"하고 남 낯짝만 붉게 해 주고 고만이다. 골김에 그저 이놈의 장인님, 하고 댓돌에다 메꼿고 우리 고향으로 내뺄까 하다가 꾹꾹 참고 말았다.

〈중략〉

아픈 것을 눈을 꽉 감고 넌 해라 난 재미난 듯이 있었으나 볼기짝을 후려갈길 적에는 나도 모르는 곁에 벌떡 일어나서 그 수염을 잡아챘다마는 내 골이 난 것이 아니라 정말은 아까부터 부엌 뒤 울타리 구멍으로 점순이가 우리들의 꼴을 몰래 엿보고 있었기 때문이다. 가뜩이나 말 한마디 톡톡히 못한다고 바보라는데 매가지 잠자코 맞는 걸 보면 짜정 바보로 알 게 아닌가. 또 점순이도 미워하는 이까진 놈의 장인님 나곤 아무것도 안 되니까 막 때려도 좋지만 사정 보아서 수염만 채고(제 원대로 했으니까 이때 점순이는 퍽 기뻤겠지) 저기까지 잘 들리도록

"이걸 까셀라 부다!"하고 소리를 쳤다.

장인님은 더 약이 바짝 올라서 잡은 참 지게막대기로 내 어깨를 그냥 나려갈겼다. 정신이 다 아찔하다. 다시 고개를 들었을 때 그때엔 나도 온몸에 약이 올랐다. 이 녀석의 장인님을, 하고 눈에서 불이 퍽 나서 그 아래 밭 있는 넝 아래로 그대로 떼밀어 굴려 버렸다. 조금 있다가 장인님이 씩, 씩, 하고 한번 해볼려고 기어오르는 걸 얼른 또 떼밀어 굴려 버렸다.

기어오르면 굴리고 굴리면 기어오르고 이러길 한 너덧 번을 하며 그럴 적마다

"부려만 먹구 웨 성례 안 하지유!"

나는 이렇게 호령했다. 허지만 장인님이 선뜻 오냐 낼이라두 성례시켜 주마, 했으면 나도 성가신 걸 그만두었을지 모른다. 나야 이러면 때린 건 아니니까 나종에 장인 쳤다는 누명도 안 들을 터이고 얼마든지 해도 좋다.

한번은 장인님이 헐떡헐떡 기어서 올라오드니 내 바지가랭이를 요렇게 노리고서 담박 움켜잡고 매달렸다. 악, 소리를 치고 나는 그만 세상이 다 팽그르 도는 것이

"빙장님! 빙장님! 빙장님!"

"이 자식! 잡아먹어라 잡아먹어!"

"아! 아! 할아버지! 살려 줍쇼 할아버지!"하고 두 팔을 허둥지둥 내릴 적에는 이마에 진땀이 쭉 내솟고 인젠 참으로 죽나 부다, 했다. 그래두 장인님은 놓칠 않드니 내가 기어이 땅바닥에 쓰러져서 거진 까무라치게 되니까 놓는다. 더럽다 더럽다. 이게 장인님인가, 나는 한참을 못 일어나고 쩔쩔맸다. 그렇다 얼굴을 드니(눈에 참 아무것도 보이지 않았다) 사지가 부르르 떨리면서 나도 엉금엉금 기어가 장인님의 바지가랭이를 꽉 움키고 잡아나꿨다.

— 김유정, 「봄·봄」

---

15 다음의 〈보기〉는 이 작품에 사용된 서술자의 시점과 그 효과를 설명한 것이다. 빈칸 ⓐ에는 '시점'을, ⓑ에는 그 '효과'를 기술하여 〈보기〉를 완성하시오.

> **보기**
>
> (ⓐ) 시점은 작품 속의 '나'가 주인공이며 동시에 서술자인 경우이다. 주인공 '나'의 입장에서 사건이나 주변 상황을 관찰하고 서술함으로써 '나'가 독자에게 사건을 보고하는 형식을 취한다. 즉, 독자는 '나'의 시선을 통해 사건과 관련된 내용을 보고 듣게 되는 것이다. 이러한 시점은 (ⓑ) 묘사에 적합하며, 독자가 등장인물에게 친근함을 느끼게 하는 데 효과적이다.

16 다음의 〈보기〉는 이 작품에 대한 감상평이다. 〈보기〉를 바탕으로 위 작품의 서사 전략을 25자 내외로 진술하시오.

보기

　　「봄·봄」은 인물의 예상과 다르게 전개되는 상황을 중심으로 사건들을 구성하고 있다. 이러한 상황은 인물의 무지
로 인해 발생한다. 무지를 인식하지 못하는 무지는 상황에 대한 오인과 잘못된 예측 그리고 헛된 기대를 유발한다.
인물의 관심은 성례의 문제에 집중되어 있다. 이는 모순된 상황을 벗어나지 못하는 무지한 인물의 현실적 한계를 드
러내기도 한다. 그런데 이러한 인물의 입을 통해 당대의 현실이 은연중에 노출된다는 점에서 이 작품의 주제를 드러
내는 서사 전략을 살필 수 있다. 무지한 인물이 자신과 동떨어진 문제라고 언급하는 가운데 당대 농촌 문제의 실상이
누설되고 있기 때문이다.

[17~18] 다음 글을 읽고 물음에 답하시오.

동풍(東風)이 건듯 부러 젹설(積雪)을 헤텨 내니
창(窓)밧긔 심근 미화(梅花) 두세 가지 픠여셰라
굿득 닝담(冷淡)ᄒᆞᆫ디 암향(暗香)은 므ᄉᆞ일고
황혼(黃昏)의 ᄃᆞᆯ이 조차 벼마ᄐᆡ 빗최니
늣기는 ᄃᆞᆺ 반기는 ᄃᆞᆺ 님이신가 아니신가
뎌 미화(梅花) 것거 내여 님 겨신 ᄃᆡ 보내오져
님이 너를 보고 엇더타 너기실고

꼿 디고 새닙 나니 녹음(綠陰)이 ᄭᆞᆯ렷는디
나위(羅幃) 젹막(寂寞)ᄒᆞ고 슈막(繡幕)이 뷔여 잇다
부용(芙蓉)을 거더 노코 공쟉(孔雀)을 둘러 두니
굿득 시름 한디 날은 엇디 기돗던고
원앙금(鴛鴦衾) 버혀 노코 오ᄉᆡ션(五色線) 플텨 내여
금자히 견화이셔 님의 옷 지어 내니
슈품(手品)은 ᄏᆞ니와 졔도(制度)도 ᄀᆞ졸시고
산호슈(珊瑚樹) 지게 우히 빅옥함(白玉函)의 다마 두고
님의게 보내오려 님 겨신 ᄃᆡ ᄇᆞ라보니
산(山)인가 구롬인가 머흐도 머흘시고
쳔리만리(千里萬里) 길히 뉘라셔 ᄎᆞ자갈고
니거든 여러 두고 날인가 반기실가

ᄒᆞᄅ밤 서리 김의 기러기 우러 녤 제
위루(危樓)에 혼자 올나 슈졍념(水晶簾) 거든마리
동산(東山)의 ᄃᆞᆯ이 나고 북극(北極)의 별이 뵈니
님인가 반기니 눈물이 졀로 난다
쳥광(淸光)을 픠워 내여 봉황누(鳳凰樓)의 븟티고져
누(樓) 우히 거러 두고 팔황(八荒)의 다 비최여
ⓐ심산궁곡(深山窮谷) 졈낫ᄀᆞ티 밍그쇼셔

건곤(乾坤)이 폐식(閉塞)ᄒᆞ야 빅셜이 ᄒᆞᆫ 빗친 제
사ᄅᆞᆷ은 ᄏᆞ니와 ᄂᆞᆯ새도 긋쳐 잇다
쇼샹남반(瀟湘南畔)도 치오미 이러커든
옥누고쳐(玉樓高處)야 더옥 닐너 므슴ᄒᆞ리
양츈(陽春)을 부쳐 내여 님 겨신 ᄃᆡ 올리고져
홍샹(紅裳)을 니믜ᄎᆞ고 취슈(翠袖)를 반(半)만 거더
일모슈듁(日暮脩竹)의 헴가림도 하도 할샤
댜ᄅᆞᆫ 히 수이 디여 긴 밤을 고초 안자
쳥등(靑燈) 거론 겻티 뎐공후(鈿箜篌) 노하 두고
ᄭᅮ믜나 님을 보려 ᄐᆞᆨ 밧고 비겨시니
앙금(鴦衾)도 ᄎᆞ도 출샤 이 밤은 언제 샐고

– 정철, 「사미인곡(思美人曲)」

17 위 작품의 본사(本詞)는 계절의 흐름에 따라 전개되어 있다. 화자의 마음을 담은 계절별 소재를 찾아 각각 한 단어로 쓰시오. (단, 원문의 고어 표기 그대로 쓸 것)

봄 [春詞]	①	임에게 전하고 싶은 사랑
여름 [夏詞]	②	임에 대한 지극한 정성
가을 [秋詞]	③	임의 선정에 대한 소원
겨울 [冬詞]	④	임의 건강에 대한 염려

18 위 작품의 ⓐ를 통해 시적 화자가 임에게 원하는 것이 무엇인지 15자 이내의 한 문장으로 진술하시오.

[19~20] 다음 글을 읽고 물음에 답하시오.

내가 비에 젖어 걸을 때, 뒤에서 누군가도 비에 젖어 걸어오고 있었다. 칠흑 같은 밤이다. 남자다. 대화를 나누는 걸로 봐서 두 사람이다. 나는 겁이 났다. 남자 집으로 갈 때는 악에 받친 어떤 기운 때문에 무섬증도 느끼지 못했다. 그러나 돌아오는 길은 무서웠다. 나에게 융단 폭격 같은 말 폭격을 퍼부어 대던 남자가 무섭고 칠흑 같은 밤이 무섭고 내 뒤에 오는 누군가가 무서웠다. 나는 세상이 무섭다는 것을 그날 밤 뼈저리게 체험했던 것이다. 나는 소리 없이 뛰었다. 그제야 눈물이 앞을 가렸다. 눈물이 앞을 가려, 발을 헛디뎠다. 신발이 벗겨지고 뭔가 날카로운 것이 발바닥을 찔렀다. 정미소 안으로 몸을 숨긴 뒤에야 나는 채소 봉지를 놓친 것을 알았다. 남자들이 정미소 앞에서 딱 멈추었다.

"잠깐만, 이게 뭘까?"

두 남자가 정미소 처마 앞에서 뭔가를 펼치고 있었다. 나는 어둠 속에 몸을 바짝 숨기고 숨을 죽였다.

"깐쭈, 그거 돈 아니야?"

"이건 고추야, 싸부딘. 상추도 있어. 월급날, 소주 마시고 삼겹살을 상추에 싸 먹어."

생각만 해도 즐거운가. 깐쭈가 노래를 부르기 시작했다.

사랑했나 봐 잊을 수 없나 봐 자꾸 생각나 견딜 수가 없어 후회하나 봐 널 기다리나 봐……

나는 어둠 속에 몸을 숨긴 채로 그러나 나도 모르게 입을 달싹여 남자들이 부르는 노래를 따라 불렀다.

바보인가 봐 한마디 못 하는 잘 지내냐는 그 쉬운 인사도 행복한가 봐 여전한 미소는 자꾸만 날 작아지게 만들어……

남자들이 노래를 뚝 멈추었다. 나도 입을 다물었다. 빗소리는 점점 더 거세졌다.

"싸부딘, 사장이 너무 불쌍해."

"난 사장 죽도록 미웠어. 깐쭈, 너 때문에 오늘 일 다 망친 거야."

"난 사장님, 돈 줘 소리 못 하겠어. 사장 돈 없어, 몸 아파, 어머니 아파, 사장 슬퍼."

"그래도 사장한테 말을 해야 했어."

"나는 사장님 돈 줘, 소리 못 해. 왜냐, 사장 돈 없어."

"깐쭈, 언제 떠나?"

"모레. 오늘 밤, 내일 밤 자고 모레. 내일은 시내 가서 윤도현 음악 시디하고 고무장갑하고 소주하고 옷하고 신발하고 여러 가지를 살 거야. 난 윤도현 왕 팬이야."

"깐쭈, 넌 너희 나라 가면 뭐 할 거야?"

"모르겠어. 가면, 엄마, 아버지, 누나, 여동생, 사촌들 만나고 산에 올라 달을 볼 거야. 우리 나라 네팔 달 볼 거야. 내가 뭘 할 건지, 달한테 물어볼 거야. 싸부딘은?"

"여동생이 한국 사람과 결혼했어. 시골이야. 동생이 남편한테 맞았어. 동생 많이 슬퍼. 형이 한국 여자랑 결혼했어. 형 여자 도망갔어. 조카 있어. 형이랑 조카 많이 슬퍼. 부모님 돌아가셨어. 우리 나라, 방글라데시 가도 나는 아무도 없어. 한국에 다 있어. 난 갈 수 없어. 형 다쳤어. 손가락 잘렸어. 조카 살려야 해."

"싸부딘, 난 한국에서 슬플 때 노래했어. 한국 발라드야. 사장이 막 욕해. 나 여기, 심장 막 뛰어. 손가락 막 떨려. 눈물 막 흘러. 그럼 노래했어. 사랑 못 했어. 억울했어. 그러면 또 노래했어. 그러면 잠이 왔어. 그러면 꿈속에서 달을 봤어. 크고 아름다운 네팔 달이야."

〈중략〉

[A]
┌ 　두 사람이 빗속으로, 어둠 속으로 사라졌다. 명랑하게 사라졌다. 싸부딘과 깐쭈가 사라진 길 너머로 내가 지나 온 길이 보였다. 그 길 너머 그 남자네 집이 보였다. 겨우 가라앉았던 심장이 다시 격렬하게 요동쳐 오기 시작했다. 나는 노래 불렀다.
　사랑했나 봐 잊을 수 없나 봐 자꾸 생각나 견딜 수가 없어 후회하나 봐 널 기다리나 봐……
　나는 정미소를 나섰다. 나는 빗속에서 악을 썼다. 눈에서는 눈물이 쏟아졌다. 그러나 나는 노래 불렀다. 저기, 네 └ 팔의 설산에 떠오른 달이 보인다. 나는 달을 향해 나아갔다. 비를 맞으며 천천히, 뚜벅뚜벅, 명랑하게.

– 공선옥, 「명랑한 밤길」

19 위 작품에서 '나'가 외국인 근로자인 깐쭈와 싸부딘으로부터 삶의 태도를 배우게 되었음을 상징하는 말을 [A]에서 찾아 4음절로 쓰시오.

20 다음의 〈보기〉는 위 작품에 대한 감상평이다. '나'가 외국인 근로자와 동질감을 느꼈을 때, 〈보기〉의 밑줄 친 부분과 어울리는 사자성어를 제시하시오.

보기

　이 작품은 사랑에 실패한 여성이 외국인 근로자들이 어려운 환경에서도 꿋꿋이 살고 있음을 알게 된 후, 자신의 삶을 일으켜 세우는 모습을 담고 있다. 이러한 태도 변화를 통해 타자의 삶을 이해하는 것이 단순히 남을 위한 일이 아니라 자신을 돌아보고 아픔을 극복하는 데에도 도움이 된다는 점을 보여 준다.

[21~22] 다음 글을 읽고 물음에 답하시오.

[앞부분 줄거리] 돌쇠는 지렁내 마을에서 지주 어른의 땅을 경작하는 소작농이다. 돌쇠의 할아버지 덤쇠와 아버지 한쇠는 지주 어른의 가문에 예속된 노비로, 위기가 올 때마다 주인을 대신해 헌신했지만 그 대가로 받기로 약속한 노비 문서와 땅문서를 번번이 빼앗겼다. 댐 건설로 인해 마을이 수몰 지구로 선정되자 다른 주민들은 걱정하지만, 돌쇠는 지주 어른에게 받기로 약속한 석산* 땅을 믿고 농사일에 매진하며, 며느리 점순네, 손녀 점순과 함께 틈틈이 석산 땅을 일군다.

점순네: 뭔 소리지유?
돌쇠: 글씨……
점순네: 공사장 남포* 소리룬 너무 가깐 디서 들리네유.

    점순네, 돌쇠, 일수가 시선을 마주치며 불안해하는데, 또 한 차례 땅이 울린다.

일수: 석산 쪽이유.
점순네: 뭣이여? (벌떡 일어선다.)

    점순네가 고샅*으로 달려가고, 일수는 연초 건조장 탑으로 뛰어 올라가고, 돌쇠는 뒷마당으로 간다.

점순네: 워디여?
일수: (탑에서) 석산이 맞구먼유. 석산에서 먼지가 피어올라유.
점순네: 워디……. 워디…….
일수: 봐유, 땜 공사 허는 오봉산이믄 저쪽인디 바루 배암산 뒤에서 먼지가 오르잖유.
점순네: 틀림없구먼. 이 일을 워치키 헌다……. 아부님, 뭔 일이래유? 왜 우리 석산꺼정 깬대유? 야?
돌쇠: (한번 시선을 줄 뿐 대답을 않는다.)
일수: 석산두 바루 골채기*구먼유.
점순네: 뭐여? 그럼 우리 봉답*은 워치키 된 거여……. 잘 봐.
일수: 골채기 양지짝*이 틀림읎어유. 양지짝이유.
점순네: 이 일을 워쩌? 양지짝이믄 봇물을 파 논 딘디 거길 깨면 우리 엿 두럭은 천둥지기두 못 허는디……. 아부님, 뭔 일이래유? 야? 아부님…….
돌쇠: 봇물은 그대루 남는구먼. 바로 그 윈께.
점순네: 봉답허구 봇물은 그대루 남는다구유?
돌쇠: 그려……. 양지짝 위만 깨니께.
점순네: (다행이다 싶어) 야! 그러믄 살았어유! (가슴을 진정시키면서 가까스로 들마루로 다가와서 귀퉁이에 앉는다.)
돌쇠: 점순이가 호미로 돌을 깨는 디여.
점순네: 야? 그럼 우리가 점순이……. (달려가서 아랫방 윗방 문을 열어젖힌다.) 읎어유, 읎구먼유! (툇마루 밑을 본다.) 신발허구 호미가 읎어졌유. 점순이가 산에 갔유……. (들마루의 책을 보고) 책은 있는디……. 이 일을 워쩌……. 꼭 산에 갔구먼유, 산에 갔유…….

일수: (탑에서 내려와) 야, 지가 산엔 가두 좋다구 했어유.

　오토바이가 요란스럽게 달려온다.

점순네: 워쩌……. 점순이가 석산엘 갔는디 남포가 터졌단 말여……. 워쩌……. 이 일을…….
일수: 가 봐야지 워쩌유……. 지가 가 봐야겠구먼유……. (달려간다.)
점순네: 아부님, 지두 댕겨와야겠어유……. (허둥대며 달려간다.)

　오토바이가 달려와서 급히 멎고, 헬멧 쓴 두 사나이가 어른네로 들어간다. 돌쇠가 불안한 듯 석산 쪽을 바라보다가 들마루에 널려진 뭉뭉의 돈을 물끄러미 바라본다. 석산 쪽에서 사람들의 외침이 들려온다.

소리들: 사고다. 사고여!

　돌쇠가 퍼뜩 그쪽을 본다.

소리들: 점순이가 돌에 맞었다! 점순이가 돌에 맞었다!

　돌쇠가 휘청한다. 가까스로 오동나무에 기댄 그가 석산을 향해 뭔가 외치려고 한다. 그러나 소리가 나오지 않아 애를 쓴다. 결국 한마디도 내뱉지 못하고 무릎을 꿇듯 미끄러져 내린다. 무대가 서서히 어두워진다.

Ⅲ-2

　무대가 밝아진다. 낡은 상복을 입은 점순네가 옥돌네 부축으로 툇마루에 걸터앉아서 허공을 바라본다. 돌쇠는 덕근, 진모, 갑석 등 마을 사람과 들마루에 앉아 있다. 점순을 묻고 돌아온 듯 삽, 괭이, 가래 따위가 옆에 놓였다.

(중략)

상만: 내가 안 그러게 됐어? 안 그러게 됐느냔 말여?
덕근: 이 사람아, 그늘루 들어오기나 혀. 들어와서 뭔 말인지 차분하게 혀야 알지.
상만: (그대로) 내가 말여, 집으루 가다가 찬물 내를 건너는디 너무 뜨거워서 시수를 안 혔었어.
덕근: 그려서?
상만: 시수를 허구 난께 시상이 야속허구나, 허는 맴이 들어……. 점순이가 누운 자리래두 한 번 더 볼까 허구 돌아보는디, 글씨…… 석산 골채기에 웬 사람들이 잔뜩 몰켜 있잖겠어.
덕근: 그려서?
상만: 올라갔지. 본께 글씨 읍내 사람들허구 서울 사람들이 스무남은 명은 되게 몰켜 있는디, 저 어르신허구 서울서 높은 디 있는 둘째가 보이드란 말여.
진모: 그려서유?
상만: 읍내 사람 붙잡구 물어본께…… 글씨…… 어르신네가 거기다가 별장을 짓는댜, 별장을 말여.
모두: 뭣이여?

점순네: 아니…… 아저씨…… 우리 봉답 있는 디다가 별장을 짓는다구유?

상만: 그렇다니께.

진모: 그럴 리가 있었어유……. 아니것지유…….

상만: 나두 기연가 미연가 혀서 달려왔는디, 지금 본께 참말이구먼그랴. 가서 보라구. 대문만 남은 거여. 문지방허구 머름*지방 다 뜯구 개와*꺼정 내려놨어.

모두: 뭣이여?

　　모두 우르르 달려가 담 너머로 혹은 문틈으로 안을 들여다본다. 돌쇠는 움직이지 않는다. 그들은 엄청난 사실을 확인한 충격과 마을을 떠날 때가 눈앞에 닥쳤다는 절박한 현실감에 아무도 말을 꺼내지 못하고, 한 사람씩 두 사람씩 서서히 돌아온다.

상만: 땜에 물이 차면 게가 전망이 젤루 좋다드만, 점순이가 돌에 맞은 것두 땜 공사 남포가 아니구 별장 짓는 남포에 맞은 것이여.

점순네: 몰랐구먼유……. 지두 까맣게 몰랐어유……. 지가 어르신네 간 게 엊그젠디 이럴 수가 있대유? 읂쥬?

　　점순네가 흩어진 보릿대 위에 무너지듯 주저앉고, 옥돌네가 다가가서 말없이 점순네를 끌어안는다. 침묵이 흐른다.

갑석: 우리두 이전 떠나야 허는디 워디루 간대유…….

돌쇠: (비로소) 쌘 게 산천이구, 쌘 게 논밭인디, 워디 가믄 몸 둘 디 읂것어. (사이) 고향을 떠나는 게 쉰 일이 아니구, 산천마다 주인이 있구, 논밭마다 임자가 있어서 증이나 몸 둘 디 읂으믄…… 내허구 석산 골채기루 가자구. 음지짝은 몸 둘 수 있으니께…….

덕근: 가만. 돌쇠 자넨 어른이 양지짝으루 간다는 걸 알구 있었구만?

모두의 시선이 돌쇠에게 집중된다.

덕근: 그렇지?

돌쇠: …….

상만: 싸게 말을 혀!

점순네: 아부님…….

돌쇠: 그려.

모두: 뭣이.

돌쇠: 워쩌어……. 주인이 간다는디…….

덕근: 주인?

돌쇠: 우린 문서가 읂어. (사이) 땜에 수문이 꽂히구, 지렁내가 물에 잠기믄 떠나야 허는디, 우리나 어르신네나 마찬가지여.

상만: 예끼 망할 자석! 우리헌틴 말 한마디 읂이 어른네헌티 가세유 가세유 했어?

덕근: 어른네가 양지짝에 별장을 세우믄 돌쇠 자네헌티 음지짝을 줄 것 같은감? 음지짝에 들어가 봉답 떼기 부쳐 먹구살 것 같여?

상만: 속알갱이두 읊어? 달나라 댕겨오구 별나라꺼정 가는 시상이여. 선대가 당헌 원혼을 몰러?

점순네: 아저씨들, 아부님을 너무 닦달허지 마세유. 밭을 살라믄 변두리를 보구, 논을 살라믄 두렁을 보라고 했는디…… 그걸 못 헌 게 한이구먼유.

돌쇠: 내헌티 궁성들 대는 건 괜찮은디, 조상꺼정 말칠렵*시키믄 못써.

상만: 허, 효자 났구먼. 선대가 종살이해서 맹그러 준 땅두 뺏기믄서!

돌쇠: 내두 그분들이 워치키 살아오셨는지 알구 있어. 아부지 한쇠 씨가 말짱 얘기허셨구, 내 눈으루다가 똑똑허게 보기 두 했응께…….

– 윤조병, 「농토」

* **석산**: 돌이나 바위가 많은 산.
* **남포**: 도화선 장치를 하여 폭발시킬 수 있게 만든 다이너마이트.
* **고샅**: 시골 마을의 좁은 골목길. 또는 골목 사이.
* **골채기**: '골짜기'의 방언.
* **봉답**: 빗물에 의하여서만 벼를 심어 재배할 수 있는 논. ≒ 천둥지기, 천수답.
* **양지짝**: 양지쪽. 볕이 잘 드는 쪽.
* **두럭**: '두렁, 두둑'의 방언.
* **머름**: 바람을 막거나 모양을 내기 위해 미닫이 문지방 아래나 벽 아래 중방에 대는 널조각.
* **개와**: 기와로 지붕을 임. 또는 기와.
* **말칠렵**: 말추렴.

21 다음의 핵심어를 사용하여 위 작품의 주제를 35자 이내로 적으시오.

핵심어: 근대화, 농촌, 지주

22 다음의 〈보기〉는 위 작품에 등장한 인물들과 관련된 사건에 대한 설명이다. 각 사건에 알맞은 구체적 인물을 위 작품에서 찾아 차례대로 쓰시오.

보기

(㉠)은/는 지주 어른의 별장을 짓는 중에 터진 남포로 인해 돌에 맞았다.
(㉡)은/는 지주 어른이 석산 봉답이 있는 곳에 별장을 짓기로 했다는 소식을 사람들에게 알리고 있다.
(㉢)은/는 석산 봉답을 지주 어른에게 빼앗기고도 저항하지 않는 돌쇠의 어리석음을 비난하고 있다.

[23~24] 다음 글을 읽고 물음에 답하시오.

아들한테서 저수지의 감시원으로 취직했다는 이야기를 듣고 육순이 내일모레인 운암댁은 삼 년 묵은 체증이 내려앉는 듯한 상쾌함을 맛보았다. 동네 강부잣집 유채밭에 날품으로 웃거름을 주고 오는 길인데, 쌓이고 쌓인 하루의 피곤이 말끔히 가시는 기분이었다. 월급 오만 원의 많고 적음이 문제가 아니었다. 삭신이 뒤틀리지 않는 한은 늙어 죽는 날까지 무슨 짓을 해서라도 손녀 하나 있는 것 자기 손으로 거두기로 이미 각오가 되어 있었다. 설령 무보수로 일한다 하더라도 상관은 없었다. 문제는 사람의 됨됨이에 있었다.

사대육신 나무랄 데 없는 장정이 반거충이로 펀둥펀둥 '먹고 대학' 다니면서 사시장철 말썽이나 질러 쌓는 통에 동네 안에서 그나마 밥줄 이어 나가기도 차츰 점직해지는 판국이었다. 남들한테 손가락질만 안 받고 살아도 감지덕지 황감할 지경인데 거기에다 또 취직까지 했단다. 망나니 외아들한테서 삼십 년 만에 처음 받아 보는 효도인 셈이었다. 지지리도 홀어미의 속을 썩여 온 자식이 아니던가.

"월급이 많들 않은 만침 허는 일도 별로 없구만요. 그저 감시원 완장이나 차고 슬슬 바람 쐬기 겸 대봇둑이나……."

어머니가 느끼는 기쁨이 여간만 큰 것이 아닌 줄 익히 아는지라 종술은 그 기쁨을 더욱 배가할 요량으로 대수롭지 않은 척 무심히 지껄임으로써 극적인 효과를 노렸다.

그러나 운암댁의 귀에는 그 말이 결코 무심하게 들리지가 않았다. 결국 애당초 의도했던 그대로 극적인 효과가 나타나고 만 셈이었다.

"뭣이여야? 완장이여?"

"예, 여그 요짝 왼팔에다 감시원 완장을 처억 허니 둘르고 순시를 돌기로 혔구만요. 그냥 맨몸띵이로 단속에 나서면 권위가 없어서 낚시꾼들이 시삐 보고 말을 잘 안 들어 먹으니께요."

그제서야 종술은 자라 콧구멍을 벌름거리고 메기주둥이를 히죽거려 가며 구태여 자랑스러움을 감추려 하지 않았다.

"오매 시상에나, 니가 완장을 다 둘러야?"

"그깟 놈의 것, 쇠고랑 채울 권한도 없고 그냥 명예뿐인디요, 뭐."

너무도 놀란 나머지 운암댁은 눈앞이 다 캄캄해 왔다. 처음 맛본 기쁨이 마을 회관 옆 공동 수도 푼수에 지나지 않는 것이라면 나중에 느낀 놀라운 널금 저수지하고도 맞먹을 정도로 그 규모가 대단한 것이었다. 대체나 이 노릇을 어째야 옳단 말이냐.

"너 그것 안 둘르고 감시원 헐 수는 없겄냐?"

당치도 않은 말씀이었다. 순전히 완장의 매력 한 가지에 이끌려 맡기로 한 감시원이었다. 그런데 그걸 두르지 말라는 이야기는 결과적으로 아들더러 언제까지고 개망나니 먹고 대학생으로 그냥 세월을 보내라는 이야기나 마찬가지였다.

"에이 참, 엄니도! 엄니는 동네서 사람대접 조깨 받고 살라고 그러는 아들이 그렇게도 여엉 못마땅허요?"

"돌아가신 냥반 생각이 나서 안 그러냐."

아버지 말이 나오는 바람에 종술은 갑자기 말문이 막혔다.

어머니의 심정을 대강은 이해할 것 같았다. 하지만…….

"완장이라면 사죽을 못 쓰는 것도 다아 지 핏줄 탓인갑다."

"그 완장허고 이 완장은 엄연히 승질부터가 달르단 말이요!"

홧김에 종술은 그예 또 몽니를 부리고 말았다. 새 출발이 약속된 날, 그 삼삼한 기분에 걸맞게 모처럼 어머니 앞에서 고분고분한 태도를 보이자고 단단히 작정한 바 있었으나 케케묵은 생각으로 아들의 흥을 산산조각 내는 데는 달리 도리가 없었다.

– 윤흥길, 「완장」

23 다음의 〈보기〉에 해당하는 단어를 윗글에서 찾아 쓰시오.

> 보기
>
> 사전적 의미 : 받고자 하는 대우를 받지 못할 때 내는 심술

24 다음의 〈보기〉는 한 사회 심리학 실험에 대한 글이다. 〈보기〉의 '교도관 역할'과 윗글의 '완장'이 공통적으로 상징하는 것이 무엇인지 한 단어로 쓰시오.

> 보기
>
> 1971년 미국의 스탠퍼드대 짐바르도 교수는 '모의 교도소 실험'을 하였다. 짐바르도 교수는 대학의 건물 지하에 실제 교도소와 유사한 교도소를 만든 후, 육체적·정신적으로 건강한 지원자들을 모집하여 이들을 무작위로 교도관과 수감자 역할로 분류했다. 그런데 실험 참여자들은 자신이 부여받은 역할에 따라 진짜 수감자와 교도관처럼 행동하기 시작했다. 특히 교도관이 된 참여자들은 대부분이 자신들이 행사하고 있는 통제와 권력을 즐기며 공격적인 행동을 하는 경향을 보였다. 실제 상황이 아니라 실험이었음에도 그들이 맡은 역할과 제복, 다시 말해 사회적·제도적으로 정당화된 권위가 그들을 그렇게 변모시킨 것이었다.

PART 1 국어
PART 2 수학
PART 3 해답

[25～26] 다음 글을 읽고 물음에 답하시오.

병원에선 오목이의 임종이 임박해 가족을 찾고 있었다. 주사로 임종을 잠시 유예하고 있는 상태라고는 믿어지지 않을 만큼 오목이의 의식은 또렷했고 표정은 해맑았다.

"아아, 언니! 언니, 어디 갔었어? 못 보고 죽을까 봐 얼마나 조바심했는 줄 알아. 죽기 전에 꼭 하고 싶은 말이 있었거든. 진작 할 걸 왜 여태 참았나 몰라. 죽을 때까지 나 미련한 건 하여튼 알아 줘야 한다니까."

오목이는 마지막으로 재미있는 농담이라도 한 것처럼 장난스러운 미소를 띠고 이렇게 말했다. 그러나 그녀의 목소리는 숲속 길을 거닐 때 문득 옷소매를 스치고 나무들 사이로 도망치는 미풍이나 환청처럼 인간적인 애증과 갈등이 남김없이 걸러진 고요하고 무심한 것이었다.

그런 오목이의 목소리는 죽음에 끝까지 따라다니는 설마 하는 비현실감을 단숨에 몰아냈다. 그리고 죽음을 직시해야 하는 일을 피할 수 없게 됐다는 크나큰 두려움이 수지를 엄습했다. 수지는 떨리는 소리로 말했다.

"오! 오목아, 나야말로 ⓐ할 얘기가 있었는데, 진작 했어야 하는 얘긴데 왜 여태껏 못했나 몰라. 미련하게끔……."

"언니, 내가 먼저야."

오목이가 섬뜩하도록 강경한 목소리로 말하면서 믿을 수 없을 만큼 바싹 마른 팔로 허공을 휘저었다.

"언니, 내가 언니를 얼마나 싫어했는지 언니는 아마 모르고 있었을 거야. 고아원에서 처음 언니를 만났을 때부터 난 언니가 싫었어. 왜 그렇게 미웠는지, 아마 질투였나 봐. 언니 제발 용서해 줘. 일생에 누굴 그렇게 미워해 보긴 언니가 처음이자 마지막이었어."

"난 미움받아 싸단다. 난 널 용서해 줄 자격도 없어. 아아, 내 죄를 네가 안다면……."

〈중략〉

오목이가 천 근의 무게처럼 힘겹게 건네 준 건 은표주박이었다. 은행알만 하고 청홍의 칠보 무늬가 아직도 영롱한 은 노리개였다. 수지는 벼락을 맞은 것처럼 공구해서 풀썩 바닥에 무릎을 꺾고 그것을 받았다. 어쩌면 수지가 지금 꺾은 것은 무릎이 아니라 이기로만 일관해 온 그녀의 삶의 축이었다. 마침내 그것을 꺾으니 한없이 겸허하고 편안해지면서 걷잡을 수 없이 슬픔이 밀려왔다.

"오목아, 아니 수인아, 넌 오목이가 아니라 수인이야. 내 동생 수인이야. 내가 버린 수인이야. 내가 너를 몇 번이나 버린 줄 아니……?"

이렇게 목멘 소리로 시작해서 길고 긴 참회를 끝냈을 때 수인이는 이미 죽어 있었다.

그러나 수지는 용서받은 것을 믿었다. 수인의 죽은 얼굴엔 남을 용서한 자만의 무한한 평화가 깃들어 있었으므로.

– 박완서, 「그해 겨울은 따뜻했네」

---

25 위 작품에서 수지가 오목이에게 하려고 하는 ⓐ의 '할 얘기'가 무엇인지 두 가지 측면에서 진술하시오.

① _____

② _____

---

26 위 작품에서 오목이에게 '불행의 시작'을 의미하는 소재이자 '자신의 정체성을 찾기 위한 수단'으로 사용된 소재가 무엇인지 본문에서 찾아 쓰시오.

[27~28] 다음 글을 읽고 물음에 답하시오.

강남서 나온 제비는 왔노라 나타날 때, 오대양에 앉았다가 이리저리로 날며 넘놀면서, 흥부를 보고 반겨라고 좋을 호자 지저귀니, 흥부가 제비를 보고 경계하는 말이,

"고대광실(高臺廣室)* 많건마는 수숫대 집에 와서 네 집을 지었다가 오뉴월 장마에 털썩 무너지면 그 낭패가 아니겠냐?"

제비가 듣지 않고 흙을 물어 집을 짓고, 알을 안아 깨인 후에 날기 공부를 힘쓸 때에, 뜻밖에 구렁이가 들어와서 제비 새끼를 몰수이 먹으니, 흥부 깜짝 놀라 하는 말이,

"흉악한 저 짐승아. 기름지고 맛있는 음식도 많건마는 무죄한 저 새끼를 몰식(沒食)하니 악착스럽다. 제비 새끼가 은나라 대성 황제를 낳았고, 곡식을 먹지 않고 살아나니 인간에 해가 없고, 옛 주인을 찾아오니 제 뜻이 유정하되, 제 새끼를 이제 다 죽임을 당했으니 어찌 불쌍하지 않으리. 저 짐승아, 패공의 용천검(龍泉劍)이 붉은 피가 솟아오를 때, 백제(白帝)의 영혼인가* 신장도 장할시고. 영주 광야(永州廣野) 너른 뜰에 숙 낭자에 해를 입히던 풍사망의 구렁이*인가. 머리도 흉악하다."

이렇게 경계할 때, 이에 제비 새끼 하나가 공중에서 뚝 떨어져, 대발 틈에 발이 빠져 두 발목이 자끈 부러져 피를 흘리고 발발 떨었다. 흥부가 보고 펄쩍 뛰어 달려들어 제비 새끼를 손에 들고 불쌍히 여기며 하는 말이,

"불쌍하다 이 제비야. 은나라 대성 황제의 은혜가 넓고 커서 금수를 사랑하여 다 길러 내었는데, 이 지경이 되었으니 어찌 가련하지 않으리. 여봅소, 아기 어미 무슨 당사(唐絲)실 있습나?"

"아이고, 굶기를 부자의 밥 먹듯 하며 무슨 당사실이 있단 말이요?"

하고, 천만뜻밖의 실 한 닢 얻어 주거늘, 흥부가 칠산(七山) 조기 껍질을 벗겨 제비 다리를 싸고, 실로 찬찬 동여 찬 이슬에 얹어 두니, 십여 일이 지난 뒤에 다리가 완구하여 제 곳으로 가려 하고 하직할 때,

흥부가 비감(悲憾)하여 하는 말이,

"먼 길에 잘들 가고, 명년 삼월에 다시 보자."

하니, 저 제비의 거동을 보소. 양우광풍(揚羽狂風)*에 몸을 날려 백운을 비웃으며 주야로 날아 강남에 이르니, 제비 황제가 보고 묻기를,

"너는 어이 저느냐?"

제비 여쭙기를,

"소신의 부모가 조선에 나가 흥부의 집에다가 집을 짓고 소신 등 형제를 낳았삽더니, 뜻밖에 구렁이의 변을 만나 소신의 형제는 다 죽고, 소신이 홀로 죽지 않으려고 하여 바르작거리다가 뚝 떨어져 두 발목이 자끈 부러져, 피를 흘리고 발발 떠온즉, 흥부가 여차여차하여 다리 부러진 것이 의구하여 이제 돌아왔사오니, 그 은혜를 십분지일이라도 갚기를 바라나이다."

제비 황제가 하교(下敎)하기를,

"그런 은공을 몰라서는 행세치 못할 금수라. 네 박씨를 갖다주어 은혜를 갚으라."

하닌 제비가 사은(謝恩)하고 ⓐ박씨를 물고, 삼월 삼일이 다다르니,

제비는 건공에 떠서 여러 날 만에 흥부 집에 이르러 넘놀 적에, 북해 흑룡이 여의주를 물고 채운 간에 넘노는 듯, 단산 채봉(丹山彩鳳)*이 죽실(竹實)을 물고 오동(梧桐)나무에 넘노는 듯, 춘풍에 꾀꼬리가 나비를 물고 시냇가에 넘노는 듯 이리 갸옷 저리 갸옷 넘노는 것 흥부 아내 잠깐 보고 눈물 흘리며 하는 말이,

"여봅소, 지난해 갔던 제비가 무엇을 입에 물고 와서 넘노네요."

이렇게 말할 때, 제비가 박씨를 흥부 앞에 떨어뜨리니, 흥부가 집어 보니 한가운데 보은표(報恩瓢)라 금자로 새겼기에, 흥부가 하는 말이,

"수안(隋岸)의 뱀이 구슬을 물어다가 살린 은혜를 갚았으니, 저도 또한 생각하고 나를 갖다주니 이것이 또한 보배로다."

– 작자 미상, 「흥부전」

*고대광실: 매우 크고 좋은 집
*패공의 용천검이 붉은 피가 솟아오를 때, 백제의 영혼인가: 패공은 한고조 유방으로, 유방이 술에 취해 큰 뱀을 칼로 베어 죽였는데 그 뱀이 백제의 아들이었다고 함
*숙 낭자에 해를 입히던 풍사망의 구렁이: 「숙향전」에서 숙향에게 해를 입히던 큰 구렁이를 뜻함
*양우광풍: 깃털이 휘날릴 정도의 거센 바람
*단산 채봉: 단혈지신에 머문다는 봉황새

27 위 작품에서 ⓐ의 '박씨'는 인간 세계와 우화적 공간을 연결시켜 주는 매개 역할을 한다. 이러한 과정을 다음의 〈보기〉와 같이 도식화 했을 때, 빈칸에 알맞은 각각의 대상을 윗글에서 찾아 쓰시오.

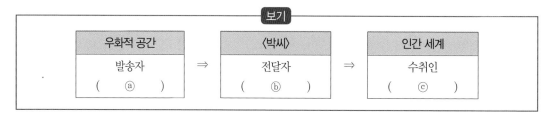

28 위의 작품은 음성 상징어를 활용하여 작중 상황을 더욱 생동감 있게 표현하고 있다. 윗글에서 사용된 음성 상징어를 모두 찾아 쓰시오.

[29~30] 다음 글을 읽고 물음에 답하시오.

유세차(維歲次) 모년(某年) 모월(某月) 모일(某日)에, 미망인(未亡人) 모씨(某氏)는 두어 자 글로써 침자(針子)에게 고하노니, 인간 부녀(人間婦女)의 손 가운데 중요한 것이 바늘이로대, 세상 사람이 귀히 아니 여기는 것은 도처에 흔한 바이로다. 이 바늘은 한낱 작은 물건이나, 이렇듯이 슬퍼함은 나의 정회(情懷)가 남과 다름이라. 오호 통재(痛哉)라. 아깝고 불쌍하다. 너를 얻어 손 가운데 지닌 지 우금(于今) 이십칠 년이라. 어이 인정(人情)이 그렇지 아니하리요. 슬프다. 눈물을 잠깐 거두고 심신을 겨우 진정하여, 너의 행장(行狀)과 나의 회포(懷抱)를 총총히 적어 영결(永訣)하노라.

연전(年前)에 우리 시삼촌께옵서 동지상사 낙점(落點)을 무르와, 북경을 다녀오신 후에 바늘 여러 쌈을 주시거늘, 친정과 원근 일가(一家)에게 보내고, 비복(婢僕)들도 쌈쌈이 나누어 주고, 그중에 너를 택하여 손에 익고 익히어 지금까지 해포 되었더니, 슬프다, 연분(緣分)이 비상(非常)하여 너희를 무수히 잃고 부러뜨렸으되, 오직 너 하나를 연구(年久)히 보전하니, 비록 무심한 물건이나 어찌 사랑스럽고 미혹(迷惑)하지 아니하리오. 아깝고 불쌍하며, 또한 섭섭하도다.

나의 신세 박명(薄命)하여 슬하에 한 자녀(子女) 없고, 인명(人命)이 ⓐ흉완(凶頑)하여 일찍 죽지 못하고, 가산(家産)이 빈궁하여 침선(針線)에 마음을 붙여, 널로 하여 생애를 도움이 적지 아니하더니, 오늘날 너를 영결(永訣)하니, 오호 통재라, 이는 귀신이 시기하고 하늘이 미워하심이로다.

아깝다 바늘이여, 어여쁘다 바늘이여. 너는 미묘한 품질(品質)과 특별한 재치(才致)를 가졌으니, 물중(物中)의 명물(名物)이요, 철중(鐵中)의 쟁쟁(錚錚)이라. 민첩하고 날래기는 백대(百代)의 협객이요, 굳세고 곧기는 만고(萬古)의 충절(忠節)이라. ⓑ추호(秋毫) 같은 부리는 말하는 듯하고, 뚜렷한 귀는 소리를 듣는 듯한지라. 능라(綾羅)와 비단에 난봉(鸞鳳)과 공작을 수놓을 제, 그 민첩하고 신기함은 귀신이 돕는 듯하니, 어찌 인력(人力)의 미칠 바리오.

오호 통재라, 자식이 귀하나 손에 놓일 때도 있고, 비복이 순하나 명(命)을 거스를 때 있나니, 너의 미묘한 재질(才質)이 나의 전후(前後)에 수응(酬應)함을 생각하면, 자식에게 지나고 비복에게 지나는지라. 천은(天銀)으로 집을 하고, 오색(五色)으로 파란을 놓아 겉고름에 채였으니, 부녀의 노리개라. 밥 먹을 적 만져 보고 잠잘 적 만져 보아, 너로 더불어 벗이 되어, 여름 낮에 주렴(珠簾)이며, 겨울밤에 등잔을 상대하여, 누비며, 호며, 감치며, 박으며, 공그릴 때에, 겹실을 꿰었으니 봉미(鳳尾)를 두르는 듯, 땀땀이 떠 갈 적에, 수미(首尾)가 상응하고, 솔솔이 붙여 내매 조화(造化)가 무궁하다. 이 생에 백년 동거(百年同居)하렸더니, 오호 애재(哀哉)라, 바늘이여.

– 유씨 부인, 「조침문」

29 위의 작품에서 화자는 바늘을 의인화하여 바늘에 대한 애정을 생동감 있게 드러내고 있다. 다음의 〈보기〉에서 의인화 된 바늘을 부르는 호칭을 찾아 쓰시오.

> 보기

이른바 규중 칠우(閨中七友)는 부인내 방 가운데 일곱 벗이니 글하는 선배는 필묵(筆墨)과 조희 벼루로 문방사우(文房四友)를 삼았나니 규중 녀잰들 홀로 어찌 벗이 없으리오.

이러므로 침선(針線)의 돕는 유를 각각 명호를 정하여 벗을 삼을새, 바늘로 세요 각시(細腰閣氏)라 하고, 침척을 척 부인(尺夫人)이라 하고, 가위로 교두 각시(交頭閣氏)라 하고, 인도로 인화 부인(引火夫人)이라 하고, 달우리로 울 랑자(熨娘子)라 하고, 실로 청홍흑백 각시(靑紅黑白閣氏)라 하며, 골모로 감토 할미라 하여, 칠우를 삼아 규중 부인내 아츰 소세를 마치매 칠위 일제히 모혀 종시하기를 한가지로 의논하여 각각 소임을 일워 내는지라.

30 ⓐ, ⓑ를 주어진 문장의 의미 전달에 맞게 그 뜻풀이를 순서대로 제시하시오.

ⓐ _____

ⓑ _____

[31~32] 다음 글을 읽고 물음에 답하시오.

[A] 아주 옛날, 프로메테우스가 인간을 빚으면서, 각자의 목에 두 개의 보따리를 매달아 놓았다고 한다. 보따리 하나는 다른 사람의 결점으로 가득 채워 앞쪽에, 또 다른 하나는 자신들의 결점으로 가득 채워 등 뒤에 달아 놓았다고 한다. 그래서 사람들은 앞에 매달린 다른 사람의 결점들은 잘도 보고 시시콜콜 이리 뒤지고 저리 꼬투리 잡지만, 뒤에 매달린 보따리 속의 자기 결점은 전혀 볼 수 없게 되었다고 한다.

따지고 보면 아무리 평판 좋고 훌륭한 사람일지라도 마음만 먹으면 비난거리는 얼마든지 찾아낼 수 있다. 인간 성향이라는 게 모두 양면적이라서 마음먹기에 따라 얼마든지 서로 상반되는 해석이 가능하기 때문이다. 아주 겸손하고 나서기 꺼려하는 사람은 카리스마가 부족하고 자신감이 없다고 비난하고, 반대로 박력 있고 당당한 사람은 겸손하지 못하고 되바라졌다고 욕한다. 그런가 하면 쾌활하고 잘 웃으면 사람이 가볍고 진중하지 못하다고 욕하고, 잘 웃지 않고 진중하면 괜히 무게 잡는다고 욕한다. 상냥하고 사근사근하면 내숭 떨고 여우 같다고 욕하고, 상냥하지 못하면 뻣뻣하다고 욕한다. 너그럽고 많이 베푸는 사람에겐 잘난 척하고 우월감을 갖고 있다고 비난하고, 잘 베풀지 않는 사람은 또 구두쇠이고 편협하다고 욕한다.

처음으로 영문학 과목을 듣는 1학년 학생들에게 문학 작품 분석법을 가르칠 때 나는 '(㉠)'를 역설한다. 이번 학기 영문학 개론 시간에는 학생들에게 윌리엄 포크너의 「에밀리에게 장미를」이라는 작품을 읽혔다. 남부 귀족 가문의 마지막 혈통인 에밀리 그리어슨은 빠르게 변하는 현대의 도시 속에서 완전히 고립된 삶을 산다. 그러다가 북부에서 온 십장 호머 배로이라는 남자와 사랑에 빠지고, 떠나려는 그를 붙잡기 위해 그에게 극약을 먹인다는, 아주 기괴한 이야기이다.

작품 분석을 하면서 에밀리의 성격을 이야기하라고 하면 학생들은 보통, "그 여자는 제정신이 아니에요. 정상적인 사람이라면 그런 행동을 할 수 없지요."라고 한다. 그렇게 말하면 토론이고 분석이고 아무것도 할 수가 없다. 어떤 작품에서 작중 인물이 그저 '남'이고, 그의 행위는 괴팍스러운 성향을 가진 '남'의 일이라고 단정해 버리면, '나'와 '남' 사이에 공존하는 인간의 보편적 성향을 공부하는 문학은 애당초 의미를 잃는다. 학생들 말마따나 에밀리의 경우는 단지 하나의 정신병 사례가 되어 버리는 것이다.

그럴 때 '(㉠)'를 통해 스스로 에밀리가 되어 보라고 하면, 학생들의 관점은 달라진다. "에밀리도 가문의 전통을 지키는 귀족이기 이전에, 사랑하고 싶고 사랑받고 싶은 하나의 인간이지요."라든가 "에밀리는 어렸을 때 아버지에게 과잉보호를 받으며 자랐고, 바깥세상을 경험할 기회가 없었습니다."라든가 "에밀리의 고립된 삶은 지독한 자기와의 투쟁이었고, 그래서 포크너가 장미를 바치는 거지요."라는 등 에밀리의 입장을 변호하면서 꽤 그럴듯하게 비평적 접근을 한다.

– 장영희, 「나와 남」

31 빈칸 ⑤은 학생들의 입장이 ⓐ에서 ⓑ로 바뀌게 된 원인을 제공하고 있다. 빈칸 ⑤에 공통으로 들어갈 문학 작품 분석 기법을 쓰시오.

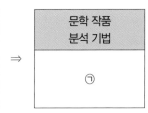

ⓐ		문학 작품 분석 기법		ⓑ
학생들 말마따나 에밀리의 경우는 단지 하나의 정신병 사례가 되어 버리는 것이다.	⇒	⑤	⇒	에밀리의 입장을 변호하면서 꽤 그 럴듯하게 비평적 접근을 한다.

32 프로메테우스의 이야기를 통해 필자가 독자에게 전달하려고 하는 내용이 무엇인지 다음의 핵심어를 사용하여 20자 내외의 명제화된 진술 문장으로 쓰시오.

> 핵심어: 결점

[33~34] 다음 글을 읽고 물음에 답하시오.

최 노인: 참 그 고약은 다 붙었어?

어머니: 예. (허리를 가볍게 치며) 이제 훨씬 부드러워졌어요.

최 노인: 뭐니 뭐니 해도 그 강 약방의 처방이 제일이야! 내 청이라면 친형제 일보다 더 알심 있게 약을 써 주거든!

어머니: 하기야 이 동리에서 옛부터 사귀어 온 집은 이제 그 강 약방하구 우리 집뿐인걸요.

최 노인: 그래, 우리가 (과거를 회상하며) 이 집에서 산 지가 꼭 사십칠 년이고 그 강 약방이 사십 년이 되니까…… . 그러고 보면 나도 무던히 오래 살았어…… . 이 종로 바닥에서 자라서 장가들어 자식 낳고 길러서 이제는 환갑을 맞게 되었으니…… .

어머니: (마루 끝에 앉으며) 정말…… . 근 오십 년 동안에 이웃 얼굴이 바뀌고 저렇게 집이 들어서는 걸 보면 세상 변해가는 모양이 환하게 보이는 것 같아요. 제가 당신에게 시집왔을 때만 하더라도 어디 우리 이웃에 우리 집 담을 넘어서는 집이 있었던가요?

최 노인: 사실이야! 빌어먹을 것! (좌우의 높은 집들을 쏘아보며) 무슨 집들이 저따위가 있어! 게다가 저것들 등쌀에 우린 일 년 열두 달 햇볕 구경이라곤 못 하게 되었지! 당신도 알겠지만 옛날에 우리 집이 어디 이랬소?

경운: (웃으며) 아버지두……. ⓐ세상이 밤낮으로 변해 가는 시대인데요…….

최 노인: 변하는 것도 좋구 둔갑하는 것도 상관하지 않지만 글쎄 염치들이 있어야지 염치가!

경운: 왜요?

최 노인: 제깟 놈들이 돈을 벌었으면 벌었지 온 장안 사람들에게 내 보라는 듯이 저따위로 층층이 쌓아 올릴 줄만 알고 이웃이 어떻게 피해를 입고 있다는 걸 모르니 말이다!

경운: 피해라뇨?

최 노인: (화단 쪽을 가리키며) 저기 심어 놓은 화초며 고추 모두 도모지 자라질 않는단 말이야! 아까도 들여다보니까 고추 모에서 꽃이 핀 지는 벌써 오래전인데 열매가 열리지 않잖아! 이상하다 하고 생각을 해 봤더니 저 멋없는 것이 좌우로 탁 들어 막아서 햇볕을 가렸으니 어디 자라날 재간이 있어야지! 이러다간 땅에서 풀도 안 나는 세상이 될 게다. 말세야 말세!

　이때 경재, 제복을 차려입고 책을 들고 나와서 신을 신다가 아버지의 얘기를 듣고는 깔깔대고 웃는다.

경재: 원 아버지두…….

최 노인: 이눔아 뭐가 우스워?

경재: 지금 세상에 남의 고추밭을 넘어다보며 집을 짓는 사람이 어디 있어요?

최 노인: 옛날엔 그렇지 않았어!

경재: ⓑ옛날 일이 오늘에 와서 무슨 소용이 있어요? 오늘은 오늘이지. (웅변 연사의 흉내를 내며) 역사는 강처럼 쉴 새 없이 흐르고 인생은 뜬구름처럼 변화무상하다는 이 엄연한 사실을, 이 역사적인 사실을 똑바로 볼 줄 아는 사람만이 자신의 운명을 개척할 수 있다는 사실을 최소한도로 아셔야 할 것입니다! 에헴!

－ 차범석, 「불모지」

33 다음은 위 작품의 제목인 '불모지'가 갖는 의미를 세대별로 구체화한 것이다. 다음의 빈칸을 30자 이내로 채워 '불모지'가 갖는 상징성을 완성하시오.

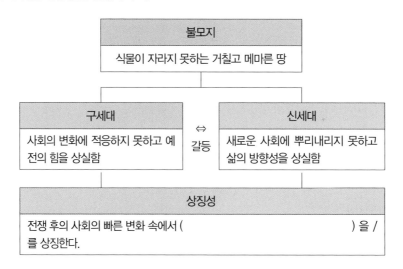

불모지
식물이 자라지 못하는 거칠고 메마른 땅

구세대	⇔ 갈등	신세대
사회의 변화에 적응하지 못하고 예전의 힘을 상실함		새로운 사회에 뿌리내리지 못하고 삶의 방향성을 상실함

상징성
전쟁 후의 사회의 빠른 변화 속에서 (　　　　　　　　　　) 을/를 상징한다.

34 윗글의 ⓐ와 ⓑ를 통해 새로운 시대에 대한 경운과 경재의 공통적인 태도를 20자 이내로 진술하시오.

[35~36] 다음 글을 읽고 물음에 답하시오.

[앞부분의 줄거리] 장돌뱅이로 늙은 허 생원은 봉평 장이 서던 날 조 선달과 충줏집에 갔다가 동이라는 젊은이가 충줏댁과 농지거리를 하는 것에 화가 나 뺨을 때려 쫓아 버린다. 이후 허 생원과 조 선달, 동이는 대화 장터까지, 메밀꽃이 하얗게 핀 산길을 걸어가게 된다.

S# 10. ⓐ산길(밤)

　메밀꽃이 흐드러지게 핀 산길을 지나는 허 생원 일행. 밝은 달빛에 사방이 온통 푸른 빛깔이다.(PAN. 달이 뜬 하늘에 서 메밀밭으로)

허 생원: (V.O. 멀찌감치 메밀밭 사이를 걸어가는 일행 위로) 달밤이었으나 어떻게 해서 그리됐는지 지금 생각해도 도무 지 알 수가 없어.

조 선달: 또 시작이구먼. (뒤따라오는 동이를 돌아보며) 저 얘긴 귀에 못이 박히게 들었지.

[A]　허 생원: (V.O. 나귀를 탄 동이의 모습에 이어 메밀밭 풍경 위로) 달밤에는 그런 얘기가 격에 맞거든. 장이 선……, 꼭 이런 밤이었네.

S# 11. 객줏집(밤)

　객줏집 토방에서 잠을 자던 젊은 허 생원. 더위에 몸을 뒤척이다가 일어나서 "어유, 더워."하며 손부채질을 한다.

허 생원(NAR): 객줏집 토방이란 무더워서 잠이 와야 말이지. 밤중은 돼서 혼자 일어나 개울가에 목욕이라도 해 볼 요량 으로 나섰지.

　허 생원이 더운 방 안에서 뛰쳐나간다.

S# 12. 개울가(밤)

　달이 밝아 주위가 온통 환하다. 개울 앞에 서서 상의를 벗으려다가 주저하는 허 생원. (E. 개울물 소리, 개구리 소리)

허 생원(NAR): 봉평은 지금이나 그제나 마찬가지지. 보이는 곳마다 메밀밭이어서 개울가가 어디 없이 하얀 꽃이야.

　옷을 벗을 곳을 찾아 두리번거리다가 물방앗간으로 걸어가는 허 생원.

S# 13. 물방앗간(밤)

　　방앗간 옆에서 물레방아가 돌고 있다.

[B]　허 생원(NAR): 달이 너무나 밝은 까닭에 옷을 벗으려 물방앗간으로 들어가지 않았다. 돌밭에 벗어도 좋을 것을.

　　방앗간에 들어선 허 생원. 어두컴컴해 내부가 잘 보이지 않는다. 옷을 벗으려다가 처녀의 울음소리에 놀라 넘어지며,
"엇, 어어! 아이고!"

허 생원(NAR): 이상한 일도 많지. 거기서 난데없이 성 서방네 처녀와 마주쳤단 말이네.

　　황급히 바지를 올린 허 생원이 당황하여 "게, 게 누구요?"하고 묻자, 성 서방네 처녀도 놀란 눈으로 쳐다본다.

허 생원(NAR): (눈물 흘리는 처녀의 얼굴에서) 봉평서야 제일가는 일색이었지.

〈중략〉

S# 21. ⓑ메밀밭 사이의 큰길(밤)

　　동이가 "이랴!"하며 나귀를 재촉해 앞으로 나서자, 세 사람은 횡대로 걷기 시작한다.

허 생원: 총각도 젊겠다. 지금이 한창 시절이렷다. 충줏집에서는 그만 실수를 해서 그 꼴이 되었으나 섭게 생각 말게.

동이: 천만에요. 되려 부끄러워요. (손 내리며) 계집이란 지금 웬 제격인가요. (고개를 돌리며) 자나 깨나 전 어머니 생각
　　뿐인데요. (V.O. 조 선달과 허 생원의 모습 위로) 아비, 어미란 말에 가슴이 터지는 것도 같았으나 제겐 아버지가
　　없어요. 피붙이라고는 어머니 하나뿐인걸요.

허 생원: (M. 서정적인 음악이 흐르며) 그래, 돌아가셨나?

동이: 당초부터 없어요.

조 선달: 에이, 그런 법이 세상에. 허허허.

허 생원: 그러게. 허허허.

동이: (얼굴을 붉히며) 부끄러워서 말하지 않으려고 했으나 정말이에요. (V.O. 언덕길에 들어서는 세 사람의 모습 위로)
　　제천 촌에서도 달도 차지 않은 아이를 낳고 어머니는 집을 쫓겨났죠. 우스운 이야기이나 그렇기 때문에 지금까지,
　　(나귀에서 내리며) 아버지 얼굴도 본 적 없고 있는 고장도 모르고 지내 와요.

　　뒤따라 나귀에서 내린 허 생원이 동이 쪽을 지긋이 바라본다.
　　"여차!" 하며 동이가 나귀를 끌고 오르막길을 올라가자 허 생원이 힘겹게 뒤따른다.

－ 이효석 원작 / 안재훈 각색, 「메밀꽃 필 무렵」

35 다음의 〈보기〉는 위 작품의 배경이 [A]와 [B]에서 각각 어떠한 역할을 하고 있는지 서술한 것이다. 〈보기〉의 각 빈칸을 15자 이내로 완성하시오.

┌─ 보기 ─┐

　　[A]에서는 허 생원에게 추억을 떠올리게 함으로써 [　　　①　　　] 역할을 하고, [B]에서는 밝은 달 빛이 허 생원과 성 서방네 처녀가 만나는 계기를 마련함으로써 [　　　②　　　] 역할을 한다.

36 인물 간의 소통 양상에 비추어 볼 때, 위 작품의 ⓐ와 ⓑ에서 화제의 중심인물이 누구에서 누구로 바뀌고 있는지 25자 이내로 진술하시오.

독서

[핵심이론]

① 독서의 본질

1. 독서의 준비

(1) 독서의 목적에 따라 글을 선택하는 방법

목적	글의 선택 방법
학업 독서	나에게 필요한 분야의 지식을 잘 정리한 책을 찾아서 정독함
교양 독서	나에게 필요한 교양이 무엇인지 생각하고 나서 읽을 만한 책을 찾음
문제 해결 독서	당면한 문제에 대해 분석하고 해결책을 제시한 책을 찾음
여가 독서	나의 흥미와 관심을 생각하여 책을 찾음
타인과의 관계 유지를 위한 독서	사람들의 공통적인 관심사를 생각하여 책을 찾음

(2) 독서 수준에 맞는 글을 선택하는 방법

　① 표지를 통해 책의 성격에 대한 단서 찾기

　② 목차와 서문을 통해 책에서 다룬 내용의 범위 확인하기

　③ 본문을 보고 나의 지식이나 어휘력으로 이해할 수 있을지 짐작하기

(3) 가치 있는 글을 선택하는 방법

　① 다른 사람이 쓴 서평 등을 참고하여 책 선택하기

　② 여러 세대를 거치면서 검증되어 '고전'으로 인정된 책 선택하기

　③ 권장 도서나 추천 도서로 선정된 책 선택하기

2. 주제 통합적 읽기

(1) 개념: 같은 화제를 다룬 여러 글을 읽고 비판적 · 통합적으로 이해하여 의미를 재구성하는 활동

(2) 필요성

　① 다양하고 폭넓은 관점으로 주제를 바라볼 수 있음

② 주관적이고 비판적인 시각으로 다른 사람의 글을 읽을 수 있음

③ 인간과 세계를 폭넓게 이해하는 능력을 기를 수 있음

④ 문제 상황을 창의적으로 해결할 수 있는 능력을 기를 수 있음

(3) 과정

읽기의 목적 구체화하기

⇩

읽기 목적에 맞는 글 찾기

⇩

글의 분야, 글쓴이의 관점, 형식이 다른 글을 서로 비교하며 읽기

⇩

글의 주장을 비판적으로 검토하고 유용한 정보 추려 내기

⇩

자신의 관점에 따라 정보를 가려내어 화제에 대한 자신의 견해 정리하기(재구성하기)

2 독서의 방법

1. 사실적 읽기

(1) 개념: 글에 드러난 정보를 확인하면서 읽는 활동으로, 글을 이해하기 위한 가장 기본적인 읽기 방법

(2) 방법

① 제목을 주의 깊게 살펴보고 내용을 요약하기

② 글의 종류와 그에 따른 글 전체의 논리를 살펴 글의 구조를 파악하기

③ 글의 화제나 내용, 글의 전개 방식을 알려 주는 담화 표지 등을 살펴 글의 전개 방식을 파악하기

2. 추론적 읽기

(1) 개념: 글에 드러난 내용 이외의 것들을 추측하며 읽는 활동

(2) 방법

① 배경지식, 담화 표지, 글의 문맥 등을 종합적으로 활용하여 생략되거나 암시된 정보를 추론하기

PART 1 국어

PART 2 수학

PART 3 해답

② 글의 종류, 글 전체의 내용과 글의 맥락을 고려하여 글쓴이의 의도나 목적을 추론하기

③ 글쓴이의 입장, 글의 예상 독자, 글의 화제나 대상을 대하는 글쓴이의 태도 등을 종합하여 숨겨진 주제를 추론하기

3. 비판적 읽기

(1) 개념: 글의 내용과 표현 방법, 글쓴이의 관점, 글의 배경이 되는 사회 · 문화적 이념 들을 판단하며 읽는 활동

(2) 방법

① 글쓴이의 관점이 타당한지, 내용이 논리적으로 타당한지, 정확하고 믿을 만한지, 공정한지, 자료가 적합한지 등을 판단하기

② 글에 쓰인 표현 방법이 적절하고 효과적인지 판단하기

③ 글에 숨겨진 의도, 글에 전제되거나 글쓴이가 의도적으로 반영한 사회 · 문화적 이념을 판단하기

4. 감상적 읽기

(1) 개념: 글에 대해 정서적으로 반응하며 읽는 활동

(2) 방법

① 공감하거나 감동을 느낀 부분의 의미를 생각하기

② 글에서 깨달음과 즐거움을 얻기

③ 글의 내용을 자신에게 맞게 수용하기

5. 창의적 읽기

(1) 개념: 글의 내용과 글쓴이의 생각에 독자 자신의 지식과 경험을 더해 새로운 의미를 만들어 내는 활동

(2) 방법

① 문제 해결에 도움이 되는 글을 찾아 읽기

② 문제와 관련된 글쓴이의 생각을 평가하고 이에 대한 대안을 찾으며 능동적으로 읽기

③ 독서의 분야

1. 인문 · 예술 분야의 글 읽기

(1) 글의 특성

① **인문 분야**: 인간 존재에 대해 철학적으로 탐구하고, 인간의 삶을 기록하기 위한 인간의 지적 활동이 축적된 글

　예 문학, 역사, 철학, 언어, 종교, 심리 등에 관한 글

② **예술 분야**: 인간의 상상력과 기술을 발휘해 아름다움을 표현하려는 활동 및 그 결과로 만들어진 작품에 대한 설명, 예술이 탄생한 배경과 창작된 과정 등을 다룬 글

　예 예술 철학, 미학 등 예술론 일반에 대한 글, 작품론, 작가론, 음악, 미술, 연극, 영화, 무용, 건축, 사진, 공예 등

(2) 글을 읽는 방법

① 인문 분야와 예술 분야에 대한 배경지식을 활용하며 읽기

② 인문학적 세계관과 인간에 대한 글쓴이의 성찰을 비판적으로 이해하며 읽기

③ 예술과 삶의 문제를 대하는 인간의 태도를 비판적 시각에서 읽기

2. 사회 · 문화 분야의 글 읽기

(1) 글의 특성

① **사회 분야**: 정치, 경제, 언론, 법률, 국제 관계, 교육 분야를 다룬 글

② **문화 분야**: 의식주, 언어, 풍습, 종교, 학문 분야를 다룬 글

(2) 글을 읽는 방법

① 글에 담긴 사회적 요구와 신념을 비판적으로 파악하며 읽기

② 사회적 현상의 특성을 이해하며 읽기

③ 역사적 인물과 사건의 사회 · 문화적 맥락을 비판적으로 이해하며 읽기

3. 과학 · 기술 분야의 글 읽기

(1) 글의 특성

① **과학 분야**

　㉠ 자연 현상이나 물리적 세계를 대상으로 하며, 대상의 구조나 변화의 원리를 보편적 인과 법칙에 의해 서술함

PART 1 국어

PART 2 수학

PART 3 영어

        ⓒ 객관적 자료에 근거한 과학적 사실이나 법칙을 제시함

        ⓒ 자연 과학에 관한 글뿐 아니라 과학에 관한 일반적인 글도 포함함

   ② 기술 분야

        ㉠ 과학 이론을 실제로 적용하여 자연과 사물 등을 인간 생활에 유용하도록 가공한 다양한 기술에 관해 서술함

        ⓒ 기술 공학적 원리나 법칙을 탐구하고 설명함

(2) 글을 읽는 방법

   ① 과학 용어나 개념을 명확하게 이해하며 읽기

   ② 지식과 정보의 객관성을 파악하며 읽기

   ③ 논거의 입증 과정을 파악하고 논거의 타당성을 판단하며 읽기

   ④ 과학적 원리의 응용과 한계를 파악하며 읽기

4. 시대의 특성을 고려한 글 읽기

(1) 글쓰기 관습의 변화

   ① 세로쓰기 → 가로쓰기

   ② 한문 또는 한문과 한글의 병기 → 한글 표기

(2) 글 읽기 방법

   ① 글이 생산된 당대의 글쓰기 관습이나 독서 문화를 고려하며 읽기

   ② 글쓴이의 상황이나 당시의 사회 · 문화적 맥락을 고려하며 읽기

   ③ 자신의 필요나 상황에 맞추어 글의 의미를 재구성하며 읽기

5. 지역의 특성을 고려한 글 읽기

(1) 필요성

   ① 인간과 세계의 다양성에 대한 이해의 폭을 넓힐 수 있다.

   ② 다른 지역의 사회 · 문화가 갖는 특수성을 알 수 있다.

   ③ 다른 지역과 비교하여 우리 사회와 문화의 고유한 가치, 한 인간으로서 자신에 대한 이해를 높일 수 있다.

(2) 글 읽기 방법

   ① 글이 쓰인 당시 그 지역을 지배한 가치관과 문화를 고려하며 읽기

② 글이 지역의 가치관이나 문화에 끼친 영향을 생각하며 읽기

③ 지역적으로 편중되지 않도록 세계와 국내 여러 지역의 문화를 다룬 글을 두루 읽기

④ 각 지역의 문화적 특성을 존중하는 문화 상대주의적 관점을 지니고 읽기

6. 매체의 특성을 이용한 글 읽기

(1) 독서 환경의 변화

① 정보 통신 기술의 발달로 다양한 읽기 매체(스마트폰, 태블릿 컴퓨터, 전자책 단말기 등)가 생겨남

② 인터넷을 통해 사람들이 지식과 정보의 구성에 직접 참여하고, 손쉽게 자료를 복제하고 전송할 수 있게 됨

(2) 글 읽기 방법

① 매체의 유형과 특성을 고려하여 매체 자료를 읽기

② 매체 자료의 타당성, 신뢰성, 공정성 등을 평가하며 비판적으로 읽기

③ 다양한 매체에서 필요한 정보를 수집하여 활용할 수 있도록 능동적이고 주체적으로 읽기

④ 독서의 태도

1. 지속적인 독서 활동

(1) 효과

① 지식과 정보를 얻어 시대의 변화에 대응할 수 있음

② 자기 분야의 전문가로 성장할 수 있음

㉢ 독서 문화를 향유하고 건전한 독서 문화 형성에 이바지할 수 있음

(2) 실천

① 독서에 대한 흥미와 관심을 유지함

② 자발적인 독서 태도를 지님

③ 자신의 독서 이력을 관리함

2. 독서를 통해 타인과 교류하는 방법

① 자신의 관심사에 맞는 다양한 독서 활동 찾기

② 독서 활동에 능동적으로 참여하기

③ 독서 활동의 경험을 공유하고 확산하기

[실전문제]

해답 p.234

▶ **다음 글을 읽고 물음에 적절한 대답을 진술하시오.**

배점(총점)	예상 소요 시간
15점	5분 / 전체 80분

(가) 우리는 매일 엄청난 양의 데이터가 생산·수집되는 세상에 살고 있으며, 이 데이터에서 가치 있는 정보를 발견하고 이를 체계적인 지식으로 변환하기 위해 데이터를 분석하는 것이 매우 중요해졌다. 바위나 모래에서 금을 채굴하듯이 데이터에 내포된 지식을 채굴하는 것을 '데이터 마이닝(Data Mining)'이라고 하는데, 이를 위해서 다양한 분석 도구가 필요하게 되었다. 데이터 마이닝은 대용량 데이터로부터 유용한 패턴이나 관계를 발견하는 과정으로, 일반적으로 데이터 마이닝 패턴들은 요구 사항과 문제의 성격에 따라 예측, 연관, 군집으로 구분한다. 데이터 마이닝은 데이터 집합에 존재하는 속성들 간의 패턴을 확인하는 모형을 만드는데, 이때 모형은 속성들 간에 존재하는 관계를 밝히는 수리적 표현을 이른다. 데이터 마이닝의 방법 중에서 군집 분석은 항목, 사건, 개념 등을 군집이라고 하는 공통된 집단들로 분류하는 것으로, 인간의 자연스러운 추론 과정을 반영한 분석법이다.

(나) 군집 분석은 범주에 관한 정보가 주어지지 않으므로 객체들 사이의 유사성에만 의존하여 비슷한 객체들끼리 군집화하는 과정이다. 군집화(Clustering)는 데이터 분석에서 물리적 혹은 추상적 객체들을 서로 비슷한 객체끼리 군집을 형성하여 그룹화하는 것이다. 군집은 같은 군집 내의 객체들과는 유사하고, 다른 군집의 객체들과는 상이한 객체들의 집합이다. 또한 군집은 여러 응용에서 집합적으로 하나의 그룹으로 여겨지거나 객체들의 요약으로 간주되기도 한다. 군집은 대규모 데이터 집합을 유사성에 따라서 그룹들로 분할한 것이기 때문에 데이터 분할이라고도 한다. 이때 유사성 정도는 대상을 정의하는 속성값을 통해 계산하는데, 주로 거리가 가까운 객체들끼리 묶는 거리 측정법을 사용한다. 이러한 군집 분석은 데이터의 분포에 대한 지식을 얻고, 각각의 군집의 특징을 관찰하거나, 추가적인 분석을 위해 특정 군집 집합에 초점을 맞추기 위한 도구로 사용된다.

(다) 군집 분석에는 데이터 유형과 특정한 분석 목표, 해당 응용 환경에 따라 다양한 방법이 사용된다. 또 군집 분석을 데이터를 파악하기 위한 예비적 수단으로 사용할 때는 같은 데이터에 대해 여러 군집 분석방법을 시도해 보기도 한다. 군집 분석의 방법 중 분할 기법은 객체들을 임의의 k개 그룹으로 나누고, 객체들을 반복해서 비교하여 군집 내 객체들은 비슷하게, 다른 군집의 객체와는 유사하지 않도록 객체들의 그룹을 반복해서 개선해 나가는 방법이다. 아래 〈그림〉을 보면, 먼저 임의의 위치에 각 k개 그룹의 중심값들을 정하고, 각 객체를 k개 중심값들 중 가장 가까운 중심값의 그룹으로 정한다. 각 k개 그룹에 대해서 그룹에 포함된 객체들의 평균을 구해, 이를 새로운 중심값으로 정한다. 그런데 처음에 정한 임의의 그룹 중심값에 가까운 객체들을 할당하였기 때문에, 할당된 객체들의 평균으로 정확한 중심값을 새로 정하면, 이전 중심값에 할당된 객체가 새로운 중심값보다 다른 그룹의 중심값에 더 가까워질 수 있다. 따라서 새로운 k개 중심값에 대해서

다시 모든 객체를 검사하여 가장 가까운 중심값의 그룹으로 재배치한다. 그리고 객체들을 새로 할당해 정해진 그룹에 대해서 다시 객체들의 평균값을 구하고, 이러한 과정을 반복하여 더 이상 그룹 중심값이 바뀌지 않을 때까지 그룹을 갱신한다.

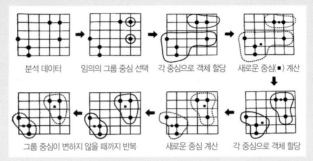

〈그림〉 군집 분석의 단계별 과정

(라) 이러한 데이터 마이닝은 일상생활 전반에 활용되지만 우리는 대부분 이를 인지하지 못하고 있다. 우리는 자신의 취향에 맞는 광고 문자를 받았을 때 그것이 데이터 마이닝을 통해 도출한 결과라는 생각을 하지 못한다. 혹은 인터넷 사용에서의 클릭이 어떤 데이터 마이닝의 새로운 데이터로 활용될 것이란 생각을 떠올리지 못한다. 이렇게 일상생활의 일부가 된 데이터 마이닝에서 군집 분석은 이전에는 명확하지 않았지만 일단 발견되면 의미 있고 유용한 연관 관계와 구조들을 밝혀낸다는 점에서 타깃 마케팅*, 시장 조사를 포함한 많은 응용 분야에서 사용되고 있다.

* 타깃 마케팅: 표적을 확실하게 설정하고 마케팅을 행하는 일.

[예시문제]

윗글을 근거로 〈보기〉와 같이 작성한 '공작나비의 분류' 관련 독서 일지 내용 중 [　　㉮　　]에 들어갈 내용을 30자 이내로 진술하시오.

> 보기

생물학의 분류 체계를 정립한 칼 폰 린네(Carl von Linné)의 작업을 상상해 보았다. 린테는 자연 과학자의 일은 혼란과 무질서 상태에서 자연의 질서를 드러내는데 그 목적이 있다고 하였다. 이런 생각에서 그는 수많은 생물 중에서 서로 유사한 생물들을 그룹화하고 각 그룹에 적절한 명칭을 부여함으로써 분류 체계를 완성해 나갔을 것이다. 오른쪽 그림에서 공작나비라는 종의 존재는 [　　㉮　　] 때문에 드러날 수 있었다.

모범답안 유사성을 바탕으로 군집을 형성해 가며 연관 관계와 구조를 밝혀냈기

바른해설 2문단에서 군집 분석은 범주에 관한 정보가 주어지지 않으므로 객체들 사이의 유사성에만 의존하여 그룹을 형성하는 방법이라 하였고, 4문단에서 군집 분석은 이전에는 명확하지 않았지만 일단 발견되면 의미 있고 유용한 연관 관계와 구조를 밝혀낸다고 하였다.

채점기준

답안	배점
모범답안과 일치하는 경우	15점
'군집을 형성해 가며 연관 관계와 구조를 밝혀냈기 때문'이라는 취지로 진술한 경우	10점
군집을 형성한다는 내용이 없이 '연관 관계와 구조를 밝혀냈기 때문'이라는 취지로 진술한 경우	5점
모범 답안의 의미와 전혀 일치하지 않는 내용으로 진술한 경우	0점
– 모범답안의 핵심어는 '유사성, 군집, 연관 관계, 구조'임. – 맞춤법 및 표기 오류는 한 건당 1점씩 감점	공통사항

〈2023학년도 서경대 논술 모의문제〉

[01~02] 다음 글을 읽고 물음에 답하시오.

삼단 논법이란 두 개의 전제를 바탕으로 하나의 결론을 도출하는 논증 방식이다. 전제와 결론에는 명제가 사용되는데, 명제의 형식으로는 전칭 긍정(모든 S는 P이다.), 전칭 부정(어떤 S는 P가 아니다.), 특칭 긍정(어떤 S는 P이다.), 특칭 부정(어떤 S는 P가 아니다.)이 있다. 전칭이란 주어(S)가 대상 전체를 포함하는 것이고 특칭은 부분만을 포함하는 것이다. 긍정은 주어(S)가 술어(P)에 포함되는 것이고 부정은 주어(S)가 술어(P)에 포함되지 않는 것이다.

삼단 논법의 세 명제는 세 명사(名辭)*의 관계를 나타낸다. 가령 '모든 학생은 과학자이다. 어떤 철학자도 과학자가 아니다. 따라서 어떤 철학자도 학생이 아니다.'의 경우 세 개의 명사인 '학생', '과학자', '철학자'가 명제의 주어(S) 또는 술어(P)에 등장한다.

타당한 삼단 논법이란 어떤 것일까? 그것은 두 전제를 참이라고 할 때, 두 전제가 결론을 주장하기 위한 충분한 근거를 제공한다면 타당하다고 말한다. 타당성은 명제의 내용이 아니라 논리적 형식에 의해 결정되므로, 우리는 실제로 모두 거짓 내용인 세 개의 명제로도 타당한 논증을 구성할 수 있다.

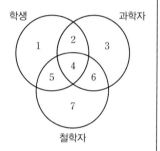

타당성을 확인하기 위해서는 벤 다이어그램을 이용할 수 있다. 즉 〈그림〉처럼 세 개의 원에 세 개의 명사를 대응시킨 다음, 두 전제와 결론을 비교하는 방법이다. 만일 전제에 결론의 내용이 이미 나타나 있으면 논증은 타당하지만, 전제에 결론의 내용이 나타나 있지 않으면 그 논증은 부당하다.

앞의 예시의 타당성을 확인하기 위해 전제를 원에 대응시켜 보자. '모든 학생은 과학자이다.'는 학생이라는 원에서 1, 5 부분에 해당되는 것이 없다는 뜻이다. 이때는 학생인데 과학자가 아닌 1, 5 부분에 빗금을 쳐서 해당되는 학생은 없는 것으로 표시한다. '어떤 철학자도 과학자가 아니다.'는 철학자라는 원에서 4, 6 부분에 해당되는 것이 없다는 뜻이다. 이때는 철학자이면서 과학자인 4, 6 부분에 빗금을 그어 해당되는 철학자는 없는 것으로 표시한다. 그리고 두 전제를 결합해 보면 1, 4, 5, 6 부분에 빗금이 그어진 상태이다. 결론인 '어떤 철학자도 학생이 아니다.'의 경우는 철학자이면서 학생인 4, 5 부분에 빗금을 그어 해당되는 철학자는 없음을 나타낼 수 있다. 이제는 결론과 두 전제의 결합을 비교해 보자. 전제의 결합은 1, 4, 5, 6 부분에 빗금이 있고 결론은 4, 5 부분에 빗금이 있으므로 전제에 결론의 내용이 이미 나타나 있다. 따라서 이 논증은 타당하다.

– 「벤 다이어그램을 통한 삼단 논법의 타당성 판단」

*명사: 개념(槪念)을 나타내는 언어적 표현으로, 명제를 구성하는 데에 요소가 되는 말

01 다음은 삼단 논법의 타당성을 검증하기 위해 제시된 명제들이다. 제시문의 내용을 바탕으로 〈보기〉의 명제
들을 주어진 벤 다이어그램에 빗금으로 표시하시오.

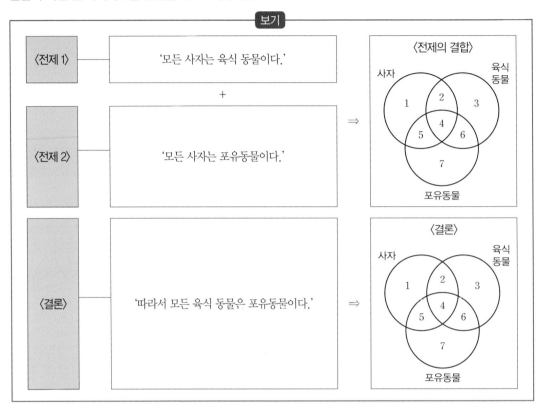

02 위의 〈보기〉에서 도출된 벤 다이어그램을 통해 〈결론〉에 근거한 논증의 타당성 여부를 40자 이내로 진술하
시오.

[03~04] 다음 글을 읽고 물음에 답하시오.

형법상 범죄가 성립하려면 행위자의 행위가 구성 요건에 해당해야 하며 위법성과 유책성을 갖추어야 한다. 여기서 구성 요건이란, 형법상 금지되는 행위가 무엇인가를 추상적·일반적으로 기술해 놓은 것을 말한다.

자신이 하는 행위가 구성 요건에 해당함을 알고도 그 행위를 의도적으로 실현한 경우를 '고의'라고 하고, 자신의 행위가 타인의 법익*을 해칠 것임을 몰랐더라도 사회적으로 요구되는 주의 의무를 준수하지 못한 것을 '과실'이라고 한다. ㉠자동차 운전자가 보복 운전의 목적으로 앞차를 뒤에서 들이받아 추돌 사고를 낸 경우라면 고의에 의한 범죄 행위에 해당할 수 있다. 반면, ㉡운전자가 수면 부족으로 피로한 상태에서 졸음운전을 하다 앞차를 뒤에서 들이받는 사고를 낸 경우는 과실에 의한 범죄 행위에 해당할 수 있다. 의도적인 규범 불복종에 해당하는 고의에 비해서 과실은 불법성이나 책임의 정도가 약한 것으로 간주된다. 그래서 우리나라는 원칙적으로 고의범*만을 처벌하되, '정상적으로 기울여야 할 주의를 게을리하여 죄의 성립 요소인 사실을 인식하지 못한 행위는 법률에 특별한 규정이 있는 경우에만 처벌한다.'라고 명시한 형법 제14조에 따라 법률에 특별한 규정이 있는 경우에만 예외적으로 과실범*을 처벌하고 있다.

형법 제14조는 과실의 개념 요소로 '주의를 게을리'함을 명시적으로 밝히고 있다. 이는 행위자가 자신의 부주의, 즉 주의 의무의 불이행으로 인해 예견하거나 피할 수 있었던 법익 침해의 결과를 초래한 경우를 이른다. 달리 말하면, 행위자가 주의 의무를 다하였더라도 결과가 발생하였으리라고 인정되는 경우에는 과실범이 성립하지 않는다. 이처럼 과실범의 본질은 주의 의무 위반에 있다. 따라서 과실범의 성립 요건을 검토하는 과정에서 일차적으로 그 행위와 관련된 주의 의무의 규정을 확인할 필요가 있다. 예를 들어, 도로 교통법 제31조 제1항에서는 '모든 차 또는 노면 전차의 운전자는 다음 각 호의 어느 하나에 해당하는 곳에서는 서행하여야 한다.'라고 주의 의무를 규정하면서 세부 항목 중 제4호로 '가파른 비탈길의 내리막'을 명시하였다. 즉 규정에 명시된 장소에서 주행 중인 모든 운전자는 서행해야 할 의무가 있으므로, 운전자가 도로에 사람이 있다는 것을 인식하지 못하여 고의가 인정되지 않더라도 가파른 비탈길의 내리막에서 감속하지 않고 주행하다가 교통사고로 사람을 다치게 한 경우라면 과실범으로 인정될 수 있다.

한편, 법문에서는 '정상적으로 기울여야 할 주의'라는 개념을 통해 사회생활에서 요구하는 일정한 주의 의무가 있음을 밝혔으나, 그 수준과 정도에 대해 무엇을 표준으로 삼을 것인지를 명시하지는 않았다. ㉢주의 의무의 표준에 대한 견해로 객관설과 주관설, 절충설 등이 있다.

객관설은 사회 일반인의 주의 능력을 기준으로 하여 주의 의무 위반의 유무를 판단하려는 견해로, '평균인 표준설'이라고도 한다. 이는 주의 의무의 척도가 추상적·객관적이어야 한다는 것을 전제하므로, 과실 유무와 과실의 경중을 판단할 때 행위자의 구체적인 사정이 아니라 일반적인 사람들이 취할 수 있는 주의의 정도를 표준으로 삼는다. 단, 의료나 운전 등과 같이 전문화된 업무와 관련된 행위는 동일한 업무와 직종에 종사하는 사람들을 표준으로 삼는다. 반면, 주관설은 행위자 개인의 주의 능력을 기준으로 하여 주의 의무 위반 여부를 판단하려는 견해로 '행위자 표준설'이라고도 한다. 귀책의 근거가 행위자의 주관적인 요소에 있으므로, 주의 의무의 척도로 행위자 개개인의 주의력을 표준으로 하는 구체적 과실을 상정한다. 이는 법 규범이 개인에게 불가능한 것을 요구할 수 없음을 전제한다. 한편, 절충설은 주의 의무의 정도에 대해서는 일반인을 표준으로 삼되 주의 능력에 대해서는 행위자를 기준으로 삼는 견해로 '이중 표준설'이라고도 한다. 우리나라는 평균인 표준설을 따르는 것이 통설이다.

평균인 표준설은 법 규범의 선도적·예방적 기능을 강화하고, 과실로 인한 사고가 대량으로 발생하는 영역에서 행위자가 준수해야 할 주의 의무가 정형화·표준화되어 적용되도록 만든다는 장점이 있다. 하지만 이는 사회 구성원에게 일상에서 남다른 주의를 기울이면서 살아가도록 강요하므로 정상적인 사회생활을 영위하는 것을 어렵게 만들 수 있다. 예를 들어, 자동차 교통, 의료, 건설, 공장, 원자력 발전 등은 현대의 복잡한 산업 사회에서 유용성이 있는 필수 불가결한 영역이지만, 항상 일정한 위험을 수반한다. 여기에 일반적인 주의 의무를 적용한다면, 예견된 결과를 피하기 위해서는 업무를 중단하거나 시설을 제거할 수밖에 없으므로 사회 전체가 정체될 수 있다.

그래서 ⓛ과실의 주의 의무 범위를 제한하기 위해 등장한 이론이 바로 '허용된 위험'이다. 행위자가 구성 요건에 해당하는 결과를 피하기 위한 조치를 충분히 했다면, 비록 그 행위가 중대한 피해를 초래하더라도 행위자에게 과실 책임을 지울 수 없다는 것이다. 도로 교통법이나 의료법에는 위험의 발생 빈도가 높은 영역에 대해 사회생활상 요구되는 주의 의무의 기준을 명문화한 규정이 있는데, 규정에 명시된 기준을 충족했는지에 따라 구성 요건의 배제 여부가 결정된다. 예를 들어, 의료법에서는 의사가 환자에게 수술 전 지켜야 할 주의 사항이나 의료 행위에 따른 부작용에 대해 구체적으로 설명할 의무가 있다고 명시했다. 이러한 명문화된 기준에 따라 행위자가 필요한 안전 조치를 했다면 주의 의무를 다한 것이므로, 그 행위가 법익을 침해했더라도 과실범으로 처벌할 수 없다.

* **법익**: 형법에서 침해가 금지되는 개인이나 공동체의 이익 또는 가치.
* **고의범**: 죄를 범할 의사를 가지고 저지른 범죄. 또는 그런 범인.
* **과실범**: 부주의로 인하여, 어떤 결과의 발생을 미리 내다보지 못함으로써 성립하는 범죄. 또는 그런 죄를 저지른 사람.

03 ㉮의 운전자와 ㉯의 운전자가 사고를 낸 이유를 기준으로 비교했을 때, ㉯의 행위가 ㉮의 행위보다 불법성이나 책임의 정도가 더 약한 것으로 간주되는 이유를 제시문에서 찾아 첫 어절과 마지막 어절을 적으시오.

첫 어절: _____   마지막 어절: _____

04 〈보기 2〉는 제시문의 내용을 바탕으로 〈보기 1〉의 사례를 분석한 내용이다. 제시문의 ㉠과 ㉡을 고려할 때, 빈칸에 알맞은 학설이나 이론을 차례대로 적으시오.

보기1

의사인 '갑'에게 수술을 받던 중에 환자 '을'이 과다 출혈로 사망했다. 조사 결과, 평소 고혈압을 앓던 '을'이 지속적으로 먹던 아스피린을 수술을 앞두고도 복용한 것이다. 아스피린은 혈소판의 응고를 막아 지혈을 방해하는 약물로, 과다 출혈이 우려되는 수술을 앞두고 의사가 환자에게 일정 기간 복용 중단을 지시해야 하는 약물 중 하나이다.

보기2

• (ⓐ)에 따르면, '갑'이 실수로 '을'에게 수술 전 주의 사항 중 복용 금지 약물에 대해 안내하지 않은 경우라면 '갑'의 과실 책임이 인정된다.

• (ⓑ)에 따르면, '갑'이 복용 중단을 지시했으나 '을'이 이를 어기고 몰래 약물을 복용한 경우라면 '갑'의 과실 책임이 인정되지 않는다.

• (ⓒ)에 따르면, '갑'에 대해 동일 업무의 종사자들과 비교하지 않고 행위자 개개인의 주의력을 기준으로 삼아 과실 유무와 과실의 경중을 판단한다.

[05~06] 다음 글을 읽고 물음에 답하시오.

주변 풍광이 빼어난 곳에 서원이 자리를 잡게 된 원인으로는 성리학자들이 자연 속에 은둔하여 심신을 수양하며 천인합일(天人合一)을 할 수 있는 곳을 찾았던 점을 들 수 있다. 성리학자들에게 천인합일 사상은 가장 중요한 유가적 관념으로, 자연과 인간이 하나가 되어 우주의 생명 전체가 융화하고 교섭할 수 있다는 인생의 최고 이상이었다.

이런 이유로 사대부들은 골짜기가 있어 물이 흐르고, 산이 있어 풍월(風月)을 가까이할 수 있는 자연에 서원을 건립하여 학문을 연마하고 후학을 양성하였다. 따라서 자연과 함께하기에 가장 적합한 누정 형식의 건축을 서원 건축에 끌어와서 격렬한 논쟁도 하고 시회(詩會)도 열며 자연을 접하는 장소로 삼았다. 이러한 누(樓)는 주로 서원 진입부에 배치되었다.

사묘(祠廟)와 강당이 중심이 되는 공간은 유생들이 마음을 집중해서 학문에 힘쓰며 수양을 하는 장수(藏修) 공간이었고, 연못과 누가 있어 자연을 바라보는 공간은 학문하는 긴장에서 벗어나 편안히 쉬고 즐기면서도 학문에 마음을 두는 유식(遊息) 공간이었다.

[A] 이때 건립된 서원의 입지와 배치의 특징을 살펴보면, 서원은 주로 앞이 낮고 뒤가 높은 경사면에 세워지며, 건물 배치는 사당이 서원 영역 가장 뒤쪽에, 강당이 중간에 그리고 동·서재로 구성된 재사(齋舍)가 강당 앞쪽에 서로 마주보며 위치한다. 제향 공간과 강학 공간은 둘레 담으로 싸여 각각 독자적인 영역을 확보하고 있는데, 강학이 이루어지는 곳은 활달하고 생동하는 공간으로, 제향이 이루어지는 곳은 존엄하고 정밀한 공간으로 조성되었다.

서원은 유생들이 함께 기숙하며 생활하는 곳이었기 때문에 강당 앞마당을 중심으로 하여 그 좌우에 이들이 기거하는 재사인 동재와 서재를 배치하였다. 재사 건물들이 외부에 등을 돌리고 있어 폐쇄적인 듯하지만 내부 뜰에서는 항상 밖으로 시선이 열리도록 공간 처리를 하였다.

그리고 서원의 중심이 되는 곳인 강당에 앉으면 앞으로 멀리 안산이 보이도록 하여 유생들이 자연과 계절의 흐름을 알게 하였다. 그뿐만 아니라, 건물은 물론이고 주변 자연 경관을 이루는 나무, 돌, 물, 산 등에도 성리학적 사고로 전화게 하는 이름을 지어 그 존재 가치를 부여하였다.

서원의 건물들은 장대하거나 화려하지 않고 절제되고 단아한 모습으로 지어져 성리학적 세계관을 건물 배치와 조형의 차원으로 응축하여 승화시키고 있다. 요약하면, 성리학적 가치관, 세계관, 자연관이 반영된 물리적 표상이 서원 건축이다. 그러나 서원 건축은 17세기 중반을 지나면서 인격 수양을 위한 강학보다는 선현에 대한 제향이 중시되는 건축으로 바뀐다. 제향이 중시되는 서원은 강당이 서원 앞쪽에 위치하고, 동재와 서재가 강당 뒤에 위치하도록 하였다.

– 이상해, 「서원 건축의 공간적 이해」

05 서원 건축을 성리학적 사고와 관련지어 설명할 때, 제시문에서 서원 건축에 대한 정의를 찾아 하나의 명제화된 진술 문장으로 쓰시오.

06 다음의 〈보기〉는 윗글 [A]의 내용에 따라 서원의 건물들을 배치한 것이다. 빈칸에 들어갈 건물명을 쓰시오.

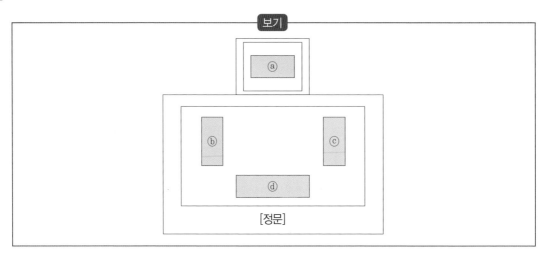

[07~08] 다음 글을 읽고 물음에 답하시오.

　순자는 인간의 본성을 악하다고 했습니다. 그러면 무슨 근거로 인간의 본성을 악하다고 한 것일까요? 순자도 맹자와 마찬가지로 인간의 본성을 선천적인 것으로 규정합니다. 본성이란 배우거나 노력해서 만들어지는 것이 아니라는 것입니다. 그렇지만 인간의 도덕적인 측면에 주목한 맹자와 달리 순자는 배고프면 먹고 싶고, 추우면 따뜻하게 하고 싶고, 피곤하면 쉬고 싶은 인간의 자연적이고 생리적인 욕구에 주목했습니다. 이 욕구는 귀가 좋은 소리를 듣고 싶어 하고 눈이 좋은 빛깔을 보고 싶어 하는 것 같은, 감각 기관의 이기적 욕구와도 통합니다. 순자는 이러한 생리적 욕구를 바탕으로 한 이기심이 누구에게나 있다고 생각했습니다. 그리고 이 욕구대로 간다면 다툼이 생길 수밖에 없다는 것입니다. 순자가 볼 때 이러한 인간의 본성이 그대로 나타난 것이 춘추 전국 시대의 혼란이었습니다. 그래서 인간의 본성을 악하다고 한 것입니다. 그러나 실제로는 사람들이 악한 행위만 하는 것은 아닙니다. 오히려 그 반대로 행동하는 경우가 얼마든지 있습니다. 그렇다면 이처럼 스스로 자신의 악한 본성을 거스르는 착한 행위는 어디에서 오는 것일까요?

　㉠순자는 인간의 마음 작용을 성(性), 정(情), 려(慮), 위(僞)의 네 부분으로 나누었습니다. 이 네 부분은 마음이 움직이는 순서이기도 합니다. 이 네 단계가 구체적으로 무엇이며, 어떻게 작용하는지를 살펴봅시다.

　첫 단계인 '성'은 사람의 가장 기본적인 부분으로서, 삶의 자연스러운 본질이자 날 때부터 지닌 본성입니다. 앞에서 보았듯이 배고프면 먹고 싶고, 목마르면 마시고 싶고, 피곤하면 쉬고 싶은 생리적 본성입니다. 둘째 단계인 '정'은 밖에 있는 사물들과 만나서 생기는 감정입니다. 좋다, 나쁘다, 노엽다, 슬프다, 즐겁다 하는 것들이 여기에 해당합니다. 셋째 단계인 '려'는 구체적인 감정이 생긴 뒤에 어떻게 할 것인가를 선택하는 문제입니다. 사람의 사고 작용에 해당하는 셈입니다. 넷째 단계인 '위'는 선택이 끝난 뒤 실행해 나가는 의지적인 실천입니다.

　위에서 말한 네 단계를 구체적인 상황과 연결해서 생각해 봅시다. 지금 내가 사흘 동안 아무 것도 먹지도 마시지도 못했다고 합시다. 그러면 본성은 끊임없이 먹고 마시고 싶다는 방향으로 움직일 것입니다. 이것은 자연스러운 생리적 현상입니다. 그때 떡과 음료수를 본다면, 입에 침이 고이면서 저 떡을 먹을 수 있다면 얼마나 좋을까, 저 음료수를 마실 수 있다면 얼마나 좋을까 하는 감정이 일어날 것입니다. 그리고 내가 당연히 먹을 자격이 있는데도 누군가가 부당하게 먹지 못하게 한다면, 노여워질 수도 있고 슬퍼질 수도 있습니다. 또 내게 먹을 차례가 돌아오면, 기쁘다, 즐겁다 하는 감정이 생길 것입니다.

그렇지만 인간은 본성과 감정대로만 움직이지는 않습니다. 곁에 자기보다 더 불쌍한 어린아이나 노인이 있다면 고민에 빠질 것입니다. 이런 고민의 결과는 여러 가지로 나올 수 있습니다. 자기 혼자 다 먹어 버릴 수도 있고, 불쌍한 어린아이나 노인과 나누어 먹거나 그들에게 다 주어 버릴 수도 있습니다. 사실은 혼자 다 먹어 버리거나, 주인이 오지 않으면 그냥 먹고 달아나는 것이 본성에 충실한 행동입니다. 그러나 사람들은 대부분 그렇게 행동하지 않습니다. 오히려 자기 본성의 욕구와 반대 방향으로 행동을 선택하고 굳센 의지로 본성을 억누르면서 참아 내기도 합니다. 이렇게 참는 작용이 순자가 마음의 넷째 작용으로 파악한 '위'입니다.

– 김교빈 · 이현구, 「순자의 성악설」

07 다음의 〈보기〉는 순자와 맹자가 주장하는 인간의 본성에 대한 공통점과 차이점을 정리한 것이다. 빈칸에 들어갈 말을 위의 제시문에서 찾아 순서대로 쓰시오.

> **보기**
>
> • 공통점: 인간의 본성은 (ⓐ)인 것이다.
> • 차이점: 맹자는 인간의 (ⓑ)인 측면에 주목했고, 순자는 인간의 자연적이고 (ⓒ)인 욕구에 주목했다.

08 다음의 〈보기〉는 제시문의 ㉠에서 순자가 분류한 '인간의 마음 작용'의 단계별 구체적 사례이다. 각 사례에 해당하는 마음 작용의 단계를 제시하시오. (한자 제외)

> **보기**
>
> ① 나도 물을 마시고 싶었지만 어린이와 노인들이 먼저 물을 마실 수 있게 양보했다.
> ② 물이 조금밖에 없어서 일행 중에 몇 명이나 물을 마실 수 있을지 헤아려 보았다.
> ③ 우연히 오아시스를 발견하고 물을 마실 수 있다는 생각에 무척 기뻤다.
> ④ 사막을 여행하는 중에 길을 잃어서 목이 타는 듯한 갈증이 느껴졌다.

① _____   ② _____

③ _____   ④ _____

[09~10] 다음 글을 읽고 물음에 답하시오.

〈감자 먹는 사람들〉은 틀림없이 금빛 틀에 끼우면 좋은 그림이야. 잘 익은 밀밭의 짙은 음영 같은 벽지로 도배한 벽에 걸어도 괜찮을 거야. 어쨌든 이런 식으로 돋보여야만 해. 어두운 배경, 특히 우중충한 배경은 적절하지 않을 거야. 왜냐하면, 몹시 어두컴컴한 실내를 들여다본 것이기 때문이야. 실제로 그것은 마치 금빛 테두리에 둘러싸여 있는 듯했어. 왜냐하면, 화덕과 하얀 회벽 앞에서 타오르는 불빛이 관객에게 바짝 다가와 있는 셈이니까. 그런 불빛은 그림 바깥쪽에 있지만, 원래는 모든 사람을 뒤편에서 비추고 있거든.

다시 한번 말하는데, 이 그림은 짙은 금빛이나 구릿빛 배경에 걸든 그런 액자를 사용하든 돋보이게 해야만 한다. 제발 이 말을 명심해 다오. 그것이 금빛 색조와 어울리면 기대하지 않던 부분을 밝아 보이게 해 줄 거야. 그러면 유감스럽게도 칙칙하고 시커먼 배경에 놓이면 대리석처럼 번지르르해 보일 면도 누그러뜨리겠지. 그림자는 파란 색조로 그렸기 때문에 금색은 이것을 돋보이게 하지.

어제 에인트호번에서 그림을 그리는 친구한테 그것을 들고 갔어. 한 사흘 쯤 있다가 다시 찾아가 달걀 흰자위를 칠하고 여기저기 마무리 손질을 할까 해.

채색 기법을 배우는 데 열심인 이 친구는, 그 그림을 특별하게 여기더구나. 그는 내가 석판화로 찍은 습작을 본 적이 있어서, 내가 그렇게나 색과 소묘에서 향상되었으리라고 믿기 어렵다고 했지. 그 역시 모델을 보고 그리는데, 농부의 머리나 주먹이 어떻게 생겼는지 잘 알고 있고, 손을 달리 이해하게 되었다고도 말했어.

요점은 이거야. 나는 등불 아래 감자를 먹는 이 사람들이 접시로 들이미는 바로 그 손으로 땅을 팠다는 사실을 캔버스에 옮겨 보려 애쓴 거야. 그렇게 육체노동으로 정직하게 양식을 얻었음을 말하고 싶어. 우리네 교양 있는 사람들과 전혀 다른 삶을 그림에 담고 싶었지. 이유는 모르더라도 사람들이 그런 삶에 감탄하고 인정하기를 바란다.

[A]
개인적으로 나는 농민을 관례에 따라 부드럽게 그리기보다는 투박한 모습 그대로 그리는 편이 더 낫다는 결론을 굳히게 되었지. 날씨와 풍광에 색이 바래 미묘한 모습을 띠게 된 누더기에 꾀죄죄한 파란 치마와 조끼를 걸친 시골 처녀가 도시 숙녀보다 더 좋아 보이거든. 하지만 숙녀처럼 차려입는다면 그녀의 참모습은 사라져 버리겠지. 작업복을 입고 들에 나온 농부는 신사의 외투 같은 것을 걸치고 주일에 교회에 갈 때보다 훨씬 더 좋아 보여.

농촌 생활을 관례에 따라 곱게 다듬어 그린다면 잘못일 거야. 시골을 그린 그림에서 베이컨과 연기, 감자 삶는 김 등의 냄새가 나야 좋지. 불결한 게 아니거든. 외양간에서 거름 냄새가 진동한다고 해서 이상할 것도 없어. 밭에서는 밀이 익어 가거나 감자나 퇴비, 거름 냄새가 나는데, 이건 도시민들에게도 유익할뿐더러 도움이 된다고 할 수 있지.
그렇지만 ㉠농촌 생활을 그린 그림이 향수 냄새를 풍기면 되겠어?

아, 이 그림에 네 마음에 드는 구석이 있을까 무척 궁금하구나. 그러길 바란다.

포르티에 씨가 내 작품을 다룰 거라고 말했다는 사실만으로도 기쁘다. 뒤랑 뤼엘은 소묘를 중시하지는 않았지만, 그에게 이 유화를 보여 다오. 그가 형편없다고 생각하든 말든 상관없지만, 한 번쯤은 보여 주어야겠어. 우리가 성의를 다하고 있다는 것을 깨닫게 하자. 틀림없이 "웬 졸작이야!"라는 소리를 들을 텐데, 사실 너도 나처럼 이런 소리를 들을 각오를 해야지. 그렇다 해도 우리는 진솔하고 정직한 그림을 내놓아야 해.

농촌 생활을 그린다는 것은 만만치 않아. 또 예술과 삶을 진지하게 생각하는 사람들에게 진지한 반성을 불러일으키는 그림을 그려서 애쓰지 않았다면, 한 인간으로서 자신을 비판해야겠지. 밀레, 드 그루 등 많은 이들이 "더럽고, 천하고, 쓰레기 같고, 악취가 난다."라는 혹평에 흔들리지 않은 모범적인 모습을 보여 주었잖니. 흔들리는 사람이 된다면 수치스럽겠지. 안 돼, 농부를 그리려면 자신이 농부가 되어 그들처럼 느끼고 생각해야 해.

지금의 화가들 모습은 도움이 안 돼. 나는 번번이 농부들이 또 다른 세상에 살고 있다고 생각해. 많은 점에서 교양 있는 세계보다 훨씬 더 나은 세상 말이야. 무엇 때문에 그들이 예술이나 여타 많은 것을 알아야 하겠니?

– 빈센트 반 고흐, 「〈감자 먹는 사람들〉에 대하여」

09 다음의 〈보기〉는 빈센트 반 고흐가 그린 〈감자 먹는 사람들〉에 대한 감상평이다. 제시문의 내용을 바탕으로 괄호에 들어갈 적절한 표현을 20자 이내로 완성하시오.

> **보기**
>
> 등불 아래에서 감자를 먹는 사람들의 투박한 손을 그대로 표현한 것은 (@) 농민들의 모습을 사실적으로 드러내고자 한 것이다.

10 제시문의 ㉠이 의미하는 바를 화가가 이해하고 그림으로 그릴 때, 주의해야 할 점을 [A]에서 찾아 하나의 명제화 된 진술 문장으로 쓰시오.

[11~12] 다음 글을 읽고 물음에 답하시오.

자금의 소유와 사용에 따른 대가인 이자의 정당성에 대해서 많은 논쟁이 있었다. 고전학파 이전의 경제사상에서는 이자에 대해서 적극적으로 설명하는 체계는 별로 없었다. 고대와 중세의 경제사상에서는 '화폐는 자손을 낳지 못한다.'라는 화폐의 불임성을 강조하면서 단순히 돈을 빌려준 것에 대해서 이자를 수취하는 것은 도덕적인 정당성이 없다고 생각했다. 이와 같은 이자 수취의 금지에 대한 생각은 수만 년에 이르는 인류의 경제생활이 기본적으로 자급자족의 경제 운영 방식을 통해 이루어짐에 따라 자금을 통한 수익 창출의 기회가 거의 없었기 때문에 나타난 것이다. 이러한 상태에서 이자 수취는 일종의 영합 게임(zero-sum game)* 상황에서 돈을 빌린 사람의 소득 일부를 돈을 빌려준 사람이 편취하는 것으로 이해될 수밖에 없었다.

하지만 산업 혁명으로 인해 경제 성장의 속도가 매우 빨라지면서 상황이 변화했다. 고전학파 경제학자인 애덤 스미스는 생산 작업 과정의 분업이 생산성의 향상을 유발하고 이에 따라 자금의 축적이 발생하게 되었다고 보았다. 그리고 자금이 축적됨에 따라 경제 규모가 커지고 시장이 확대되면서 충분한 시장 수요에 맞추어 또다시 분업을 통한 대량 생산이 가능해지는 '성장의 선순환'이 작동된다고 생각했다. 이러한 성장 매커니즘을 바탕으로 자금이 크게 축적되면서 잉여 자금이 발생했고 이를 통해 이자라는 가치를 창출하는 것이 가능하다는 인식이 당시 사회에 자리 잡게 되었다. 자금의 축적으로 발생한 잉여 자금을 타인에게 대부하여 수익을 만들 기회를 제공하고, 대부한 자금을 사용하여 얻을 수 있는 수익에 대한 대가로 지급되어야 하는 것을 이자로 보았다. 급격히 성장하는 경제 규모에 따라 발생하는 잉여 자금을 통해 창출되는 이자가 경제 활동 참여자 모두에게 이익이 될 수 있다는 가능성을 인식하기 시작한 것이다.

이러한 인식을 바탕으로 미국의 경제학자인 클라크는 자본재를 이용한 우회 생산에서 이자 성립의 근거를 찾고 있다. 우회 생산은 어떤 상품을 직접 생산하는 것이 아니라 투자를 통해 공장, 설비 등의 자본재를 만들고 그것을 이용해 상품을 생산하는 방식을 뜻한다. 예컨대 맨손을 사용해 매일 3마리의 생선을 잡는 어부가 어선이나 어망을 구입해서 이를 이용하여 더 많은 생선을 어획하는 것이다. 이러한 우회 생산은 직접 생산의 방식보다 더 높은 생산성을 가져다준다. 즉 생산 활동에서 자본재를 도입한 경우의 수익과 자본재를 도입하지 않은 경우의 수익을 비교하면 자본재를 도입한 경우의 수익이 더 크다. 클라크는 이처럼 자본재의 투입에 따라 발생하는 수익의 차이가 이자 성립의 근거라고 생각했다. 또한 그는 우회 생산도가 클수록 생산량이 증가한다고 주장하며, 우회 생산도는 '자본재의 한계 생산량'을 통해 측정이 가능하다고 보았다. 그는 자본재의 양이 1단위 증가함에 따라 증가하는 생산량을 자본재의 한계 생산량이라고 정의하고, 투입된 자본재의 양에 따라 증가하는 자본재의 한계 생산량을 이자의 원천으로 제시했다.

– 「이자의 정당성」

*영합 게임: 게임 이론에서, 참가자가 각각 선택하는 행동이 무엇이든지 참가자의 이득과 손실의 조합이 제로가 되는 게임

*편취(騙取): 남을 속이어 재물이나 이익 따위를 빼앗음

11 다음의 〈보기 1〉은 이자 성립에 관한 뵘바베르크의 견해이다. 클라크와 뵘바베르크가 우회 생산도를 측정하기 위해 제시한 척도를 제시문과 〈보기 1〉에서 각각 찾아 쓰시오.

> **보기 1**
>
> 오스트리아의 경제학자인 뵘바베르크는 그의 저서인 『자본과 이자』에서 생산 과정에서 우회 생산도가 커지면 커질수록 생산성이 높아지므로, 우회 생산이 이자의 원천이 된다고 주장했다. 우회 생산은 자본재를 투입하여 상품을 생산하는 것으로, 그는 우회 생산도를 측정하기 위해서 평균 생산 기간이라는 척도를 제시했다. 이 척도는 생산에 걸리는 시간을 각 노동량이 투하된 양의 비율에 딸 가중치를 부여하여 계산한 평균 시간이다. 즉 자본재가 비록 본원적 투입 요소가 아니고 상품을 생산하기 위해 사용되는 중간재 생산물의 집합으로 계산된다고 하더라도, 시간이라는 요소를 합쳐서 가중치를 구해야 하므로 시간에 대한 대가로 이자가 포함되어야 한다고 보았다.

• 클라크가 제시한 척도: _____ ⓐ _____

• 뵘바베르크가 제시한 척도: _____ ⓑ _____

12 다음의 〈보기 2〉는 위의 제시문과 〈보기 1〉의 내용을 바탕으로 이자 성립에 관한 클라크와 뵘바베르크의 견해를 비교하여 설명한 것이다. 빈칸의 내용을 각각 3어절로 채워 〈보기 2〉의 설명을 완성하시오.

보기 2

　클라크는 상품을 생산하기 위해 사용되는 시설이나 도구 등을 자본재로 이해하고 있으나, 뵘바베르크는 [　　ⓐ　　]을/를 자본재로 이해하고 있다. 또한 클라크는 [　　ⓑ　　]이/가 이자 결정에 영향을 미친다고 보고 있으나, 뵘바베르크는 생산에 소요되는 시간이 이자 결정에 영향을 미친다고 보고 있다.

[13~14] 다음 글을 읽고 물음에 답하시오.

　주어진 자료들을 대표하는 값으로 가장 유명하고 많이 활용되는 것이 평균이다. 한 집단을 평가할 때 또는 다른 집단과 비교할 때 평균은 유용한 수단이 된다. 그러나 평균이 대상을 잘 반영하는 대푯값이라고 판단하기 위해서는 전체 자료의 다양한 변수와 양상을 먼저 검토하는 것이 필요하다. 이런 점을 고려하지 않고 평균을 대푯값으로 삼으면 사실을 잘못 이해할 수 있으며, 나아가 평균만으로 섣부르게 어떤 결정을 내린 경우에는 여러 부정적 결과를 초래할 수도 있다. 예를 들어 주방에서 일하는 한국인들의 평균 키에 맞추어 일률적으로 만들어지는 개수대는 모든 대상에서 평균에 따라 행동하라고 강요하는 것이다. 이렇게 만들어진 개수대는 많은 사람들이 이용하면서 불편을 느끼게 만든다. 이는 그리스 신화에 나오는 프로크루스테스의 침대와 같은 것이다. 프로크루스테스는 통행인들을 침대에 누인 후 키가 작으면 발을 잡아 뽑고 키가 크면 발을 잘랐다고 한다.

[A] 　대상의 다양성을 고려하지 않고 평균값을 사용하여 사실을 부정확하게 전달하는 경우가 많아져 문제가 되고 있다. 다음의 그래프를 보면, '대칭 분포'에서는 평균값, 최빈수, 중앙값이 일치하거나 거의 유사하여 평균을 사용하였을 때 오해가 일어날 가능성이 작다. 그에 반해 '오른쪽 꼬리 분포'에서는, 오른쪽 꼬리 쪽에 위치한 값들의 크기와 빈도에 따라 최빈수, 중앙값, 평균값이 차이가 나게 된다. 평균값에서 빈도가 가장 높다고 생각하기 쉬운데, 이 경우에는 최빈수와 평균값이 다르기 때문에 오해가 생길 수 있다. 오른쪽 꼬리 분포는 소득, 재산 등을 나타내는 자료에서 많이 찾아볼 수 있다. 이런 자료에서는 평균을 대푯값으로 사용할 때 주의를 기울여야 한다.

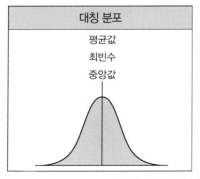
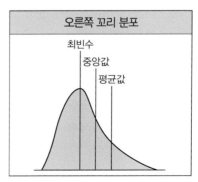

▲평균을 대푯값으로 사용하여 오해가 생기는 경우

포드 주의(Fordism)식의 소품종 대량 생산의 시대에는 평균이 중요한 개념으로 자리 잡았고 많은 영향을 끼쳤다. 하지만 현대에는 그런 평균의 개념이 소비자들의 다양한 특성을 반영하지 못하는 경우가 많다. 미국의 일반 가구당 평균 가속 주는 3.6명이라고 한다. 이 평균값에 맞추어 건축업자들은 3인 또는 4인을 대상으로 하는 주택을 짓는다. 하지만 평균 가족 수에서 벗어나는 가족도 상당수에 달한다. 통계에 의하면 미국에서는 3인이나 4인 가족이 전체의 45퍼센트에 불과하며 1인이나 2인 가족이 35퍼센트, 그리고 5인 이상인 가족이 20퍼센트에 달한다고 한다. 이와 같은 사실은 평균을 참고할 때 전체 자료를 세밀하게 살피는 것이 중요함을 말해 준다.

우리나라는 사계절이 뚜렷한 나라이다. 겨울에는 영하 10도 이하가 되기도 하고, 여름에는 30도 이상의 고온이 여러 날 지속되기도 한다. 이 때문에 우리나라 사람들은 계절별로 많은 옷을 가지고 있어야 한다. 그에 반해 미국의 하와이 지역은 월별 평균 기온이 연간 거의 변동 없이 유지된다. 그래서 보통의 경우는 반팔 옷으로 대부분의 시간을 지낼 수 있다. 만일 미국 하와이 지역의 사람이 우리나라의 연평균 기온이 12.5도라는 말만을 들었다면 어떤 생각을 할까? 자신이 사는 지역에 비해 일 년 내내 추운 곳이라고 생각하지 않을까? 우리나라는 연교차가 큰 나라이다. 즉 여름과 겨울의 기온 차이가 심하다. 이를 연평균 기온만으로는 알 수가 없다. 1월부터 12월까지의 월별 평균 기온을 알고 월별 기온 차이를 파악해야 여름과 겨울의 기온 차이를 알 수 있다.

	1월	2월	3월	4월	5월	6월	7월	8월	9월	10월	11월	12월
서울 평균 기온 (℃)	-2.4	1.4	5.7	12.5	17.8	22.2	24.9	25.7	21.2	14.8	7.2	0.4

▲ 1981~2010년의 서울 지역 월별 평균 기온

- 최제호, 「'평균'의 시대가 가고 있다」

13 자료의 다양한 변수와 양상을 고려하지 않고 '평균'을 무엇으로 활용했을 때 문제점이 나타나는지 제시문에서 찾아 한 단어로 쓰시오.

14 다음의 〈보기〉는 제시문에서 [A]의 '대칭 분포' 그래프와 '오른쪽 꼬리 분포' 그래프를 비교하여 설명한 것이다. 빈칸에 들어갈 말을 차례대로 쓰시오.

보기

'대칭 분포' 그래프에서는 평균값, 최빈수, 중앙값이 (ⓐ)하여 평균을 사용하였을 때 오해가 일어날 가능성이 (ⓑ). 반면에 '오른쪽 꼬리 분포' 그래프에서는 오른쪽 꼬리 쪽에 위치한 값들의 크기와 빈도에 따라 최빈수, 중앙값, 평균값이 (ⓒ)이/가 나기 때문에 평균을 사용하였을 때 오해가 일어날 가능성이 (ⓓ).

[15~16] 다음 글을 읽고 물음에 답하시오.

영화의 초기 이론을 살펴보면 영화적 표현을 어떻게 규정해야 하는가에 대한 상반된 입장이 존재했다. 예술가의 목적을 가장 잘 나타낼 수 있는 의미화 작업이라는 입장과 현실을 충실하게 재현하는 작업이라는 입장이 대립하였는데, 전자를 대표하는 인물이 러시아의 세르게이 예이젠시테인이고, 후자를 대표하는 인물이 프랑스의 앙드레 바쟁이다.

예이젠시테인은 편집이 생산적 기능을 수행하며 영화에 필수적인 요소라고 주장하는 이론가들의 입장을 대변한다. 그는 따로따로 촬영한 화면을 적절하게 떼어 붙여서 하나의 긴밀하고도 새로운 장면이나 내용으로 만든 몽타주가 영화 예술의 기초라고 믿었다. 그래서 그는 한자의 생성 원리 중의 하나인 회의*에 주목해 서로 다른 두 숏*의 결합이 새로운 개념을 발생시킬 수 있다는 유명한 가설을 설정했다. 예이젠시테인은 영화에서 개개의 숏이 상호 보완적이며 불완전하다고 보았으며, 편집에서 숏 A와 숏 B의 결합은 새로운 의미를 만들어야 한다고 생각했다. 예이젠시테인은 현실을 사각의 틀로 분리하여 화면에 담을 때 탄생하는 의미는 감독의 이데올로기적 입장에 따라 선택되는 것으로 보았다.

예이젠시테인에 따르면 현실은 예술가가 자신의 의도대로 재구성할 수 있게 일정한 단위로 분해되어야 하는데, 그는 이렇게 분해하는 과정을 중립화로 규정하였다. 그는 영화에서 모든 구성 요소들은 자극을 유발할 수 있는 평등한 권리를 가진다고 주장하였으며, 감독은 각각의 숏을 대등한 수준으로 이용하는 중립화를 통해 자신이 원하는 의미를 얻는다고 보았다. 그는 영화에 나타나는 다양한 청각적 요소들인 말, 소음, 음악 등도 영상의 부속물로 취급하지 않았다. 예이젠시테인의 영화에서 청각적 요소들은 영상과 대등하게 사용되며 의미 형성에 기여한다. 그는 특히 청각적 요소들이 때로는 영상의 내용이나 분위기를 강화하는 긍정적 역할을 하고, 때로는 영상의 내용이나 분위기에 어긋나는 부정적 역할을 하는 병행적 담화가 의미 형성에 많은 영향을 끼친다고 생각했다. 예이젠시테인은 새롭게 발전한 영화 기술을 활용하는 데 개방적인 편이었으나, 바쟁처럼 이러한 영화 기술을 활용해 사실주의적 이상을 추구한 것이 아니라, 소리나 색채 또는 입체 화면이 갖는 자연스러운 사실성에서 벗어나 중립화를 시도하였다.

바쟁은 몽타주가 현실을 사실적으로 재현하는 데 훼손을 가할 위험이 있으므로 매우 한정된 범위에서만 사용되어야 한다고 보았다. 그는 관객이 아무런 사고를 하지 않고 자신도 모르게 편집자의 선택을 수용하는데, 그 결과 관객은 자신의 권리를 박탈당한다고 주장했다. 바쟁은 하나의 신*의 본질이 분리나 고립 같은 속성을 지니고 있다면 편집이 이 같은 속성을 표현하는 효과적인 기법이 될 수 있으나, 하나의 신 안에 둘 이상의 연관된 속성들이 있고 이를 동시에 표현해야 할 경우, 현실적인 시·공간의 연속성이나 발생 가능성 등을 고려해야 한다고 생각했다. 예를 들어 ㉠맞수인 사냥꾼과 호랑이가 대결하는 사건에서 사냥꾼 숏과 호랑이 숏을 교차 편집한 후 최종적으로 사냥꾼이 패배하는 숏을 보여 주는 것은 관객에 대한 기만이라고 주장했다. 그는 이 경우 몽타주가 하나의 의미나 결과만을 강요하여 현실에서 발생할 수 있는 모든 가능성을 광범위하게 재현할 수 없다고 생각한 것이다.

그래서 바쟁은 디프 포커스*나 롱 테이크*에 주목했다. 그는 디프 포커스나 롱 테이크 기법이 현실을 사실적으로 지각하고 반영하기 위해 영화의 기본적 요소들과 그것들의 상호 관계 및 사실적 결합 등을 강조한다고 생각했다. 반면에 몽타주는 그 같은 요소들을 감독의 이데올로기적 입장에 따라 추상적인 시간과 공간으로 대체시킨다고 생각했다. 이로 인해 몽타주는 관객이 현실을 사실적으로 지각하게 하는 것이 아니라, 감독의 의도에 따라 관객이 심리적 영향을 받아 현실을 왜곡하게 만들 수 있다고 보았다. 바쟁은 디프 포커스가 관객의 주의력을 영화에 집중시키고 동시에 현실의 다양한 모습을 느낄 수 있게 만들기 때문에 예술적 가치를 지닌다는 사실을 강조했다. 그리고 롱 테이크로 촬영한 장면의 의미가 모호하다는 예이젠시테인의 비판에 대해 이러한 현실의 모호성이야말로 보존해야 하는 것이며, 관객이 자율적으로 모호성 속에 담긴 여러 가능성을 인지해 내도록 해야 한다고 주장했다. 그는 롱 테이크가 사건의 현실성을 보장하며 관객의 시선에도 자유를 부여하는 것이라고 판단했다.

* 회의(會意): 한자 육서(六書)의 하나. 둘 이상의 한자를 합하고 그 뜻도 합성하여 글자를 만드는 방법.
* 숏(shot): 한 번의 연속 촬영으로 찍은 장면을 이르는 말.
* 신(scene): 숏의 결합으로 구성됨. 같은 장소와 시간 내에서 이루어지는 일련의 대사와 연기를 통합하여 구성한 단위.
* 디프 포커스(deep focus): 원경과 근경 모두가 화면 전체에 선명하게 나오도록 초점을 맞추어 촬영하는 기법.
* 롱 테이크(long take): 1~2분 이상의 숏이 편집 없이 길게 진행되는 기법.

15 다음의 핵심어를 사용하여 제시문의 주제를 25자 이내로 적으시오.

> 핵심어: 몽타주

16 ㉠에 담긴 '바쟁'의 생각을 다음과 같이 추론할 때 빈칸에 들어갈 말을 적으시오.

> 현실에서의 발생 가능성을 고려하지 않은 채 관객에게 (   )을/를 제시하지 말아야 한다.

[17~18] 다음 글을 읽고 물음에 답하시오.

구멍가게라는 곳이 있었다. 예전에 동네 어귀마다 구멍가게가 들어서 있던 모습은 기성세대에게 매우 친숙한 풍경이다. 구멍가게는 단순히 물건을 사고파는 장소가 아니라 사람들 사이에 사귐이 이루어지고 이런저런 소식이나 소문들이 모여들고 퍼져나가는 중심지였다. 그런데 언제부터인가 구멍가게가 자취를 감추기 시작했다. 슈퍼마켓이 그 자리에 들어와 규모와 가격으로 세력을 확장했고, 그 슈퍼마켓마저 얼마 전부터는 대형 할인점에 밀려나고 있다. 슈퍼마켓은 더는 '슈퍼'하지 않다. 하기야 아예 '미니 슈퍼'라는 기묘한 합성어가 일찌감치 등장하지 않았던가.

구멍가게와 슈퍼마켓이 대형 할인점에 위협당하는 가운데 동네마다 속속 들어선 소형 매장이 있으니 바로 24시간 편의점이다. 1927년 미국에서 생겨나 1989년 한국에 첫선을 보인 편의점은 그동안 그 규모가 급속하게 신장하여 2006년 전국의 편의점 수는 1만 개를 돌파하였고 전체 매출액은 4조 6천억 원으로 매년 10퍼센트 이상씩 늘어났다. 이렇듯 놀라운 성장의 비결은 무엇인가?

그 경쟁력은 우선 '24시간'이라는 영업시간 때문이다. 매출이 가장 높은 시간대가 밤 8시에서 자정까지라는 통계에서 알 수 있듯이 편의점의 성장은 도시인들의 생활 양식 변화와 밀접하게 맞물려 있다. 도시인들은 귀가 시간이 점점 늦어질 뿐 아니라, 집에 와서도 밤늦게까지 이런저런 일을 하거나 텔레비전을 본다. 특히 최근에는 인터넷 때문에 잠자는 시간이 더 줄어든다. 이러한 생활의 변화는 편의점의 신장과 관련된다. 편의점에서 가장 많이 팔리는 품목이 우유와 삼각 김밥이라는 통계에서 알 수 있듯이 우리는 심야에 출출할 때 간단하게 먹을 음식이나 일상에서 소소하게 필요한 것들을 편의점에서 간편하게 조달할 수 있다.

편의점은 주로 인구가 밀접한 지역에 있다. 매장의 넓이가 보통 25평 정도밖에 되지 않지만, 그 안에 진열된 물건은 무려 1천2백~2천여 종에 이른다. 물건뿐만 아니라 공공요금 수납, 택배, 휴대 전화 충전, 팩스, 꽃 배달 주문, 공연 입장권 예매 발권, 디브이디(DVD) 대여, 보험 상품 판매, 우편 대행, 디지털 사진 인화 등 다양한 서비스도 제공한다. 또한, 그 안에서 컵라면을 먹을 수 있도록 탁자와 끓는 물이 마련되어 있는데 이는 한국의 편의점에서만 볼 수 있는 특징이다. 이렇듯 편의점은 집 근처에서 그때그때 필요한 재화나 서비스를 당장 충족할 수 있는 매장으로서 백화점, 대형 할인점 등의 영향력이 미치지 못하는 틈새시장을 잘 개척해 온 것이다.

큰 창고가 없는 편의점에 그렇게 많은 물건을 갖출 수 있는 비결은 무엇일까. 판매와 재고를 실시간으로 파악할 수 있는 판매 정보 통합 관리 시스템, 그리고 자료에 근거해 하루에 1~2번씩 순회하면서 가맹점마다 '볼펜 몇 자루, 라면 몇 개'하는 식으로 완전히 맞춤형으로 공급해 주는 배송 시스템이 존재하기 때문이다. 말하자면 전국 가맹점을 관리하는 본사가 상품을 일괄 구매하여 유통하는 규모의 경제, 그리고 각 동네에 깊숙하게 파고들어 주민들의 생활에 필요한 물품을 섬세하고도 신속하게 제공해 주는 유연화 전략이 맞물린 시스템이라고 할 수 있다. 기존의 구멍가게나 슈퍼마켓, 백화점, 대형 할인점, 그리고 홈 쇼핑과도 겨룰 수 있는 경쟁력의 원천은 바로 거기에 있다.

– 김찬호 「편의점, 욕망을 검색하는 도시의 야경꾼」

17 편의점이 다른 판매점에 비해 매년 성장할 수 있었던 경쟁력의 원천 두 가지를 제시문에서 찾아 각각 두 어절로 쓰시오.

18 구멍가게는 슈퍼마켓에 의해 그리고 슈퍼마켓은 대형 할인점에 의해 밀려나게 된 원인을 다음의 〈보기〉를 참고하여 두 어절로 쓰시오.

> **보기**
>
> 생산요소 투입량의 증대(생산규모의 확대)에 따른 생산비 절약 또는 수익 향상의 이익을 말한다.

[19～20] 다음 글을 읽고 물음에 답하시오.

문화 상대주의 논쟁에서 인간의 '합리성'을 어떻게 규정할 것인가는 매우 중요한 문제 중 하나이다. 인간은 합리적 동물인가? 만약 그렇다면 합리성은 모든 사회와 문화에 공통으로 적용되는 보편적인 것인가? 아니면 합리성의 기준과 내용이 서로 다른가?

결론부터 말하면 합리성은 문화적으로 정의되는 것이고, 사람들의 행동 환경은 아주 다르다. 모든 인간은 나름대로 합리적이지만 그 문화는 환경에 의해 만들어진 것이며 사람들의 인식과 가치와 욕망도 마찬가지이다. 그들도 우리만큼이나 합리적인 것이다.

미국의 인류학자인 스피로는 미얀마 사람들에게는 증권 투자보다도 종교적인 지출이 훨씬 더 합리적인 의사 결정일 수 있다는 점을 명확히 밝히고 있다. 그의 관찰에 의하면, 북부 미얀마의 가난한 농부들은 서구인이 봤을 때 불필요한 일들에 수입 대부분을 지출한다. 대개 종교적인 의례나 승려들을 위한 만찬, 정교한 탑을 쌓는 일 등이다. 그러나 이러한 지출 행위가 어리석거나 비합리적인 것이라고 할 수는 없다. 그들은 불교문화라는 맥락에서 합리적인 행위를 하는 것이다. 그들에게 부는 언제 사라질지 모르는 불안한 것이기 때문에, 돈을 저축하여 재산을 모으는 것보다 재산을 소비하는 것이 오히려 좋은 일이라고 생각한다. 또한, 그들은 일상적이고 상징적인 수준에서 환생과 업보와 자비를 통해 공덕을 쌓는 불교 신념을 실천한다. 이러한 신념 때문에 그들이 승려를 위한 만찬이나 종교적 의례, 탑 쌓는 일 등에 돈을 지출하는 것은 현세에서 다른 이들과 좋은 인연을 맺고 위세와 존경을 얻으며, 내세에서 더 좋은 환생을 보장받는 매우 합리적인 방법인 것이다.

[A] 　친족 중심 사회에서는 의례 비용에 많은 돈을 지출하는 것을 흔히 볼 수 있다. 많은 아시아와 아프리카, 중남미, 중동 국가들에서 치르는 결혼식 비용은 그들의 생활 수준에 비해 상상할 수 없을 정도로 많다. 인도, 방글라데시 같은 나라나 이슬람 국가들의 혼례를 보자. 이들은 일주일 내내 음식을 풍족하게 차려 잔치를 벌이고 춤을 추는 데에 많은 의례 비용을 지출하는 것을 당연하게 생각한다. 피지의 원주민 마을에서도 혼례를 치를 때 소 다섯 마리, 돼지 세 마리, 닭 서른 마리, 전통 음료인 양고나 수십 킬로그램, 의례용 혼수품과 생활용품을 산더미처럼 쌓아 놓고 잔치를 즐긴다. 이러한 소비는 합리적인 행위인가? 이에 대해 인류학자들은 이들 사회에서 자신들의 위세를 유지하기 위해 소비하는 행동의 중요성을 이해해야 한다고 말하고 있다. 그들은 어떠한 이익을 위해서가 아니라 지위 경쟁이나 과시를 위해, 그리고 친족 집단의 공동체적 의무를 다하기 위해 성대한 잔치를 벌이는 것을 당연하게 생각하는 것이다.

이처럼 어떤 관습을 비합리적이라고 치부하는 일은 대개 자신이 속한 문화의 합리성 관념을 기준으로 다른 문화와 관습을 바라보는 데에서 비롯하는 경우가 많다. 하지만 이러한 관행들은 의례적 소비를 통해 자신의 지위를 과시하는 현대인의 소비 행태와 크게 다르지 않다.

– 이태주, 「그들도 우리처럼 합리적이다」

19 다른 나라의 소비문화에 대해 〈보기〉의 ⓐ처럼 생각하는 이유를 제시문에서 찾아 35자 이내의 한 문장으로 진술하시오.

> 보기
>
> 요즘 우리나라는 결혼식을 간소하게 치르거나 결혼식을 치르지 않고 혼인 신고 서류만 제출하는 경우가 많아졌습니다. 자주 왕래하지 않은 친척들과 친구들을 초대하는 데에 큰돈을 지출하는 것보다 신혼집을 마련하는 데에 돈을 지출하는 것이 더욱 합리적이라고 생각하는 것이죠. 따라서 일주일 내내 음식을 차려 놓고 춤을 추는 데에 ⓐ <u>그들의 생활 수준에 비해 상상할 수 없는 큰돈을 쓰는 그들의 문화는 아무리 생각해도 비합리적이라고 봅니다.</u>

20 친족 중심의 사회에서 집단의 의례 비용에 많은 돈을 지출하는 이유 두 가지를 제시문의 [A]에서 찾아 쓰시오.

① _____

② _____

[21~22] 다음 글을 읽고 물음에 답하시오.

현대 사회는 정보 통신망과 인공 지능의 발달로 인간과 사물의 연결 범위가 확장되고 시·공간의 제약이 극복되는 초연결 사회이다. 현대인들은 초연결 상태에서 소외되지 않기 위해 디지털 기기에 과몰입하는 경향을 띠게 되는데, 전문가들은 이런 경향이 현대인들의 공감 능력 결여 및 주체적 판단력 저하, 집중력 약화, 의존적 성향 등의 부정적 양상으로 이어지고 있다고 지적한다. 일각에서는 이러한 문제 상황에 대한 해결책의 하나로 책 읽기의 순기능에 주목하고 있다.

초연결 사회에서 책 읽기는 인간과 디지털 미디어의 과한 연결에 균열을 일으킬 수 있다. 가상의 온라인 세계와 지나치게 밀착되면 자기 자신이나 실재하는 주변에 관한 관심이 부족해지게 되고, 이는 공감 능력과 주체적 판단력의 결여를 초래한다. 이때 능동적인 책 읽기 활동은 현대인이 디지털 미디어와의 자발적인 거리 두기를 통해 자신과 주변을 돌아보며 소통할 수 있게 하고, 다양한 현실 세계를 근거로 하여 비판적으로 사고하는 주체성을 회복할 수 있게 돕는다. 평론가 아즈마 히로키는 『관광객의 철학』에서 풍요로운 삶을 위해서는 특정 공동체에만 소속된 '마을 사람'도, 어느 공동체에도 소속되지 않은 '나그네'도 아닌, '관광객' 같은 존재가 되는 것이 중요하다고 보았다. 초연결 사회를 살고 있더라도, 책을 통해 우리는 강한 연결 속에 함몰된 마을 사람도, 연결로부터 완전히 분리된 나그네도 아닌, '자신의 의지대로' 자유롭게 연결되고 분리될 수 있는 관광객이 될 수 있다. 현실 세계의 다양한 측면을 깊이 있게 다루고 있는 책을 스스로 찾아 읽는 것은 다양한 '관광지'를 돌아다니는 것과 같으며, 그 과정에서 형성된 올바른 현실 인식은 공감 능력과 주체적 판단력의 토대가 된다.

또한 초연결 사회에서 책 읽기는 현대인이 긴 글을 읽고 사고하는 집중력을 갖추도록 도울 수 있다. 블로그의 글과 같이 짧고 단편적인 글을 많이 접하게 되는 현대인들은 장문을 집중해서 읽고 깊이 있게 사고하는 데 비교적 어려움을 느끼는 경우가 많다. 특히 ㉠디지털 미디어에 실린 글을 읽는 경우에는 하이퍼텍스트 구조로 인해 하나의 글을 온전히 다 읽기도 전에 다른 화면으로 손쉽게 옮겨 가는 상황이 반복될 수도 있어서, 깊이가 없는 단편적인 정보들이 과도하게 쌓일 수 있다. 이로 인해 선형적 구조를 띠는 ㉡한 권의 책을 읽는 경우와는 다르게 정보를 깊이 있게 습득하지 못하는 상황이 나타나기 쉽다. 그 결과 긴 글을 읽고 중요한 내용을 요약하거나, 지속성 있게 종합적으로 사고하는 능력이 점차 저하되는 문제가 발생하고 있기도 하다. 또한 단편적인 정보가 과도하면 집중력의 결핍을 초래할 수 있다. 이에 대처하려면, 선형적 독서가 초연결 사회의 다양한 소음 속에서도 현대인들이 집중력을 발휘하여 일련의 사고 과정을 온전하게 밟아 나갈 수 있게 하는 동력이 되어 준다는 사실에 주목할 필요가 있다.

다음으로, 초연결 사회에서 책 읽기는 현대인이 스스로 선택한 고독의 시간을 통해 의존적 성향에서 벗어나 혼자서도 외로움을 이겨 내는 힘을 기르도록 이끌 수 있다. 현대인들은 현실의 정서적 결핍과 외로움을 해소하고자 온라인 세계 속 타인에게 의존하고 집착하지만, 오히려 더 외로워지는 것을 경험하곤 한다. 사회심리학자 셰리 터클은 외로운 현대인에게 네트워크는 매력적 대상이지만, 항상 그 안에 머물다 보면 고독의 보상을 스스로 내치는 수가 있다고 말했다. 책 읽기는 원하지 않게 소외되는 외로움이 아니라, 내 의지로 선택한 고독과 사색의 시간을 마련해 준다. 이러한 자발적 책 읽기를 통해 독자는 자기 자신에게 집중하고 자신의 삶을 성찰하게 되며, 자신의 독립적이고 고유한 가치를 깨닫게 된다. 그리고 읽기에 깊이 몰입함으로써 얻게 되는 깨달음과 지혜는 우리의 삶에 지속적인 자양분이 되어 줄 수 있다.

21 초연결 사회에서 책 읽기의 순기능'을 주제로 제시문이 다음과 같이 〈구성〉될 때, 각 문단에서 밝힌 책 읽기의 순기능을 차례대로 적으시오.

구성

- 1문단: 초연결 사회가 현대인에게 끼치는 부정적 영향
- 2문단: 책 읽기의 순기능 1 – | ⓐ |
- 3문단: 책 읽기의 순기능 2 – | ⓑ |
- 4문단: 책 읽기의 순기능 3 – | ⓒ |

---

22 ㉡이 ㉠에 비해 갖는 유리한 점을 지문 내에서 찾아 그 핵심 내용을 정리하여 한 문장으로 제시하시오.

[23~24] 다음 글을 읽고 물음에 답하시오.

전류가 흐른다는 것은 전하가 이동한다는 것을 의미한다. 전하란 전기적 성질의 근원이 되는 물리량으로, 원자핵의 양성자는 양(+)의 전하를, 원자핵 주변의 전자는 음(−)의 전하를 갖고 있다. 고체의 경우 좁은 영역 안에 존재하는 수많은 원자들의 상호 작용에 의해 전자가 가질 수 있는 에너지가 거의 연속적으로 분포하는 영역이 생기게 되는데, 이러한 에너지 영역을 에너지띠라고 한다. 에너지띠는 원자가띠와 전도띠로 구분할 수 있는데, 원자가띠에 있는 전자는 에너지를 흡수하면 에너지 상태가 더 높은 전도띠로 이동하여 자유 전자가 된다. 자유 전자는 특정한 원자핵에 붙들려 있지 않아 원자핵 사이를 자유롭게 돌아다닐 수 있다. 이때 원자가띠에서 전자들이 빠져나간 자리에 양전하를 띤 정공이라는 구멍이 생기게 된다. 정공 자체는 입자는 아니지만 주변 전자들의 위치가 바뀌면 정공도 이리저리 위치가 바뀌게 된다. 따라서 정공 또한 전자와 마찬가지로 전하를 운반하여 전류를 흐르게 할 수 있다.

금속 같은 도체는 원자가띠와 전도띠가 겹쳐 있어 약간의 에너지만 흡수해도 원자가띠의 전자들이 쉽게 전도띠로 올라가 자유 전자가 될 수 있다. 따라서 도체에 전압을 걸어 주면 전자들이 한 방향으로 움직이면서 전류가 흐르게 된다. 부도체는 원자가띠와 전도띠 사이의 간격, 즉 띠 간격이 비교적 커서 원자가띠의 전자들이 전자띠로 쉽게 올라갈 수 없으므로 전류가 거의 흐르지 않는다. 한편 띠 간격이 작은 반도체의 경우, 원자핵 주변의 전자들이 원자가띠를 가득 채우고 있어 전류가 흐르지 못하지만, 어떤 조작을 통하여 전도띠에 전자가 존재하도록 하거나 원자가띠의 전자를 일부 부족하게 하면 전류가 흐를 수 있다.

순도가 높은 반도체인 진성 반도체에 소량의 불순물을 첨가한 반도체를 외인성 반도체라고 한다. 외인성 반도체는 첨가된 불순물의 종류에 따라 n형 반도체와 p형 반도체로 구분된다. n형 반도체의 경우 일부 전자가 전도띠에 존재하기 때문에 음전하를 띤 자유 전자가 전하를 옮길 수 있게 되는데, 이렇게 반도체에 전자를 추가 공급하는 불순물을 공여체라고 한다. 반면 p형 반도체에 첨가되는 불순물을 수용체라고 한다. 진성 반도체에 수용체를 첨가하면 원자가띠의 전자가 일부 부족하게 된다. 그 결과 p형 반도체의 원자가띠에는 정공이 생기게 되어 양전하를 옮길 수 있게 된다.

트랜지스터는 3개의 반도체가 접합된 전자 부품으로, 반도체의 접합 순서에 따라 n형−p형−n형 순서로 접합된 npn형 트랜지스터와 p형−n형−p형 순서로 접합된 pnp형 트랜지스터로 나뉜다. npn형 트랜지스터의 경우 가운데 p형 반도체는 양쪽에 접합된 n형 반도체에 비해 폭이 좁다. 그리고 트랜지스터의 세 전극은 각각 2개의 n형과 1개의 p형 반도체에 접속되어 있다. 이때 가운데 p형 반도체를 베이스(B), 양쪽의 n형 반도체를 각각 이미터(E), 콜렉터(C)라고 한다.

〈그림〉은 npn형 트랜지스터를 나타낸 것이다. npn형 트랜지스터를 동작시키기 위해 먼저 B와 C 사이에 역방향의 전압, 즉 역전압을 걸어 준다. 역전압이란 전류가 거의 흐르지 않도록 가해진 전압을 말하는데, C에 양극, B에 음극을 연결하면 C의 전자들은 양극으로 몰리고, B의 정공들은 음극으로 몰려 B−C 사이에

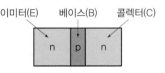

전류가 거의 흐르지 않는다. 이 상황에서 B에 양극, E에 음극을 연결하여 B−E 사이에 작은 크기의 순방향 전압을 걸어 준다. 이렇게 순전압이 걸리면 E의 전자들은 B에 접속된 양극으로 움직이고, B의 정공들은 E에 접속된 음극으로 움직여서 전류가 흐른다. 그런데 B의 폭이 좁기 때문에 E에서 B로 움직이던 전자들은 손쉽게 B를 지나 C로 건너간다. B−C 사이에는 이미 역전압이 걸려 있기 때문이다. 따라서 E−C 사이에 전자가 이동하게 되어 전자의 이동 방향과 반대 방향인 C에서 E로 전류가 흐르게 된다. 또한 E와 B 사이에 적은 양의 전자가 이동하더라도 E의 많은 전자가 B를 건너 C로 지나가게 되고, 이로 인해 B−E 사이의 전류보다 더 많은 양의 전류가 C−E 사이에 흐르게 된다. 이때 B−E 사이에 흐르는 약한 전류로 C−E 사이에 흐르는 전류의 양을 조절할 수 있는데, 이것이 트랜지스터의 증폭 효과이다.

− 「트랜지스터의 증폭 효과」

23 다음은 첨가된 불순물의 종류에 따라 외인성 반도체의 종류를 구분한 것이다. 빈칸에 들어갈 말을 제시문에서 찾아 도표를 완성하시오.

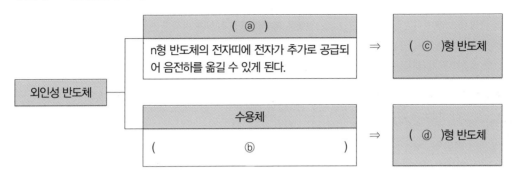

24 위의 제시문에 따르면 n형 반도체와 p형 반도체를 접합시킨 경우 전류는 한 방향으로만 흐를 뿐 반대 방향으로 흐르기 어렵다. 〈보기〉의 회로를 토대로 각 빈칸을 채워 그 이유를 완성하시오.

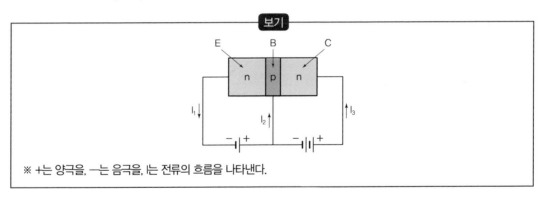

전류의 흐름		이유
전류가 n형 반도체에서 P형 반도체로 흐른다.	⇒	B에 양극, E에 음극을 연결하면 (ⓐ) 때문이다.
전류가 p형 반도체서 n형 반도체로 흐르지 않는다.	⇒	C에 양극, B에 음극을 연결하면 (ⓑ) 때문이다.

[25~26] 다음 글을 읽고 물음에 답하시오.

결핵은 원래 동물에게서 발생한 질병이 사람에게 전파된 인수 공통 전염병의 하나이다. 수천 년 전의 것으로 짐작되는 사람의 뼈에서 그 흔적이 발견된 것으로 보아, 결핵은 인류의 탄생과 함께 발생한 질병으로 추정된다. 이집트에서 발견된 미라에 결핵의 흔적이 있고, 고대 인도인과 중국인들도 결핵에 관한 내용으로 추정되는 기록을 남겨 놓았다. 히포크라테스도 폐결핵을 가리키는 것으로 보이는 질병을 소개했으며, 아리스토텔레스는 결핵이 공기를 통해 전파된다고 처음 주장했다.

근대 유럽에서는 평민층보다 상류층에서 결핵 환자들이 많이 나타났다. 이는 상류층에 속하는 사람들이 집단적인 사교 생활을 하면서 서로에게 병을 전염시킬 확률이 높았기 때문으로 보인다.

산업 혁명 이후에는 농촌을 벗어나 도시로 밀려드는 사람들의 행렬이 이어졌다. 미처 준비가 안 된 도시로 사람들이 몰려들면서, 위생 상태가 불량한 가운데 집단생활이 이루어졌다. 산업화와 도시화는 대기 오염을 동반했고, 위생 상태가 엉망인 거주지에다가 열악한 노동 조건까지 더해져서 결핵은 상류층보다 하류층에서 더 유행하는 질병이 되었다. 심지어 결핵은 중세를 멸망시켰다는 말을 듣는 페스트에 빗댄 '백색의 페스트'라는 별명까지 얻게 되었다.

질병의 존재는 알고 있지만 그에 관한 지식은 전무한 상태에서 인류는 19세기를 맞이했다. 영국의 채드윅은 1842년 노동자들의 위생 상태가 결핵과 같은 각종 감염병 유행의 가장 큰 원인임을 지적하며 위생의 중요성을 환기했고, 프랑스의 뷔유맹은 1865년 결핵으로 사망한 사람의 병터를 토끼의 몸에 주입하는 실험을 통해 결핵이 감염병임을 증명했다. 그리고 1882년 독일의 코흐가 결핵의 원인균을 분리하는 데 성공함으로써 드디어 인류가 결핵에서 해방될 수 있는 실마리가 제공되었다.

코흐는 현미경을 이용해 당시 유럽에서 큰 문제였던 탄저 연구에 집중하여 1876년에 병에 걸린 쥐의 혈액에서 막대 모양의 미생물(탄저균)을 발견했다. 이 작은 생물체가 탄저의 원인이라고 생각한 코흐는 감염병을 일으키는 병원균을 순수 배양 하는 방법을 정립하고, 특정 세균이 특정 감염병의 원인임을 증명하기 위한 원칙을 발표했다. 이것이 바로 '코흐의 4원칙'이며 이는 뒤에 수많은 학자가 특정 감염병의 원인균을 찾아내는 과정에서 길잡이 역할을 했다. 같은 방법으로 코흐는 1882년에 결핵, 1883년에 콜레라의 원인균을 찾아냈다.

결핵의 원인균을 찾은 코흐는 결핵 치료제를 개발하기 위해 결핵균의 배양액을 이용해 투베르쿨린을 제조했으나 치료 효과를 볼 수 없었다. 오늘날에는 이를 결핵 진단에 이용하고 있으나, 계속 승승장구하던 코흐에게 결핵 치료제 개발 실패는 침체에 빠지는 계기가 되었다. 1896년이 지나서야 다시 학자로서의 명성을 되찾은 코흐는 세균에 의한 감염 질환은 물론 말라리아를 비롯한 열대 질병 연구에 큰 획을 그었다.

[A] ┌─ 1906년 프랑스의 칼메트와 게랭은 백신을 개발함으로써 결핵 예방의 길을 텄다. 세균학자인 칼메트는 파스퇴르의 접종법 원리, 즉 독성을 약하게 만든 균을 인체에 주사하는 방법을 이용하려 했다. 우두를 앓으면 치명적인 천연두가 예방되는 것처럼 소 결핵을 가볍게 앓으면 사람 결핵이 예방되므로 소 결핵균이 백신으로 만들기에 적당했다. 하지만 소 결핵균도 인체에 유해하므로 독성을 줄여야 했고, 칼메트는 수의사 게랭과의 공동 연구를 통해 소 결핵균을 수대에 걸쳐 연속 배양 하여 1921년에 비로소 독성을 완전히 제거한 소 결핵균을 배양해 낼 수 있었다. 이는 '칼메트-게랭의 소 결핵균'이라 명명되었고, 이 이름을 줄인 비시지(BCG)는 오늘날 결핵 예방 접종에 사용하는 백└─ 신의 이름이다.

- 예병일, 「인류 역사와 함께한 질병, 결핵」

25 다음의 〈보기〉는 결핵 치료제를 찾아내기 위해 노력한 과학자들과 그 업적을 연결한 것이다. 위의 제시문의 내용을 바탕으로 빈칸에 들어갈 업적을 차례대로 기술하시오.

> 보기

채드윅	⇒	감염병 유행의 원인을 지적함
뷔유맹	⇒	ⓐ
코흐	⇒	ⓑ
칼메트와 게랭	⇒	ⓒ

26 다음의 〈보기〉는 제시문의 [A]에 나타난 백신의 개발 과정을 정리한 것이다. 빈칸 ⓐ에 들어갈 백신 개발 단계를 [A]에서 찾아 20자(공백 제외) 이내의 한 문장으로 서술하시오.

> 보기

파스퇴르 접종법의 원리를 응용하였다.

↓

소 결핵을 가볍게 앓으면 사람 결핵이 예방된다는 것에 주목하였다.

↓

소 결핵균의 독성을 줄이고자 하였다.

↓

(ⓐ)

↓

결핵의 예방 백신인 비시지(BCG)를 개발하였다.

[27~28] 다음 글을 읽고 물음에 답하시오.

직접 달에 가서 월석을 가져와 분석하기 전까지는 달의 기원을 설명하는 세 가지 이론이 팽팽하게 대립하고 있었다. 첫 번째 이론은 지구가 형성될 때 달도 함께 형성되었다는 것이었고, 두 번째 이론은 커다란 운석이 충돌할 때 지구에서 떨어져 나간 질량이 모여 달을 형성했다는 것이었으며, 세 번째 이론은 외계에서 만들어진 천체가 지구 부근을 지나다가 지구 중력에 붙잡혀 지구를 도는 달이 되었다는 것이다.

그러나 아폴로 우주인들이 여섯 차례에 걸쳐 지구로 가져온 달 암석의 성분을 분석한 과학자들은 두 가지 결론을 내렸다. 먼저 월석의 화학 성분이 지구 암석의 성분과 매우 비슷해서, 달이 지구와 다른 장소에서 형성되었을 것이라는 가설을 제외할 수 있었다. 또한 달의 조성이 지구의 조성과 똑같지는 않았기 때문에 지구와 달이 같은 물질에서 동시에 만들어지지도 않았다고 결론지을 수 있었다.

지구와 달이 다른 장소에서 만들어진 것도 아니고, 같은 물질로 이루어진 것도 아니라면 달은 어떻게 만들어졌을까? 과학자들은 월석의 분석 결과를 종합하여 태양계 형성 초기에 있었던 대규모 충돌에 의해 달이 만들어졌다고 생각했다. 이러한 새로운 충돌설은 예전의 충돌설과는 다른 것이었다. 예전의 충돌설에서는 커다란 운석이 지구에 충돌하면서 태평양 지역의 물질이 공간으로 날아올라 갔고 이 물질들이 서로 뭉쳐 달이 만들어졌다고 주장했다. 따라서 달의 성분이 지각의 성분과 같을 것이라고 생각했다. 그러나 월석을 분석한 후 새롭게 등장한 충돌설에서는 화성 크기의 천체가 지구와 충돌하면서 지구에서 방출된 물질에 이 천체가 가지고 있던 물질이 첨가되었다고 본다. 충돌할 때의 강력한 힘 때문에 지구에서 떨어져 나간 물질 및 지구에 충돌한 천체의 물질 중 많은 부분이 우주 공간으로 날아가 버리고, 지구 주변에 남아 있던 물질이 모여 달을 형성했다는 것이다. 과학자들은 이 충돌이 지구가 형성된 후 1억 년 이내에 일어난 것으로 추정하고 있다.

화성 크기의 천체가 지구와 충돌했다면 충돌한 천체가 존재해야 한다. 그러나 지금은 그 천체를 찾아볼 수 없다. 그 이유는 무엇일까? 충돌한 천체가 산산조각 났을 가능성이 매우 적은데도 불구하고 현재 이 천체를 발견할 수 없는 이유는, 충돌이 빈번히 일어나던 태양계 초기의 격렬한 환경으로 돌아가서 찾아야 한다. 화성 크기의 천체가 지구와 충돌하면서 부서져 생긴 커다란 조각은 태양계를 떠돌다가 또 다른 행성과 충돌했을 것이다. 따라서 지구와 충돌한 천체 및 충돌로 인해 부서진 천체 조각들은 다른 행성이나 달의 일부가 되었을 것이다. 미행성들이 지구를 비롯한 행성에 빈번히 충돌하던 태양계 초기에 화성 크기의 천체가 지구에 충돌한 사건은, 수없이 일어났던 충돌 가운데 조금 큰 규모의 충돌일 뿐이었다. 지구와 충돌한 천체는 현재 찾을 수 없지만, 이처럼 태양계 초기에 행성들 간의 잦은 충돌이 있었다는 사실은 월석 분석 결과를 바탕으로 도출된 새로운 충돌설을 뒷받침한다.

– 곽영직, 「달은 어떻게 만들어졌을까」

27 다음은 위의 제시문에서 다룬 달의 기원과 관련된 〈논거〉와 〈결론〉들이다. 과학자들이 월석을 분석한 근거를 토대로 빈칸에 들어갈 〈논거〉 ⓐ와 〈결론〉 ⓑ를 각각 진술하시오.

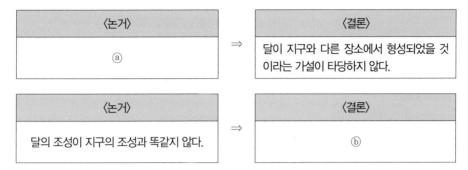

〈논거〉		〈결론〉
ⓐ	⇒	달이 지구와 다른 장소에서 형성되었을 것이라는 가설이 타당하지 않다.

〈논거〉		〈결론〉
달의 조성이 지구의 조성과 똑같지 않다.	⇒	ⓑ

28 다음은 '예전의 충돌설'과 월석 분석 이후에 새롭게 등장한 '새로운 충돌설'의 차이점을 비교하여 설명한 것이다. '예전의 충돌설'에서 추론한 결과를 토대로 '새로운 충돌설'에서 추론한 결과를 빈칸에 30자 이내로 완성하시오.

예전의 충돌설		새로운 충돌설
커다란 운석이 지구에 충돌하면서 태평양 지역의 물질이 공간으로 날아올라 갔고 이 물질들이 서로 뭉쳐 달이 만들어졌기 때문에 달의 성분이 지구의 성분과 같을 것이다.	⇒	화성 크기의 천체가 지구와 충돌하면서 지구에서 방출된 물질에 이 천체가 가지고 있던 물질이 첨가되었기 때문에 ( ).

[29~30] 다음 글을 읽고 물음에 답하시오.

　많은 사람이 진화에는 우열 관계에 바탕을 둔 특정한 방향이나 목적을 향하는 성질이 있다고 오해한다. 즉, 세월이 지날수록 생물체는 이전보다 더 '훌륭한' 것이 되어 이상적인 생물체의 모습에 한 발씩 가까워지며, 열등한 존재는 진화를 거쳐 고등한 존재로 발전된다고 여긴다. 얼핏 보면 생물체가 진화를 거쳐 단순한 존재에서 복잡한 존재로, 미숙한 개체에서 성숙한 개체로 바뀌는 듯 보여 진화가 발전과 개선을 내포하고 있다고 생각하기 쉽다. 생물체의 변이는 우연적인 사건이지만, 오랜 세월을 거쳐 누적되다 보면 마치 누군가 의도를 가지고 특정 개체만을 선별해 낸 듯이 뛰어난 형질을 가진 생물 종이 남는 경우가 있기 때문이다. 하지만 이는 생물체의 진화가 '환경에 더 잘 적응한 개체가 선택되는 방식'으로 이루어져 왔기 때문에 일어나는 결과일 뿐, 애초에 그런 결과를 염두에 두고 만들어졌다는 뜻은 아니다.

하지만 우리는 여전히 진화론이라는 말을 들으면 약육강식과 적자생존이라는 말을 먼저 떠올린다. 사실 적자생존이나 약육강식이라는 말을 처음 쓴 사람은 다윈이 아니라, 동시대의 영국 철학자이자 경제학자였던 스펜서다. 당시 스펜서는 인간의 사회 발달 과정을 설명하기 위해 생명체의 진화 이론을 끌어들였다. 스펜서는 사회를 하나의 유기체로 보는, 즉 초유기체(꿀벌과 개미처럼 여러 개체가 모여서 하나의 큰 사회를 이루고 있는 곤충을 사회성 곤충이라고 하며, 사회성 곤충이 이루는 집단은 완전한 하나의 생물체처럼 복잡한 매커니즘으로 움직이는데, 이를 초유기체라 한다.)로 보는 관점을 가지고 있었다. 사회가 생물체와 같은 특성을 가진다면 사회의 발달 과정 역시 생물체와 같을 것이라고 생각했기 때문이다. 즉 생물체가 단순한 것에서 복잡한 것으로 진화했듯이 사회도 단순한 구조에서 복잡한 구조로 진화할 것이다. 그리고 쥐가 고양이의 먹이가 되고 정어리가 갈매기의 먹이가 되듯이 단순하고 약한 동물은 복잡하고 힘센 동물의 먹이가 되고, 사회적 약자는 권력과 힘을 가진 이에게 늘 수탈당할 수밖에 없다는 논리를 펼쳤다. 그리고 이를 적자생존과 약육강식이라는 말로 압축해 냈다. 이렇게 스펜서에 의해 다윈이 주장한 생물학적 진화론은 인간 사회의 변화 과정을 설명하는 '사회 진화론'으로 확장되었다.

사실, 다윈이 주목한 지점은 생물체에 일어나는 '⟨   ㉠   ⟩'이었다. 특히, 유성 생식을 하는 생물체는 암수 유전자를 섞어야만 후손을 낳을 수 있는 특성상 조금씩 다른 자손을 낳는다. 이 자손은 각자 환경에 기대어 살아가기 시작하는데, 그 가운데서 주변 환경에 조금 더 잘 적응한 개체는 살아남아 자신의 유전자를 후손에게 물려줄 가능성이 커진다. 초기에는 이 변이로 인한 차이가 거의 눈에 띄지도 않지만, 오랜 세월 동안 변이가 쌓이게 되면 어느 순간 눈에 띄는 차이가 나타나게 되고, 이것이 그 생물 종의 특징으로 자리를 잡게 된다.

[A]
다윈은 이러한 변이가 쌓여 점차 환경에 더 잘 적응된 방식으로 변화한다고 생각했다. 하지만 '더 잘 적응한 방식'이 오로지 '한 가지 방식'뿐이라고 말한 적은 없다. 오히려 자연 선택의 다양성에 대해 더 많은 주의를 기울였다. 좀 더 구체적으로 말하자면, 다윈은 "변화는 생명체가 환경에 더욱 잘 적응하기 위해서, 번식 행위를 통해 이루어진다. 그 과정에 어떤 외부의 힘이 개입하여 작용하지 않으며, 모든 생명체는 우열이 없다."라고 썼다. 이 글 어디에도 약한 것이 강한 것보다 열등하며, 강자가 약자를 짓밟아도 좋다는 뜻은 담겨 있지 않다. 다윈은 다양한 생물 종을 관찰한 뒤, 생물체를 있게 한 원동력은 환경에 적응하며 얻게 된 '다양성'이라는 결론을 내렸다.

– 이은희, 「생태계의 다양성 그리고 공존」

29 다음의 〈보기〉에서 정의하고 있는 자연 생태계와 관련된 용어를 위의 제시문에서 찾아 각각 두 음절로 쓰시오.

보기

⟨   ⓐ   ⟩은/는 생물이 생명의 기원 이후부터 점진적으로 변해 가는 현상을 말하고, ⟨   ⓑ   ⟩은/는 같은 종에서 성별이나 나이와 관계없이 모양과 성질이 다른 개체가 존재하는 현상을 말한다.

30 다윈이 '자연선택'과 관련하여 주목한 생물체의 현상을 제시문의 [A]를 토대로 빈칸 ㉠에 두 어절로 쓰시오.

[31~32] 다음 글을 읽고 물음에 답하시오.

사람을 세상에서 가장 귀하게 여김은 인륜이 있기 때문이며 군신과 부자를 가장 큰 인륜으로 꼽는다. 임금이 어질고 신하가 충직하며 아비가 자애롭고 아들이 효도를 한 뒤에야 국가를 이루어 끝없는 복록을 불러오게 된다.

지금 우리 임금은 어질고 효성스럽고 자애로우며 지혜롭고 총명하시다. 현량하고 정직한 신하가 있어서 잘 보좌해 다스린다면 예전 훌륭한 임금들의 교화와 치적의 날을 꼽아 기다려도 바랄 수 있을 것이다. 지금 신하가 된 자들은 나라에 보답하려는 생각을 아니하고 한갓 작록과 지위를 도둑질하여 임금의 총명을 가리고 아부를 일삼아 충성스러운 선비의 간언을 요사스러운 말이라 하고 정직한 사람을 비도라 한다. 그리하여 안으로는 나라를 돕는 인재가 없고 바깥으로는 백성을 갈취하는 벼슬아치만이 득실거린다. 인민의 마음은 날로 더욱 비틀어져서 들어와서는 생업을 즐길 수 없고 나와서는 몸을 보존할 대책도 없도다. 학정은 날로 더해지고 원성은 줄을 이었다. 군신의 의리와 부자의 윤리와 상하의 구분이 결국 남김없이 무너져 내렸다.

관자가 말하기를 "사유(四維)가 베풀어지지 않으면 나라가 곧 멸망한다."라고 하였다. 바야흐로 지금의 형세는 예전보다 더욱 심하다. 위로는 공경대부(公卿大夫), 아래로는 방백 수령에 이르기까지 국가의 위태로움은 생각하지 아니하고 거의 자기 몸을 살찌우고 집을 윤택하게 하는 계책에만 몰두하여 벼슬아치를 뽑는 문을 재물 모으는 길로 만들고 과거 보는 장소를 사고파는 장터로 만들고 있다. 그래서 허다한 재물이나 뇌물을 국고에 들이지 않고 도리어 사사로운 창고에 채운다. 나라에는 빚이 쌓여 있는데도 갚으려는 생각은 아니하고 교만과 사치의 음탕과 안일로 나날을 지새워 두려움과 거리낌이 없어서 온 나라는 어육이 되고 만백성은 도탄에 빠졌다. 진실로 수령들의 탐학 때문이다. 어찌 백성이 곤궁치 않으랴.

백성은 나라의 근본이다. 근본이 깎이면 나라가 잔약해지는 것은 뻔한 일이다. 그런데도 보국안민(輔國安民)의 계책은 염두에 두지 않고 바깥으로 고향 집을 화려하게 지어 제 살길에 만 골몰하면서 녹위만을 도둑질하니 어찌 옳은 일이라 하겠는가?

우리 무리는 비록 초야의 유민이나 임금의 토지를 갈아먹고 임금이 주는 옷을 입고 사니 어찌 나라가 망해 가는 꼴을 좌시할 수 있겠는가. 온 나라 사람이 마음을 함께하고 수많은 백성이 뜻을 모아 지금 의로운 깃발을 들어 보국안민을 생사의 맹세로 삼노라. 오늘의 광경이 비로 놀랄 일이겠으나 결코 두려워하지 말고 각기 생업에 편안히 종사하면서 함께 태평세월을 빌고 모두 임금의 교화를 누리면 천만다행이겠노라.

– 전봉준 · 손화중 · 김개남, 「무장 포고문(茂長布告文)」

31 위 제시문의 역사적 배경이 된 사건이 무엇인지 쓰시오.

32 위의 제시문에서 의병들의 봉기 목적을 대표하는 핵심어를 찾아 한 낱말로 제시하시오.

[33~34] 다음 글을 읽고 물음에 답하시오.

앞서 말했듯이 아이들의 이러한 지루함과 싫증은 사고로 이어질 수 있다. ⓐ예를 들어, 아이들의 부상을 막기 위해 미끄럼틀에 붙여 놓은 "거꾸로 올라가지 마시오."라는 문구는 오히려 놀이터를 지루해하는 아이들에게는 거꾸로 올라가고 싶은 욕구를 불러일으킬 수 있다. 사실 이러한 문구는 미끄럼틀이 아이들에게 올라갔다가 미끄러져 내려오는 것 말고는 다르게 응용할 수 없는 놀이 기구임을 드러내는 것이다. 그리고 더 큰 문제는 그럼에도 불구하고 놀이터에 이러한 미끄럼틀밖에 없다는 사실이다.

우리나라 놀이터는 어디를 가나 놀이터 중앙의 조합 놀이대 1개와 그 주변에 그네, 또는 시소 2개, 고무 매트나 고무 칩 포장이 된 바닥으로 정형화되어 있다. 즉, 창의성을 갖춘 놀이터가 아니다. 특히 아이들의 부상을 줄일 수 있다는 이유로, 최근 설치한 놀이터 바닥은 대부분 탄성 고무 칩이다. 그런데 모래나 작은 크기의 자갈 또는 나무껍질인 바크와 견주었을 때 안정성 면에서 탄성 고무 칩이 더 낫다고 볼 수 없다. 최근 국가 표준이 만들어져 개선은 되었지만, 오히려 한여름에는 탄성 고무 칩 바닥 때문에 열기가 위로 솟구쳐 아이들의 놀이터 이용이 사실상 불가능하다.

그런데도 고무 매트나 고무 칩을 고집하는 까닭은 무엇일까? 그 이유 중 하나는, 아이들의 건강이나 놀이터의 기능보다는 유지·관리가 쉬운 방법을 찾으려는 편의주의 때문이다. 이러한 태도는 자칫 아이들을 위한 다양하고 창의적인 놀이 문화를 격려하는 놀이터보다는 어른들에 의한, 어른들의 편의만을 위한 놀이터를 양산하는 결과를 초래할 수 있다.

그리고 우리나라에 지루한 놀이터만 있는 또 한 가지 이유는 사회적 놀이 단계로 넘어가려고 하면, 위험하다며 못하게 하는 어른들에게서 찾아볼 수 있다. 어른들은 눈에 보이는 아이들의 안전을 지키기에 급급하다. 하지만 이보다 중요한 것은 실제 아이들이 안전을 확보하는 능력, 즉 위험한 상황에서 스스로 안전하게 대처하는 능력을 키우는 것이다. 안전은 아이들을 조심스럽게 키워야 보장되는 것이 아니라, 아이들이 위험을 스스로 다룰 수 있어야 보장되는 것이라는 기본 명제를 다시 한번 생각해 볼 필요가 있다.

[A]　놀이는 도전을 의미한다. 다시 말해서 하지 않던 것을 해보거나 할 수 없었던 것을 날마다 조금씩 도전해 가는 과정 자체가 놀이인 것이다. 물론 놀이터에서 자주 다쳐서는 결코 안 된다. 하지만 도전하는 과정에서 아이들이 겪는 회복 가능한 수준의 작은 부상은 무엇이 위험한 것이고, 그러한 일을 겪지 않으려면 어떻게 조심해야 하는지 아이들 스스로 깨닫게 하는 데에 도움이 된다. 초등학생들을 대상으로 하는 놀이터를 유아 수준의 놀이터로 만들어 놓고, 안전한 놀이터를 만들었다고 자만하는 것은 오히려 아이들에게 스스로 안전한 방법을 찾을 기회를 주지 않는 것이다.

[B]　이제 놀이터는 아이들이 진취적인 행동과 긍정적인 사고를 키워 나갈 수 있도록 도전하고 모험할 수 있는 공간으로서의 역할을 다해야 한다. 그러기 위해서 우리는 이제 '안전'이라는 기둥 옆에 '도전'과 '모험'이라는 기둥도 함께 세워야 한다. 즉, 안전과 도전, 모험이라는 요소가 유기적으로 결합되도록 놀이터를 설계해야 한다. 그러기 위해서는 우리가 진정으로 강조해야 하는 안전의 관점에서, 흔히 위험이라고 말하는 요소들에 대해 좀 더 깊게 생각해 볼 필요가 있다.

– 편해문, 「놀이터, 위험해야 안전하다」

33 다음의 〈보기〉는 글쓴이의 입장에서 제시문의 ⓐ에 대한 해결 방안을 제시한 것이다. 괄호에 들어갈 적절한 표현을 15자 이내로 완성하시오.

> 보기
>
>   글쓴이의 의견을 고려해 볼 때, ⓐ에 대한 해결 방안은 (   )
> 다양한 놀이 기구를 추가로 설치하는 것이다.

34 위의 제시문에서 글쓴이가 말하는 이상적인 놀이터란 어떠한 곳인지 [A]와 [B]의 내용을 통해 다음과 같이 정리하여 제시하시오(순서에 관계없음).

- _____

- _____

- 다양하고 창의적인 놀이 문화를 경험할 수 있는 곳

- _____

[35~36] 다음 글을 읽고 물음에 답하시오.

   사랑을 느끼게 하는 것과 두려움을 느끼게 하는 것 중에서 어느 편이 더 나은가에 대해서는 논쟁이 있었습니다. 제 견해는 사랑도 느끼게 하고 동시에 두려움도 느끼게 하는 것이 바람직하다는 것입니다. 그러나 동시에 둘 다 얻는 것은 어렵기 때문에, 굳이 둘 중에서 하나를 선택해야 한다면 저는 사랑을 느끼게 하는 것보다는 두려움을 느끼게 하는 것이 훨씬 더 안전하다고 생각합니다.

   이것은 인간 일반에 대해서 말해 줍니다. 즉, 인간이란 은혜를 모르고 변덕스러우며 위선적인 데다 기만에 능하며 위험을 피하려고 하고 이익에 눈이 어둡습니다. 당신이 은혜를 베푸는 동안 사람들은 모두 당신에게 온갖 충성을 바칩니다. 이미 말한 것처럼, 막상 그럴 필요가 별로 없을 때, 사람들은 당신을 위해서 피를 흘리고, 자신의 소유물, 생명 그리고 자식마저도 바칠 것처럼 행동합니다. 그렇지만 당신이 정작 그러한 것들을 필요로 할 때면, 그들은 등을 돌립니다. 따라서 전적으로 그들의 약속을 믿고 다른 대책을 소홀히 한 군주는 몰락을 자초할 뿐입니다. 위대하고 고상한 정신을 통하지 않고 물질적 대가를 주고 얻은 우정은 소유될 수 없으며, 정작 필요할 때 사용될 수 없습니다.

인간은 두려움을 불러일으키는 자보다 사랑을 베푸는 자를 해칠 때에 덜 주저합니다. 왜냐하면 사랑이란 일종의 감사의 관계에 따라서 유지되는데, 인간은 약하기 때문에 자신의 이익을 취할 기회가 생기면 언제나 그 감사의 상호 관계를 팽개쳐 버리기 때문입니다. 그러나 두려움은 항상 효과적인 처벌에 대한 공포로써 유지되며, 실패의 경우가 결코 없습니다.

현명한 군주는 자신을 두려운 존재로 만들되, 비록 사랑을 받지는 못하더라도, 미움을 받는 일은 피해야 합니다. 미움을 받지 않으면서도 두려움을 느끼게 하는 것은 얼마든지 가능하기 때문입니다. 그리고 이는 군주가 시민과 신민들의 재산과 그들의 부녀자들에게 손을 대는 일을 삼가면 항상 성취할 수 있습니다. 만약 누군가의 처형이 필요하더라도, 적절한 명분과 명백한 이유가 있을 때로 국한해야 합니다. 그러나 무엇보다도 그는 타인의 재산에 손을 대어서는 안 됩니다. 왜냐하면 인간이란 어버이의 죽음은 쉽게 잊어도 재산의 상실은 좀처럼 잊지 못하기 때문입니다. 게다가 재산을 몰수할 명분은 항상 있게 마련입니다. 약탈을 일삼으며 살아가는 군주는 항상 타인의 재산을 빼앗을 핑계를 발견할 수 있습니다. 반면에 목숨을 앗을 이유나 핑계는 훨씬 드물고, 또 쉽게 사라져 버립니다.

– 니콜로 마키아벨리, 「군주론」

35 위의 제시문에서 글쓴이가 주장한 '현명한 군주'의 요건을 〈보기〉의 단어를 모두 활용하여 아래의 빈칸을 30자 이내로 완성하시오.

보기

사랑, 두려움, 미움

현명한 군주는 _____.

36 위의 제시문에서 글쓴이가 주장한 '군주가 가장 경계해야 하는 일'이 무엇인지 4어절로 쓰시오.

PART **2**

수학 I

Ⅰ 지수함수와 로그함수

[핵심이론]

1 거듭제곱근

(1) 실수인 거듭제곱근

① a가 실수이고 n이 2 이상의 자연수일 때 a의 n제곱근 중 실수인 것

	$a>0$	$a=0$	$a<0$
n이 짝수	$\sqrt[n]{a}>0$, $-\sqrt[n]{a}<0$	$\sqrt[n]{0}=0$	없다
n이 홀수	$\sqrt[n]{a}>0$	$\sqrt[n]{0}=0$	$\sqrt[n]{a}<0$

② a의 n제곱근 중 실수인 것은 방정식 $x^n=a$의 실근이므로, 함수 $y=x^n$의 그래프와 직선 $y=a$의 교점의 x좌표와 같다.

(2) 거듭제곱근의 성질

$a>0$, $b>0$이고 m, n이 2 이상의 자연수 일 때

① $(\sqrt[n]{a})^n=a$

② $\sqrt[n]{a}\sqrt[n]{b}=\sqrt[n]{ab}$

③ $\dfrac{\sqrt[n]{a}}{\sqrt[n]{b}}=\sqrt[n]{\dfrac{a}{b}}$

④ $(\sqrt[n]{a})^m=\sqrt[n]{a^m}$

⑤ $\sqrt[m]{\sqrt[n]{a}}=\sqrt[mn]{a}=\sqrt[n]{\sqrt[m]{a}}$

⑥ $\sqrt[np]{a^{mp}}=\sqrt[n]{a^m}$ (단, p는 자연수)

2 지수의 확장

(1) 지수가 정수인 경우

① $a\neq0$이고 n이 양의 정수일 때

㉠ $a^0=1$

㉡ $a^{-n}=\dfrac{1}{a^n}$

② $a\neq0$, $b\neq0$이고 m, n이 정수일 때

㉠ $a^m a^n=a^{m+n}$

㉡ $a^m \div a^n=a^{m-n}$

㉢ $(a^m)^n=a^{mn}$

㉣ $(ab)^n=a^n b^n$

(2) 지수가 유리수와 실수인 경우

① $a>0$이고 m이 정수, n이 2 이상의 정수일 때

  ㉠ $a^{\frac{1}{n}}=\sqrt[n]{a}$ ㉡ $a^{\frac{m}{n}}=\sqrt[n]{a^m}$

② $a>0$, $b>0$이고 r, s가 유리수일 때

  ㉠ $a^r a^s=a^{r+s}$ ㉡ $a^r \div a^s=a^{r-s}$

  ㉢ $(a^r)^s=a^{rs}$ ㉣ $(ab)^r=a^r b^r$

③ $a>0$, $b>0$이고 x, y가 실수 일 때

  ㉠ $a^x a^y=a^{x+y}$ ㉡ $a^x \div a^y=a^{x-y}$

  ㉢ $(a^x)^y=a^{xy}$ ㉣ $(ab)^x=a^x b^x$

3 로그

(1) 로그의 정의와 조건

① 정의

  $a>0$, $a\neq1$, $N>0$일 때, $a^x=N \Longleftrightarrow x=\log_a N$

② 조건

  $\log_a N$이 정의되려면 밑 a는 $a>0$, $a\neq1$이고 진수 N은 $N>0$이어야 한다.

(2) 로그의 성질

$a>0$, $a\neq1$이고 $M>0$, $N>0$일 때

① $\log_a 1=0$, $\log_a a=1$ ② $\log_a MN=\log_a M+\log_a N$

③ $\log_a \dfrac{M}{N}=\log_a M-\log_a N$ ④ $\log_a M^k=k\log_a M$ (단, k는 실수)

(3) 로그의 밑의 변환

① $a>0$, $a\neq1$, $b>0$, $c>0$, $c\neq1$일 때

  $\log_a b=\dfrac{\log_c b}{\log_c a}$

② 로그 밑의 변환 활용: $a>0$, $a\neq1$, $b>0$일 때

  ㉠ $\log_a b=\dfrac{1}{\log_b a}$ (단, $b\neq1$)

  ② $\log_a b \times \log_b c=\log_a c$ (단, $b\neq1$, $c>0$)

③ $\log_{a^m} b^n = \dfrac{n}{m} \log_a b$ (단, m, n은 실수이고, $m \neq 0$이다.)

④ $a^{\log_b c} = c^{\log_b a}$ (단, $b \neq 1$, $c > 0$)

④ 지수함수

(1) 지수함수의 뜻과 그래프

① 지수함수의 뜻

$y = a^x$ $(a > 0,\ a \neq 1)$ $\Rightarrow$ a를 밑으로 하는 지수함수

② 지수함수의 그래프

　　　㉠ $a > 1$일 때　　　　　　　　　　　　㉡ $0 < a < 1$일 때

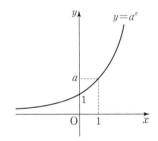　　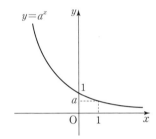

(2) 지수함수의 성질

① $a > 1$일 때 x의 값이 증가하면 y의 값도 증가하고, $0 < a < 1$일 때 x의 값이 증가하면 y의 값은 감소한다.

② 함수 $y = a^x$의 그래프는 점 $(0, 1)$을 지나고, 점근선은 x축(직선 $y = 0$)이다.

③ 함수 $y = a^x$의 그래프와 함수 $y = \left(\dfrac{1}{a} \right)^x$의 그래프는 y축에 대하여 서로 대칭이다.

④ 함수 $y = a^{x-m} + n$의 그래프는 함수 $y = a^x$의 그래프를 x축의 방향으로 m만큼, y축의 방향으로 n만큼 평행이동한 것이다.

(3) 지수함수의 활용

① $a > 0$, $a \neq 1$일 때, $a^{f(x)} = a^{g(x)} \Longleftrightarrow f(x) = g(x)$

② $a > 1$일 때, $a^{f(x)} < a^{g(x)} \Longleftrightarrow f(x) < g(x)$

③ $0 < a < 1$일 때, $a^{f(x)} < a^{g(x)} \Longleftrightarrow f(x) > g(x)$

5 로그함수

(1) 로그함수의 뜻과 그래프

   ① 로그함수의 뜻

      $y=\log_a x \ (a>0, \ a\neq 1) \Rightarrow a$를 밑으로 하는 로그함수

   ② 지수함수와 로그함수의 관계

      역함수 관계: $y=a^x \ (a>0, \ a\neq 1) \Longleftrightarrow y=\log_a x \ (a>0, \ a\neq 1)$

   ③ 로그함수의 그래프

      ㉠ $a>1$일 때   ㉡ $0<a<1$일 때

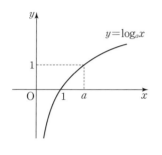
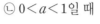
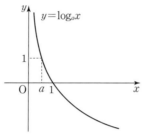

(2) 로그함수의 성질

   ① $a>1$일 때 x의 값이 증가하면 y의 값도 증가하고, $0<a<1$일 때 x의 값이 증가하면 y의 값은 감소한다.

   ② 함수 $y=\log_a x$의 그래프는 점 $(0, 1)$을 지나고, 점근선은 y축(직선 $x=0$)이다.

   ③ 함수 $y=\log_a x$의 그래프와 함수 $y=\log_{\frac{1}{a}} x$의 그래프는 x축에 대하여 대칭이다.

   ④ 함수 $y=\log_a (x-m)+n$의 그래프는 함수 $y=\log_a x$의 그래프를 x축의 방향으로 m만큼, y축의 방향으로 n만큼 평행이동한 것이다.

(3) 로그함수의 활용

   ① $a>0, \ a\neq 1$일 때, $\log_a f(x)=\log_a g(x) \Longleftrightarrow f(x)=g(x), \ f(x)>0, \ g(x)>0$

   ② $a>1$일 때, $\log_a f(x)<\log_a g(x) \Longleftrightarrow 0<f(x)<g(x)$

   ③ $0<a<1$일 때, $\log_a f(x)<\log_a g(x) \Longleftrightarrow f(x)>g(x)>0$

[실전문제]

해답 p.246

 대표문제

배점(총점)	예상 소요 시간
10점	3분 / 전체 80분

▶ 함수 $y=f(x)$의 그래프를 x축의 방향으로 3만큼 y축의 방향으로 -1만큼 평행이동한 후 y축을 기준으로 대칭이동한 함수가 $y=\log_3(7-x)+2$의 그래프와 일치하였다. 이때 $f(-1)$의 값을 구하시오.

모범답안 함수 $y=f(x)$가 x축의 방향으로 3만큼 y축의 방향으로 -1만큼 평행이동한 그래프는

$y=f(x-3)-1$이다. 이를 y축을 기준으로 대칭이동 시키면

∴ $y=f(-x-3)-1$

이때 위의 그래프가 $y=\log_3(7-x)+2$의 그래프와 일치하므로,

$x=-2$를 대입하면

$f(2-3)-1=\log_3(7+2)+2$

∴ $f(-1)=5$

채점기준

답안	배점
x축의 방향으로 3만큼 y축의 방향으로 -1만큼 평행이동한 후 y축을 기준으로 대칭이동한 함수는 $y=f(-x-3)-1$이다.	5점
$y=f(-x-3)-1$의 그래프가 $y=\log_3(7-x)+2$의 그래프와 일치하므로 $x=-2$를 대입	2점
$f(-1)=5$	3점

〈EBS 수능완성 변형문제〉

01 두 상수 a, b에 대하여 두 함수
$f(x)=2(a^x-1)$, $g(x)=3^{x+1}+b$가 다음
〈보기〉의 조건을 만족시킨다.

보기

(가) 두 함수 $y=f(x)$, $y=g(x)$의 그래프의
점근선이 일치한다.

(나) 직선 $x=1$이 두 함수 $y=f(x)$, $g(x)$의
그래프와 만나는 점을 각각 A, B라 하면
$\overline{AB}=9$이다.

a와 b를 구하고, 그 때 ab의 값을 구하시오.

(단, $a>0$)

02 두 양수 a, b에 대하여
$a^{b^2+\frac{a}{b}}=2^{\frac{1}{b}}$, $a^{\frac{1}{b}}=4^{b^2-\frac{a}{b}}$일 때, $2(b^6-a^2)$의
값을 구하시오. (단, $a\neq1$)

03 두 실수 x, y가 $3^x \times \left(\dfrac{1}{5}\right)^y = 1$, $\dfrac{1}{x} + \dfrac{1}{y} = 2$

의 두 조건을 만족시킬 때 $9^x \times 25^y$의 값을 구하시오. (단 $x \neq 0, y \neq 0$)

04 $\{x \mid 1 \leq x \leq 100\}$을 정의역으로 갖는 함수
$y = x^{\log 2} \times 2^{\log x} - 3 \times x^{\log 2} + 13 \times 2^{\log \frac{1}{100}}$의
최댓값을 M, 최솟값을 m이라 할 때, M과 m을 구하고 $M + m$의 값을 구하시오.

05 이차방정식 $x^2 - 3x + 1 = 0$의 두 근을 α, β라 할 때, $\log\dfrac{\alpha+1}{\beta} + \log\dfrac{\beta+1}{\alpha}$의 값을 구하시오.

06 $\log_3\dfrac{5}{8} + \log_3\dfrac{36}{6} - \log_3\dfrac{1}{6}$의 값을 구하시오.

07 함수 $y=(\log_3 x)^2-2\log_3 x-3$의 정의역이 $\left\{x \mid \dfrac{1}{3} \le x \le 9\right\}$일 때 주어진 함수의 최댓값과 최솟값을 구하시오.

08 $a^2+b^2=10ab$인 두 양수 a, b에 대하여 등식 $\dfrac{\log a+\log b}{2}=\log\dfrac{a+b}{p}$가 성립한다. 이때 p^2의 값을 구하시오.

09 x가 실수이고 $\dfrac{3^x-3^{-x}}{3^x+3^{-x}}=\dfrac{1}{3}$일 때

$\dfrac{3^x+3^{-x}}{27^x+27^{-x}}$의 값을 구하시오.

10 실수 에 대하여 두 집합 A, B를

$A=\{x\,|\,x^2+ax-6=0,\ x$는 양의 실수$\}$

$B=\{y\,|\,\log_5 y \times \log_y 7=\log_5 7,\ y$는 실수$\}$

라 하자. 집합 A가 집합 B의 부분집합이 아닐

때, a의 값을 구하시오.

11 함수 $y = 2 + \log_3(kx + 2k)$의 그래프가 제 2사분면을 지나지 않는다고 할 때, k의 최댓값을 구하시오. (단, $k > 0$)

12 다음 부등식

$$\log_2 |x - 3| < 3$$

을 만족시키는 정수 x의 개수를 구하시오.

(단, $x \neq 3$)

13 두 함수 $f(x) = \dfrac{1}{2} \times \left(\dfrac{1}{3}\right)^x - \dfrac{1}{2}$,

$g(x) = \log_2 x$의 x값의 범위가

$-2 \leq x \leq -1$일 때 함수 $(g \circ f)(x)$의 범위

를 구하시오.

14 $1 < a < b$인 두 실수 a, b에 대하여

$\dfrac{2a}{\log_a b} = \dfrac{b}{4\log_b a} = \dfrac{2a+b}{5}$가 성립할 때,

$15\log_a b$의 값을 구하시오.

15 자연수 n에 대해서 두 함수 $y=2^x$, $y=\log_2 x$ 의 그래프가 직선 $x=n$과 만나는 교점의 y좌표를 각각 a, b라 하자. $a-b$가 두 자리의 자연수일 때, $a+b$의 값을 구하시오.

16 곡선 $y=2^{x+5}$을 x축의 방향으로 a만큼 평행이동한 곡선을 나타내는 함수를 $y=f(x)$라 하고, 곡선 $y=\left(\dfrac{1}{2}\right)^{x+7}$을 x축의 방향으로 a^2만큼 평행이동한 후 y축에 대하여 대칭이동한 곡선을 나타내는 함수를 $y=g(x)$라 하자. 모든 실수 x에 대하여 $f(x)=g(x)$일 때, a의 값을 구하시오. (단, $a<0$)

17 모든 실수 x에 대하여 부등식 $3^{x^2+4\log_3 a} \geq a^{-2x}$ 을 성립하도록 하는 양의 정수 a의 최댓값을 구하시오.

18 함수 $y = k \times 2^x$ $(0 \leq k \leq 1)$의 그래프가 두 함수 $y = 2^{-x}$, $y = -4 \times 2^x + 9$의 그래프와 만나는 점을 각각 P, Q라 한다. 점 P와 점 Q의 x 좌표의 비가 1:2일 때, $20k$의 값을 구하시오.

19 x, y, z가 1보다 큰 실수이고

$\log_x z : \log_y z = 2 : 1$를 만족할 때,

$\log_x y + \log_y x$의 값을 구하시오.

20 $2 \leq x \leq 4$에서 함수 $f(x) = 3^x \times \log_2 x$의

최댓값과 최솟값의 차를 구하시오.

21 함수 $f(x)=\log_2(x-3)$의 역함수를 $g(x)$ 라 할 때, 방정식 $\{g(x)-5\}\times\{g(x)-1\}$ $=60$을 만족시키는 x값은 k이다. 이때 $g(k-2)$의 값을 구하시오.

22 $\log_a b+3\log_b a=\dfrac{13}{2}$일 때, $\dfrac{a+b^4}{a^2+b^2}$의 값을 구하시오. (단, $a>b>1$)

23 x에 관한 방정식 $4^x(2^x-3)=2\times2^x-6$의 서로 다른 모든 실근을 구하시오.

24 $f(n)=a^{\frac{1}{n}}$ (단, $a>0$, $a\neq1$)일 때,

$$f(1\cdot2)\times f(2\cdot3)\times f(3\cdot4)\times\cdots$$
$$\times f(9\cdot10)=f(k)$$

를 만족하는 상수 k에 대하여 $9k$의 값을 구하시오.

25 $9 \leq x \leq 81$에서

$$\log_3 x + \frac{4}{\log_3 x} - \log_x y = 2$$를 만족시키는

y의 최댓값을 M, 최솟값을 m이라 할 때

$\dfrac{M}{3^4 m}$의 값을 구하시오.

Ⅱ 삼각함수

[핵심이론]

1 일반각과 호도법

(1) 일반각

시초선 OX와 동경 OP로 주어진 ∠XOP에 대하여 동경 OP가 나타내는 한 각의 크기를 $\alpha°$라 할 때, ∠XOP의 크기를 다음과 같이 나타내고, 이것을 동경 OP가 나타내는 일반각이라고 한다.

> 일반각: $360° \times n + \alpha°$ (n은 정수)

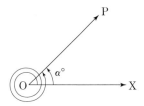

(2) 호도법

반지름의 길이와 호의 길이가 같을 때, 부채꼴의 중심각의 크기를 1라디안(rad)이라 한다.

① $1(\text{라디안}) = \dfrac{180°}{\pi}$

② $1° = \dfrac{\pi}{180°}(\text{라디안})$

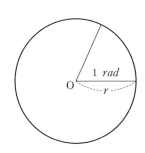

(3) 부채꼴의 호의 길이와 넓이

반지름의 길이가 r, 중심각의 크기가 θ(라디안)인 부채꼴에서 호의 길이를 l, 넓이를 S라하면

① $l = r\theta$

② $S = \dfrac{1}{2}r^2\theta = \dfrac{1}{2}rl$

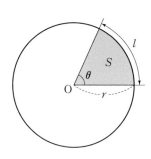

2 삼각함수의 정의 및 관계

(1) 삼각함수의 정의

좌표평면에서 중심이 원점 O이고 반지름의 길이가 r인 원 위의 한 점을 P(x, y)라 하고, x축의 양의 방향을 시초선으로 하는 동경 OP가 나타내는 각의 크기를 θ라 할 때, θ에 대한 삼각함수를 다음과 같이 정의한다.

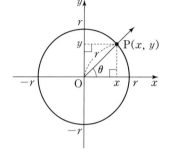

$$\sin \theta = \frac{y}{r}, \cos \theta = \frac{x}{r}, \tan \theta = \frac{y}{x} \ (x \neq 0)$$

(2) 삼각함수의 부호

사분면	x, y 부호	$\sin \theta$	$\cos \theta$	$\tan \theta$
제 1 사분면	$x>0, \ y>0$	+	+	+
제 2 사분면	$x<0, \ y>0$	+	−	−
제 3 사분면	$x<0, \ y<0$	−	−	+
제 4 사분면	$x>0, \ y<0$	−	+	−

(3) 삼각함수 사이의 관계

① $\tan \theta = \dfrac{\sin \theta}{\cos \theta}$ ② $\sin^2 \theta + \cos^2 \theta = 1$ ③ $1 + \tan^2 \theta = \dfrac{1}{\cos^2 \theta}$

(4) 특수각의 삼각비

구분	0°	30°	45°	60°	90°
$\sin \theta$	0	$\dfrac{1}{2}$	$\dfrac{1}{\sqrt{2}}$	$\dfrac{\sqrt{3}}{2}$	1
$\cos \theta$	1	$\dfrac{\sqrt{3}}{2}$	$\dfrac{1}{\sqrt{2}}$	$\dfrac{1}{2}$	0
$\tan \theta$	0	$\dfrac{1}{\sqrt{3}}$	1	$\sqrt{3}$	∞

3 삼각함수의 그래프

(1) $y=\sin x$

① 정의역은 실수 전체의 집합이고, 치역은
　$\{y\,|\,-1\leq y\leq 1\}$이다.

② 모든 실수 x에 대하여 $\sin(-x)=-\sin x$이다. 즉,
　그래프는 원점에 대하여 대칭이다.

③ 모든 실수 x에 대하여 $\sin(2n\pi+x)=\sin x$ (n은
　정수)이고, 주기가 2π인 주기함수이다.

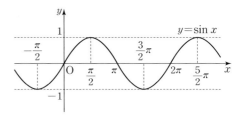

(2) $y=\cos x$

① 정의역은 실수 전체의 집합이고, 치역은
　$\{y\,|\,-1\leq y\leq 1\}$이다.

② 모든 실수 x에 대하여 $\cos(-x)=\cos x$이다. 즉, 그
　래프는 y축에 대하여 대칭이다.

③ 모든 실수 x에 대하여 $\cos(2n\pi+x)=\cos x$ (n은
　정수)이고, 주기가 2π인 주기함수이다.

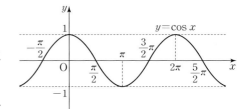

(3) $y=\tan x$

① 정의역은 $x\neq n\pi+\dfrac{\pi}{2}$ (n은 정수)인 실수 전체의 집
　합이고, 치역은 실수 전체의 집합이다.

② 정의역에 속하는 모든 실수 x에 대하여
　$\tan(-x)=-\tan x$이다. 즉, 그래프는 원점에 대
　하여 대칭이다.

③ 모든 실수 x에 대하여 $\tan(n\pi+x)=\tan x$ (n은 정수)
　이고, 주기가 π인 주기함수이다.

④ 그래프의 점근선은 직선 $x=n\pi+\dfrac{\pi}{2}$ (n은 정수)이다.

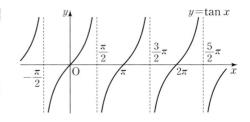

④ 삼각함수의 성질 및 활용

(1) 삼각함수의 성질

① $2n\pi + \theta$의 삼각함수 (단, n은 정수)

㉠ $\sin(2n\pi + \theta) = \sin\theta$ ㉡ $\cos(2n\pi + \theta) = \cos\theta$ ㉢ $\tan(2n\pi + \theta) = \tan\theta$

② $-\theta$의 삼각함수

㉠ $\sin(-\theta) = -\sin\theta$ ㉡ $\cos(-\theta) = \cos\theta$ ㉢ $\tan(-\theta) = -\tan\theta$

③ $\pi + \theta$의 삼각함수

㉠ $\sin(\pi + \theta) = -\sin\theta$ ㉡ $\cos(\pi + \theta) = -\cos\theta$ ㉢ $\tan(\pi + \theta) = \tan\theta$

④ $\dfrac{\pi}{2} + \theta$의 삼각함수

㉠ $\sin\left(\dfrac{\pi}{2} + \theta\right) = \cos\theta$ ㉡ $\cos\left(\dfrac{\pi}{2} + \theta\right) = -\sin\theta$ ㉢ $\tan\left(\dfrac{\pi}{2} + \theta\right) = -\dfrac{1}{\tan\theta}$

(2) 삼각함수의 활용

① 방정식에의 활용

방정식 $2\sin x = 1$, $2\cos x = -1$, $1 + \tan x = 0$과 같이 각의 크기가 미지수인 삼각함수를 포함한 방정식은 삼각함수의 그래프를 이용하여 다음과 같이 풀 수 있다.

㉠ 주어진 방정식을 $\sin x = k(\cos x = k, \tan x = k)$의 꼴로 변형

㉡ 주어진 범위에서 함수 $y = \sin x(y = \cos x, y = \tan x)$의 그래프와 직선 $y = k$의 교점의 x좌표를 찾아서 해를 구함

② 부등식에의 활용

부등식 $2\sin x > 1$, $2\cos x < -1$, $1 - \tan x > 0$과 같이 각의 크기가 미지수인 삼각함수를 포함한 부등식은 삼각함수의 그래프를 이용하여 다음과 같이 풀 수 있다.

㉠ 주어진 부등식을 $\sin x > k(\cos x < k, \tan x < k)$의 꼴로 변형

㉡ 주어진 범위에서 함수 $y = \sin x(y = \cos x, y = \tan x)$의 그래프와 직선 $y = k$의 교점의 x좌표를 구함

㉢ 함수 $y = \sin x(y = \cos x, y = \tan x)$의 그래프가 직선 $y = k$보다 위쪽(또는 아래쪽)에 있는 x 값의 범위를 찾아서 해를 구함

5 사인 및 코사인 법칙

(1) 사인법칙

① $\triangle$ABC의 외접원의 반지름의 길이를 R이라 하면

$$\frac{a}{\sin A}=\frac{b}{\sin B}=\frac{c}{\sin C}=2R$$

② 사인법칙의 변형

ⓛ $a=2R\sin A$, $b=2R\sin B$, $c=2R\sin C$

② $\sin B=\dfrac{a}{2R}$, $\sin B=\dfrac{b}{2R}$, $\sin C=\dfrac{c}{2R}$

③ $a:b:c=\sin A:\sin B:\sin C$

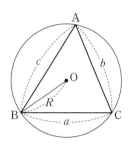

(2) 코사인법칙

① $a^2=b^2+c^2-2bc\cos A \Rightarrow \cos A=\dfrac{b^2+c^2-a^2}{2bc}$

② $b^2=c^2+a^2-2ca\cos B \Rightarrow \cos B=\dfrac{c^2+a^2-b^2}{2ca}$

③ $c^2=a^2+b^2-2ab\cos C \Rightarrow \cos C=\dfrac{a^2+b^2-c^2}{2ab}$

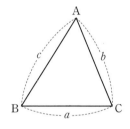

6 삼각형의 넓이

(1) 두 변의 길이와 끼인각의 크기가 주어진 삼각형의 넓이

$$S=\frac{1}{2}ab\sin C=\frac{1}{2}ac\sin B=\frac{1}{2}bc\sin A$$

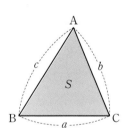

(2) 내접원의 반지름의 길이(r)이 주어진 삼각형의 넓이

$$S=rs\left(\text{단, } s=\frac{a+b+c}{2}\right)$$

(3) 사각형의 넓이

① 평행사변형의 넓이 $S=xy\sin\theta$

② 사각형의 넓이 $S=\dfrac{1}{2}xy\sin\theta$

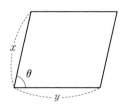

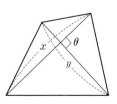

[실전문제]

해답 p.249

대표문제

배점(총점)	예상 소요 시간
10점	5분 / 전체 80분

▶ $\triangle ABC$의 두 변의 길이가 $\overline{AB}=4$, $\overline{BC}=2$이고 넓이는 $\dfrac{4\sqrt{5}}{3}$이다. 이때 이 삼각형에 외접하는 외접원의 반지름의 길이 R을 구하시오.

모범답안 삼각형의 두 변의 길이가 $\overline{AB}=4$, $\overline{BC}=2$이고 넓이는 $\dfrac{4\sqrt{5}}{3}$이므로

$$\frac{1}{2}\times 4\times 2\times \sin\angle B=\frac{4\sqrt{5}}{3}$$

$$\therefore \sin\angle B=\frac{\sqrt{5}}{3}$$

한편, $\sin^2\theta+\cos^2\theta=1$이므로 $\cos^2\theta=\sqrt{1-\sin^2\theta}$

따라서 $\cos\angle B=\sqrt{1-\left(\dfrac{\sqrt{5}}{3}\right)^2}=\dfrac{2}{3}$

코사인법칙을 이용하면

$$\overline{AC}^2=4^2+2^2-2\times 4\times 2\times \cos\angle ABC=20-16\times\frac{2}{3}=\frac{28}{3}$$

$$\therefore \overline{AC}=\sqrt{\frac{28}{3}}$$

이때 외접원의 반지름의 길이가 R이므로 $2R=\dfrac{\overline{AC}}{\sin\angle B}=\dfrac{\sqrt{\dfrac{28}{3}}}{\dfrac{\sqrt{5}}{3}}$

따라서 $R=\sqrt{\dfrac{21}{5}}$

채점기준

답안	배점
사인법칙을 이용하여 $\dfrac{1}{2}\times 4\times 2\times \sin\angle B=\dfrac{4\sqrt{5}}{3}$, $\sin\angle B=\dfrac{\sqrt{5}}{3}$	3점
$\sin^2\theta+\cos^2\theta=1$에서 $\cos B=\sqrt{1-\left(\dfrac{\sqrt{5}}{3}\right)^2}=\dfrac{2}{3}$	2점
코사인법칙을 이용하여 $\overline{AC}^2=4^2+2^2-2\times 4\times 2\times \cos B=20-16\times\dfrac{2}{3}=\dfrac{28}{3}$, $\overline{AC}=\sqrt{\dfrac{28}{3}}$	3점
$R=\sqrt{\dfrac{21}{5}}$	2점

〈EBS 수능완성 변형문제〉

01 모든 실수 x에 대한 부등식

$\sin^2 x + 4\cos x + a < 0$이 항상 성립하도록

하는 실수 a의 값의 범위를 구하시오.

02 그림과 같이 $\overline{AB} = \overline{AD} = \overline{DC} = \dfrac{1}{2}\overline{BC}$이고

$\overline{AD} /\!/ \overline{BC}$인 사다리꼴 ABCD의 내부와 선분

AB, CD를 각각 지름으로 하는 두 원의 외부의

공통부분의 넓이가 $\dfrac{15\sqrt{3} - 4\pi}{2}$일 때, 사다리꼴

ABCD의 넓이를 구하시오.

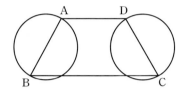

03 △ABC에 외접하는 외접원의 반지름의 길이가 $3\sqrt{2}$이고 ∠B+∠C=150°일 때 선분 BC의 길이를 구하시오.

04 부채꼴의 넓이가 16일 때, 그 둘레가 최댓값이 되도록 하는 반지름의 길이를 구하시오.

05 $\triangle$ABC에서 $a=2$, $b=3$, $\angle C=\cos 60°$일 때, 이 삼각형에 외접하는 외접원의 반지름의 길이를 구하시오.

06 x값의 범위가 $0 \leq x < 4\pi$일 때 $|\sin x|=k$가 서로 다른 4개의 실근을 갖도록 하는 실수 k값들의 곱을 구하시오.

07 $0 < \theta < 2\pi$에서

함수 $f(\theta) = \dfrac{3}{4 - 3\sin^2\theta} - 4\sin^2\theta$의

최솟값을 구하시오.

08 다음 그림과 같이 $\triangle ABC$의 각 변의 길이가 $\overline{AB} = 6$, $\overline{AD} = 8$, $\overline{BC} = 5$, $\overline{CD} = 5$일 때, $\overline{AC}$의 길이를 구하시오.

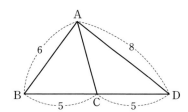

09 θ가 제4사분면의 각일 때,
$\sin^2\theta - |\sin\theta| < \cos^2\theta$를 만족하는 θ의 범위를 구하시오.

10 $\overline{AB}=4\sqrt{3}$, $\overline{BC}=5$, $\angle A=\theta$,
$\angle C=60°$인 $\triangle ABC$와 그에 외접하는 외접원이 있을 때, $\cos 2\theta$의 값을 구하시오.

11 함수 $f(x)=a\sin bx+c$의 주기가 π이고 최
댓값이 2이다. $f\left(\dfrac{\pi}{6}\right)=\sqrt{3}$의 값을 가질 때
$f\left(\dfrac{\pi}{8}\right)$의 값을 구하시오. (단, $a>0, b>0$)

12 두 자연수 a, b에 대하여

함수 $f(x)=a\sin bx+8-a$가 다음 조건을
만족시킬 때, $a-b$의 값을 구하시오.

> (가) 모든 실수 x에 대하여 $f(x)\geq0$이다.
> (나) $0\leq x<2\pi$일 때, x에 대한 방정식 $f(x)=0$
> 의 서로 다른 실근의 개수는 4이다.

13 △ABC의 두 변 AB, BC 위의 점 D와 E를 이은 $\overline{DE}$가 △ABC의 넓이를 이등분한다. 이 때 $\overline{BD} \times \overline{BE}$의 값을 구하시오.
(단, $\overline{AB} = 4$, $\overline{BC} = 6$)

14 x에 대한 이차함수

$$y = x^2 - 4x \sin\frac{n\pi}{6} + 3 - 2\cos^2\frac{n\pi}{6}$$의

그래프의 꼭짓점과 직선 $y = \frac{1}{2}x + \frac{3}{2}$ 사이의

거리가 $\frac{3\sqrt{5}}{5}$보다 작도록 하는 10 이하의 자연수 n의 모든 합을 구하시오.

15 $\triangle\mathrm{ABC}$에서 각 변 a, b, c의 비가 $3:4:5$일 때 $\dfrac{\sin A+\sin B}{\sin C}+\dfrac{\sin B}{\sin A+\sin C}$의 값을 구하시오.

16 $0\leq x<\pi$에서 x에 대한 방정식 $\cos x=x^2+k$가 실근을 갖도록 하는 k값의 범위를 구하시오.

17 x값의 범위가 $0 \le x < 2\pi$일 때 $y=|\sin x|$, $y=\cos 2x + \dfrac{1}{2}$의 그래프가 만나는 서로 다른 실근의 개수를 구하시오.

18 오른쪽 그림과 같이 중심각의 크기가 $60°$인 부채꼴 OAB가 있다. 점 A에서 $\overline{OB}$에 내린 수선의 발을 P라고 할 때, $\overline{AP}=\sqrt{3}$이다. 이때 색칠한 부분의 넓이를 구하시오.

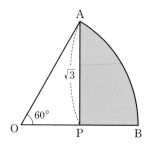

19 그림과 같이 $\overline{\mathrm{AB}}:\overline{\mathrm{AC}}=2:3$인 삼각형 ABC 에서 선분 BC를 3:2로 내분하는 점을 D라 하자.

$\dfrac{\cos(\angle \mathrm{ABD})}{\cos(\angle \mathrm{ACD})}=\dfrac{1}{2}$일 때, $\left(\dfrac{\overline{\mathrm{AD}}}{\overline{\mathrm{AB}}}\right)^{2}$의 값을 구하시오.

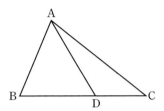

20 $0\le\theta<2\pi$일 때, x에 대한 방정식 $3x^{2}+(\cos\theta)x-\dfrac{1}{4}\cos\theta=0$이 실근을 갖지 않도록 하는 θ값의 범위가 $a<\theta<b$이다. $a+b$의 값을 구하시오.

21 이차방정식 $x^2-2kx+2k=0$의 두 근이 각각 $\sin\theta$, $\cos\theta$일 때, 모든 상수 k값의 합을 구하시오.

22 x값의 범위가 $0\le x<2\pi$일 때, $1+\sin x-\cos x=\cos(\cos x-1)$의 모든 해의 합을 구하시오.

23 $\angle A = \angle C$인 이등변삼각형 $\triangle ABC$에서 $\angle B = 2\angle A$일 때, $\dfrac{a}{b}$의 값을 구하시오.

24 $\triangle ABC$에서 $\angle A = 30°$, $\angle B = 45°$일 때, 이 삼각형에 외접하는 외접원의 반지름의 길이가 4 이다. 이때 선분 AB의 길이를 구하시오.

PART 1
국어

PART 2
수학

PART 3
해답

25 $\triangle ABC$의는 세 변이 각각 a, b, c이고 $b=2$, $a=c$인 이등변삼각형이다. $x=a\cos C$의 값이 성립한다고 할 때 x 값을 구하시오.

Ⅲ 수열

[핵심이론]

1 1. 등차수열

(1) 일반항 및 등차중항

① 일반항

첫째항이 a, 공차가 d인 등차수열 $\{a_n\}$의 일반항 a_n은

$a_n=a+(n-1)d$ (단, $n=1, 2, 3, \cdots$)

② 등차중항

세수 a, b, c가 이 순서대로 등차수열을 이룰 때, b를 a와 c의 등차중항이라고 한다.

$b-a=c-b$이므로 $b=\dfrac{a+c}{2}$

(2) 등차수열의 합

등차수열의 첫째항부터 제n항까지의 합 S_n은 다음과 같다.

① 첫째항이 a, 제n항이 l일 때: $S_n=\dfrac{n(a+l)}{2}$

② 첫째항이 a, 공차가 d일 때: $S_n=\dfrac{n\{2a+(n-1)d\}}{2}$

2 등비수열

(1) 일반항 및 등비중항

① 일반항

첫째항이 a, 공비가 $r(r\neq0)$인 등비수열 $\{a_n\}$의 일반항 a_n은

$a_n=ar^{n-1}$ (단, $n=1, 2, 3, \cdots$)

② 등비중항

0이 아닌 세수 a, b, c가 이 순서대로 등비수열을 이룰 때, b를 a와 c의 등비중항이라고 한다.

$\dfrac{b}{a}=\dfrac{c}{b}$이므로 $b^2=ac$

(2) 등비수열의 합

첫째항이 a, 공비가 $r(r\neq0)$인 등비수열의 첫째항부터 제n항까지의 합 S_n은 다음과 같다.

① $r=1$일 때: $S_n=na$

② $r\neq1$일 때: $S_n=\dfrac{a(r^n-1)}{r-1}=\dfrac{a(1-r^n)}{1-r}$

(3) 수열의 합과 일반항 사이의 관계

수열 $\{a_n\}$의 첫째항부터 제 n항까지의 합을 S_n이라 하면

$a_1=S_1,\ a_n=S_n-S_{n-1}\ (n\geq2)$

③ 수열의 합

(1) 정의

수열 $\{a_n\}$의 첫째항부터 n번째 항까지의 합

$$\sum_{k=1}^{n}a_k=S_n=a_1+a_2+a_3+\cdots+a_n$$

(2) 성질

① $\displaystyle\sum_{k=1}^{n}(a_k+b_k)=\sum_{k=1}^{n}a_k+\sum_{k=1}^{n}b_k$ ② $\displaystyle\sum_{k=1}^{n}(a_k-b_k)=\sum_{k=1}^{n}a_k-\sum_{k=1}^{n}b_k$

③ $\displaystyle\sum_{k=1}^{n}ca_k=c\sum_{k=1}^{n}a_k$ (단, c는 상수)   ④ $\displaystyle\sum_{k=1}^{n}c=cn$ (단, c는 상수)

(3) 여러 가지 수열의 합

① 자연수의 합

㉠ $\displaystyle\sum_{k=1}^{n}k=1+2+3+\cdots+n=\dfrac{n(n+1)}{2}$

㉡ $\displaystyle\sum_{k=1}^{n}k^2=1^2+2^2+3^2+\cdots+n^2=\dfrac{n(n+1)(2n+1)}{6}$

㉢ $\displaystyle\sum_{k=1}^{n}k^3=1^3+2^3+3^3+\cdots+n^3=\left\{\dfrac{n(n+1)}{2}\right\}^2$

② 분수 꼴인 수열의 합

① $\displaystyle\sum_{k=1}^{n}\dfrac{1}{k(k+a)}=\sum_{k=1}^{n}\dfrac{1}{a}\left(\dfrac{1}{k}-\dfrac{1}{k+a}\right)$

② $\displaystyle\sum_{k=1}^{n}\dfrac{1}{(k+a)(k+b)}=\dfrac{1}{b-a}\sum_{k=1}^{n}\left(\dfrac{1}{k+a}-\dfrac{1}{k+b}\right)$ (단, $a\neq b$)

③ 무리식으로 나타내어진 수열의 합

㉠ $\displaystyle\sum_{k=1}^{n}\frac{1}{\sqrt{k+a}+\sqrt{k}}=\frac{1}{a}\sum_{k=1}^{n}(\sqrt{k+a}-\sqrt{k})$ (단, $a\neq0$)

㉡ $\displaystyle\sum_{k=1}^{n}\frac{1}{\sqrt{k+a}+\sqrt{k+b}}=\frac{1}{a-b}\sum_{k=1}^{n}(\sqrt{k+a}-\sqrt{k+b})$ (단, $a\neq b$)

4 수학적 귀납법

(1) 귀납적 정의

① 수열: $\{a_n\}$을 첫째항 a_1, 서로 이웃하는 a_n과 a_{n+1} 사이의 관계식으로 정의하는 것

② 등차수열: $a_{n+1}-a_n=d$(일정), $2a_{n+1}=a_n+a_{n+2}$

③ 등비수열: $a_{n+1}\div a_n=r$(일정), $(a_{n+1})^2=a_n\times a_{n+2}$

(2) 수학적 귀납법

자연수 n과 관련된 어떤 명제 $p(n)$이 모든 자여수에 대하여 성립한다는 것을 증명하려면 다음 두 가지를 보이면 된다.

① $n=1$일 때: 명제 $p(n)$이 성립한다.

② $n=k$일 때: 명제 $p(n)$이 성립함을 가정하면, $n=k+1$일 때에도 명제 $p(n)$이 성립한다.

 **대표문제**

배점(총점)	예상 소요 시간
10점	5분 / 전체 80분

▶ 수열 $\{a_n\}$이 모든 자연수 n에 대하여

$$\sum_{k=1}^{n} a_n = 3a_n - 2n$$

을 만족시킨다. 이때 a_4의 값을 구하시오.

모범답안 $\sum_{k=1}^{n} a_n = S_n$이라고 하면 $S_n = 3a_n - 2n$이다.

$n=1$을 대입하면,

$\therefore S_1 = 3a_1 - 2$

이때 $S_1 = a_1$이므로 $a_1 = 3a_1 - 2$

$\therefore a_1 = 1$

한편, $S_{n+1} - S_n = a_{n+1}$이므로

$S_{n+1} - S_n = \{3a_{n+1} - 2(n+1)\} - \{3a_n - 2n\} = 3a_{n+1} - 2n - 2 - 3a_n + 2n$,

$a_{n+1} = 3a_{n+1} - 3a_n - 2, \ -2a_{n+1} = -3a_n - 2$

$\therefore a_{n+1} = \dfrac{3}{2}a_n + 1$

따라서 위 식에 $a_1 = 1$부터 차례대로 대입하면

$a_2 = \dfrac{3}{2} \times 1 + 1 = \dfrac{5}{2}$,

$a_3 = \dfrac{3}{2} \times \dfrac{5}{2} + 1 = \dfrac{19}{4}$,

$a_4 = \dfrac{3}{2} \times \dfrac{19}{4} + 1 = \dfrac{65}{8}$

$\therefore a_4 = \dfrac{65}{8}$

채점기준

답안	배점
$\sum_{k=1}^{n} a_n = S_n$이라고 하면 $S_n = 3a_n - 2n$이므로 $n=1$을 대입하면, $\therefore S_1 = 3a_1 - 2$	4점
$S_{n+1} - S_n = \{3a_{n+1} - 2(n+1)\} - \{3a_n - 2n\} = 3a_{n+1} - 2n - 2 - 3a_n + 2n$이므로 $\therefore a_{n+1} = \dfrac{3}{2}a_n + 1$	3점
$a_4 = \dfrac{65}{8}$	3점

〈EBS 수능완성 변형문제〉

01 수열 $\{a_n\}$의 일반항이 $a_n = \dfrac{n^2+n}{n^2+n+1}$일 때,

$\displaystyle\sum_{k=1}^{10} \dfrac{11}{a_k}$의 값을 구하시오.

02 등비수열 $\{a_n\}$에서 첫째항부터 제5항까지의

합이 $\dfrac{31}{2}$이고 곱이 32일 때, $\dfrac{1}{a_1} + \dfrac{1}{a_2} + \dfrac{1}{a_3}$

$+ \dfrac{1}{a_4} + \dfrac{1}{a_5}$의 값을 구하시오.

03 등차수열 $\{a_n\}$에 대하여

$a_1 + a_2 + a_3 + \cdots + a_{10} = 100$,

$a_1 + a_2 + a_3 + a_4 + a_5$

$= 2(a_6 + a_7 + a_8 + a_9 + a_{10})$일 때,

a_7의 값을 구하시오.

04 수열 $\{a_n\}$의 첫째항부터 제n항까지의 합이 $S_n = 2n^2 - n$일 때, 부등식 $2^{a_k} \leq 8$을 만족시키는 자연수 k의 최댓값을 구하시오.

05 수열 $\{a_n\}$이 $a_1=2$이고, 모든 자연수 n에 대하여 다음의 조건을 만족시킬 때 $3a_2$의 값을 구하시오.

$$a_{n+2}=\begin{cases} a_n+1 \ (n \text{은 홀수}) \\ 3a_n \quad (n \text{은 짝수}) \end{cases}, \ a_7=a_4$$

06 이차방정식 $x^2-kx+5=0$의 두 근 α, $\beta(\alpha<\beta)$에 대해서 α, $\beta-\alpha$, β가 이 순서로 등비수열을 이룰 때, 양수 k의 값을 구하시오.

PART 1 국어

PART 2 수학

PART 3 해답

07 공차가 d인 등차수열 $\{a_n\}$과 공비가 r인 등비수열 $\{b_n\}$이 다음 조건을 만족시킨다.

> (가) d와 r은 모두 0이 아닌 정수이고, $r^2 < 100$
>   이다.
> (나) $a_9 = b_9 = 12$
> (다) $a_5 + a_6 = b_{11}$

$a_8 + b_8$의 최댓값과 최솟값의 차를 구하시오.

08 등차수열 $\{a_n\}$에서 $a_3 = -2$, $a_9 = 22$일 때, $|a_1| + |a_2| + |a_3| + \cdots + |a_{10}|$의 값을 구하시오.

09 $a_1=20$, $a_{n+1}=\dfrac{3}{4}a_n+5\,(n=1,\,2,\,3,\,\cdots)$

과 같이 정의된 수열 $\{a_n\}$에서 a_{2009}를 구하시오.

10 x에 대한 이차방정식

$$x^2-2x+(2n-1)(2n+1)=0$$의 두 근이

a_n, β_n일 때 $\displaystyle\sum_{n=1}^{15}\left(\dfrac{1}{a_n}+\dfrac{1}{\beta_n}\right)$의 값을 구하시오.

PART 1 국어

PART 2 수학

PART 3 해답

11 첫째항이 양수이고 공비가 1이 아닌 실수인 등비수열 $\{a_n\}$의 첫째항부터 제n항까지의 합을 S_n이라 하자.

$|2S_3| = |S_6|$일 때,

$a_4 + a_{10} = ka_1$이다. 상수 k의 값을 구하시오.

12 수열 $\{a_n\}$이 $a_1 = \dfrac{1}{4}$이고, 모든 자연수 n에 대하여 $a_{n+1} = \dfrac{1}{1-a_n}$일 때, $a_t = \dfrac{1}{4}$의 값을 만족시키는 50 이하의 t의 개수를 구하시오. (단, t는 자연수)

13 수열 $\{a_n\}$이 $a_1=2$일 때, $a_{n+1}+2a_n=3a_n$ $+2$를 만족할 때 a_{15}의 값을 구하시오.

14 첫째항이 2이고 공비가 $\sqrt{3}$인 등비수열 $\{a_n\}$에서 첫째항부터 제n항까지의 합을 S_n이라 할 때, $\dfrac{a_{10}-a_9}{S_{10}-S_8}+\dfrac{S_4-S_2}{a_4-a_3}$의 값을 구하시오.

15 서로 다른 세 수 a, b, 2가 차례대로 등차수열을 이루고, 세 수 2, a, b가 차례대로 등비수열을 이룬다고 한다. $2ab$의 값을 구하시오.

16 수열 $\{a_n\}$이 모든 자연수 m에 대하여

$\displaystyle\sum_{k=1}^{m} a_k = m^2$을 만족시킨다. $\displaystyle\sum_{k=p}^{q} a_k = 27$일 때,

$\dfrac{q}{p}$의 값을 구하시오.

(단, p, q는 $2 \leq p < q$인 자연수이다.)

17 수열 $\{a_n\}$의 일반항이

$$a_n = \frac{n(n-1)}{3\{1^2+2^2+3^2+\cdots+(n-1)^2\}}$$ 일 때

$\displaystyle\sum_{k=1}^{10}\dfrac{1}{a_k}$의 값을 구하시오.

18 등비수열 $\{a_n\}$의 첫째항부터 제n항까지의 합이 S_n일 때, $S_8=153$, $S_4=9$이다. 이때 등비수열의 첫째항 a의 값을 구하시오. (단, a_n의 모든 항은 양수)

19 등차수열 $\{a_n\}$에 대하여

$a_{15}+a_{22}+a_{28}+a_{35}=36$일 때,

$a_1+a_3+a_5+\cdots+a_{49}$의 합을 구하시오.

20 다음 수열의 첫째항부터 제10항까지의 합을 구하시오.

$$\frac{1}{2}, \ \frac{1}{2+4}, \ \frac{1}{2+4+6}, \ \frac{1}{2+4+6+8}, \ \cdots$$

21 다음 조건을 만족시키는 모든 수열 $\{a_n\}$에 대하여 $\sum_{n=1}^{30} a_n$의 최솟값이 60일 때, 양수 k의 값을 구하시오.

(가) $a_1 > 0$
(나) 모든 자연수 n에 대하여 $a_n a_{n+1} = k$이다.

22 자연수 n에 대하여 3^n을 10으로 나눈 나머지를 a_n이라 할 때, a_{2020}의 값을 구하시오.

23 공차가 d_1, d_2인 두 등차수열 $\{a_n\}$, $\{b_n\}$의 첫째항부터 제 n항까지의 합을 각각 S_n, T_n이라 할 때, 다음의 두 조건을 만족한다.

$$S_n T_n = 1^3 + 2^3 + 3^3 + \cdots + (n-1)^3 + n^3$$
$$a_n = 4n$$

이때 b_8의 값을 구하시오.

24 등비수열 $\{a_n\}$의 첫째항부터 제n항까지의 합 S_n이 $S_3 - S_2 = 8$, $S_5 - S_3 = 576$의 조건을 만족할 때 a_2의 값을 구하시오. (단, $r > 0$)

25 수열 $\{a_n\}$이 $a_1 = \dfrac{1}{2}$이고 다음 조건을 만족한다.

$$a_{n+1}\begin{cases} 2a_n & (a_n \leq 1) \\ a_n - \dfrac{3}{2} & (a_n > 1) \end{cases}$$

이때 $a_9 + a_{14}$의 값을 구하시오.

수학 II

IV 함수의 극한과 연속

[핵심이론]

1 함수의 극한

(1) 함수의 수렴과 발산

① 함수의 수렴

함수 $f(x)$에서 x가 a가 아닌 값이면서 a에 한없이 가까워질 때, $f(x)$의 값이 일정한 값 α에 한없이 가까워지면 함수 $f(x)$는 α에 수렴한다고 하며, α를 $x \to a$일 때의 $f(x)$의 극한이라고 한다.

$$\lim_{x \to a} f(x) = \alpha \text{ 또는 } x \to a \text{일 때}, f(x) \to \alpha$$

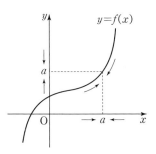

② 함수의 발산

함수 $f(x)$에서 x가 a가 아닌 값이면서 a에 한없이 가까워질 때, $f(x)$의 값이 한없이 커지거나 작아지면 $f(x)$는 양의 무한대 또는 음의 무한대로 발산한다고 한다.

$$\lim_{x \to a} f(x) = \infty(-\infty) \text{ 또는 } x \to a \text{일 때}, f(x) \to \infty(-\infty)$$

(2) 함수의 좌극한과 우극한

① 함수의 좌극한

함수 $f(x)$에서 x가 a보다 작으면서 a에 한없이 가까워질 때, $f(x)$가 일정한 값 α에 한없이 가까워지면 α를 $x = a$에서 함수 $f(x)$의 좌극한값이라고 한다.

$$\lim_{x \to a^-} f(x) = \alpha \text{ 또는 } x \to a^- \text{일 때}, f(x) \to \alpha$$

② 함수의 우극한

함수 $f(x)$에서 x가 a보다 크면서 a에 한없이 가까워질 때, $f(x)$가 일정한 값 α에 한없이 가까워지면 α를 $x = a$에서 함수 $f(x)$의 우극한값이라고 한다.

$$\lim_{x \to a^+} f(x) = \alpha \text{ 또는 } x \to a^+ \text{일 때}, f(x) \to \alpha$$

③ 극한값의 존재

좌극한값과 우극한값이 같을 때, 극한값이 존재한다고 한다.

$$\lim_{x \to a-} f(x) = \lim_{x \to a+} f(x) = \alpha \text{ 일 때, } \lim_{x \to a} f(x) \to \alpha$$

(3) 함수의 극한에 대한 성질

① 기본 성질

두 함수 $f(x)$, $g(x)$에 대하여 $\lim_{x \to a} f(x) = \alpha$, $\lim_{x \to a} g(x) = \beta$ (α, β는 실수)일 때

㉠ $\lim_{x \to a} \{cf(x)\} = c\lim_{x \to a} f(x) = c\alpha$ (단, c는 상수)

㉡ $\lim_{x \to a} \{f(x) + g(x)\} = \lim_{x \to a} f(x) + \lim_{x \to a} g(x) = \alpha + \beta$

㉢ $\lim_{x \to a} \{f(x) - g(x)\} = \lim_{x \to a} f(x) - \lim_{x \to a} g(x) = \alpha - \beta$

㉣ $\lim_{x \to a} \{f(x)g(x)\} = \lim_{x \to a} f(x) \times \lim_{x \to a} g(x) = \alpha\beta$

㉤ $\lim_{x \to a} \dfrac{f(x)}{g(x)} = \dfrac{\lim\limits_{x \to a} f(x)}{\lim\limits_{x \to a} g(x)} = \dfrac{\alpha}{\beta}$ (단, $\beta \neq 0$)

② 함수의 극한과 부등식

㉠ $f(x) \leq g(x)$이면 $\lim_{x \to a} f(x) \leq \lim_{x \to a} g(x)$

㉡ $f(x) \leq h(x) \leq g(x)$이고 $\lim_{x \to a} f(x) = \lim_{x \to a} g(x) = \alpha$이면 $\lim_{x \to a} h(x) = \alpha$

(4) 미정계수의 결정

두 함수 $f(x)$, $g(x)$에 대하여 다음 성질을 이용하여 미정계수를 결정할 수 있다.

① $\lim_{x \to a} \dfrac{f(x)}{g(x)} = \alpha$ (α는 실수)이고 $\lim_{x \to a} g(x) = 0$이면 $\lim_{x \to a} f(x) = 0$이다.

② $\lim_{x \to a} \dfrac{f(x)}{g(x)} = \alpha$ ($\alpha \neq 0$인 실수)이고 $\lim_{x \to a} f(x) = 0$이면 $\lim_{x \to a} g(x) = 0$이다.

2 함수의 연속

(1) 연속과 불연속

① 함수의 연속

함수 $f(x)$가 실수 a에 대하여 다음의 세 조건을 만족시킬 때, 함수 $f(x)$는 $x = a$에서 연속이라고 한다.

$$\begin{cases} \text{함수 } f(x)\text{가 } x=a\text{에서 정의되어 있다.} \\ \lim_{x \to a} f(x)\text{가 존재한다.} \\ \lim_{x \to a} f(x)=f(a)\text{이다.} \end{cases}$$

② 함수의 불연속

함수 $f(x)$가 위의 세 조건 중 하나라도 만족하지 않을 때, $f(x)$는 $x=a$에서 불연속이라고 한다.

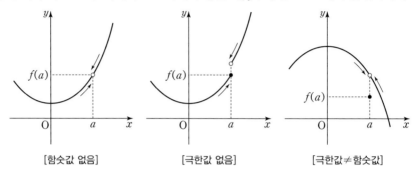

[함숫값 없음]　　　　[극한값 없음]　　　　[극한값≠함숫값]

(2) 연속함수의 성질

함수 $f(x)$, $g(x)$가 $x=a$에서 연속이면 다음 함수도 $x=a$에서 연속이다.

① $cf(x)$ (단, c는 상수)　　　　　② $f(x) \pm g(x)$

③ $f(x)g(x)$　　　　　　　　　　④ $\dfrac{f(x)}{g(x)}$ (단, $g(x) \neq 0$)

(3) 최대·최소 정리

함수 $f(x)$가 닫힌구간 $[a,\ b]$에서 연속이면 함수 $f(x)$는 이 구간에서 반드시 최댓값과 최솟값을 갖는다.

(4) 사잇값 정리

① 함수 $f(x)$가 닫힌구간 $[a,\ b]$에서 연속이고 $f(a) \neq f(b)$이면 $f(a)$와 $f(b)$ 사이의 임의의 값 k에 대하여 $f(c)=k$가 열린구간 $(a,\ b)$에 적어도 하나 존재한다.

② 함수 $f(x)$가 닫힌구간 $[a,\ b]$에서 연속이고 $f(a)$와 $f(b)$의 부호가 서로 다르면 $f(c)=0$인 c가 열린구간 $(a,\ b)$에 적어도 하나 존재한다.

[실전문제]

해답 p.258

배점(총점)	예상 소요 시간
10점	5분 / 전체 80분

대표문제

▶ 두 함수 $f(x)=x^4+2$, $g(x)=x^2+2kx+8$에 대하여 함수 $\dfrac{f(x)}{g(x)}$가 모든 실수 x에 대하여 연속이 되도록 하는 정수 k의 개수를 구하시오.

모범답안 함수 $\dfrac{f(x)}{g(x)}$는 유리함수이다.

유리함수가 모든 실수에서 연속이 되려면 (분모)≠0임을 나타내어야 한다.

(분모)=0이 될 경우 함수가 정의 되지 않는다.

(분모)=$g(x)$이며 이차함수이므로 $g(x)$=0이 실근을 갖지 않아야 한다.

이차방정식 $x^2+2kx+8=0$의 판별식을 D라고 하면

$\dfrac{D}{4}=k^2-8<0$

$k^2<8$

$-2\sqrt{2}<k<2\sqrt{2}$, $k=-2, -1, 0, 1, 2$

∴ k는 5개

채점기준

답안	배점
<함수 $\dfrac{f(x)}{g(x)}$가 실수 전체에서 정의되기 위한 조건 파악하기> 함수 $\dfrac{f(x)}{g(x)}$는 유리함수이다. 유리함수가 모든 실수에서 연속이 되려면 (분모)≠0임을 나타내어야 한다. (분모)=$g(x)$이며 이차함수이므로 $g(x)$=0이 실근을 갖지 않아야 한다.	3점
<부등식 표현하기 및 k의 범위 구하기> 이차방정식 $x^2+2kx+8=0$의 판별식을 D라고 하면 $\dfrac{D}{4}=k^2-8<0$	4점
<정수 k의 개수 구하기> $-2\sqrt{2}<k<2\sqrt{2}$, $k=-2, -1, 0, 1, 2$ ∴ 5개	4점

〈EBS 수능완성 변형문제〉

01 함수 $y=f(x)$의 그래프가 그림과 같다.

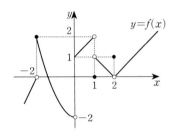

$$\lim_{x \to -2+} f(x) - \lim_{x \to 1-} f(x)$$의 값을 구하시오.

02 $\lim_{x \to 2} \dfrac{\sqrt{2x^2+1}-3}{mx+n} = \dfrac{4}{3}$일 때, $m+n$의 값을 구하시오.

03 두 함수

$$f(x)=\begin{cases} x-6 & (x\leq 4) \\ x+6 & (x>4) \end{cases}, g(x)=x^2-k$$

에 대하여 함수 $f(x)g(x)$가 실수 전체에서 연속일 때, 상수 k의 값을 구하시오.

04 두 다항함수 $f(x)$, $g(x)$가 모든 실수 x에 대하여

$$-2x^2+5\leq f(x)+g(x)\leq -4x+7$$을 만족시키고,

$$\lim_{x\to 1}\frac{2f(x)+g(x)}{f(x)+2g(x)}=8$$일 때,

$$\lim_{x\to 1}\{f(x)-2g(x)\}$$의 값을 구하시오.

05 $0 < p < q < 3$인 모든 p와 q에 대하여 $f(p) \neq f(q)$인 연속함수 $f(x)$가 $f(0) = (a-5)$, $f(3) = (a+2)$를 만족한다. 이때 방정식 $f(x) = 0$이 열린구간 $(0, 3)$에서 실근을 갖도록 하는 a의 범위를 구하고 단 하나의 실근을 가짐을 보이시오. (단, $f(x)$는 실수 전체에서 연속이다.)

06 모든 실수 x에서 연속인 함수 $f(x)$가 $(x+4)f(x) = ax^2 - b$, $f(-3) = -7$을 만족한다. 이때 $f(-4)$의 값을 구하시오. (단, a, b는 상수)

07 두 함수 $f(x), g(x)$에 대하여

$$\lim_{x \to \infty} f(x) = \infty, \ \lim_{x \to \infty} \{2f(x) - 3g(x)\} = 8$$

이다. 이때, $\lim_{x \to \infty} \left\{ \dfrac{f(x) + 3g(x)}{f(x)} \right\}$ 의 값을 구

하시오.

08 연속함수 $f(x)$가 다음 두 조건을 만족한다.

(가) $\dfrac{4x}{x-2} < (x^2 - 4)\{f(x)\}^2 < \dfrac{4x+7}{x-9}$

(나) $\dfrac{16x^2 + 9x + 5}{x^2 - 1} < (x-2)f(x)$
$\qquad\qquad < \dfrac{16x^2 - 2x + 5}{x^2 - 1}$

이때 $\lim_{x \to \infty} (x+2)f(x)$ 의 값을 구하시오.

09 두 상수 a, b에 대하여
$$\lim_{x \to 2} \frac{2-\sqrt{ax+b}}{x^2-2x} = 1$$일 때, $b-a$의 값을 구하시오.

10 다항함수 $f(x)$가 세 점 $(0, 1)$, $(1, 0)$, $(2, 7)$을 지난다. 이때 두 함수 $y=f(x)$와 $y=2x$는 열린구간 $(0, 2)$에서 적어도 2개의 교점이 존재함을 보이시오.

11 연속함수 $f(x)$가 구간 $[0, 6)$에서 다음과 같다.

$$f(x) = \begin{cases} ax+b & (0 \le x < 4) \\ x^2+3 & (4 \le x < 6) \end{cases}$$

연속함수 $f(x)$가 $f(x) = f(x+6)$일 때, $f(13)$의 값을 구하시오.

12 다항함수 $f(x)$가 다음의 두 조건을 만족한다.

(가) $\displaystyle\lim_{x \to \infty} \frac{f(x)-x^3}{x^2} = 1$

(나) $f(x) = -f(-x)$

다항함수 $f(x)$의 식을 구하시오.

13 두 양수 a, b에 대하여 함수 $f(x)$가

$$f(x) = \begin{cases} x+a & (x<-1) \\ x & (-1 \le x < 3) \text{ 이다.} \\ bx-2 & (x \ge 3) \end{cases}$$

함수 $|f(x)|$가 실수 전체의 집합에서 연속일 때, $a-b$의 값을 구하시오.

14 최고차항의 계수가 -1인 삼차함수 $f(x)$가 다음 두 조건을 만족한다.

(가) $f(0)=0$

(나) $\displaystyle\lim_{x \to a}\left\{\dfrac{1}{f(x)} - \dfrac{1}{(x-a)}\right\}=0$ (단, $a>0$)

이때 a의 값을 구하시오.

15 다항함수 $f(x)$가 다음의 두 조건을 만족한다.

> (가) $\lim\limits_{x \to 0} \dfrac{f(x)}{x} = 5$
>
> (나) $\lim\limits_{x \to 5} \dfrac{f(x)}{(x-5)} = 10$

이때 $\lim\limits_{x \to 5} \dfrac{f(f(x))}{x(x-5)}$의 값을 구하시오.

16 함수 $f(x)$가 닫힌구간 $[0, 9]$에서 다음과 같이 정의된다.

> $$f(x) = \lim_{t \to \infty} \frac{13 + x^2 t}{7 + t}(x - 9)$$

이때 $f(x)$를 구하고, 함수 $f(x)$의 최댓값과 최솟값을 구하시오.

17 두 함수 $f(x)$, $g(x)$가 다음 두 조건을 만족한다.

> (가) $\lim\limits_{x \to \infty}\{f(x)-g(x)\}=6$
>
> (나) $\lim\limits_{x \to \infty}f(x)g(x)=4$

이때 $\lim\limits_{x \to \infty}[\{f(x)\}^2-\{g(x)\}^2]$의 값을 구하시오.

18 함수 $f(x)=\begin{cases} -2x+6 & (x<a) \\ 2x-a & (x \geq a) \end{cases}$ 에 대하여 함수 $\{f(x)\}^2$ 실수 전체의 집합에서 연속이 되도록 하는 모든 상수 a의 값의 곱을 구하시오.

19 연속함수 $f(x)$가 다음과 같다.

$$f(x) = \begin{cases} a(x-4)^2+b & (0 \leq x < 4) \\ 3x-2 & (4 \leq x < 8) \end{cases}$$

(단, a, b는 상수)

모든 실수 x에 대하여 $f(x+8)=f(x)$일 때, $f(11)$의 값을 구하시오.

20 $\displaystyle\lim_{x \to 2}\frac{f(2-x)}{6-3x}=\frac{1}{3}$일 때,

$\displaystyle\lim_{x \to 0}\frac{3x^3+9f(x)}{2x+f(x)}$의 값을 구하시오.

PART 1 국어

PART 2 수학

PART 3 해답

21 다항함수 $g(x)$에 대하여 극한값 $\displaystyle\lim_{x\to 1}\frac{g(x)-2x}{x-1}$가 존재한다. 다항함수 $f(x)$가 $f(x)+x-1=(x-1)g(x)$를 만족할 때, $\displaystyle\lim_{x\to 1}\frac{f(x)g(x)}{x^2-1}$의 값을 구하시오.

22 다음 조건을 만족하는 이차함수를 $f(x)$라고 할 때, $f(1)$을 구하시오.

$$\lim_{x\to\infty}\frac{f(x)}{x^2+x+1}=1,\quad \lim_{x\to 3}\frac{f(x)}{x-3}=5$$

23 다항함수 $f(x), g(x)$에 대하여

$$\lim_{x \to 0} \frac{f(x)}{x} = 7, \ \lim_{x \to 1} \frac{g(x)}{x-1} = 11$$일 때,

$$\lim_{x \to 2} \frac{f(x-2) + g(3-x)}{x^2 - 4}$$의 값을 구하시오.

24 삼차함수 $f(x)$의 도함수 $f'(x)$의 그래프가 아래 그림과 같이 두 점 $(\alpha, 0), (\beta, 0)$을 지난다.

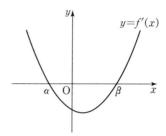

$f(\alpha) = 3, f(\beta) = -2$일 때, 방정식 $\{f(x)^2\} + 2f(x) = 8$의 서로 다른 실근의 개수를 구하시오.

25 다항함수 $f(x)$에 대하여 극한값

$$\lim_{x \to 0} \frac{f(x)}{x^2} = a$$ 일 때,

$$\lim_{x \to 0} \frac{3x^2 + 2f(x)}{x^4 - f(x)} = -1$$

이 성립한다. 이때 상수 a의 값을 구하시오.

Ⅴ 다항함수의 미분법

[핵심이론]

① 1. 평균변화율

(1) 정의

함수 $y=f(x)$에서 x의 값이 a에서 b까지 변할 때, 함수 $y=f(x)$의 평균변화율은

$$\frac{\Delta y}{\Delta x}=\frac{f(b)-f(a)}{b-a}=\frac{f(a+\Delta x)-f(a)}{\Delta x} \ (\text{단}, \ \Delta x=b-a)$$

(2) 기하학적 의미

함수 $y=f(x)$에서 x의 값이 a에서 b까지 변할 때, 함수 $y=f(x)$의 평균변화율은 곡선 $y=f(x)$ 위의 두 점 $P(a, f(a))$, $Q(b, f(b))$를 지나는 곡선 PQ의 기울기를 나타낸다.

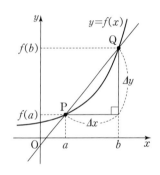

② 미분계수

(1) 정의

함수 $y=f(x)$의 $x=a$에서의 미분계수 $f'(a)$는

$$f'(a)=\lim_{\Delta x \to 0}\frac{\Delta y}{\Delta x}=\lim_{\Delta x \to 0}\frac{f(a+\Delta x)-f(a)}{\Delta x}=\lim_{x \to a}\frac{f(x)-f(a)}{x-a}$$

(2) 기하학적 의미

함수 $y=f(x)$의 $x=a$에서의 미분계수 $f'(a)$는 곡선 $y=f(x)$ 위의 점 $P(a, f(a))$에서의 접선의 기울기를 나타낸다.

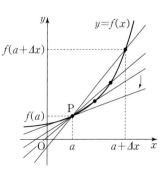

(3) 미분가능과 연속

① 함수 $f(x)$에 대하여 $x=a$에서의 미분계수 $f'(a)$가 존재할 때, 함수 $f(x)$는 $x=a$에서 미분가능하다고 한다.

② 함수 $f(x)$가 어떤 열린구간에 속하는 모든 x에서 미분가능할 때,

함수 $f(x)$는 그 구간에서 미분가능하다고 한다. 또한 함수 $f(x)$가 정의역에 속하는 모든 x에서 미분
가능할 때, 함수 $f(x)$를 미분가능한 함수라고 한다.

③ 함수 $f(x)$가 $x=a$에서 미분가능하면 함수 $f(x)$는 $x=a$에서 연속이다. 그러나 일반적으로 그 역은
성립하지 않는다.

③ 도함수

(1) 정의

함수 $y=f(x)$가 정의역 임의의 원소 x에서 미분가능할 때, 정의역 임의의 원소에 대하여 미분계수
$f'(x)$를 대응시키는 함수를 $y=f(x)$의 도함수라 하고 $f'(x)$로 나타낸다.

$$f'(x)=\lim_{\Delta x\to 0}\frac{\Delta y}{\Delta x}=\lim_{\Delta x\to 0}\frac{f(x+\Delta x)-f(x)}{\Delta x}$$

(2) 기하학적 의미

$y=f(x)$의 도함수 $f'(x)$는 함수 $y=f(x)$의 그래프 위의 임의의 점 $(x, f(x))$에서의 접선의 기울기
와 같다.

(3) 미분법 공식

$f(x)$, $g(x)$가 미분가능할 때,

① $y=c$ (단, c는 상수)이면 $y'=0$

② $y=x^n$이면 $y'=nx^{n-1}$

③ $y=cf(x)$ (단, c는 상수)이면 $y'=cf'(x)$

④ $y=f(x)\pm g(x)$이면 $y'=f'(x)\pm g'(x)$

⑤ $y=f(x)\cdot g(x)$이면 $y'=f'(x)g(x)+f(x)g'(x)$

⑥ $y=\{f(x)\}^n$이면 $y'=n\{f(x)\}^{n-1}f'(x)$

④ 도함수의 활용

(1) 접선의 방정식

① 접점 $(a, f(a))$에서 접선의 방정식

곡선 $y=f(x)$ 위의 점 $(a, f(a))$에서 접선의 방정식은

$$y-f(a)=f'(a)(x-a)$$

② 접점 $(a, f(a))$에서의 법선이 방정식

　곡선 $y=f(x)$ 위의 점 $(a, f(a))$에서 접선에 수직인 법선의 방정식은

$$y-f(a)=\frac{1}{f'(a)}(x-a)$$

③ 기울기가 m인 접선의 방정식

　㉠ $f'(a)=m$에서 접점의 x, y 좌표를 구한다.

　㉡ $y-f(a)=m(x-a)$에 대입한다.

④ 곡선 밖의 한 점 (x_1, y_1)에서 그은 접선의 방정식

　① 접점의 좌표를 $(a, f(a))$로 놓는다.

　② $y-f(a)=f'(a)(x-a)$에 점 (x_1, y_1)을 대입하여 a를 구한다.

(2) 평균값의 정리

함수 $f(x)$가 닫힌구간 $[a, b]$에서 연속이고, 열린구간 (a, b)에서 미

분가능하면 $\dfrac{f(b)-f(a)}{b-a}=f'(c)$ (단, $a<c<b$)를 만족시키는 c가

열린구간 (a, b)에 적어도 하나 존재한다.

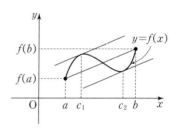

(3) 함수의 증가와 감소

① 함수 $f(x)$가 미분가능한 구간의 모든 실수 x에 대하여

　㉠ $f'(x)>0$이면 $f(x)$는 이 구간에서 증가한다.

　㉡ $f'(x)<0$이면 $f(x)$는 이 구간에서 감소한다.

② 함수 $f(x)$가 어떤 미분가능하고

　㉠ $f(x)$가 증가하면 그 구간 모든 실수 x에 대하여 $f'(x)\geq0$이다.

　㉡ $f(x)$가 감소하면 그 구간 모든 실수 x에 대하여 $f'(x)\leq0$이다.

(4) 함수의 극대와 극소

① 정의

　함수 $y=f(x)$가 $x=a$에서 연속이고 x가 $x=a$를 지날 때

　㉠ $f(x)$가 증가 상태에서 감소 상태로 변하면, $f(x)$는 $x=a$에서

　　극대라 하고 $f(a)$를 극댓값이라고 한다.

　㉡ $f(x)$가 감소 상태에서 증가 상태로 변하면, $f(x)$는 $x=a$에서

　　극소라 하고 $f(a)$를 극솟값이라고 한다.

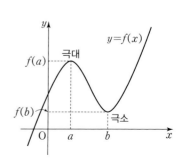

② 극값과 미분계수

$x=a$에서 미분가능한 함수 $f(x)$에 대하여

㉠ $x=a$에서 극값을 가지면 $f'(a)=0$이다.

㉡ $x=a$에서 극값 b를 가지면 $f'(a)=0$, $f(a)=b$이다.

(5) 함수의 최댓값과 최솟값

닫힌구간 $[a, b]$에서 연속인 함수 $y=f(x)$의 최댓값, 최솟값을 구할 때

① 열린구간 (a, b)에서의 모든 극값을 구한다.

② 닫힌구간 $[a, b]$의 양 끝점에서 함숫값 $f(a)$, $f(b)$를 구한다.

③ 위에서 구한 극값과 함숫값 $f(a)$, $f(b)$ 중에서 최대인 것이 최댓값, 최소인 것이 최솟값이다.

(6) 방정식의 근과 도함수

① 방정식 $f(x)=0$의 실근의 개수

함수 $y=f(x)$의 그래프와 x축과의 교점의 개수와 같다.

② $f(x)=g(x)$의 실근의 개수

함수 $y=f(x)$의 그래프와 $y=g(x)$의 그래프의 교점의 개수와 같다.

③ 삼차방정식의 실근의 개수

삼차함수 $f(x)$가 $x=\alpha$, $x=\beta$에서 극값을 가질 때, 삼차방정식 $f(x)=0$의 실근의 개수는 다음과 같다.

㉠ $f(\alpha)f(\beta)<0$이면 서로 다른 세 실근을 갖는다.

㉡ $f(\alpha)f(\beta)=0$이면 중근과 다른 한 실근을 갖는다.

㉢ $f(\alpha)f(\beta)>0$이면 한 실근과 서로 다른 두 허근을 갖는다.

(7) 속도와 가속도

수직선 위를 움직이는 점 P의 시간 t에서의 위치 x가 $x=f(t)$로 주어질 때, t에서의 속도와 가속도는 다음과 같다.

① 속도: 위치의 시간에 대한 변화율

$$v=\frac{dx}{dt}=\lim_{\Delta t\to 0}\frac{f(t+\Delta t)-f(t)}{\Delta t}=f'(t)$$

② 가속도: 속도의 시간에 대한 변화율

$$v=\frac{dv}{dt}=\lim_{\Delta t\to 0}\frac{v(t+\Delta t)-v(t)}{\Delta t}=v'(t)$$

[실전문제]

해답 p.263

 대표문제

배점(총점)	예상 소요 시간
10점	3분 / 전체 80분

▶ 함수 $f(x)=x^3-4x^2+kx$는 $x=a$에서 극값을 가질 때, 모든 a의 값의 곱은 $\dfrac{4}{3}$이다.

이때 $f(x)=t$라는 방정식이 서로 다른 세 실근을 갖도록 하는 t의 범위를 구하시오.

모범답안 $f(x)=x^3-4x^2+kx$

$f'(x)=3x^2-8x+k=0$인 이차방정식에서 서로 다른 두 근의 곱은 $\dfrac{4}{3}$이다.

따라서 $\dfrac{k}{3}=\dfrac{4}{3}$, $k=4$

$f(x)=x^3-4x^2+4x$ $f'(x)=3x^2-8x+4=(3x-2)(x-2)$

따라서 $f(x)$의 증감을 따져보면 $x=2$에서 극솟값 $f(2)=0$, $x=\dfrac{2}{3}$에서 극댓값 $f\left(\dfrac{2}{3}\right)=\dfrac{32}{27}$

$f(x)$의 개형을 따져보면,

$f(x)=t$라는 방정식이 서로 다른 세 실근을 갖도록 하는 t의 범위는

$\{f(x)$의 극솟값$\}<t<\{f(x)$의 극댓값$\}$이다.

$\therefore 0<t<\dfrac{32}{27}$

채점기준

답안	배점
<k값 구하기> $f(x)=x^3-4x^2+kx$ $f(x)=3x^2-8x+k=0$인 이차방정식에서 서로 다른 두 근의 곱은 $\dfrac{4}{3}$이다. 그러므로 $\dfrac{k}{3}=\dfrac{4}{3}$, $k=4$	3점
<$f(x)$의 극대, 극소 파악> $f(x)=3x^2-8x+4=(3x-2)(x-2)$ 그러므로 $f(x)$의 증감을 따져보면 $x=2$에서 극솟값 $f(2)=0$ $x=\dfrac{2}{3}$에서 극댓값 $f\left(\dfrac{2}{3}\right)=\dfrac{32}{27}$	4점
<t의 범위 구하기> $f(x)$의 개형을 따져보면 이때 $f(x)=t$라는 방정식이 서로 다른 세 실근을 갖도록 하는 t의 범위는 $f(x)$의 극솟값$<t<f(x)$의 극댓값이다. $\therefore 0<t<\dfrac{32}{27}$	3점

〈EBS 수능완성 변형문제〉

01 다항식 $x^5 - x^2 + x + 2$를 $(x+1)^2$으로 나누었을 때, 그 나머지를 구하시오.

02 함수 $f(x) = x^3 - 6x^2 + 5x$에서 x의 값이 0에서 4까지 변할 때의 평균변화율과 $f'(a)$의 값이 같게 되도록 하는 $0 < a < 4$인 모든 실수 a의 값의 곱은 $\dfrac{q}{p}$이다. $q - p$의 값을 구하시오. (단, p와 q는 서로소인 자연수이다.)

03 곡선 $y=(x-1)^3+1$ 위의 점 $(2, 2)$에서의 접선과 x축과 y축으로 둘러싸인 부분의 넓이는 $\dfrac{p}{q}$이다. 이때 $p+q$의 값을 구하시오.

(단, p, q는 서로소이다.)

04 수직선 위를 움직이는 두 점 P, Q의 시각 t에서의 위치는 다음과 같다.

$$x_{\mathrm{P}}(t)=t^3-9t^2+24t$$
$$x_{\mathrm{Q}}(t)=t^3-15t^2+48t$$

이때, 두 점 P, Q가 서로 반대 방향으로 움직이는 t의 범위를 구하시오.

05 아래 그림과 같이 곡선 $y=9-x^2$과 x축으로 둘러싸인 도형에 내접하는 사다리꼴 넓이의 최댓값을 구하시오.

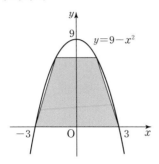

06 삼차함수 $f(x)$에 대하여 곡선 $y=f(x)$ 위의 점 $(0, 0)$에서의 접선과 곡선 $y=xf(x)$ 위의 점 $(1, 2)$에서의 접선이 일치할 때, $f'(-1)$의 값을 구하시오.

07 방정식 $5x^3-15x-a=0$이 서로 다른 두 개의 양수인 근과 한 개의 음수인 근을 갖도록 하는 정수 a의 개수를 구하시오.

08 다항함수 $f(x)$는 모든 실수 x, y에 대하여 $f(x+y)=f(x)+f(y)+6xy$를 만족한다. $f'(0)=3$일 때, $f'(4)$의 값을 구하시오.

09 함수 $f(x)=x^3+ax^2+bx+c$의 그래프가 다음과 같다.

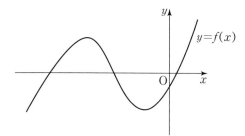

이때 $\dfrac{|a|}{a}-\dfrac{|b|}{b}-\dfrac{|c|}{c}$의 값을 구하시오.

(단, a, b, c는 0이 아닌 상수)

10 함수 $f(x)=x^3-9x^2+24x+1$에서 방정식 $|f(x)|=k$가 서로 다른 세 실근을 갖도록 하는 k의 값을 구하시오.

11 최고차항의 계수가 1인 사차함수 $f(x)$가 모든 실수 x에 대하여 $f(-x)=f(x)$를 만족시키고, 함수 $f(x)$가 $x=-1$에서 극솟값 3을 가질 때, 함수 $f(x)$의 극댓값을 구하시오.

12 함수 $f(x)=x(x-2)(x-4)(x-6)$에 대하여 닫힌구간 $[0, 6]$에서 롤의 정리를 만족하는 모든 실수 c의 합을 구하시오.

PART 1 국어

PART 2 수학

PART 3 해답

13 미분가능한 함수 $f(x)$의 도함수 $f'(x)$는 연속함수이다. 이때 모든 실수 x에 대하여 $(x-5)f'(x)=x^2-25-f(x)$를 만족할 때 $f'(5)$의 값을 구하시오.

14 닫힌구간 $[-2, 2]$에서 함수 $f(x)=\dfrac{1}{3}x^3+x^2-3x+1$의 최댓값과 최솟값을 각각 M, m이라 할 때, $3M-6m$의 값을 구하시오.

15 모든 실수에서 연속인 함수 $f(x)$가 다음 식을 만족한다.

$$(x^2-9)f(x)=x^4-10x^2+9$$

이때 $f(3)+f(-3)$의 값을 구하시오.

16 미분가능한 두 함수 $f(x),\ g(x)$에 대하여

함수 $h(x)=\begin{cases} 3f(x) & (x \geq 2) \\ 2g(x) & (x < 2) \end{cases}$

는 실수 전체에서 미분가능하다.

이때,

$$\frac{1}{h'(2)} \times \lim_{x \to 2} \frac{3f(x)+4g(x)-3h(2)}{x-2}$$

의 값을 구하시오.

17 수직선 위를 움직이는 두 점 P, Q의 시각 $t(t \geq 0)$에서의 위치 $P(x_1)$, $Q(x_2)$가
$$P(x_1) = 4t^3 - 3t^2,$$
$$Q(x_2) = 2t^3 + 3t^2 - 36t$$
이다.

두 점 P, Q가 서로 다른 방향으로 움직이는 시각 t의 범위가 $a < t < b$일 때, p의 최솟값을 m, q의 최댓값을 M이라 하자.

이때 $M + m$의 값을 구하시오.

18 다항함수 $f(x) = x^3 + 4kx^2 + 3kx + 1$이 실수 전체에서 증가하도록 하는 k의 범위를 구하시오.

19 다항함수 $f(x)$와 미분가능한 함수 $g(x)$가 모든 실수 x에 대하여 $(x^2-9)g(x)=f(x)-9$를 만족한다. 함수 $h(x)=f(x)g(x)$에 대하여 $f'(3)=3$, $h'(3)=9$일 때, $g(3)$을 구하시오.

20 두 함수 $f(x)=x^3-8x$, $g(x)=-3x^2+x+a$에 대하여 방정식 $f(x)=g(x)$의 서로 다른 실근의 개수가 3이 되도록 하는 정수 a의 최솟값을 구하시오.

21 직선 $y=2x-3$ 위의 점 P에서 곡선 $y=\dfrac{1}{2}x^2$ 에 그은 두 접선이 이루는 각이 직각을 이룰 때, 점 P의 x좌표를 구하시오.

22 두 점 $A(2, 0)$, $B(8, 0)$에 대하여 점 P가 포물선 $f(x)=x^2+1$ 위를 움직일 때, $\overline{AP^2}+\overline{BP^2}$의 최솟값을 구하시오.

23 함수 $f(x) = ax^3 - 3(a^2 + 1)x^2 + 12ax$가 증가하거나 또는 항상 감소할 때, 모든 a값의 곱을 구하시오.

24 함수 $f(x)$
$$= (a-4)x^3 + 3(b-2)x^2 - 3ax + 3$$
이 극값을 갖지 않을 때, 점 (a, b)가 존재하는 영역의 넓이를 구하시오.

25 서로 다른 두 양의 정수 a, b에 대하여 함수 $f(x)=(2x-a)(2x-b)$에서 x의 값이 a에서 b까지 변할 때의 평균변화율을 $M(a, b)$라 하자. 이때, $M(a, b)<9$를 만족시키는 모든 순서쌍 (a, b)의 개수를 구하시오.

다항함수의 적분법

[핵심이론]

1 부정적분

(1) 정의와 표현

① 정의

함수 $f(x)$에 대하여 $F'(x)=f(x)$를 만족시키는 함수 $F(x)$를 $f(x)$의 부정적분이라 하고, $f(x)$의 부정적분을 구하는 것을 $f(x)$를 적분한다고 한다.

② 표현

함수 $f(x)$의 부정적분을 $F(x)$라 하면

$$\int f(x)dx=F(x)+C \text{ (단, } C\text{는 적분상수)}$$

(2) 부정적분과 미분의 관계

함수 $f(x)$의 부정적분은 미분의 역이다.

① $\displaystyle\int\left\{\frac{d}{dx}f(x)\right\}dx=f(x)+C$ ② $\displaystyle\frac{d}{dx}\left\{\int f(x)dx\right\}=f(x)$

(3) 부정적분의 공식

① $\displaystyle\int kdx=kx+C$ (단, k는 상수)

② $\displaystyle\int x^n dx=\frac{1}{n+1}x^{n+1}+C$ (단, $n\neq-1$)

③ $\displaystyle\int kf(x)dx=k\int f(x)dx$ (단, k는 상수)

④ $\displaystyle\int(f(x)+g(x))dx=\int f(x)dx+\int g(x)dx$

⑤ $\displaystyle\int(f(x)-g(x))dx=\int f(x)dx-\int g(x)dx$

2 정적분

(1) 정의와 표현

① 정의

함수 $y=f(x)$의 닫힌구간 $[a,\ b]$에서 연속일 때, 함수 $y=f(x)$의 부정적분 중 하나를 $F(x)$라 하면 $F(b)-F(a)$를 구하는 것을 함수 $f(x)$를 a에서 b까지 적분한다고 한다.

② 표현

닫힌구간 $[a,\ b]$에서 연속인 함수 $f(x)$의 부정적분이 $F(x)$이면

$$\int_a^b f(x)dx=\Big[f(x)\Big]_a^b=F(b)-F(a)$$

(2) 정적분과 미분의 관계

① $\dfrac{d}{dx}\displaystyle\int_a^x f(t)dt=f(x)$

② $\dfrac{d}{dx}\displaystyle\int_x^{x+a} f(t)dt=f(x+a)-f(x)$

③ $\displaystyle\lim_{x\to a}\dfrac{1}{x-a}\int_a^x f(t)dt=f(a)$

④ $\displaystyle\lim_{x\to 0}\dfrac{1}{x}\int_x^{x+a} f(t)dt=f(a)$

(3) 정적분의 공식

① $\displaystyle\int_a^a f(x)dx=0$

② $\displaystyle\int_a^b f(x)dx=-\int_b^a f(x)dx$

③ $\displaystyle\int_a^b kf(x)dx=k\int_a^b f(x)dx$ (단, k는 상수)

④ $\displaystyle\int_a^b \{f(x)\pm g(x)\}dx=\int_a^b f(x)dx\pm\int_a^b g(x)dx$

⑤ $\displaystyle\int_a^b f(x)dx=\int_a^c f(x)dx+\int_c^b f(x)dx$

(4) 우함수와 기함수의 정적분

① 우함수의 정적분

$f(x)$가 y축에 대하여 대칭인 함수(우함수)인 경우 연속인 함수 $f(x)$가 모든 실수 x에 대하여 $f(-x)=f(x)$이면

$$\int_{-a}^a f(x)dx=2\int_0^a f(x)dx$$

② 기함수의 정적분

$f(x)$가 원점에 대하여 대칭인 함수(기함수)인 경우 연속인 함수 $f(x)$가 모든 실수 x에 대하여

$f(-x)=-f(x)$이면

$$\int_{-a}^{a} f(x)dx=0$$

③ 정적분의 활용

(1) 곡선과 x축 사이의 넓이

함수 $f(x)$가 닫힌구간 $[a, b]$에서 연속일 때, 곡선 $y=f(x)$와 x축
및 두 직선 $x=a$, $x=b$로 둘러싸인 부분의 넓이 S는

$$S=\int_{a}^{b} |f(x)|dx$$

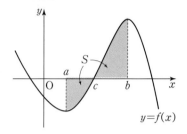

(2) 두 곡선 사이의 넓이

닫힌구간 $[a, b]$에서 연속인 두 곡선 $y=f(x)$, $y=g(x)$와 두 직선
$x=a$, $x=b$로 둘러싸인 도형의 넓이 S는

$$S=\int_{a}^{b} |f(x)-g(x)|dx$$

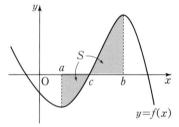

(3) 서로 역함수인 두 곡선 사이의 넓이

함수 $f(x)$, $g(x)$가 서로 역함수이고 곡선의 교점의 x좌표가 a, b일 때

$$S=\int_{a}^{b} |f(x)-g(x)|dx=2\int_{a}^{b} |f(x)-x|dx=2\int_{a}^{b} |g(x)-x|dx$$

(4) 수직선 위를 움직이는 점의 위치와 거리

① 수직선 위를 움직이는 점의 위치: 수직선 위를 움직이는 점 P의 시각 t에서의 속도가 $v(t)$이고, 시각
t_0에서의 위치가 x_0이면

㉠ 시각 t에서의 점 P의 위치: $x_0+\displaystyle\int v(t)dt$

㉡ 시각 $t=a$에서 $t=b$까지 점 P의 위치 변화량: $\displaystyle\int_{a}^{b} v(t)dt$

② 수직선 위를 움직이는 점의 실제 이동거리: 수직선 위를 움직이는 점 P의 시각 t에서의 속도가 $v(t)$이
고 시각 $t=a$에서 $t=b$까지의 실제 이동 거리

$$\int_{a}^{b} |v(t)|dt$$

[실전문제]

해답 p.268

 대표문제

배점(총점)	예상 소요 시간
10점	5분 / 전체 80분

▶ 두 곡선 $\begin{cases} y=5x^2-4 \\ y=4x^2+\dfrac{1}{n} \end{cases}$ 으로 둘러싸인 도형의 넓이가 S_n일 때, S_n의 식과 $\displaystyle\lim_{h\to\infty} S_n$의 값을 구하시오.

모범답안 두 곡선 $y=5x^2-4$와 $y=4x^2+\dfrac{1}{n}$의 교점의 x좌표를 구하면

$$5x^2-4=4x^2+\frac{1}{n},\ x^2=4+\frac{1}{n}$$

$$\therefore x=\pm\sqrt{4+\frac{1}{n}}$$

따라서 도형의 넓이 S_n은

$$S_n=\int_{-\sqrt{4+\frac{1}{n}}}^{\sqrt{4+\frac{1}{n}}}\left|(5x^2-4)-\left(4x^2+\frac{1}{n}\right)\right|dx=\int_{-\sqrt{4+\frac{1}{n}}}^{\sqrt{4+\frac{1}{n}}}\left|x^2-4-\frac{1}{n}\right|dx$$

$$=\left[-\frac{1}{3}x^3+\left(4+\frac{1}{n}\right)x\right]_{-\sqrt{4+\frac{1}{n}}}^{\sqrt{4+\frac{1}{n}}}=\frac{4}{3}\left(4+\frac{1}{n}\right)\sqrt{4+\frac{1}{n}}$$

이때, $\displaystyle\lim_{n\to\infty}S_n=\lim_{n\to\infty}\frac{4}{3}\left(4+\frac{1}{n}\right)\sqrt{4+\frac{1}{n}}=\frac{4}{3}\times4\times2=\frac{32}{3}$

채점기준

답안	배점
<교점의 x좌표 구하기> 두 곡선 $y=5x^2-4$와 $y=4x^2+\dfrac{1}{n}$의 교점의 x좌표를 구하면 $5x^2-4=4x^2+\dfrac{1}{n},\ x^2=4+\dfrac{1}{n}$ $\therefore x=\pm\sqrt{4+\dfrac{1}{n}}$이다.	1점
<S_n식 구하기> $S=\displaystyle\int_{-\sqrt{4+\frac{1}{n}}}^{\sqrt{4+\frac{1}{n}}}\left|(5x^2-4)-\left(4x^2+\frac{1}{n}\right)\right|dx$ $=\left[-\dfrac{1}{3}x^3+\left(4+\dfrac{1}{n}\right)x\right]_{-\sqrt{4+\frac{1}{n}}}^{\sqrt{4+\frac{1}{n}}}=\dfrac{4}{3}\left(4+\dfrac{1}{n}\right)\sqrt{4+\dfrac{1}{n}}$	5점
<$\displaystyle\lim_{x\to\infty}S_n$구하기> $\displaystyle\lim_{x\to\infty}S_n=\lim_{n\to\infty}\frac{4}{3}\left(4+\frac{1}{n}\right)\sqrt{4+\frac{1}{n}}=\frac{4}{3}\times4\times2=\frac{32}{3}$	4점

〈EBS 수능완성 변형문제〉

01 다음의 그림과 같이 곡선 $y=ax^2(x\geq 0)$과 y축 및 직선 $y=4$로 둘러싸인 도형의 넓이를 곡선 $y=x^2(x\geq 0)$이 이등분한다. 이때 양수 a의 값을 구하시오. (단, $0<a<1$)

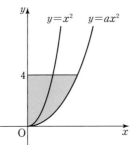

02 $0<a<3$인 실수 a에 대하여 함수 $f(x)$를 $f(x)=x(x-a)$라 하자.

$\int_0^3 |f(x)|\,dx=\int_0^3 f(x)\,dx+2$일 때, $\dfrac{a}{2}f(-a)$의 값을 구하시오.

03 다음의 그림은 삼차함수 $f(x)$의 도함수 $y=f'(x)$의 그래프이다. $f(0)=0$일 때, 방정식 $f(x)=k$가 서로 다른 두 실근을 갖게 하는 모든 k의 값을 구하시오.

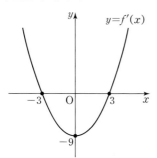

04 아래 그림과 같이 곡선 $y=-x^2+4x$와 직선 $y=3x$로 둘러싸인 도형의 넓이를 S_1, 곡선 $y=-x^2+4x$와 x축 및 직선 $y=3x$로 둘러싸인 도형의 넓이를 S_2라 하자. 이때 $\dfrac{S_1}{S_2}$의 값을 구하시오.

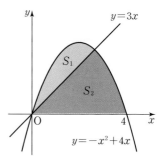

05 함수 $f(x)=x^3+ax^2+bx$가 다음 두 조건을 만족한다.

> (가) $\int_{-2}^{2} f(x)dx=16$
>
> (나) $\int_{-2}^{2} xf(x)dx=\dfrac{69}{5}$

이때 상수 a, b에 대하여 $a+b$의 값을 구하시오.

06 다항함수 $f(x)$가 모든 실수 x에 대하여 $f'(x)=3x^2+x\int_{0}^{2}f(t)dt$를 만족시키고 $f(2)=f'(2)$일 때, $f(-1)$의 값을 구하시오.

07 미분가능한 함수 $f(x)$가

$$\int_2^x (x-t)f(t)dt = mx^2 + nx + 4$$

를 만족한다. 이때 $m-n$의 값을 구하시오.

(단, m, n은 상수이다.)

08 함수 $f(x) = x^2 + 3$의 역함수는 $g(x)$이다. 이때 $\int_0^2 f(x)dx + \int_3^7 g(x)dx$의 값을 구하시오.

09 함수 $F(x)=x^2+ax+1$은 함수 $f(x)$의 한 부정적분이고, 함수 $G(x)$는 함수 $3xf(x)$의 한 부정적분이다. $f(0)=2$이고 $G(0)=1$일 때, $G(x)$의 식을 구하시오.

10 곡선 $y=x^2-3x$와 직선 $y=ax$로 둘러싸인 넓이를 $S(a)$라 한다. 이때 $S(a)$의 식을 구하시오.

11 함수 $f(x)=x+x^2+x^3+x^4+x^5$에 대하여

$$\lim_{x \to 7} \frac{1}{(x^2-48)(x^2-49)} \int_{49}^{x^2} f(t)dt$$

$$=\frac{49(7^q-1)}{p}$$

이때 $(p+q)$의 값을 구하시오.

12 모든 실수 x에 대하여 $f(-x)=-f(x)$이고 최고차항의 계수가 양수인 삼차함수 $f(x)$에 대하여 함수 $g(x)$를

$$g(x)=\int_{-4}^{x} f(t)dt$$라 하자.

$g(2)=0$이고 함수 $g(x)$의 극댓값이 8일 때, $f(1)$의 값을 구하시오.

13 삼차함수 $f(x)$가 다음 세 조건을 만족한다.

> (가) $\displaystyle\int_{-1}^{1}f(x)dx=\int_{-1}^{0}f(x)dx=\int_{0}^{1}f(x)dx$
>
> (나) $\displaystyle\int_{1}^{2}f(x)dx=3$
>
> (다) $f(0)=0$

이때, $f(-1)$의 값을 구하시오.

14 연속함수 $f(x)$에 대하여 $f(x+2)=f(x)+1$를 만족한다. $\displaystyle\int_{0}^{2}f(x)dx=p$라고 할 때, 정적분 $\displaystyle\int_{0}^{12}f(x)dx$를 p에 관한 식으로 나타내시오.

15 함수 $f(x) = \begin{cases} 2x-1 & (x \geq 1) \\ x & (x < 1) \end{cases}$에 대하여

$g(x) = \displaystyle\int_0^x tf(t)dt$라 하자.

$\dfrac{g(2)}{-g(-2)} = \dfrac{q}{p}$일 때, $p+q$의 값을 구하는

과정을 서술하시오. (단, p, q는 서로소)

16 다음의 그림과 같이 직선 $y = -4x+8$과 x축 및 y축으로 둘러싸인 부분의 넓이를 곡선 $y = ax^3$이 이등분 한다. 이때 곡선과 직선의 교점을 $P(p, -4p+8)$이라 하자. 상수 a를 p에 관한 식으로 나타내고, p의 값을 구하시오.

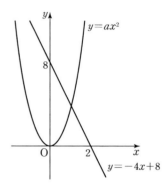

17 직선 $y=x+2$가 곡선 $y=x^2-3x+k$에 접할 때, 곡선 $y=x^2-3x+k$와 두 직선 $y=x+2$, $x=k$로 둘러싸인 부분의 넓이를 구하시오. (단, k는 상수이다.)

18 $\lim\limits_{x \to k} \dfrac{1}{(x+k)(x-k)} \displaystyle\int_{k^2}^{x^2} (3t^2-17t)\,dt$
$=-10$

을 만족하는 모든 실수 k의 값의 곱을 구하시오.

19 삼차함수 $f(x)=x^3-9x^2$와 최고차항의 계수가 1인 이차함수 $g(x)$가 $f(k)-g(k)=0$, $f'(k)=g'(k)=0$을 만족한다($k \neq 0$). 이때 두 곡선 $y=f(x)$와 $y=g(x)$로 둘러싸인 부분의 넓이를 구하시오.

20 곡선 $y=x^3+2$와 포물선 위의 점 $(1, 3)$에서의 접선으로 둘러싸인 도형의 넓이를 S라고 할 때, $4S$의 값을 구하시오.

21 수직선 위를 움직이는 점 P의 시각 $t(t \geq 0)$에서의 속도 $v(t)$가 $v(t) = t^2 - kt$이다. 시각 $t=0$에서의 점 P의 위치와 시각 $t=3$에서의 점 P의 위치가 서로 같을 때, 점 P가 시각 $t=0$에서 $t=3$까지 움직인 거리를 구하시오. (단, k는 상수이다.)

22 함수 $f(x) = \int (x^2 - 3x + 2)dx$의 극댓값이 $\dfrac{4}{3}$일 때, 극솟값을 구하시오.

23 함수 $f(x)=x^2+ax+b$가 다음의 두 조건을 만족한다.

> (가) $\displaystyle\lim_{x\to 1}\frac{\displaystyle\int_1^x f(t)dt}{x-1}=1$
>
> (나) $\displaystyle\int_0^1 f(x)dx=0$

위의 두 조건에 따라 실수 a, b의 곱을 구하시오.

24 함수 $y=f(x)$의 그래프가 원점과 점 $(6,\ 6)$을 지난다.

$\displaystyle\int_0^6 \{f(x)-x\}dx=6$일 때,

$\displaystyle\int_0^6 \{6-f^{-1}(x)\}dx$의 값을 구하시오.

(단, $f(x)$는 실수 전체에서 증가한다.)

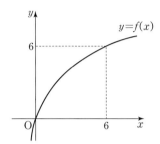

25 함수 $f(x)=x^3-2x^2+2x$의 역함수를
$g(x)$라 할 때, 두 곡선 $y=f(x)$, $y=g(x)$
로 둘러싸인 도형의 넓이를 구하시오.

2025학년도
서경대
논술 모의고사

국어

수학

국어

▶ 해답 p.274

[01~02] 다음 글을 읽고 물음에 답하시오.

　가까운 미래에 인간과 동등한 수준의 정신 능력을 갖추고, 인간처럼 스스로 목표를 설정하고 목표 달성을 위해 자율적으로 수단을 선택하는 인공 지능을 탑재한 지능형 로봇이 등장할 수 있다. 만약 이러한 유형의 지능형 로봇이, 인간이 저지를 경우 범죄로 규정되어 처벌받았을 일을 행하였다면 처벌 대상은 누가 될까? 인간의 통제에서 벗어난 지능형 로봇이 행한 일에 대해 인간에게 책임을 묻기는 어렵다. 이렇게 지능형 로봇이 강력한 사회적 통제 수단인 형법의 적용 범위 밖에 놓이게 되면 처벌의 공백이 생기고 사회적 위협의 대상이 될 것이다. 그러므로 실용적인 측면에서 볼 때, 지능형 로봇으로 인해 형사 처벌을 받아야 하는 범죄 행위와 같은 결과가 발생할 경우, 지능형 로봇에도 형법을 적용할 필요가 있다.

　인공 지능을 탑재한 지능형 로봇이 형법에 따른 책임을 지기 위해서는, 형법이 말하는 범죄 행위를 지능형 로봇 스스로 행했어야 한다. 그런데 전통적인 형법은 인간의 행위만을 생각하여 형법을 구상하였다. 이에 따르면 기계나 로봇의 행위는 인간의 행위가 아니어서 어떤 경우에도 그것이 형벌을 받을 수는 없다. 그러나 지능형 로봇은 인간으로부터 독립하여 스스로 인식, 판단하고 행동할 수 있다는 점에서 기존의 기계나 로봇과는 다르다. 이제는 지능형 로봇에 의해 이루어진 행동 역시 인간과 유사한 새로운 주체의 독립된 행동으로 볼 가능성도 열리게 된 것이다.

　최근에는 인간 중심의 법적 주체성 논의를 넘어서 체계 이론의 체계(System) 개념을 바탕으로 법적 주체의 지위를 구성하여야 한다는 주장이 제기되었다. 체계 이론에서는 사회 현상을 관찰할 때 행위가 아닌 소통을 더욱 근원적인 개념으로 파악한다. 이러한 관점에서 체계 이론은 자연인이 아닌 존재라 할지라도 독자적인 사회적 체계로서 사회적 소통에 참여할 수 있고, 존속할 수 있는 자율적인 존재라면 법적 주체의 지위를 인정할 수 있다고 본다. 인간이라는 존재를 전제하지 않고 법적 주체의 자격을 사회적으로 구성되어 확립되는 것으로 이해하면 마찬가지로 법적 책임도 사회적으로 구성되어 확립된다. 이 주장에 따르면 인공 지능을 탑재한 지능형 로봇에게 형사 책임을 물을 수 있다는 주장이 성립될 수 있다. 인공 지능의 작동은 인간의 행위로 볼 수 없지만, 인공 지능은 기술적 방법을 통해 사회적 체계와 접촉하고 소통하여 행위의 사회적 맥락을 구성한다. 이렇게 사회적 체계의 소통이 사회적 체계의 행위를 구성하듯이 전통적 행위 개념도 재구성될 수 있다. 인공 지능이 인간을 매개 하지 않고 외부 세계와 직접 접촉하고 소통하는 방식으로 행위를 수행하기 때문이다. 체계 이론의 관점에서 범죄는 사회적 소통의 특정한 유형이다. 따라서 형사 책임을 묻는 근거도 행위가 아닌 소통에서 찾는다. 특정한 소통 방식이 형법을 위반할 때 이를 범죄로 보는 것이다.

　그렇다면 인공 지능을 탑재한 지능형 로봇의 범죄 능력을 인정한다고 했을 때, 지능형 로봇의 범죄에 형벌을 부과하는 것이 정당화될 수 있을까? 형법은 법률이 보호하고 있는 가치인 법익을 침해하는 행위에 대하여 형벌을 부과하는 방법을 사용하여, 법익이 가지는 가치를 일반인들에게 확실히 증명함으로써 장래의 범죄 행위를 예방하는 과제를 수행하고 있다. ㉠지능형 로봇의 행위를 형법상 유의미한 행위로 파악할 수 있음을 전제로 지능형 로봇의 법익 침해 행위의 가능성을 긍정할 수 있는 경우, 그러한 지능형 로봇의 행위에 대하여 형벌 부과를 통하여 형법이 이루고자 하는 법익 보호 목적을 달성할 수 있다면, 지능형 로봇에게 형벌을 부과하는 것이 정당화될 수 있을 것이다.

01 위 지문의 밑줄 친 ㉠의 상황이 실현될 수 있는 실마리를 제공하는 주장을 지문 내에서 찾아 그 핵심 내용을 정리하여 한 문장으로 제시하시오.

02 아래 〈보기〉의 문단은 위 지문을 읽고 찾은 정보로서 지문 내 한 문장의 부연 설명에 해당한다. 아래 〈보기〉의 요지를 파악한 뒤, 해당 내용이 뒷받침할 수 있는 가장 적절한 문장을 지문 내에서 찾아 첫 어절과 끝 어절을 적으시오.

〈보기〉

책임 원칙은 어떤 행위에 대하여 책임이 없다면 그 행위에 대해 처벌할 수 없다는 원리로, 형벌의 근거 기능과 형벌의 제한 기능을 포함하고 있다. 즉 형벌은 책임을 전제 요건으로 하며, 형량의 결정, 특히 형량의 상한(上限)에도 영향을 미친다.

책임 원칙에 따라 형벌을 부과하기 위해서는 범죄 행위에 대한 도덕적·윤리적 비난 가능성이 인정되어야 한다. 이러한 비난 가능성은 적법과 불법을 선택할 수 있는 인간의 의사 결정의 자유를 전제한 것이다. 즉 범죄자는 자유 의지를 지닌 주체로서, 범죄 행위를 할 수 있는 능력과 이미 행한 불법에 대하여 책임을 질 수 있는 책임 능력을 모두 포함하는 범죄 능력이 있어야 한다. 현행 형법에 의하면 범죄 능력은 자연인에게만 인정되고 그 외의 존재는 범죄 행위의 주체가 될 수 없다.

첫 어절: ＿＿＿＿＿＿＿＿＿＿＿＿＿＿＿   마지막 어절: ＿＿＿＿＿＿＿＿＿＿＿＿＿＿＿

[03~04] 다음 글을 읽고 물음에 적절한 대답을 진술하시오.

사람들은 이곳을 두물머리라고 부른다. 한자로 표기되면서 양수리(兩水里)가 된 것이나, 사람들은 여전히 두물머리라 일컫는다. 두물머리, 입속으로 가만히 뇌어 보면, 얼마나 정이 가는 말인지 느낄 수 있다.

그토록 오래 문서마다 양수리로 기록되어 왔어도, 두물머리는 시들지 않고 살아 우리말의 혼을 전해 준다. 끈질기고 무서운 힘이기도 하다.

두물머리를 시원스럽게 볼 수 있는 곳은, 물가가 아닌 산 중턱이다. 가까운 운길산. 남양주 운길산에 이르는 산길에 올라 보면, 눈앞에 두물머리가 좌악 펼쳐진다. 두 물줄기 만나는 모습이 한눈에 들어온다.

교통 체증에 걸리지 않는다면 서울에서 불과 한 시간. 그래 주말은 피하고, 날씨가 고우면 오늘처럼 주중에 온다. 주위엔 볼거리가 여러 곳에 있다. 다산 선생의 유적지, 차 맛을 제대로 맛볼 수 있는 수종사, 연꽃이 볼 만한 세미원, 또 종합 영화 촬영소도 있다.

만나면 만날수록 큰 하나가 되는 것이 물이다. 두 물줄기가 만나 큰 흐름이 되는 모습을 내려다보노라면, '물이 사는 방법이 저것이로구나,' 하는 생각이 절로 든다. 만나고 만나서 줄기가 커지고 흐름이 느려지는 것. 이렇게 불어난 폭으로 바다에 이르는 흐름이 되는 것.

바다에 이르면 엄청난 힘을 지닌 승천이 가능해진다. 물의 승천이야말로 새롭게 다시 사는 실제 방법이다. 만약 큰 하나가 되지 못하고 갈라지게 되면, 지천이나 웅덩이로 빠져들어 말라 버리게 된다. 이것은 물의 실종이거나 죽음인 것이다.

두 물이 만나서 하나의 물이 되는 것을 글자로 표기할 때 '한'은 참으로 크고 넓다는 뜻을 지닌다. 두 물줄기가 서로 껴안듯 만나, 비로소 '한강'이 된다. 운길산 살길에서 내려다보면, 이 모든 것을 실감하게 된다.

한강을 발견하는 곳이 운길산이라고 말하고 싶다. 만나도 격정이 없는 다소곳한 흐름. 서로가 서로를 편안하게 받아들이는 모습은 정말 아름다운 풍광이다. 만나서 큰 하나가 되는 것이 어디 이곳의 물뿐이랴.

살펴보면 우주 만물이 거의 다 그렇다. 들꽃도 나무도 꽃술의 꽃가루로 만난다. 그리하되, 서로 만나서 하나 되는 기간이 봄 여름 가을 겨울의 네 철 안에 이루어지도록 틀 잡혀 있어 짧은 편인데, 다만 사람의 경우엔 이 계절의 틀이 무용이다. 계절의 틀을 벗어날 능력이 사람에겐 주어져 있다.

하나가 다른 하나를 만나서 새로운 하나를 만들지 못하면, 그 끝 간 데까지 외로울 수밖에 없다. 외롭지 않을 수 없는 이치가 거기 잠재해 있다. 다른 하나를 선택하기 위한 기다림. 선택을 결정하기까지, 채워지지 아니하는 목마름이 자리 잡기에, 외로울 수밖에 없는 노릇이다. 원래 거기 자리 잡고 있는 바람은, 완성을 기다리는 바람인 것이다.

이 ㉠외로움을 견디면서 참아 내느라 스스로 생각하고 또 생각하다가 때로는 뒤를 돌아보게 된다. 여기 반성과 성찰의 기회가 오며, 명상도 따르게 마련이다. 명상은 해답을 찾는 노력의 사색이다.

해답을 얻는다 하여도, 그것은 물음표인 갈고리 모양 또 다른 물음을 이어 올리고 끌어올리기 일쑤다. 이런 과정을 통해 삶을 진지하게 짚어 보는 기회와 만난다. 곧 자기와의 만남이 가져오는 성숙인 것이다.

물은 개체라는 것을 만들지 않는다. 스스로 그것을 받아들이지 않기에, 큰 하나를 만들 수 있다. 개체를 부정하기 때문에, 새로운 하나에로의 융합이 가능하다.

개체를 허용치 않으므로 큰 하나일 수 있다는 사실, 이는 큰 하나가 되기 위한 순명일 수도 있다. 다른 목숨들이 못 따를 뜻을 물이 지니고 있음을 이렇게 안다.

사람이 그 어떤 목숨보다 길고 긴 사색을 한다지만, 물이 바다에 이르기까지 맞고 또 겪는 것에 비하면, 입을 다물어야 옳다. 흐르면서 부딪혀야 하고, 나뉘었다 다시 만나야 하고, 같히면 기다렸다 넘어야 한다. 이러기를 얼마나 되풀이 하는가. 그러면서도 상선약수(上善若水)의 본을 잃지 않는다.

두물머리를 내려다보며 이곳에 이르기까지 얼마나 많은 만남이 있었던가를 짐작해 본다. 수없이 거친 만남. 하나,

작은 만남은 이름을 얻지 못하고, 큰 것만 이름을 얻는다. 작은 것들이 있기에 큰 것이 있거늘, 큰 것에만 이름이 붙은 것을 어쩌랴.

산전수전 다 겪은 사람이 지닌 인품의 향기처럼, 두물머리에서부터 물은 유연한 흐름을 지닌다. 여기 비끼는 햇살이 비치니, 흐름이 반짝이기 시작한다. 두물머리는 그 어느 곳보다 아름답다. ⓛ보기에 아름다운 것보다 깊이 지니고 있는 뜻이 아름답다.

낮에는 꽃들이 앉고 밤에는 별들이 앉는 숲이 아름답다고 여겼는데, 오늘 보니 두물머리는 그 이상이다. 조용한 물고기들 삶터에 날이 저물자, 하늘의 별이 있는 대로 다 내려와 쉼터가 된다. 만나서 깊어진 편안한 흐름. 이 흐름이 그 위의 모든 것 다 받아 안을 수 있는 넉넉한 품까지 여니, 이런 수용이 얼마나 황홀한지, 어느 시인이 이를 다 전해 줄 수 있을까 묻고 싶다.

– 유경환, 「두물머리」

03 지문의 주제를 30자 이내의 문장으로 적으시오.

04 ㉠과 ⓛ에 대한 글쓴이의 생각을 각각 20자 이내로 밝히시오.

㉠ 외로움

① _____

ⓛ 보기에 아름다운 것보다 깊이 지니고 있는 뜻

② _____

수학

▶ 해답 p.275

01 $0 \leq x < 2\pi$에서 $\sin x > \dfrac{1}{6}$일 때,

방정식 $\log_2 \sin x + \log_2 (6\sin x - 1) = 0$

을 만족시키는 모든 실수 x의 합은?

02 수열 $\{a_n\}$이 모든 자연수 n에 대하여

$a_n + a_{n+3} = 10$을 만족시킨다.

$\displaystyle\sum_{n=1}^{3} a_n = 5$일 때, $\displaystyle\sum_{n=1}^{12} a_n$의 값은?

03 삼차다항함수 $f(x)$의 도함수는 $f'(x)=(x-1)(x+1)$이고 $f(x)$의 극솟값은 극댓값의 3배라고 할 때, $f(1)$의 값을 구하는 과정을 서술하시오.

04 곡선 $y=ax|x-2|-3a(a>0)$과 x축, y축으로 둘러싸인 영역의 넓이가 19일 때, 상수 a의 값을 구하는 과정을 서술하시오.

Nothing great in the world has been
accomplished without passion.

이 세상에 열정없이 이루어진 위대한 것은 없다.

– Georg Wilhelm 게오르크 빌헬름 –

PART **3**

해답

1 국어

Ⅰ. 문학

[01~02]

(가)

갈래	자유시, 서정시	특징	• 금붕어를 통해 꿈을 잃고 현실에 순응하며 살아가는 현대인을 묘사함
성격	상징적, 산문적, 우의적		
제재	금붕어		• 색채어를 활용하여 시적 대상인 금붕어의 외양을 분명하고 또렷하게 묘사함
주제	이상 세계에 대한 동경과 좌절		

(나)

갈래	자유시, 서정시, 주지시	특징	• 시각적 이미지를 통한 감각적 표현으로 작품을 효과적으로 형상화함
성격	상징적, 비판적, 우의적		• 흰색과 푸른색의 이미지를 통해 희망적이고 긍정적인 이미지를 표현함
제재	흰나비		
주제	현대 문명의 폭력성 비판 및 극복 의지		• 상징적 소재들을 통해 물질문명의 냉혹함을 형상화함

01 [모범답안]

① 순응 / ② 고통

[바른해설]

①: ⓐ의 '지느러미'는 '금붕어'가 그것을 이용해 항아리를 끊는 일이 없다고 하였으므로, 자신이 처한 현실에 저항하지 않고 '순응'하는 태도를 나타낸다.

②: ⓑ의 '이즈러진 날개'는 흰나비가 숨가쁜 제트기의 백선에 영향을 받아 파닥거리는 것이므로, 현대 문명에 의해 고통 받는 모습을 나타낸다.

02 [모범답안]

작은 입으로 하늘보다도 더 큰 꿈을 오므려 죽여버려야 한다.

[바른해설]

(가)의 '금붕어'는 '어항'을 벗어나는 대신 '작은 입으로 하늘보다도 더 큰 꿈을 오므려 죽어버려야 한다'는 소극적인 태도를 통해 현실을 무기력하게 수용한다. 반면에 (나)의 '흰나비'는 '신도 기적도 없는 공간에서 '또 한번 스스로의 신화와 더불어 대결'한다는 적극적인 태도를 통해 '신도 기적'도 없는 공간을 변화시켜 보려는 현실 극복의 의지를 드러낸다.

[03~04]

갈래	가사, 강호한정가	특징	• 욕심 없는 삶과 편안한 삶을 지향하는 화자의 자부심과 만족감이 드러남 • 벼슬아치들의 삶과 화자의 삶을 대조하여 제시함 • 대립적 시어를 사용하여 시상을 전개함 • 공간의 이동에 따른 내용 전개를 보여줌 • 역사적 인물과 고사를 인용하여 시상을 전개함 • 무릉계와 도화를 연결하여 동양적 이상향의 모습을 암시함
성격	예찬적, 풍류적, 소망적, 서정적		
표현	대조법, 대구법, 설의법, 영탄법		
주제	자연을 완상하면서 살아가는 즐거움과 가문의 화목 추구		

03 [모범답안]

① 값으로 따진다면 만금인들 당할쏜가

② 헌 베옷이 알맞으니 비단 가져 무엇 할까

[바른해설]

'값으로 따진다면 만금인들 당할쏜가'와 '헌 베옷이 알맞으니 비단 가져 무엇 할까'에서는 '당할쏜가', '무엇 할까'와 같은 의문의 형식을 통해 자연 속의 삶이 만금보다 귀하고, 자연 속에서 살아가는 데 헌 베옷으로도 충분하다는 생각을 강조하고 있다. 이는 화자가 자연 속에서 세속적 명리에 얽매이지 않고 소박하게 살아가는 삶에 대해 자부심을 드러낸 것으로 볼 수 있다.

04 [모범답안]

자신과 다른 사람들의 생활을 대조하며 자신의 한가한 모습을 부각하고 있다.

[바른해설]

[A]에서 화자는 자신과 속세 벼슬아치들의 여름과 겨울의 생활을 대조하며 자신의 편안하고 한가로운 모습을 부각하고 있다.

[05~06]

갈래	자유시, 참여시	특징	• 대립적인 시상 구조로 주제를 강화하고 있다. • 자연물을 의인화하여 표현하고 있다. • 반복과 대구를 통해 리듬감을 형성하고 있다.
성격	상징적, 참여적, 비판적		
제재	풀		
주제	풀의 끈질긴 생명력		

05 [모범답안]

ⓐ 눕는다

ⓑ 웃는다

ⓒ 풀의 강인한 생명력

[바른해설]

위의 작품에서 풀의 행위는 '눕는다'에서 '일어난다'로 그리고 '운다'에서 '웃는다'로 점층적 반복이 드러나는데, 이러한 대립 구조의 반복은 시의 리듬감을 형성하는 한편, '풀의 강인한 생명력'이라는 주제를 한층 강화하는 데 기여한다.

06 [모범답안]

햇살

[바른해설]

위 작품에서 ㉠의 '동풍'은 풀을 눕고 울게 만드는 등 풀을 억압하는 존재로 외적인 시련을 상징한다. 〈보기〉의 '햇살'은 '벼'를 따갑고 힘들게 하는 외부의 압력으로 볼 수 있다는 점에서 ㉠의 '동풍'과 시적 기능이 유사하다고 볼 수 있다.

[07~08]

갈래	고전 소설, 영웅 소설, 군담 소설	특징	• 영웅의 일대기 구조에 따라 사건이 전개됨 • 영웅, 결연, 군담 화소를 모두 갖추어 독자의 흥미를 이끌어 냄 • 일반적인 영웅 소설과 달리 출생 과정에 부모의 기자 정성이나 천상인의 하강 등은 나타나지 않음
성격	영웅적, 유교적		
배경	중국 송나라		
시점	전지적 작가 시점		
주제	조웅의 영웅적 일대기, 진충보국(盡忠報國)과 자유연애 사상		

07 [모범답안]

한 도승[월정 대사], 한 노인, (광산) 도사

[바른해설]

윗글에 따르면 황위를 찬탈한 두병의 추적을 피하던 조웅은 한 도승[월정 대사]의 도움을 받아 사찰에 기거하고, 한 노인으로부터 삼척장검(三尺長劍)을 얻고, 광산 도사로부터 용총(龍驄)을 얻었다. 그러므로 월정 대사, 한 노인, 광산 도사는 모두 조웅이 성장하는 데에 중요한 역할을 담당하는 조력자 역할을 하였다.

08 [모범답안]

십 년 전에 부인께옵서 천금을 주셔 이 절을 수리하였으니 어찌 큰 공이 아니리이꼬?

[바른해설]

월정 대사가 조웅과 조웅의 모친을 기거할 절로 안내할 때 "십 년 전에 ~ 어찌 큰 공이 아니리이꼬?"라고 말한 대목에서 이미 월정 대사와 조웅의 모친은 절과 관련하여 특별한 인연이 있었음을 알 수 있다.

[09~10]

갈래	고전 소설, 몽자 소설, 영웅 소설, 군담 소설, 염정 소설	특징	• 작품성과 대중성을 고루 갖춘 고전 소설의 백미 • 조선 중기 소설 「구운몽」을 토대로 쓰인 환몽 구조의 영웅 소설 • 현세에서의 부귀영화를 긍정하면서도 불교 사상과 도교 사상의 특징도 보여줌 • 여성의 주체적 의지를 보여준다는 점에서 근대적 성격도 지님
성격	전기적, 현실 비판적, 일대기적		
배경	천상계, 중국 명나라		
시점	전지적 작가 시점		
주제	양창곡의 영웅적 일대기		

09 [모범답안]

세속적인 삶을 부정적인 것으로 다룬 「구운몽」과 달리 「옥루몽」은 현실에서의 부귀영화를 긍정하고 있다.

[바른해설]

「구운몽」에서 승려 성진이 꿈속에서 양소유가 되어 여덟 명의 여성과 인연을 맺고 부귀공명을 누린 다음 꿈에서 깨어나 그것이 허망한 것임을 깨닫는 반면, 「옥루몽」에서 양창곡은 연왕으로 책봉된 후 윤 소저, 강남홍을 비롯한 처첩들과 부귀영화를 누리다가 천상계로 돌아간다. 이를 통해 세속적인 삶을 부정적인 것으로 다룬 「구운몽」과 달리 「옥루몽」은 현실에서의 부귀영화를 긍정하고 있음을 알 수 있다.

10 [모범답안]

(가) 양 원수 – ⓐ옥피리 소리로 인해 전의를 상실한 군사들을 독려하기 위해서

(나) 홍랑 – ⓑ양 원수의 군대가 의욕을 잃고 흩어지도록 만들기 위해서

[바른해설]

(가) ㉠의 행위 주체는 '양 원수'로, '이제 마땅히 한 곡조를 시험해 삼군의 처량한 마음을 진정시키리라.'에서 알 수 있듯이 홍랑이 분 ⓒ의 옥피리 소리로 인해 전의를 상실한 군사들을 다시 독려하기 위한 것이다.

(나) ⓒ의 행위 주체는 '홍랑'으로, '장자방이 초나라 병사인 강동의 자제들을 흩어지게 한 술법을 본받고자 함이거늘'에서 홍랑이 양 원수의 군대가 의욕을 잃고 흩어지도록 만들기 위해서 옥피리를 분 것임을 알 수 있다.

[11~12]

갈래	장편 소설, 역사 소설	특징	• 역사적 사실에 작가의 상상력을 가미함
성격	역사적, 비판적		• 두 인물의 대립 관계를 중심으로 사건을 전개함
제재	병자호란 당시 남한산성의 상황		• 객관적인 관점에서 사건을 서술함
주제	전쟁의 비참함과 현실에 대한 대응 방식		

11 [모범답안]
적과의 싸움이 우선이고 화친은 그 다음이며, 그때 나라를 지키는 내실을 도모할 수 있다.

[바른해설]
아직 내실이 남아 있을 때 화친을 해야 한다는 최명길의 말에, 김상헌은 본말이 전도된 것으로 전이 본(本)이고(싸움이 우선이고) 화가 말(末)이며(화친이 다음이며) 수는 실(나라를 지키는 내실)이라고 하였다. 즉, '적과의 싸움이 우선이고 화친은 그 다음이며, 그때 나라를 지키는 내실을 도모할 수 있다'는 의미이다.

12 [모범답안]
가벼운 죽음으로 무거운 삶을 지탱할 수 있다.

[바른해설]
화친을 말하는 최명길은 '상헌이 말을 중히 여기고 생을 가벼이 여기는 자'라 말하며 '삶과 죽음은 모두 가볍지 않으니, 죽음으로써 삶을 지탱할 수 없다'고 주장하고 있다. 반면에, 화친을 반대하는 김상헌은 '명길이 말하는 생은 곧 죽음이며, 명길은 삶과 죽음을 구분하지 못하고 삶을 죽음과 뒤섞어 욕되게 하는 자'라고 말하며 '삶은 무겁고 죽음은 가벼우니, 가벼운 죽음으로 무거운 삶을 지탱할 수 없다'고 주장하고 있다.

[13~14]

갈래	민요	특징	• 각 연이 독립적이며 후렴구가 반복됨
성격	서정적, 애상적		• 화자의 처지, 정서, 태도 등을 자연물에 의탁하여 표현함
제재	사랑과 이별		• 정선의 지역적 특성과 향토적 분위기를 형성함
주제	임과의 이별과 고단한 삶의 처지로 인한 정한(情恨)		

13 [모범답안]
ⓐ 무릉도원
ⓑ 외기러기

[바른해설]
해당 작품에서 '무릉도원 ~ 없구나'는 복숭아꽃이 만발한 봄의 정경과 대조되는 화자의 외로운 처지를 표현하고 있는 연으로, 짝을 잃은 '외기러기'라는 객관적 상관물을 통해 임과 이별한 화자의 외로운 처지를 빗대어 표현하고 있다.

14 [모범답안]
ⓐ 매디매디 / ⓑ 마디마디

[바른해설]
해당 작품에서 '산천에 ~ 맺혔네'에 사용된 '매디매디'는 '마디마디'라는 뜻의 강원도 방언으로, 정선의 지역적 특성과 향토적 분위기를 형성하고 있다.

[15~16]

갈래	단편 소설, 농촌 소설, 순수 소설	특징	• 비속어와 사투리를 사용하여 토속적인 분위기를 자아냄 • 시간의 흐름이 순차적이지 않고 과거와 현재를 오가는 역순행적 구성을 사용함 • 결말을 절정 속에 삽입하여 극적 긴장감과 해학성을 높임
성격	해학적, 향토적		
시점	1인칭 주인공 시점		
배경	• 시간: 1930년대 봄 • 공간: 강원도 산골 마을인 점순의 집과 전답		
주제	우직한 데릴사위와 교활한 장인 간의 갈등		

15 [모범답안]

ⓐ 1인칭 주인공

ⓑ 인물[주인공]의 심리

[바른해설]

이 작품은 '나'가 자신의 문제를 직접 서술하는 '1인칭 주인공' 시점으로, '나'가 주인공이기 때문에 '나'의 심리를 잘 알 수 있다. 1인칭 주인공 시점은 주동 '인물의 심리' 묘사에 효과적이어서 독자에게 신뢰감과 친근감을 주고 이야기에 신빙성을 부여한다.

16 [모범답안]

무지한 인물을 통해 당대 농촌 문제의 실상을 은연중에 드러낸다.

[바른해설]

〈보기〉에서 '인물의 입을 통해 당대의 현실이 은연중에 노출된다는 점에서 이 작품의 주제를 드러내는 서사 전략을 살필 수 있다.'라고 진술하고 있다. 이 작품에 제시된 장인의 마름으로서의 횡포를 '나'는 '내겐 장인님이 감히 큰소리할 게제가 못 된다.'라고 여기며 자신과 동떨어진 문제로 간주한다. 그런데 상인의 행위에 대한 '나'의 언급은 당대 마름의 횡포를 드러내고 있다. 그러므로 이는 '무지한 인물을 통해 당대 농촌 문제의 실상을 은연중에 드러내는' 서사 전략에 의해 설정된 것으로 볼 수 있다.

[17~18]

갈래	양반 가사, 서정 가사	특징	• 시적 화자를 여성으로 설정하여 연군의 정을 절실하게 표현함 • 뛰어난 우리말 구사를 통해 우리말의 아름다움을 보여 줌 • 계절의 흐름에 따라 시적 화자의 정서를 드러냄
성격	서정적, 연모적		
제재	임을 향한 그리움		
주제	임(임금)을 향한 일편단심(연군지정)		

17 [모범답안]

① 미화

② 옷

③ 청광

④ 양춘

[바른해설]

① '뎌 미화(梅花) 것거 내여 님 겨신 듸 보내오져'에서 매화를 꺾어 보내 임을 향한 변함없는 사랑을 표현하고 있다.

② '금자히 견화이셔 님의 옷 지어 내니'에서 금자로 옷을 지어 임에 대한 지극한 정성을 표현하고 있다.

③ '청광(淸光)을 픠워 내여 봉황누(鳳凰樓)의 븟티고져'에서 맑은 달빛을 피워 임이 선정(善政)을 베풀기를 소원하고 있다.

④ '양춘(陽春)을 부처 내여 님 겨신 듸 올리고져'에서 임 계신 곳에 봄볕을 쬐어 춥지 않도록 임의 건강을 염려하고 있다.

18 [모범답안]

임금이 선정을 베풀기를 원한다.

[바른해설]

'심산궁곡(深山窮谷)'은 원래 깊은 산속의 험한 골짜기를 뜻하나, 여기서는 힘들게 사는 백성을 의미한다. 그러므로 이러한 곳을 대낮같이 밝게 비춰달라는 것은 결국, '임금이 백성에게 선정을 베풀기를 바라는' 시적 화자의 소망이 표현된 것이다.

[19~20]

갈래	단편 소설, 세태 소설	특징	• 시간 순서에 따라 사건이 전개됨 • 날씨의 상태를 통해 인물의 심리를 간접적으로 드러냄
성격	사실적, 상징적, 비판적		
배경	2000년대, 어느 면 소재지		
시점	1인칭 주인공 시점		
주제	소외된 사람들의 현실에 대한 연민과 건강한 극복 의지에 대한 가능성		

19 [모범답안]

명랑하게

[바른해설]

깐쭈와 싸부딘이 어둠 속으로 명랑하게 사라진 것처럼 '나' 역시 비를 맞으며 '명랑하게' 걷는 모습을 통해 '나'가 두 남자로부터 현실을 받아들이고 고통을 견뎌 내는 태도를 배우게 되었음을 상징적으로 드러내고 있다.

20 [모범답안]

동병상련

[바른해설]

좋아하는 남자로부터 버림받은 '나'는 외국인 근로자들의 힘겨운 삶의 이야기를 엿듣고 동질감을 느낀다. 그리고 그들로부터 마음의 위로를 받아 아픔을 극복하고 삶에 대한 희망을 이어간다. 그러므로 〈보기〉의 밑줄 친 부분과 어울리는 사자성어는 '어려운 처지에 있는 사람끼리 서로 불쌍히 여겨 동정하고 서로 돕는다.'는 의미의 '동병상련(同病相憐)'이다.

[21~22]

갈래	희곡, 극문학, 농민극	특징	• 방언을 활용하여 사실성과 현장감, 향토성과 토속성을 부여함 • 농민들을 착취하는 지주 계층의 횡포와 농촌 사회의 구조적 모순을 사실적으로 형상화함 • 민중들의 삶을 고려하지 않는 근대화의 폭력성을 부각함
성격	사실적, 비극적, 향토적		
주제	근대화의 폐해와 농촌의 사회 구조적 모순 및 지주의 횡포 고발		

21 [모범답안]

근대화의 폐해와 농촌의 사회 구조적 모순 및 지주의 횡포 고발

[바른해설]

위 작품은 지주 어른의 배신으로 농토를 빼앗겼음에도 그에 저항하지 못하는 돌쇠의 모습을 통해 당대 농민들의 비극적인 운명과 농촌의 사회 구조적인 모순이 강조된다. 또한 산업화 시대의 도시와 농촌의 격차 확대, 정부의 개발 사업으로 인한 삶의 터전 상실, 그로 인한 농민들의 참상과 고달픔을 고발하고 있다. 그러므로 '근대화의 폐해와 농촌의 사회 구조적 모순 및 지주의 횡포 고발'이 해당 작품의 주제로 적절하다.

22 [모범답안]

㉠ 점순 / ㉡ 상만 / ㉢ 덕근

[바른해설]

㉠ '점순이가 돌에 맞은 것두 땜 공사 남포가 아니구 별장 짓는 남포에 맞은 것'이라는 상만의 말을 통해 점순은 지주 어른의 별장을 짓는 중에 터진 남포로 인해 돌에 맞아 죽었음을 확인할 수 있다.

㉡ '중략' 이후의 장면에서 상만은 점순을 매장한 곳을 둘러보려다가 지주 어른을 포함한 여러 명이 몰려 있는 것을 목격한다. 이 과정에서 읍내 사람에게서 지주 어른이 석산 봉답이 있는 곳에 별장을 지으려고 집을 옮기고 있다는 소식을 전해 듣고, 이를 마을 사람들에게 알리고 있다.

㉢ 덕근은 '어른네가 양지짝에 별장을 세우믄 돌쇠 자네헌티 음지짝을 줄 것 같은감? 음지짝에 들어가 봉답 뙈기 부쳐 먹구살 것 같여?'라며 자신의 토지인 석산 봉답을 지주 어른에게 빼앗기고도 저항하지 않는 돌쇠의 어리석음을 비난하고 있다.

[23~24]

갈래	장편 소설, 세태 소설	특징	• '완장'이라는 상징적 소재를 바탕으로 주제 의식을 전달함
성격	비판적, 해학적, 향토적		• 해학적 요소를 가미하여 권력에 대한 인물의 심리와 행동을 제시함
시점	전지적 작가 시점		• 방언을 사용하여 현장성과 사실감을 부여함
배경	• 시간: 1970~1980년대 • 공간: 전라북도 농촌 마을		
주제	권력에 대한 과도한 집착과 권력의 횡포 비판		

23 [모범답안]

몽니

[바른해설]

윗글의 마지막 문단 중 첫 문장의 '홧김에 종술은 그예 또 몽니를 부리고 말았다.'에 사용된 '몽니'는 사전적 의미로 '받고자 하는 대우를 받지 못할 때 내는 심술'을 의미한다. 즉, 완장을 찬 종술이 흥을 깬 어머니를 향해 심술을 부리고 있음을 묘사하고 있다.

24 [모범답안]

권력

[바른해설]

〈보기〉의 실험에서 교도관 역할을 맡은 사람들은 진짜 교도관처럼 자신들이 행사하고 있는 통제와 권력을 즐기며 공격적인 행동을 하는 경향을 보였다. 또한 윗글의 완장을 찬 종술도 마치 권력자라도 된 듯 완장의 힘을 과신한다. 그러므로 〈보기〉의 '교도관 역할'과 윗글의 종술이 찬 '완장'은 남을 복종시키거나 지배할 수 있는 공인된 권리와 힘, 즉 '권력'을 상징한다.

[25~26]

갈래	장편 소설, 가정 소설	특징	• 사회적 · 역사적 사실을 극적으로 형상화함
성격	사실적, 비판적, 현실 고발적		• 등장인물의 심리를 섬세하게 묘사함
배경	• 시간: 1951년 겨울 ~ 1980년대 • 공간: 서울		• 전쟁으로 인한 가족의 불행과 더불어 현대 사회 중산층의 도덕성 문제를 제기함
주제	• 전쟁의 비극과 이산가족의 아픔 • 중산층의 허위의식에 대한 비판		

25 [모범답안]

① 오목이가 자신의 친동생이라는 것

② 친동생이라는 사실을 알면서도 오목이를 외면한 것

[바른해설]

이 작품에서 수지는 1·4 후퇴 때 여동생인 오목이(수인)의 손을 일부러 놓아 버린 인물로, 동생을 버렸다는 사실이 드러나는 것을 두려워하며 허위의식 속에 살아간다. 그러나 결국 수지는 오목이가 죽기 전에 어릴 적 동생을 버린 자신의 잘못과 그것을 밝히지 못한 것에 대한 용서를 구한다. 즉, ⓐ의 '할 얘기'란 '오목이가 자신의 친동생이라는 것'과 '친동생이라는 사실을 알면서도 오목이를 외면한 것'을 말한다.

26 [모범답안]

은표주박

[바른해설]

이 작품에서 '은표주박'은 수지가 피란길에 오목의 관심을 빼앗아 길을 잃게 만드는 소재이므로 '불행의 시작'을 의미하고, 오목이가 고아가 된 후 간직해 온 유일한 물건이므로 '자신의 정체성을 찾기 위한 수단'이라고 할 수 있다.

[27~28]

갈래	판소리계 소설, 국문 소설	해제	• 춘향전, 심청전과 더불어 3대 판소리계 소설에 해당함 • 변화되어 가는 조선 후기의 사회상을 반영함 • 과장된 표현, 익살, 해학적 표현 등을 통해 골계미가 나타남
성격	풍자적, 해학적, 교훈적		
제재	흥부의 선행과 놀부의 악행		
주제	• 형제간의 우애와 권선징악 • 조선 후기 빈부 격차에 의한 갈등		

27 [모범답안]

ⓐ 제비 황제 / ⓑ 제비 / ⓒ 흥부

[바른해설]

이 작품에서 인간 세계에 존재하는 흥부와 놀부의 삶은 우화적 공간에 있는 존재들로부터 영향을 받는다. 특히 우화적 공간에 있는 존재가 보낸 '박씨'는 인간 세계에 있는 존재들의 삶에 영향을 끼친다. 윗글에 따르면 제비 황제(발송자)는 "그 은혜를 십분지일이라도 갚기를 바라나이다."라며 흥부에게 은혜를 갚고자 하는 제비(전달자)의 의견을 받아들여 ⓐ의 '박씨'를 흥부(수취인)에게 보내고 있다.

28 [모범답안]

'발발', '찬찬'

[바른해설]

음성 상징어는 소리와 의미의 관계가 필연적인 것으로 여겨지는 단어로, 소리나 움직임을 표현하는 의성어와 의태어를 말한다. 윗글에서는 '발발', '찬찬' 등과 같은 음성 상징어를 활용하여 작중에서 벌어진 상황을 생동감 있게 드러내고 있다.

[29~30]

갈래	고전 수필, 한글 수필	특징	• 바늘을 의인화하여 제문의 형식으로 표현하였다. • 비유, 열거, 대구 등 다양한 표현 방법을 통해 글쓴이의 심정을 효과적으로 드러냈다. • 섬세한 관찰력을 바탕으로 상황을 구체적으로 보여준다.
성격	애도적, 고백적, 추모적		
제재	바늘		
주제	부러뜨린 바늘에 대한 애통함		

29 [모범답안]

세요 각시

[바른해설]

제시된 〈보기〉는 여러 바느질 도구를 의인화한 「규중칠우쟁론기」로, 바늘을 허리가 가늘다 하여 세요 각시(細腰閣氏)로 의인화 하였다.

TIP

- **척 부인(자)**: 한자 '자 척(尺)'을 따와 이름을 붙였다.
- **교두 각시(가위)**: 가위의 교차된 모습을 본 떠 '교두(交頭)'라 이름을 붙였다.
- **세요 각시(바늘)**: 허리가 가늘어 '세요(細腰)'라는 이름을 붙였다.
- **청홍 각시(실)**: 여러 색을 가진 실을 본 떠 청홍흑백 각시이지만, 그냥 줄여서 청홍 각시라 불린다.
- **감토 할미(골무)** : 골무가 방한모 모양의 감토를 닮아 이름을 붙였다.
- **인화 부인(인두)**: 불에 달궈 사용한다 하여 '인화(引火)'라는 이름을 붙였다.
- **울 낭자(다리미)**: '다리다'는 의미의 한자 '울(尉)'에서 이름을 붙였다.

---

30 [모범답안]

ⓐ 모질고 질겨

ⓑ 몹시 작거나 가는

[바른해설]

ⓐ의 '흉완(凶頑)하여'에서 '흉완(凶頑)'은 '흉악하고 모짊'을 뜻하는 말로, 화자의 목숨이 '모질고 질겨' 일찍 죽지 못함을 표현하고 있다.

ⓑ의 '추호(秋毫) 같은'에서 '추호(秋毫)'는 원래 가을철에 털갈이하여 새로 돋아난 짐승의 가는 털을 의미하는데, 비늘이 '몹시 삭고 가는' 부리와 같음을 비유적으로 표현한 것이다.

[31~32]

갈래	현대 수필	특징	• 신화와 강의 사례를 소개하여 독자의 흥미를 유발함
성격	사색적, 교훈적		• 두뇌 과학자들의 연구를 제시해 내용의 신뢰성을 높임
제재	'나'와 '남'		• 보편적으로 경험할 법한 상황을 제시해 공감을 유도함
주제	너그러운 마음으로 '남'을 대하는 자세의 필요성		

31 [모범답안]

역할 바꾸기

[바른해설]

에밀리에 대한 학생들의 평가가 ⓐ에서 ⓑ로 달라진 것은 작중 인물인 에밀리를 그저 '남'이고, 그녀의 행위는 그저 괴팍스러운 '남'의 일이라고 단정해 버렸다가, 필자가 지도한 문학 작품 분석법인 '역할 바꾸기'를 통해 스스로 에밀리가 되어 그녀의 입장에서 다시 생각했기 때문이다.

32 [모범답안]

자신의 결점은 보지 못하고 남의 결점만 탓한다.

[바른해설]

윗글의 [A]는 프로메테우스가 인간을 빚으면서 타인의 결점은 목 앞쪽에 매단 보따리에, 자신의 결점은 뒤쪽에 매단 보따리에 채워 놓게 해 사람들이 자신의 결점을 보지 못하고 타인의 결점만 잘 보게 되었다는 내용이다. 그러므로 윗글의 작가는 프로메테우스 이야기를 통해 자신의 결점은 보지 못하고 남의 결점만 탓하는 인간의 이중적 성향을 우의적으로 드러내고 있다.

[33~34]

갈래	희곡, 장막극, 사실주의극	특징	• 평범한 한 가족의 몰락 과정을 통해 당대의 사회상을 집약적으로 나타냄 • 낡은 기와집과 고층 건물의 대비, 최 노인과 자식들의 대조를 통해 전통과 현대의 충돌을 드러냄
성격	사실적, 비극적, 현실 비판적		
배경	• 시간: 전쟁 직후(1950년대 후반) • 장소: 서울 종로 한복판		
주제	전쟁 직후의 혼란스러운 사회 속에서 일어나는 가족의 해체와 가치관의 변화		

33 [모범답안]
구세대와 신세대 모두 안정적으로 뿌리내리기 어려운 척박한 현실

[바른해설]
이 작품의 시간적 배경인 1950년대 중반은 한국 전쟁의 상처가 채 아물기 전인 혼란한 사회상으로 인해, 구세대는 새로운 문명과 서구화라는 사회의 변화에 적응하지 못하고, 신세대는 새로운 사회에 뿌리내리지 못하여 삶의 방향성을 상실해 가던 시기이다. 이러한 구세대와 신세대의 부적응은 평범한 한 가족의 비극적 몰락을 통해 '불모지'가 '구세대와 신세대 모두 안정적으로 뿌리내리기 어려운 척박한 현실'을 상징한다.

34 [모범답안]
세상의 변화를 인정하고 받아들이는 태도

[바른해설]
'세상이 밤낮으로 변해가는 시대'라는 경운의 말과 "옛날 일이 오늘에 와서 무슨 소용이 있어요?"라는 경재의 말을 통해 경운과 경재는 최 노인과 달리, '세상의 변화를 인정하고 받아들이는 태도'를 보이고 있음을 알 수 있다.

[35~36]

갈래	애니메이션	특징	• 원작의 서사를 충실히 따르면서 향토적 분위기를 잘 드러냄 • 원작에서 대화로 처리된 장면을 시각화하여 직접 보여 줌 • 아름다운 화면과 효과 음악을 통해 낭만적이고 서정적인 분위기를 연출함
성격	서정적, 낭만적		
배경	어느 여름 봉평 장터에서 대화 장터로 가는 산길		
주제	장돌뱅이 생활의 애환과 인간 본연의 애정		

35 [모범답안]
① 과거의 사건과 현재를 이어 주는
② 사건 전개에 필연성을 부여하는

[바른해설]
① 메밀꽃이 가득 핀 달밤이라는 배경은 허 생원에게 추억을 떠올리게 한다는 점에서 '과거의 사건과 현재를 이어 주는' 역할을 하고 있다.
② 밝은 달빛으로 인해 허 생원이 물방앗간에 들어가 성 서방네 처녀를 만나게 되었다는 점에서 '사건 전개에 필연성을 부여하는' 역할을 하고 있다.

36 [모범답안]
화제의 중심인물이 허 생원에서 동이로 바뀌고 있다.

[바른해설]
ⓐ에서는 뒤따라오고 있는 동이의 대화 참여가 제한되고 화제의 중심인물 또한 허 생원인 반면, ⓑ에서는 허 생원과 동이 사이의 소통이 원활

하게 이루어지고 있으며 화제의 중심인물 또한 '허 생원에서 동이'로 바뀌고 있다.

Ⅱ. 독서

[01~02]

주제	삼단 논법의 정의와 벤 다이어그램을 통한 타당성 파단	해제	이 글은 삼단 논법의 타당성을 벤 다이어그램으로 확인하는 방법을 설명하고 있다.
구성	• 1문단: 삼단 논법에 사용되는 명제의 네 가지 형식 • 2문단: 삼난 논법에 사용되는 세 개의 명사 • 3문단: 삼단 논법이 타당하기 위한 조건 • 4문단: 벤 다이어그램을 이용한 타당성 확인법 • 5문단: 벤 다이어그램을 이용한 타당성 확인 사례		

01 [모범답안]

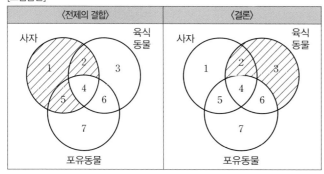

[바른해설]

〈전제의 결합〉

〈전제 1)의 '모든 사자는 육식 동물이다.'는 벤 다이어그램에서 사자인데 육식 동물이 아닌 1, 5 부분에 빗금을 친다.

〈전제 2)의 '모든 사자는 포유 동물이다.'는 벤 다이어그램에서 사자인데 포유 동물이 아닌 1, 2 부분에 빗금을 친다.

그러므로 〈전제 1)과 〈전제 2)의 결합은 1, 2, 5 부분에 빗금이 쳐진다.

〈결론〉

〈결론)의 '모든 육식 동물은 포유 동물이다.'는 벤 다이어그램에서 육식 동물인데 포유 동물이 아닌 2, 3 부분에 빗금을 친다.

02 [모범답안]

〈결론)의 3 부분이 〈전제의 결합)에 나타나 있지 않기 때문에 이 논증은 타당하지 못하다.

[바른해설]

〈전제의 결합)은 1, 2, 5 부분에 빗금이 있고 〈결론)은 2, 3 부분에 빗금이 있으므로, 〈결론)의 3 부분이 〈전제의 결합)에 나타나 있지 않다. 따라서 이 논증은 타당하지 못하다.

[03~04]

주제	형법상 과실의 개념과 과실범 처벌의 기준	해제	이 글은 형법상 과실의 개념과 처벌 규정을 소개하며 과실범의 성립 요건과 그 사례에 대해 설명하고 있다. 과실이란 구성 요건에 해당하는 행위를 비의도적으로 실현하여 법익을 침해하는 경우로, 의도적인 규범 불복종에 해당하는 고의와 구별된다. 우리나라 형법 제14조에서는 과실범의 성립 요건으로 '정상적으로 기울여야 할 주의를 게을리'함을 명시하고 있다. '주의를 게을리'함은 행위자가 주의 의무의 불이행으로 인해 예견하거나 피할 수 있었던 법익 침해의 결과를 초래한 경우를 말한다. '정상적으로 기울여야 할 주의'는 사회생활에서 요구하는 일정한 주의 의무를 말하는데, 주의 의무의 표준에 대한 견해로 객관설, 주관설, 절충설 등이 있다. 우리나라는 평균인 표준설이라고도 불리는 객관설을 따르는데, 이는 법 규범의 선도적·예방적 기능을 강화하고 행위자가 준수해야 할 주의 의무가 정형화·표준화되어 적용되도록 만든다는 장점이 있다. 다만, 일정한 위험이 수반되는 영역에 이러한 주의 의무를 적용하면 그 행위가 제한되고 사회 전체가 정체될 수 있다는 한계가 있다. 이러한 한계를 해결하기 위해 등장한 '허용된 위험' 이론은, 사회생활상 요구되는 주의 의무의 기준을 명문화한 규정에 따라 행위자가 필요한 안전조치를 충분히 한 경우에는 과실범으로 처벌할 수 없도록 한다.
구성	• 1문단: 형법상 범죄의 성립 요건 • 2문단: 고의와 과실의 비교 및 과실범의 처벌 규정 • 3문단: 과실의 개념 중 '주의를 게을리'함의 의미와 예 • 4문단: 과실의 개념 중 '정상적으로 기울여야 할 주의'의 의미와 표준 • 5문단: 주의 의무의 표준에 대한 세 가지 견해 • 6문단: 평균인 표준설의 장점과 한계 • 7문단: 주의 의무의 범위를 제한하는 '허용된 위험' 이론		

03 [모범답안]

의도적인, 간주된다

[바른해설]

㉮의 운전자가 사고를 낸 이유는 보복 운전이므로 고의에 해당하는 반면, ㉯의 운전자가 사고를 낸 이유는 수면 부족에 따른 졸음운전이므로 과실에 해당한다. 2문단에 따르면 '의도적인 규범 불복종에 해당하는 고의에 비해서 과실은 불법성이나 책임의 정도가 약한 것으로 간주된다.'라고 하였으므로, ㉮의 운전자와 ㉯의 운전자가 사고를 낸 이유를 기준으로 비교했을 때, ㉯의 행위가 ㉮의 행위보다 불법성이나 책임의 정도가 더 약한 것으로 간주된다.

04 [모범답안]

ⓐ 객관설

ⓑ '허용된 위험' 이론

ⓒ 주관설

[바른해설]

ⓐ 의사와 같이 고도로 전문화된 업무에서는 동일한 업무 종사자를 표준으로 삼는다는 객관설에 따르면, '갑'은 '을'의 복용 약물을 확인하여 복용 중단을 지시해야 한다. 그런데 '갑'이 실수로 '을'에게 수술 전 주의 사항에 해당하는 복용 중단 안내를 하지 않은 경우라면, 과실 책임이 인정된다고 볼 수 있다.

ⓑ '허용된 위험' 이론은 명문화된 기준에 따라 행위자가 필요한 안전 조치를 했다면 주의 의무를 다한 것이므로 과실범으로 처벌할 수 없다는 것이다. 따라서 의사 '갑'이 주의 의무를 다하였으나 환자 '을'이 '갑'의 지시를 어겨 사고가 발생한 것이라면, '갑'의 과실 책임은 인정되지 않는다고 볼 수 있다.

ⓒ 주관설은 동일한 업무와 직종에 종사하는 사람들을 표준으로 삼는 것이 아니라, 행위자 개개인의 주의 능력을 기준으로 하여 주의 의무 위반 유무를 판단하는 견해이다. 따라서 주관설에 따르면, 의사 '갑'에 대해 동일 업무의 종사자들과 비교하지 않고 행위자 개개인의 주의력을 기준으로 삼아서 과실 유무 및 과실의 경중을 판단한다고 볼 수 있다.

[해답 영역]

[05~06]

갈래	설명문	특징	• 사례를 열거하여 서원의 입지를 구체적으로 설명함
제재	서원의 입지 조건과 건물 배치		• 서원 건축의 의의를 성리학적 사고와 관련지어 설명함
주제	성리학적 세계관 및 자연관이 반영된 서원의 건축		

05 [모범답안]

서원 건축은 성리학적 가치관, 세계관, 자연관이 반영된 물리적 표상이다.

[바른해설]

윗글에 따르면 서원 건축은 성리학적 가치관인 '천인합일(天人合一)' 사상, 물과 산이 가까운 경관 좋은 곳에 서원을 건립하는 자연관 그리고 자연 경관을 이루는 나무, 돌, 물, 산 등에 성리학적 존재 가치를 부여하는 세계관 등을 반영하고 있다. 한 마디로 말하면, 서원 건축은 '성리학적 가치관, 세계관, 자연관이 반영된 물리적 표상'이라고 정의할 수 있다.

06 [모범답안]

ⓐ 사당 / ⓑ 서재 / ⓒ 동재 / ⓓ 강당

[바른해설]

윗글의 [A]에 따르면 건물 배치는 사당이 서원 영역 가장 뒤쪽에, 강당이 중간에 그리고 동재와 서재로 구성된 재사(齋舍)가 강당 앞쪽에 서로 마주보며 위치한다고 하였다. 그러므로 정문에서 가장 뒤쪽인 ⓐ에 '사당'이, 중앙인 ⓓ에 '강당'이 그리고 ⓑ와 ⓒ에 각각 '서재'와 '동재'가 서로 마주보고 위치한다.

[07~08]

갈래	설명문	특징	• 대조적인 관점을 지닌 주장과 비교하여 그 차이점을 부각함
제재	순자의 성악설		• 구체적인 상황을 가정하여 예를 듦으로써 설명 대상에 대한 이해를 도움
주제	순자의 성악설에서 설명한 인간의 마음 작용		

07 [모범답안]

ⓐ 선천적 / ⓑ 도덕적 / ⓒ 생리적

[바른해설]

• 공통점: 제시문에서 순자도 맹자와 마찬가지로 인간의 본성을 선천적인 것으로 규정하고 있다고 했으므로, ⓐ에 들어갈 말은 '선천적'이다.
• 차이점: 제시문에서 인간의 도덕적 측면에 주목한 맹자와 달리 순자는 배고프면 먹고 싶고, 추우면 따뜻하게 하고 싶고, 피곤하면 쉬고 싶은 인간의 자연적이고 생리적인 욕구에 주목했다고 했으므로, ⓑ와 ⓒ에 들어갈 말은 각각 '도덕적', '생리적'이다.

08 [모범답안]

① 위 / ② 려 / ③ 정 / ④ 성

[바른해설]

① '물을 마시고 싶었지만 어린이와 노인들이 먼저 물을 마실 수 있게 양보'한 것은 선택(사고 작용)이 끝난 후 개인적인 실천 의지에 따라 실행에 옮긴 것이므로 '위(僞)'의 단계라고 할 수 있다.
② '물이 조금밖에 없어서 일행 중에서 몇 명이나 물을 마실 수 있을지 헤아려 보았다'는 것은 감정이 생긴 뒤에 어떻게 할 것인가를 선택하는 사고 작용에 해당하므로 '려(慮)'의 단계라고 할 수 있다.
③ '우연히 오아시스를 발견하고 물을 마실 수 있다는 생각에 무척 기뻤다'는 것은 감정에 해당하므로 '정(情)'의 단계라고 할 수 있다.
④ '사막을 여행하는 중에 길을 잃어서 목이 타는 듯한 갈증'을 느끼는 것은 생리적 욕구에 대한 것이므로 '성(性)'의 단계라고 할 수 있다.

[09~10]

갈래	편지글, 서간문	특징	• 고흐의 창작 과정을 자세히 설명함 • 〈감자 먹는 사람들〉을 그린 고흐의 창작 의도를 이해할 수 있음 • 구체적인 작품을 통해 고흐의 예술관과 삶을 대하는 고흐의 태도를 엿볼 수 있음
성격	고백적, 설명적, 예시적		
제재	그림 〈감자 먹는 사람들〉		
주제	〈감자 먹는 사람들〉을 그린 과정 및 삶과 예술을 대하는 고흐의 태도		

09 [모범답안]

육체노동으로 정직하게 양식을 얻으며 살아가는

[바른해설]

제시문에서 고흐는 등불 아래에서 감자를 먹는 사람들이 접시로 들이미는 바로 그 손으로 땅을 팠다는 사실을 캔버스에 옮겨 보려 애썼고, 그 것은 그들이 육체노동으로 정직하게 양식을 얻었음을 말하고 싶었다고 하였다. 그러므로 등불 아래에서 감자를 먹는 사람들의 투박한 손을 그대로 표현한 것은 '육체노동으로 정직하게 양식을 얻으며 살아가는' 농민들의 모습을 사실적으로 드러내고자 한 것이라고 볼 수 있다.

10 [모범답안]

농촌 생활을 관례에 따라 곱게 다듬어 그리면 안 된다.

[바른해설]

제시문의 ㉠에서 '향수 냄새'란 도시의 생활을 대표하는 소재로서, ㉠은 농촌을 그린 그림에서 도시 느낌이 나면 좋은 그림이라고 볼 수 없다는 의미이다. 즉, 화가가 농촌 생활을 소재로 그림을 그릴 때 '농촌 생활을 관례에 따라 곱게 다듬어 그리면 안 된다.'고 주의를 당부한 것이다.

[11~12]

주제	이자의 정당성에 대한 인식	해제	이 글은 경제 환경에 따라 이자와 정당성에 대한 인식이 어떻게 변화해 왔는지에 대해 살펴보며 이자 성립의 근거가 무엇인지에 대해 설명하고 있다.
구성	• 1문단: 이자의 정당성에 대해 비판적이었던 고대와 중세의 경제사상 • 2문단: 이자의 정당성을 인식한 애덤 스미스 • 3문단: 이자의 정당성에 대한 클라크의 견해		

11 [모범답안]

ⓐ 자본재의 한계 생산량

ⓑ 평균 생산 기간

[바른해설]

제시문의 3문단에서 클라크는 우회 생산도를 '자본재의 한계 생산량'을 통해 측정이 가능하다고 보았고, 〈보기 1〉의 뵘바베르크는 우회 생산도를 측정하기 위해서 '평균 생산 기간'이라는 척도를 제시하였다.

12 [모범답안]

ⓐ 중간재 생산물의 집합

ⓑ 투입된 자본재의 양

[바른해설]

ⓐ 제시문의 3문단에 따르면 자본재는 상품을 생산하기 위해 사용되는 공장, 설비 등을 뜻한다. 즉 클라크는 상품의 생산성을 높이는 데 사용되는 '시설이나 도구' 등을 자본재로 보고 있다. 이와 달리 〈보기 1〉의 뵘바베르크는 자본재가 본원적 투입 요소가 아니고 상품을 생산하기 위해 사용되는 중간재 생산물의 집합으로 계산된다고 하더라도 시간이라는 요소를 고려해야 한다고 주장하고 있다. 뵘바베르크는 자본재가 '중간재 생산물의 집합'일 수 있음을 인정하고 있다.

ⓑ 제시문의 3문단에서 클라크는 자본재의 양이 1단위 증가함에 따라 증가하는 생산량을 자본재의 한계 생산량이라고 정의하고, '투입된 자본재의 양'에 따라 증가하는 자본재의 한계 생산량을 이자의 원천으로 제시했다고 하였다. 이와 달리 〈보기 1〉의 뵘바베르크는 생산에 소요되는 시간이라는 요소를 합쳐서 가중치를 구해야 하므로 '시간에 대한 대가'로 이자가 포함되어야 한다고 보았다.

[13~14]

갈래	논설문		사회가 다변화됨에 따라 평균을 대푯값으로 사용하기 어려워지고 있음을 말하며 다양한 변수와 양상을 고려하지 않은 채 평균을 자료를 대표하는 값이라고 판단하는 오류를 범하지 않기 위해 유의해야 할 점을 밝히고 있다.
성격	논증적, 설명적	해제	
제재	평균		
주제	평균 이외의 다양한 변수와 양상을 고려하여 자료의 의미를 바르게 파악하자.		

13 [모범답안]

대푯값

[바른해설]

자료의 다양한 변수와 양상을 고려하지 않고 '평균'을 '대푯값'으로 삼으면 사실에 대한 오해를 일으킬 수 있다. 이러한 문제점을 극복하기 위해서는 자료를 파악할 때 전체 자료의 다양한 변수와 양상을 세밀하게 살펴야 하며 자료의 범위를 정해 다양한 요소를 고려할 수 있어야 한다.

14 [모범답안]

ⓐ 일치 / ⓑ 작다 / ⓒ 차이 / ⓓ 크다

[바른해설]

'대칭 분포' 그래프에서는 평균값, 최빈수, 중앙값이 일치하거나 거의 유사하여 평균을 사용하였을 때 오해가 일어날 가능성이 작은 반면에, '오른쪽 꼬리 분포' 그래프에서는 오른쪽 꼬리 쪽에 위치한 값들의 크기와 빈도에 따라 최빈수, 중앙값, 평균값이 차이가 나기 때문에 평균을 사용하였을 때 오해가 일어날 가능성이 크다.

[15~16]

주제	몽타주 사용에 대한 예이젠시테인과 바쟁의 상반된 입장		영화의 초기 이론에서는 영화적 표현이 예술가의 목적을 가장 잘 나타낼 수 있는 의미화 작업이라는 입장과 현실을 충실하게 재현하는 작업이라는 입장이 대립하였다. 편집이 생산적 기능을 수행하며 영화에 필수적인 요소라고 주장하는 이론가들의 입장을 대변하는 예이젠시테인은 감독의 이데올로기에 따라 몽타주를 통해 새로운 의미를 만들어야 한다고 생각했다. 그는 각각의 숏을 대등한 수준으로 이용하는 중립화를 통해 감독이 원하는 의미를 얻는다고 보았으며, 영화에 나타나는 다양한 청각적 요소들인 말, 소음, 음악 등도 영상과 동등하게 사용되며 의미 형성에 기여한다고 생각했다. 이와 달리 바쟁은 몽타주가 하나의 의미나 결과만을 강요하여 현실에서 발생할 수 있는 모든 가능성을 광범위하게 재현할 수 없다고 생각하고 한정된 범위에서만 사용되어야 한다고 보았다. 그는 현실을 사실적으로 지각하고 반영하기 위해 영화의 기본적 요소들과 그것들의 상호 관계 및 사실적 결합 등을 강조하는 디프 포커스와 롱 테이크 기법에 주목했다.
구성	• 1문단: 영화의 초기 이론에 나타나는 영화적 표현과 관련한 상반된 입장 • 2문단: 편집을 필수적 요소 주장하며 몽타주를 활용한 예이젠시테인 • 3문단: 예이젠시테인이 중시한 중립화의 효용과 방식 • 4문단: 몽타주의 문제점을 인식하고 제한적 사용을 주장한 바쟁 • 5문단: 바쟁이 중시한 디프 포커스와 롱 테이크 기법	해제	

15 [모범답안]
몽타주 사용에 대한 예이젠시테인과 바쟁의 상반된 입장

[바른해설]
제시문에서 예이젠시테인은 감독의 이데올로기에 따라 몽타주를 통해 새로운 의미를 만들어야 한다고 생각한 반면, 바쟁은 몽타주가 하나의 의미나 결과만을 강요하여 현실에서 발생할 수 있는 모든 가능성을 광범위하게 재현할 수 없다고 생각하고 한정된 범위에서만 사용되어야 한다고 보았다. 그러므로 '몽타주 사용에 대한 예이젠시테인과 바쟁의 상반된 입장'이 제시문의 주제로 적절하다.

16 [모범답안]
일방적인 결과를 담은 숏(또는 하나의 결과만을 강요하는 숏)

[바른해설]
㉠ 다음에 이어지는 '그는 이 경우 몽타주가 하나의 의미나 결과만을 강요하여 현실에서 발생할 수 있는 모든 가능성을 광범위하게 재현할 수 없다고 생각한 것이다.'를 통해 바쟁이 ㉠에서 오직 사냥꾼이 패배하는 하나의 결과만을 보여주는 일방적인 숏의 제시를 비판하고 있음을 알 수 있다. 즉 바쟁은 맞수인 사냥꾼과 호랑이가 대결할 때 사냥꾼의 승리, 패배, 무승부 등 여러 가지 발생 가능성으로 인해 결과를 단정할 수 없는 상황이므로, 사냥꾼의 패배라는 하나의 결과를 강요하는 숏을 제시하지 말아야 한다고 여길 것이다.

[17~18]

갈래	설명문	특징	• 편의점의 성장 비결을 영업시간, 매장의 지리적 위치, 운영 시스템, 디자인 등 여러 측면에서 분석함 • 편의점을 도시 문화의 산물이자 도시인들에게 잘 어울리는 상업 공간으로 파악함 • 편의점의 운영 시스템 이면에 존재하는 주인과 점원의 기계적 노동을 비판적으로 분석함
성격	설명적, 분석적, 비판적		
제재	편의점		
주제	편의점을 둘러싼 소비 문화 현상의 특징과 그 이면의 시스템에 대한 비판		

17 [모범답안]
'24시간'이라는 영업시간['24시간' 영업]
유연화 전략

[바른해설]
편의점이 다른 판매점에 비해 매년 성장할 수 있었던 경쟁력의 원천 두 가지는 제시문의 세 번째 단락에서 설명하고 있는 '24시간'이라는 영업시간과 마지막 단락에서 설명하고 있는 '유연화 전략' 때문이다.

18 [모범답안]
규모의 경제

[바른해설]
제시문의 첫 번째 단락에 언제부터인가 구멍가게가 자취를 감추기 시작했는데, 슈퍼마켓이 그 자리에 들어서 규모와 가격으로 세력을 확장했고, 그 슈퍼마켓마저 얼마 전부터는 대형 할인점에 밀려나고 있다고 설명하고 있다. 이는 규모와 가격에 의한 세력 확장 즉, '규모의 경제'를 원인으로 하며, 〈보기〉의 "생산요소 투입량의 증대(생산규모의 확대)에 따른 생산비 절약 또는 수익 향상의 이익"을 뜻한다.

[19~20]

갈래	논설문		
성격	예시적, 인용적, 설득적		• 여러 인류학자의 말을 인용하여 설득력을 높임
제재	문화의 합리성	특징	• 다양한 사회·문화적 현상을 예로 들어 독자의 이해를 도움
주제	사회·문화적 맥락에서 저마다의 합리성을 가지고 있는 문화		

19 [모범답안]

자신이 속한 문화의 합리성 관념을 기준으로 다른 문화와 관습을 바라보기 때문이다.

[바른해설]

제시문의 마지막 문단에서 어떤 관습을 비합리적이라고 치부하는 일은 대개 자신이 속한 문화의 합리성 관념을 기준으로 다른 문화와 관습을 바라보는 데에서 비롯하는 경우가 많다고 서술하고 있다. 그러므로 〈보기〉의 ⓐ처럼 다른 나라의 소비문화에 대해 비합리적이라고 치부하는 일은 '자신이 속한 문화의 합리성 관념을 기준으로 다른 문화와 관습을 바라보기 때문'이라고 할 수 있다.

20 [모범답안]

① 지위 경쟁이나 과시를 위해

② 친족 집단의 공동체적 의무를 다하기 위해

[바른해설]

제시문의 [A]에 따르면 친족 중심의 사회에서 집단의 의례 비용에 많은 돈을 지출하는 이유를 파악하려면 이들 사회에서 자신들의 위세를 유지하기 위해 소비하는 행동의 중요성을 이해해야 한다고 인류학자들은 말하고 있다. 즉 그들은 이러한 이익을 위해서가 아니라 ①'지위 경쟁이나 과시를 위해', 그리고 ②'친족 집단의 공동체적 의무를 다하기 위해' 성대한 잔치를 벌이는 것을 당연하게 생각한다고 보고 있다.

[21~22]

주제	초연결 사회에서 현대인이 겪는 문제 상황 해결에 도움이 되는 책 읽기의 순기능		이 글은 책 읽기의 순기능이 초연결 사회에서 현대인들이 겪고 있는 문제 상황에 대한 해결책이 될 수 있음을 보여 준다. 정보 통신망과 인공 지능의 발달로 초연결 사회를 살아가고 있는 현대인들은 디지털 기기에 과몰입하게 되면서 공감 능력 결여 및 주체적 판단력 저하, 집중력 약화, 의존적 성향 등의 문제 상황을 겪게 되었다. 그런데 책 읽기는 현대인들이 디지털 미디어와의 자발적인 거리 두기를 통해 주변과 소통하게 하고, 올바른 현실 인식을 통해 주체적으로 판단하게 하며, 긴 글을 읽고 사고할 수 있는 집중력을 갖추도록 해 주고, 의존적 성향에서 벗어나 자기 자신에게 주목하도록 도움을 줄 수 있기 때문에 현대인들이 겪는 문제 상황에서 벗어나는 데 긍정적으로 기능할 수 있다.
구성	• 1문단: 초연결 사회가 현대인에게 끼치는 부정적 영향 • 2문단: 책 읽기의 순기능 1 – 공감 능력 및 주체적 판단력 회복 • 3문단: 책 읽기의 순기능 2 – 긴 글을 읽고 사고하는 집중력 강화 • 4문단: 책 읽기의 순기능 3 – 의존적 성향의 극복	해제	

21 [모범답안]

ⓐ 공감 능력 및 주체적 판단력 회복

ⓑ 긴 글을 읽고 사고하는 집중력 강화

ⓒ 의존적 성향의 극복

[바른해설]

ⓐ 2문단의 마지막 문장에서 '그 과정에서 형성된 올바른 현실 인식은 공감 능력과 주체적 판단력의 토대가 된다.'를 통해 '공감 능력 및 주체적 판단력 회복'이 책 읽기의 첫 번째 순기능임을 밝히고 있다.

ⓑ 3문단의 첫 문장에서 '초연결 사회에서 책 읽기는 현대인이 긴 글을 읽고 사고하는 집중력을 갖추도록 도울 수 있다.'를 통해 '긴 글을 읽고 사고하는 집중력 강화'가 책 읽기의 두 번째 순기능임을 밝히고 있다.

ⓒ 4문단의 첫 문장에서 '초연결 사회에서 책 읽기는 현대인이 스스로 선택한 고독의 시간을 통해 의존적 성향에서 벗어나 혼자서도 외로움을 이겨 내는 힘을 기르도록 이끌 수 있다.'를 통해 '의존적 성향의 극복'이 책 읽기의 세 번째 순기능임을 밝히고 있다.

22 [모범답안]

긴 글을 종합적으로 사고하며 읽을 기회를 얻기에 유리하다.

[바른해설]

3문단에서 디지털 미디어에 실린 글을 읽는 경우에는 깊이가 없는 단편적인 정보들이 과도하게 쌓여 정보를 깊이 있게 습득하지 못하는 상황이 나타나기 쉬워서, 그 결과 한 권의 책을 읽는 경우와는 다르게 긴 글을 읽고 중요한 내용을 요약하거나, 지속성 있게 종합적으로 사고하는 능력이 점차 저하되는 문제가 발생하고 있다는 내용을 확인할 수 있다. 그러므로 한 권의 책을 읽는 경우가 디지털 미디어에 실린 글을 읽는 경우보다 '긴 글을 종합적으로 사고하며 읽을 기회를 얻기에 유리하다'고 볼 수 있다.

[23~24]

주제	반도체의 원리를 활용한 트랜지스터의 구조와 증폭 원리	해제	이 글은 반도체의 전기적 성질을 바탕으로 반도체가 접합되어 이루어진 트랜지스터의 증폭 효과에 대해 설명하고 있다.
구성	• 1문단: 전류의 흐름과 고체의 에너지 상태 • 2문단: 도체 · 부도체 · 반도체의 전기적 성질 • 3문단: 외인성 반도체인 n형 반도체와 p형 반도체의 전기적 원리 • 4문단: 트랜지스터의 구조 • 5문단: npn형 트랜지스터 증폭 효과의 발생 원리		

23 [모범답안]

ⓐ 공여체
ⓑ p형 반도체의 원자가띠에 정공이 생겨 양전하를 옮길 수 있게 된다.
ⓒ n
ⓓ p

[바른해설]

제시문에 따르면 외인 반도체는 첨가된 불순물의 종류에 따라 n형 반도체와 p형 반도체로 구분한다. n형 반도체의 경우 일부 전자가 전도띠에 존재하기 때문에 음전하를 띤 자유 전자가 전하를 옮길 수 있게 되는데, 이렇게 반도체에 전자를 추가 공급하는 불순물을 '공여체'라고 한다. 그러므로 ⓐ에는 '공여체', ⓒ에는 'n'이 들어갈 말로 적합하다. 반면 p형 반도체에 첨가되는 불순물을 '수용체'라고 하는데, 진성 반도체에 수용체를 첨가하면 원자가띠의 전자가 일부 부족해짐으로써 p형 반도체의 원자가띠에는 정공이 생기게 되어 양전하를 옮길 수 있게 된다. 그러므로 ⓑ에는 'p형 반도체의 원자가띠에 정공이 생겨 양전하를 옮길 수 있게 된다.'가, ⓓ에는 'p'가 들어갈 말로 적합하다.

24 [모범답안]

ⓐ E의 전자들은 양극으로 이동하고, B의 정공들은 음극으로 이동하기
ⓑ C의 전자들은 양극으로 몰리고, B의 정공들은 음극으로 몰리기

[바른해설]

ⓐ B에 양극, E에 음극을 연결하면 'E의 전자들은 양극으로 이동하고, B의 정공들은 음극으로 이동하기' 때문에 n형 반도체에서 p형 반도체로 전류가 흐른다.

ⓑ C에 양극, B에 음극을 연결하면 'C의 전자들은 양극으로 몰리고, B의 정공들은 음극으로 몰리기' 때문에 p형 반도체에서 n형 반도체로 전류가 흐르지 않는다.

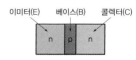

[25~26]

갈래	설명문	특징	• 시간의 흐름에 따라 글의 내용을 전개함
제재	결핵		• 과학자들의 연구 과정을 인과 관계에 따라 분석적으로 제시함
주제	결핵 치료법을 찾아내기 위한 과학자들의 치열한 연구		• 제재와 관련하여 우리나라의 현실 상황을 진단함

25 [모범답안]

ⓐ 결핵이 감염병임을 증명함

ⓑ 결핵의 원인균을 발견함

ⓒ 결핵의 예방 백신을 개발함

[바른해설]

ⓐ 1865년 프랑스의 뷔유맹은 결핵으로 사망한 사람의 병터를 토끼의 몸에 주입하는 실험을 통해 결핵이 감염병임을 증명했다.

ⓑ 1882년 독일의 코흐가 결핵의 원인균을 분리하는 데 성공함으로써 드디어 인류가 결핵에서 해방될 수 있는 실마리가 제공되었고, 같은 방법으로 1883년에 콜레라의 원인균도 찾아냈다.

ⓒ 1906년 프랑스의 칼메트와 게랭은 비시지(BCG)라는 백신을 개발함으로써 결핵 예방의 길을 텄다.

26 [모범답안]

독성을 완전히 제거한 소 결핵균을 배양하였다.

[바른해설]

제시문의 [A]에서 소 결핵균도 인체에 유해하므로 독성을 줄여야 했고, 칼메트는 수의사 게랭과의 공동 연구를 통해 소 결핵균을 수대에 길저 연속 배양 히여 1921년에 비로소 '독성을 완전히 제거한 소 결핵균을 배양해 낼 수 있었다'고 설명하고 있다.

[27~28]

갈래	설명문	해제	• 월석을 분석하기 전까지 달의 기원을 설명하던 세 가지 이론을 소개하고 반증 사례로 기존 이론이 어떤 점에서 타당하지 않은지를 설명하고 있다.
성격	논증적		
제재	달의 생성		• 월석의 분석 결과 제시된 '새로운 충돌설'을 소개하고 이 이론에서 달의 생성을 어떻게 입증하는지를 제시하고 있다.
주제	달의 생성 기원에 관한 여러 이론의 타당성 검토		

27 [모범답안]

ⓐ 월석의 화학 성분이 지구 암석의 성분과 매우 비슷하다.

ⓑ 지구와 달이 같은 물질에서 동시에 만들어지지 않았다.

[바른해설]

제시문에 따르면 달 암석의 성분을 분석한 과학자들은 먼저 월석의 화학 성분이 지구 암석의 성분과 매우 비슷해서, 달이 지구와 다른 장소에서 형성되었을 것이라는 가설을 제외할 수 있었다고 하였다. 그러므로 ⓐ에 들어갈 〈논거〉는 '월석의 화학 성분이 지구 암석의 성분과 매우 비슷하다.'이다. 또한 달의 조성이 지구의 조성과 똑같지는 않기 때문에 지구와 달이 같은 물질에서 동시에 만들어지지도 않았다고 결론지을 수 있었다고 하였다. 그러므로 ⓑ에 들어갈 〈결론〉은 '지구와 달이 같은 물질에서 동시에 만들어지지 않았다.'이다.

28 [모범답안]

달의 성분 중에는 지구의 성분과 같은 것도 있지만 다른 것도 있을 것이다.

[바른해설]

제시문에 따르면 '예전의 충돌설'에서는 커다란 운석이 지구에 충돌하면서 태평양 지역의 물질이 공간으로 날아올라 갔고 이 물질들이 서로 뭉쳐 달이 만들어졌다고 주장했다. 따라서 달의 성분이 지각의 성분과 같을 것이라고 생각했다. 그러나 월석을 분석한 후 새롭게 등장한 충돌설에서는 화성 크기의 천체가 지구와 충돌하면서 지구에서 방출된 물질에 이 천체가 가지고 있던 물질이 첨가되었다고 본다. 따라서 달의 성분 중에는 지구와 같은 것도 있지만 다른 것도 있을 것이라고 추론할 수 있다.

[29~30]

갈래	설명문	특징	• '진화론'에 관한 일반적인 통념에 대해 문제를 제기하고, 근거를 제시하여 통념을 반박함 • 다윈과 관련한 일화를 소개하여 논지를 강화함 • 유추, 예시, 대조, 인용의 방법으로 내용을 전개함
성격	설명적, 체계적		
제재	진화론		
주제	생태계의 진화는 변이의 다양성과 공생, 공존과 화합의 원리로 이루어진다.		

29 [모범답안]

ⓐ 진화

ⓑ 변이

[바른해설]

'진화'는 생물이 생명의 기원 이후부터 점진적으로 변해 가는 현상을 말하고, '변이'는 같은 종에서 성별이나 나이와 관계없이 모양과 성질이 다른 개체가 존재하는 현상을 말한다. 다윈은 많은 사람들이 오해하고 있는 것과 달리, 진화론에서 적자생존과 약육강식의 '진화'보다 자연선택에 의한 '변이'의 다양성에 주목하였다.

30 [모범답안]

변이의 다양성

[바른해설]

제시문의 [A]에서 다윈은 변이가 쌓여 점차 환경에 더 잘 적응된 방식으로 변화한다고 생각했지만, '더 잘 적응한 방식'이 오지 '한 가지 방식'뿐이라고 말한 적은 없으며, 오히려 자연 선택의 다양성에 대해 더 많은 주의를 기울였다고 하였다. 그러므로 빈칸 ㉠에 들어갈 말은 '변이의 다양성'이다.

[31~32]

갈래	선언문, 포고문	특징	• 유교적 윤리를 바탕으로 하여 당시의 현실을 비판함 • 중국 고사의 말을 인용하여 글쓴이의 주장을 강화함 • 설의적 표현을 활용하여 말하고자 하는 바를 강조함
제재	벼슬아치들의 학정		
주제	보국안민을 내세워 봉기하는 뜻을 널리 알림		

31 [모범답안]

동학 농민 운동

[바른해설]

전봉준, 손화중, 김개남은 모두 동학 농민 운동 당시 농민군을 이끌었던 지도자들로, 제시문의 『무장 포고문』은 농민 지도부가 무장현에서 재봉기를 선언하면서 발표한 글이다. 제시문은 농민 봉기를 하게 된 시대적 배경과 당시의 현실에 대한 글쓴이의 비판적 인식이 담긴 글로, 동학 농민 운동의 성격과 의의가 함축적으로 잘 드러나 있다.

32 **[모범답안]**
보국안민

[바른해설]
위 제시문의 마지막 단락에서 '온 나라 사람이 마음을 함께하고 수많은 백성이 뜻을 모아 지금 의로운 깃발을 들어 보국안민을 생사의 맹세로 삼노라'라고 하며 의병들의 봉기 목적을 밝히고 백성들의 동참을 촉구하고 있다. 그러므로 의병들의 봉기 목적을 대표하는 핵심어는 '나라를 어려움에서 구해 내고 백성을 편하게 한다.'는 뜻의 '보국안민'이다.

[33~34]

갈래	논설문	특징	• 사회 문제가 발생한 원인을 분석하여 자신의 주장에 대한 근거로 제시함
성격	설득적, 비판적		• 다른 사람의 글을 인용함으로써 주장의 설득력을 높임
제재	놀이터		
주제	도전과 모험이 가능한 놀이터의 필요성		

33 **[모범답안]**
아이들의 도전 정신[모험심]을 자극할 만한

[바른해설]
제시문의 글쓴이는 단순히 올랐다가 미끄러져 내려오는 기능밖에 없는 미끄럼틀을 예로 들어 아이들이 놀이터에서 지루함을 느낄 때 사고의 위험성은 더욱 증가한다고 말한다. 따라서 글쓴이의 의견을 고려해 볼 때, @에 대한 해결 방안은 아이들의 도전 정신이나 모험심을 자극할 만한 다양한 놀이 기구를 추가로 설치하는 것이다. 그러므로 괄호에 들어갈 적절한 표현은 '아이들의 도전 정신[모험심]을 자극할 만한'이다.

34 **[모범답안]**
• 아이들 스스로 자유롭게 놀 수 있는 곳
• 안전하지만 도전과 모험을 할 수 있는 곳
• 진취적인 행동과 긍정적인 사고를 키워 나갈 수 있는 곳

[바른해설]
제시문의 [A]에서 글쓴이는 놀이는 도전을 의미한다고 말하며, 아이들이 스스로 자유롭게 놀 수 있는 공간으로서의 놀이터가 필요하다고 말한다. 또한 [B]에서 놀이터가 아이들의 진취적인 행동과 긍정적인 사고를 키워 나갈 수 있는 공간이자 안전하지만 도전하고 모험할 수 있는 공간이어야 함을 강조하고 있다.

[35~36]

갈래	논설문	특징	• 군주가 갖추어야 할 자질을 설득력 있는 태도로 밝힘
제재	군주의 자질		• 인간 본성을 냉정하고 객관적으로 분석함
주제	군주는 두려운 존재가 되어야 한다.		• 역사적 인물을 근거로 들어 자신의 주장을 뒷받침함

35 **[모범답안]**
사랑보다 두려움을 느끼게 하되 미움을 받지 말아야 한다.

[바른해설]
제시문의 네 번째 문단에서 글쓴이는 현명한 군주는 자신을 두려운 존재로 만들되, 비록 사랑은 받지 못하더라도 미움을 받는 일은 피해야 한다고 주장하고 있다. 즉, '사랑보다 두려움을 느끼게 하되 미움을 받지 말아야 한다.'가 현명한 군주의 요건에 해당한다.

36 [모범답안]
타인의 재산을 빼앗는 일

[바른해설]
제시문의 네 번째 문단에서 군주가 시민과 신민들의 재산과 그들의 부녀자들에게 손을 대는 일을 삼가면 미움을 받지 않으면서도 두려움을 느끼게 하는 것이 얼마든지 가능하다고 하였다. 또한 인간이란 어버이의 죽음은 쉽게 잊어도 재산의 상실은 좀처럼 잊지 못하기 때문에 무엇보다도 타인의 재산에 손을 대어서는 안 된다고 경계하고 있다.

PART1 국어

PART 2 수학

PART 3 해답

수학

[수학 I]

I. 지수함수와 로그함수

01 [모범답안]

함수 $y=f(x)$, $y=g(x)$의 그래프의 점근선이 일치하므로 $y=g(x)$의 점근선 $y=b$와 $y=f(x)$의 점근선 $y=-2$는 같다.

$\therefore b=-2$

$f(1)=2(a-1)$, $g(1)=9+b=7$이므로

$|2(a-1)-7|=|2a-9|=9$

$\therefore a=0$ 또는 $a=9$

$a>0$이므로

$\therefore a=9$

따라서

$ab=-18$

02 [모범답안]

$a^{b^3+\frac{a}{b}}=2^{\frac{1}{b}}$에서 $\left(a^{b^3+\frac{a}{b}}\right)^b=\left(2^{\frac{1}{b}}\right)^b$,

$a^{\left(b^3+\frac{a}{b}\right)\times b}=2^{\frac{1}{b}\times b}$

$a^{b^4+a}=2$ ...... ㉠

$a^{\frac{1}{b}}=4^{b^3-\frac{a}{b}}$에서 $\left(a^{\frac{1}{b}}\right)^b=\left(4^{b^3-\frac{a}{b}}\right)^b$,

$a^{\frac{1}{b}\times b}=4^{\left(b^3-\frac{a}{b}\right)\times b}$

$a=4^{b^4-a}$ ...... ㉡

㉡을 ㉠에 대입하면 $\left(4^{b^4-a}\right)^{b^4+a}=2$

$4^{(b^4-a)\times(b^4+a)}=4^{b^8-a^2}=(2^2)^{b^8-a^2}=2^{2(b^8-a^2)}=2$

따라서 $2(b^8-a^2)=1$

03 [모범답안]

$3^x\times\left(\frac{1}{5}\right)^y=1$에서 $3^x=5^y$이므로

$3^x=5^y=k$라 하면 $k^{\frac{1}{x}}=3$, $k^{\frac{1}{y}}=5$

또한

$\frac{1}{x}+\frac{1}{y}=2$이므로 $k^{\frac{1}{x}}\times k^{\frac{1}{y}}=k^{\frac{1}{x}+\frac{1}{y}}=k^2=15$

$\therefore k=\sqrt{15}$

따라서 구하고자 하는 값은

$9^x\times25^y=(3^x)^2\times(5^y)^2=k^2\times k^2=225$

04 [모범답안]

함수 $y=x^{\log2}\times2^{\log x}-3\times x^{\log2}+13\times2^{\log\frac{1}{100}}$을 정리하면

$x^{\log2}\times2^{\log x}-3\times x^{\log2}+13\times2^{\log\frac{1}{100}}$

$=(2^{\log x})^2-3(2^{\log x})+13\times2^{-2}$

이때 $2^{\log x}=t$라고 하면 t값의 범위는 $1\leq t\leq4$이고

함수 $y=t^2-3t+\frac{13}{4}=\left(t-\frac{3}{2}\right)^2+1$

따라서 주어진 함수는 $t=4$일 때 최댓값 $M=\frac{29}{4}$를 갖고,

$t=\frac{3}{2}$일 때 최솟값 $m=1$을 갖는다.

$\therefore M+m=\frac{33}{4}$

05 [모범답안]

이차방정식 $x^2-3x+1=0$에서

근과 계수의 관계를 이용하면

$\alpha+\beta=3$, $\alpha\beta=1$

따라서

$\log\frac{\alpha+1}{\beta}+\log\frac{\beta+1}{\alpha}=\log\frac{\alpha+1}{\beta}\times\frac{\beta+1}{\alpha}$

$=\log\frac{(\alpha+1)(\beta+1)}{\alpha\beta}$

$=\log\frac{\alpha\beta+\alpha+\beta+1}{\alpha\beta}$

$=\log\frac{1+3+1}{1}=\log5$

06 [모범답안]

$\log_3\frac{5}{8}+\log_3\frac{36}{5}-\log_3\frac{1}{6}$

$=\left(\log_3\frac{5}{8}+\log_3\frac{36}{5}\right)-\log_3\frac{1}{6}$

$=\log_3\left(\frac{5}{8}\times\frac{36}{5}\right)-\log_3\frac{1}{6}=\log_3\frac{9}{2}-\log_3\frac{1}{6}$

$=\log_3\left(\frac{9}{2}\times6\right)=\log_327=\log_33^3=3$

07 [모범답안]

함수 $y=(\log_3x)^2-2\log_3x-3$에서 $\log_3x=t$라고 하면

$y=t^2-2t-3$이고 t값의 범위는 $-1\leq t\leq2$

$y=t^2-2t-3=(t-1)^2-4$이므로 꼭짓점이 $(1,-4)$이고 아래로 볼록한 이차함수이다.

따라서
주어진 함수의 최댓값은 $t=-1$일 때 0
주어진 함수의 최솟값은 $t=1$일 때 -4

08 [모범답안]

등식 $\dfrac{\log a+\log b}{2}=\log\dfrac{a+b}{p}$에서

$\log a+\log b=\log ab$이므로

$\log ab=2\log\dfrac{a+b}{p}$, $\log ab=\log\left(\dfrac{a+b}{p}\right)^2$

$ab=\left(\dfrac{a+b}{p}\right)^2=\dfrac{a^2+2ab+b^2}{p^2}=\dfrac{12ab}{p^2}$

$\therefore p^2=12$

09 [모범답안]

$\dfrac{3^x-3^{-x}}{3^x+3^{-x}}$의 분모, 분자에 3^x을 곱하면

$\dfrac{3^x(3^x-3^{-x})}{3^x(3^x+3^{-x})}=\dfrac{9^x-1}{9^x+1}=\dfrac{1}{3}$, $3\times 9^x-3=9^x+1$

$\therefore 9^x=2$

한편

$\dfrac{3^x+3^{-x}}{27^x+27^{-x}}$의 분모, 분자에 3^x을 곱하면

$\dfrac{3^x(3^x+3^{-x})}{3^x(27^x+27^{-x})}=\dfrac{9^x+1}{9^{2x}+9^{-x}}=\dfrac{2+1}{4+\dfrac{1}{2}}$

$\therefore \dfrac{2}{3}$

10 [모범답안]

x에 대한 이차방정식 $x^2+ax-6=0$의 판별식을 D라 하면

$D=a^2-4\times 1\times(-6)=a^2+24>0$이므로

이차방정식 $x^2+ax-6=0$은 서로 다른 두 실근을 갖는다.

두 실근을 α, $\beta\,(\alpha<\beta)$라 하면 이차방정식의 근과 계수의 관계에 의하여

$\alpha\beta=-6<0$이므로 $\alpha<0$, $\beta>0$이다.

그러므로 $A=\{\beta\}$

$\log_5 y$가 정의되기 위해서는

$y>0$ …… ㉠

$\log_y 7$이 정의되기 위해서는

$y>0$, $y\neq 1$ …… ㉡

$\log_5 y$와 $\log_y 7$이 정의되면

$\log_5 y\times\log_y 7=\log_5 7$이므로

㉠, ㉡에 의하여

$B=\{y\,|\,y>0, y\neq 1, y$는 실수$\}$

집합 A가 집합 B의 부분집합이 아니므로 $\beta=1$

따라서 $1^2+a\times 1-6=a-5=0$이므로

$a=5$

11 [모범답안]

함수 $y=2+\log_3 kx+2k$에서 $k>0$이므로

$2+\log_3(kx+2k)=2+\log_3 k(x+2)$
$\qquad\qquad\qquad\quad =2+\log_3 k+\log_3(x+2)$

따라서 주어진 함수는 $y=\log_3 x$를 x축으로 -2만큼, y축으로 $2+\log_3 k$만큼 평행이동한 그래프와 같다.

이때 제2사분면을 지나지 않으려면 $x=0$일 때 $y\leq 0$인 조건을 만족시켜야 하므로

$2+\log_3 k+\log_3(0+2)\leq 0$, $\log_3 2k\leq -2$

$\therefore k\leq\dfrac{1}{18}$이므로 k의 최댓값은 $\dfrac{1}{18}$

12 [모범답안]

$\log_2|x-3|<3$에서

$\quad |x-3|<8$, $-8<x-3<8$, $x\neq 3$이므로

$\quad\therefore -5<x<3$, $3<x<11$

따라서 이를 만족시키는 정수 x의 개수는 14개

13 [모범답안]

함수 $f(x)=\dfrac{1}{2}\times\left(\dfrac{1}{3}\right)^x-\dfrac{1}{2}$는 감소함수이므로

$-2\leq x\leq -1$의 범위에서 $x=-2$일 때 최댓값을, $x=-1$일 때 최솟값을 갖는다.

따라서

$f(x)$의 범위는 $\dfrac{1}{2}\times\left(\dfrac{1}{3}\right)^{-1}-\dfrac{1}{2}\leq f(x)\leq\dfrac{1}{2}\times\left(\dfrac{1}{3}\right)^{-2}-\dfrac{1}{2}$

$\therefore 1\leq f(x)\leq 4$

반면,

함수 $g(x)=\log_2 x$는 증가함수이므로 $1\leq f(x)\leq 4$의 범위에서 1일 때 최솟값을, 4일 때 최댓값을 갖는다.

따라서

$(g\circ f)(x)$의 범위는 $\log_2 1\leq(g\circ f)(x)\leq\log_2 4$,

$0\leq(g\circ f)(x)\leq 2$

$\therefore 0\leq(g\circ f)(x)\leq 2$

14 [모범답안]

$\dfrac{2a}{\log_a b}=\dfrac{b}{4\log_b a}=\dfrac{2a+b}{5}=k$라고 하면

$2a=k\log_a b$, $b=4k\log_b a$, $2a+b=5k$

따라서

$k\log_a b+4k\log_b a=5k$, $\log_a b+4\log_b a=5$

$\log_a b=t$라고 하면 $\log_b a=\dfrac{1}{t}$이므로

$t+\dfrac{4}{t}=5$, $t^2-5t+4=0$, $(t-1)(t-4)=0$

$t\neq 1$이므로 $t=4$

$\therefore 15\log_a b=15\times 4=60$

15 [모범답안]

두 함수 $y=2^x$, $y=\log_2 x$의 x값에 n을 대입하여 a, b값을 구하면 $a=2^n$, $b=\log_2 n$

a의 값이 한 자리 자연수인 경우 $a-b$는 두 자리 자연수일 수 없으므로 a는 최소한 두 자리의 자연수이어야 한다.

한편 $n=7$일 때 $a-b=2^7-\log_2 7$로 $a-b$가 두 자리의 자연수인 조건을 만족시키지 못한다.

따라서 $n=4, 5, 6$

이때, b의 값이 자연수가 될 수 있는 경우는 $n=4$일 때만 가능하므로

$a=2^4=16$, $b=\log_2 4=2$

$\therefore a+b=16+2=18$

16 [모범답안]

곡선 $y=2^{x+5}$을 x축의 방향으로 a만큼 평행이동한 곡선은

$y=2^{(x-a)+5}=2^{x-a+5}$이므로 $f(x)=2^{x-a+5}$

곡선 $y=\left(\dfrac{1}{2}\right)^{x+7}$을 x축의 방향으로 a^2만큼 평행이동한 곡선은

$y=\left(\dfrac{1}{2}\right)^{(x-a^2)+7}=\left(\dfrac{1}{2}\right)^{x-a^2+7}$이고,

이 곡선을 y축에 대하여 대칭이동한 곡선은

$y=\left(\dfrac{1}{2}\right)^{(-x)-a^2+7}=(2^{-1})^{-x-a^2+7}=2^{x+a^2-7}$이므로

$g(x)=2^{x+a^2-7}$

모든 실수 x에 대하여 $f(x)=g(x)$이므로

$2^{x-a+5}=2^{x+a^2-7}$

$-a+5=a^2-7$, $a^2+a-12=0$,

$(a-3)(a+4)=0$

$a<0$이므로 $a=-4$

17 [모범답안]

부등식 $3^{x^2+4\log_3 a}\geq a^{-2x}$의 양변에 밑이 3인 로그를 취하면

$(x^2+4\log_3 a)\log_3 3\geq -2x(\log_3 a)$,

$x^2+2x\log_3 a+4\log_3 a\geq 0$

이때 이 부등식은 모든 실수 x에 대하여 성립하므로 판별식 $D\leq 0$의 조건을 만족시켜야 한다.

따라서

$\dfrac{D}{4}=(\log_3 a)^2-4\log_3 a\leq 0$, $(\log_3 a)(\log_3 a-4)\leq 0$

$0\leq\log_3 a\leq 4$, $1\leq a\leq 81$

$\therefore$ 최댓값 a는 81

18 [모범답안]

점 P와 점 Q의 x좌표를 각각 t, $2t$라 하면

$y=k\times 2^x$에서

(i) $2^{-t}=k\times 2^t$, $k=2^{-2t}$

(ii) $-4\times 2^{2t}+9=k\times 2^{2t}$, $(4+k)\times 2^{2t}=9$이므로

$k=2^{-2t}$를 대입하면 $(4+2^{-2t})\times 2^{2t}=9$,

$4\times 2^{2t}+1=9$

$\therefore 2^{2t}=2$

따라서 (i), (ii)에 의해 $k=\dfrac{1}{2}$이므로

$20k=10$

19 [모범답안]

$\log_x z:\log_y z=2:1$에서

$\log_x z=2\log_y z$, $\log_x z=2\dfrac{\log_x z}{\log_x y}$

$\therefore \log_x y=2$(단, $\log_x z\neq 0$)

따라서

$\log_x y+\log_y x=\log_x y+\dfrac{1}{\log_x y}=2+\dfrac{1}{2}=\dfrac{5}{2}$

20 [모범답안]

$g(x)=3^x$, $h(x)=\log_2 x$라 하면

$f(x)=g(x)h(x)$

$2\leq x\leq 4$에서 함수 $g(x)$의 최댓값과 최솟값은 각각

$g(4)=3^4=81$, $g(2)=3^2=9$

$2\leq x\leq 4$에서 함수 $h(x)$의 최댓값과 최솟값은 각각

$h(4)=\log_2 4=2$,

$h(2)=\log_2 2=1$

따라서 함수 $f(x)=g(x)h(x)$의 최댓값과 최솟값은 각각

$81\times 2=162$, $9\times 1=9$

따라서 최댓값$-$최솟값$=162-9=153$

21 [모범답안]

$f(x)=\log_2(x-3)$에서 역함수 $g(x)$를 구하면

$x=\log_2(y-3)$, $2^x=y-3$, $y=2^x+3$

$\therefore g(x)=2^x+3$

따라서

방정식 $\{g(x)-5\}\times\{g(x)-1\}=60$에서

$\{g(k)-5\}\times\{g(k)-1\}=(2^k-2)(2^k+2)=60$이므로

$2^{2k}-4=60$, $4^k=64$

$\therefore k=3$

따라서 $g(k-2)=2^{3-2}+3=5$

22 [모범답안]

$\log a=A$, $\log b=B$라고 하면

$\log_a b+3\log_b a=\dfrac{\log b}{\log a}+3\times\dfrac{\log a}{\log b}$

$=\dfrac{B}{A}+3\times\dfrac{A}{B}=\dfrac{13}{2}$

따라서

$$\frac{3A^2+B^2}{AB}=\frac{13}{2},\ 3A^2+B^2=\frac{13}{2}AB$$

$$6A^2-13AB+2B^2=0,\ (6A-B)(A-2B)=0$$

$(a>b>1)$의 조건에 의해

$$\therefore A=2B$$

따라서

$\log a=\log b^2$이므로 $a=b^2$

$$\therefore \frac{a+b^4}{a^2+b^2}=\frac{a+a^2}{a^2+a}=1$$

23 [모범답안]

$2^x=t\,(t>0)$이라 하면

$4^x(2^x-3)=2\times 2^x-6$에서

$t^2(t-3)=2t-6,\ t^2(t-3)-2(t-3)=0,$

$(t^2-2)(t-3)=0$

따라서 $2^x=\sqrt{2},\ 2^x=3\ (t>0)$

$$\therefore x=\frac{1}{2},\ x=\log_2 3$$

24 [모범답안]

$$f(1\cdot 2)\times f(2\cdot 3)\times f(3\cdot 4)\times \cdots \times f(9\cdot 10)$$

$$=a^{\frac{1}{1\times 2}}\times a^{\frac{1}{2\times 3}}\times \cdots \times a^{\frac{1}{9\times 10}}=a^{\frac{1}{1\times 2}+\frac{1}{2\times 3}+\cdots+\frac{1}{9\times 10}}$$

$$=a^{\left(\frac{1}{1}-\frac{1}{2}\right)+\left(\frac{1}{2}-\frac{1}{3}\right)+\cdots+\left(\frac{1}{9}-\frac{1}{10}\right)}=a^{1-\frac{1}{10}}=a^{\frac{9}{10}}=f\left(\frac{10}{9}\right)$$

따라서

$$9k=10$$

25 [모범답안]

$\log_x y=\dfrac{\log_3 y}{\log_3 x}$이므로

$$\log_3 x+\frac{4}{\log_3 x}-\frac{\log_3 y}{\log_3 x}=2,$$

$$(\log_3 x)^2+4-\log_3 y=2\log_3 x$$

이때 $\log_3 x=t$라고 하면 t값의 범위는 $2\le t\le 4$

$$t^2+4-\log_3 y=2t,\ t^2-2t+4=\log_3 y$$

$\log_3 y$값의 범위는 $4\le t^2-2t+4\le 12,\ 4\le \log_3 y\le 12$

$$\therefore 3^4\le y\le 3^{12}$$

$M=3^{12},\ m=3^4$이므로

$$\frac{M}{3^4 m}=\frac{3^{12}}{3^4\times 3^4}=3^4=81$$

II. 삼각함수

01 [모범답안]

$\sin^2 x+\cos^2 x=1$을 이용하면

$\sin^2 x+4\cos x+a=(1-\cos^2 x)+4\cos x+a<0,$

$\cos^2 x-4\cos x-a-1>0$

이때 $\cos x=t$라고 하면 $-1\le t\le 1$

$t^2-4t-a-1=(t-2)^2-a-5>0$

위의 부등식이 모든 x에 대해 성립하기 위해서는 $-1\le t\le 1$의 범위에서 $(t-2)^2-a-5>0$을 만족시켜야 한다.

따라서

$t=1$일 때 $(t-2)^2-a-5$가 최솟값을 가지므로

$(1-2)^2-a-5=-a-4>0$

$$\therefore -4>a$$

02 [모범답안]

두 점 A, D에서 직선 BC에 내린 수선의 발을 각각 E, F라 하고, 두 선분 AB, CD를 지름으로 하는 원의 중심을 각각 O_1, O_2라 하자.

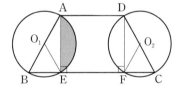

$\overline{BE}=\overline{FC}=\dfrac{1}{2}\overline{AB}$에서 $\angle ABE=\angle DCF=\dfrac{\pi}{3}$

$\overline{BE}=a\,(a>0)$으로 놓으면 $\overline{AD}=2a,\ \overline{AE}=\sqrt{3}a$

중심각의 크기가 π보다 작은 부채꼴 O_1EA와 직사각형 AEFD의 공통부분의 넓이는

$$\frac{1}{2}\times a^2\times \frac{2}{3}\pi-\frac{1}{2}\times a^2\times \sin\frac{2}{3}\pi$$

$$=\frac{a^2}{3}\pi-\frac{\sqrt{3}}{4}a^2 \cdots\cdots \ ㉠$$

사다리꼴 ABCD의 내부와 선분 AB, CD를 각각 지름으로 하는 두 원의 외부의 공통부분의 넓이는 직사각형 AEFD의 넓이에서 ㉠의 2배를 뺀 것과 같으므로

$$2a\times \sqrt{3}a-2\times \left(\frac{a^2}{3}\pi-\frac{\sqrt{3}}{4}a^2\right)=\left(\frac{5\sqrt{3}}{2}-\frac{2}{3}\pi\right)a^2$$

$$\left(\frac{5\sqrt{3}}{2}-\frac{2}{3}\pi\right)a^2=\frac{15\sqrt{3}-4\pi}{2}$$에서 $a^2=3$

$a>0$에서 $a=\sqrt{3}$

따라서 사다리꼴 ABCD의 넓이는

$$\frac{1}{2}\times (2a+4a)\times \sqrt{3}a=3\sqrt{3}a^2=9\sqrt{3}$$

03 [모범답안]

$\triangle ABC$의 내각의 크기의 합은 $180°$이므로

$\angle A = 180 - (\angle B + \angle C) = 180° - 150° = 30°$

또한 외접원의 반지름의 길이가 $3\sqrt{2}$이므로 사인법칙을 이용하면

$\therefore \dfrac{\overline{BC}}{\sin 30°} = 2 \times 3\sqrt{2}$

따라서

$\overline{BC} = 2 \times 3\sqrt{2} \times \dfrac{1}{2} = 3\sqrt{2}$

04 [모범답안]

부채꼴의 반지름의 길이를 r, 호의 길이를 l이라 하면 부채꼴의 넓이가 16이므로

$\therefore \dfrac{1}{2} rl = 16, \ l = \dfrac{32}{r}$

이때 부채꼴의 둘레의 길이는

$\therefore 2r + l = 2r + \dfrac{32}{r}$

산술 · 기하평균을 이용하면

$2r + \dfrac{32}{r} \geq 2\sqrt{2r \times \dfrac{32}{r}} = 16$

따라서 둘레의 길이가 최댓값이 되기 위해서는 $2r + \dfrac{32}{r} = 16$, $2r = \dfrac{32}{r}$의 조건이 성립해야하므로 $r = 4$일 때 둘레가 최댓값을 갖는다.

05 [모범답안]

코사인법칙을 이용하면

$c^2 = a^2 + b^2 - 2ab\cos C = 4 + 9 - 2 \times 2 \times 3 \times \dfrac{1}{2} = 6$

$\therefore c = \sqrt{6}$

이때 이 삼각형의 외접원의 반지름의 길이를 R이라 하면

$2R = \dfrac{\sqrt{6}}{\sin 60°} = \dfrac{2\sqrt{6}}{\sqrt{3}}$

$\therefore R = 2\sqrt{2}$

06 [모범답안]

$0 \leq x < 4\pi$의 범위에서 함수 $y = |\sin x|$는 다음과 같다.

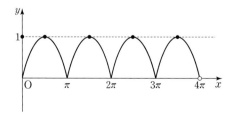

위의 그래프와 직선 $y = k$가 서로 다른 4개의 점에서 만나기 위해서는 $k = 0$ 또는 $k = 1$의 값을 가져야 한다.

따라서 구하고자 하는 값은 $0 \times 1 = 0$

07 [모범답안]

$4 - 3\sin^2\theta = t$로 놓으면 $\sin^2\theta = \dfrac{4-t}{3}$

$0 < \theta < 2\pi$에서 $-1 \leq \sin\theta \leq 1$이므로 $1 \leq t \leq 4$

$f(\theta) = \dfrac{3}{t} - \dfrac{4(4-t)}{3} = \dfrac{4t}{3} + \dfrac{3}{t} - \dfrac{16}{3}$

이때 $t > 0$이므로

$\dfrac{4t}{3} + \dfrac{3}{t} - \dfrac{16}{3} \geq 2\sqrt{\dfrac{4t}{3} \times \dfrac{3}{t}} - \dfrac{16}{3}$

$= 4 - \dfrac{16}{3} = -\dfrac{4}{3} \ \cdots\cdots \ \bigcirc$

$\dfrac{4t}{3} = \dfrac{t}{3}$에서 $t^2 = \dfrac{9}{4}$, 즉 $t = \dfrac{3}{2}$이고, $1 \leq \dfrac{3}{2} \leq 4$이므로

부등식 $\bigcirc$에서 등호는 $t = \dfrac{3}{2}$, 즉 $\sin^2\theta = \dfrac{5}{6}$일 때 성립한다.

따라서 함수 $f(\theta)$는 $\sin^2\theta = \dfrac{5}{6}$일 때, 최솟값 $-\dfrac{4}{3}$를 갖는다.

08 [모범답안]

$\triangle ABD$에서 코사인 법칙을 이용하여 $\cos D$의 값을 구하면

$\cos D = \dfrac{\overline{AD}^2 + \overline{BD}^2 - \overline{AB}^2}{2 \times \overline{AD} \times \overline{BD}} = \dfrac{8^2 + 10^2 - 6^2}{2 \times 8 \times 10}$

$= \dfrac{64 + 100 - 36}{160}$

$\therefore \cos D = \dfrac{4}{5}$

한편 $\triangle ACD$에서 코사인 법칙을 이용하면

$\overline{AC}^2 = \overline{AD}^2 + \overline{CD}^2 - 2 \times \overline{AD} \times \overline{CD} \times \cos D$

$= 8^2 + 5^2 - 2 \times 8 \times 5 \times \dfrac{4}{5} = 89 - 64 = 25$

따라서

$\overline{AC} = 5$

09 [모범답안]

θ가 제4사분면의 각일 때, $\sin\theta < 0$, $\cos\theta > 0$이므로

주어진 부등식 $\sin^2\theta - |\sin\theta| < \cos^2\theta$은

$\therefore \sin^2\theta + \sin\theta < \cos^2\theta$

이때, $\sin^2\theta + \cos^2\theta = 1$이므로

$\sin^2\theta + \sin\theta < 1 - \sin^2\theta$,

$2\sin^2\theta + \sin\theta - 1 = (\sin\theta + 1)(2\sin\theta - 1)$

$\therefore 2\sin^2\theta + \sin\theta - 1 < 0$

$(\sin\theta + 1)(2\sin\theta - 1) < 0$

$-1 < \sin\theta < \dfrac{1}{2}$

따라서 θ가 제 4사분면의 각이므로 $\dfrac{3}{2}\pi < \theta < 2\pi$

10 [모범답안]

ΔABC 외접원의 반지름의 길이를 R이라 하면

$\dfrac{\overline{AB}}{\sin C} = \dfrac{4\sqrt{3}}{\sin 60°} = 2R$이므로, $R = 4$

한편 외접원의 중심을 O라 하면 $\angle BOC = 2\theta$

또한 $\overline{OB} = \overline{OC} = 4$이므로

$\overline{BC}^2 = \overline{OB}^2 + \overline{OC}^2 - 2\overline{OB} \times \overline{OC} \times \cos 2\theta$

$5^2 = 4^2 + 4^2 - 2 \times 4 \times 4 \times \cos 2\theta$

$\therefore \cos 2\theta = \dfrac{7}{32}$

11 [모범답안]

$f(x) = a\sin bx + c$의 주기가 π, 최댓값은 2이므로

$\dfrac{2\pi}{|b|} = \pi$에서 $b = 2$, $a + c = 2$

$f\left(\dfrac{\pi}{6}\right) = a\sin\dfrac{\pi}{3} + c = \sqrt{3}$이므로

$\therefore \dfrac{\sqrt{3}}{2}a + c = \sqrt{3}$

$a + c = 2$, $\dfrac{\sqrt{3}}{2}a + c = \sqrt{3}$을 연립하면

$\left(\dfrac{\sqrt{3}}{2}a + c\right) - (a + c) = \sqrt{3} - 2$,

$\left(\dfrac{\sqrt{3}}{2} - 1\right)a = \sqrt{3} - 2$, $a = (\sqrt{3} - 2) \times \left(\dfrac{2}{\sqrt{3} - 2}\right)$

$\therefore a = 2$이므로 $c = 0$

따라서

$f(x) = 2\sin 2x$이므로

$f\left(\dfrac{\pi}{8}\right) = 2\sin\dfrac{\pi}{4} = 2 \times \dfrac{\sqrt{2}}{2} = \sqrt{2}$

12 [모범답안]

함수 $f(x)$의 최솟값이 $-a + 8 - a = 8 - 2a$이므로 조건 (가)를 만족시키려면 $8 - 2a \geq 0$, 즉 $a \leq 4$이어야 한다.

그런데 $a = 1$ 또는 $a = 2$ 또는 $a = 3$일 때는 함수 $f(x)$의 최솟값이 0보다 크므로 조건 (나)를 만족시킬 수 없다. 그러므로 $a = 4$

이때 $f(x) = 4\sin bx + 4$이고 이 함수의 주기는 $\dfrac{2\pi}{b}$이므로

$0 \leq x < \dfrac{2\pi}{b}$일 때 방정식 $f(x) = 0$의 서로 다른 실근의 개수가 4가 되려면 $\dfrac{3\pi}{2b} + \dfrac{2\pi}{b} \times 3 < 2\pi \leq \dfrac{3\pi}{2b} + \dfrac{2\pi}{b} \times 4$,

즉 $\dfrac{15\pi}{2b} < 2\pi \leq \dfrac{19\pi}{2b}$이어야 한다.

$\dfrac{15}{4} < b \leq \dfrac{19}{4}$에서 b는 자연수이므로 $b = 4$

따라서 $a - b = 4 - 4 = 0$

13 [모범답안]

ΔABC의 넓이를 S라고 하면

$S = \dfrac{1}{2} \times 4 \times 6 \times \sin B = 12\sin B$

한편 ΔBDE의 넓이는 $\dfrac{1}{2}S$이므로

$\dfrac{1}{2} \times 12\sin B = \dfrac{1}{2} \times \overline{BD} \times \overline{BE} \times \sin B$,

따라서 $\overline{BD} \times \overline{BE} = 12$

14 [모범답안]

$y = x^2 - 4x\sin\dfrac{n\pi}{6} + 3 - 2\cos^2\dfrac{n\pi}{6}$

$= \left(x - 2\sin\dfrac{n\pi}{6}\right)^2 - 4\sin^2\dfrac{n\pi}{6} + 3 - 2\cos^2\dfrac{n\pi}{6}$

$= \left(x - 2\sin\dfrac{n\pi}{6}\right)^2 + 1 - 2\sin^2\dfrac{n\pi}{6}$ …… ㉠

이므로 이차함수 ㉠의 그래프의 꼭짓점의 좌표는

$\left(2\sin\dfrac{n\pi}{6}, 1 - 2\sin^2\dfrac{n\pi}{6}\right)$

이 점과 직선 $y = \dfrac{1}{2}x + \dfrac{3}{2}$,

즉 $x - 2y + 3 = 0$ 사이의 거리가 $\dfrac{3\sqrt{5}}{5}$보다 작으려면

$\dfrac{\left|2\sin\dfrac{n\pi}{6} - 2\left(1 - 2\sin^2\dfrac{n\pi}{6}\right) + 3\right|}{\sqrt{5}} < \dfrac{3\sqrt{5}}{5}$

$\left|4\sin^2\dfrac{n\pi}{6} + 2\sin\dfrac{n\pi}{6} + 1\right| < 3$

$-3 < 4\sin^2\dfrac{n\pi}{6} + 2\sin\dfrac{n\pi}{6} + 1 < 3$

(i) $4\sin^2\dfrac{n\pi}{6} + 2\sin\dfrac{n\pi}{6} + 1 > -3$에서

$2\sin^2\dfrac{n\pi}{6} + \sin\dfrac{n\pi}{6} + 2 > 0$ …… ㉡

$2\left(\sin\dfrac{n\pi}{6} + \dfrac{1}{4}\right)^2 + \dfrac{15}{8} > 0$이므로

㉡은 모든 자연수 n에 대하여 성립한다.

(ii) $4\sin^2\dfrac{n\pi}{6} + 2\sin\dfrac{n\pi}{6} + 1 < 3$에서

$2\sin^2\dfrac{n\pi}{6} + \sin\dfrac{n\pi}{6} - 1 < 0$

$\left(2\sin\dfrac{n\pi}{6} - 1\right)\left(\sin\dfrac{n\pi}{6} + 1\right) < 0$

$-1 < \sin\dfrac{n\pi}{6} < \dfrac{1}{2}$ …… ㉢

㉢을 만족시키는 10 이하의 자연수 n의 값은 6, 7, 8, 10이다.

따라서 (i), (ii)를 모두 만족시키는 10 이하의 자연수 n의 모든 합은 $6 + 7 + 8 + 10 = 31$이다.

15 [모범답안]

사인법칙 $a:b:c=\sin A:\sin B:\sin C$이므로

$\therefore \sin A=3k, \sin B=4k, \sin C=5k$

따라서

$$\frac{3k+4k}{5k}+\frac{4k}{3k+5k}=\frac{7}{5}+\frac{1}{2}=\frac{19}{10}$$

16 [모범답안]

$0\le x<\pi$에서 x에 대한 방정식 $\cos x=x^2+k$가 실근을 갖기 위해서는 함수 $y=\cos x$와 함수 $y=x^2+k$의 그래프가 만나야 한다.

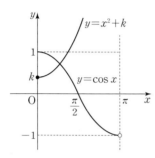

위의 그래프에서 k값은 $k\le 1$의 범위이다.

또한 $x=\pi$일 때 $y>-1$의 범위에서 교점이 생김으로,

$-1<\pi^2+k$ $\therefore k>-\pi^2-1$

따라서 구하고자 하는 k의 범위는 $-\pi^2-1<k\le 1$

17 [모범답안]

$y=|\sin x|$의 그래프는 $y=\sin x$의 그래프 중 $y<0$에 해당하는 부분이 x축에 대칭한 그래프이다.

한편 $y=\cos 2x+\dfrac{1}{2}$의 그래프는 $y=\cos x$의 그래프에서 주기가 $\dfrac{\pi}{|2|}$값으로 바뀌고, y축의 방향으로 $\dfrac{1}{2}$만큼 평행이동한 그래프이다.

따라서 두 그래프를 좌표평면에 그리면 다음과 같다.

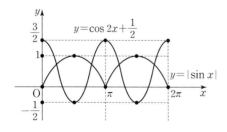

$y=|\sin x|$, $y=\cos 2x+\dfrac{1}{2}$의 그래프가 만나는 서로 다른 실근의 개수는 4개

18 [모범답안]

$\angle AOB$가 $60°$이므로 $\sin 60°=\dfrac{\sqrt{3}}{\overline{AO}}$ $\therefore \overline{AO}=2$

점 A에서 $\overline{OB}$로 내린 수선의 발이 P이므로 $\triangle AOP$는 $\angle OPA=90°$인 직각삼각형이다.

따라서 구하고자하는 부분의 넓이는 부채꼴의 넓이에서 $\triangle AOP$를 뺀 값이므로

부채꼴의 넓이$=\dfrac{1}{2}rl=\dfrac{1}{2}\times 2\times\dfrac{2}{3}\pi=\dfrac{2\pi}{3}$,

$\triangle AOP=\dfrac{1}{2}\times 1\times\sqrt{3}=\dfrac{\sqrt{3}}{2}$

따라서 색칠한 부분의 넓이는 $\dfrac{2\pi}{3}-\dfrac{\sqrt{3}}{2}$

19 [모범답안]

$\overline{AB}=2a$, $\overline{AC}=3a$ $(a>0)$으로 놓고,

$\overline{BD}=3b$, $\overline{DC}=2b$ $(b>0)$으로 놓자.

$\overline{AD}=k$ $(k>0)$으로 놓으면

$\dfrac{\cos(\angle ABD)}{\cos(\angle ACD)}=\dfrac{1}{2}$에서

$2\cos(\angle ABD)=\cos(\angle ACD)$

$2\times\dfrac{(2a)^2+(3b)^2-k^2}{2\times 2a\times 3b}=\dfrac{(3a)^2+(2b)^2-k^2}{2\times 3a\times 2b}$

$k^2=14b^2-a^2$ …… ㉠

$\cos(\angle BDA)=\cos(\pi-\angle CDA)=-\cos(\angle CDA)$

이므로

$\dfrac{(3b)^2+k^2-(2a)^2}{2\times 3b\times k}=\dfrac{(2b)^2+k^2-(3a)^2}{2\times 2b\times k}$

$k^2=7a^2-6b^2$ …… ㉡

㉠, ㉡에서 $14b^2-a^2=7a^2-6b^2$

즉, $b^2=\dfrac{2}{5}a^2$이므로 ㉡에 대입하면

$k^2=7a^2-\dfrac{12}{5}a^2=\dfrac{23}{5}a^2$

따라서 $\left(\dfrac{\overline{AD}}{\overline{AB}}\right)^2=\left(\dfrac{k}{2a}\right)^2=\dfrac{1}{4}\times\dfrac{23}{5}=\dfrac{23}{20}$

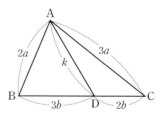

20 [모범답안]

방정식 $3x^2+(\cos\theta)x-\dfrac{1}{4}\cos\theta=0$가 실근을 갖지 않아야 하므로 판별식 D가 $D<0$인 조건을 만족시켜야 한다.

따라서

$D = (\cos^2\theta) - 4 \times 3 \times \left(-\dfrac{1}{4}\cos\theta\right) < 0$

$\therefore \cos^2\theta + 3\cos\theta < 0$, $\cos\theta(\cos\theta + 3) < 0$

이때 $\cos\theta + 3$은 $0 \leq \theta < 2\pi$에서 양수이므로 $\cos\theta < 0$

따라서 $\cos\theta < 0$를 만족시키는 θ값의 범위는 $\dfrac{\pi}{2} < \theta < \dfrac{3}{2}\pi$

이므로

$\therefore a + b = 2\pi$

21 [모범답안]

이차방정식 $x^2 - 2kx + 2k = 0$에서 근과 계수의 관계에 의해

$\sin\theta + \cos\theta = 2k$

$\sin\theta\cos\theta = 2k$

이때 $\sin\theta + \cos\theta = 2k$의 양변을 제곱하면

$\therefore \sin^2\theta + \cos^2\theta + 2\sin\theta\cos\theta = 4k^2$

$\sin^2\theta + \cos^2\theta = 1$, $\sin\theta\cos\theta = 2k$를 위 식에 대입하면

$1 + 4k = 4k^2$, $4k^2 - 4k - 1 = 0$

이므로

$4k^2 - 4k - 1 = 0$, $4\left(k^2 - k + \dfrac{1}{4}\right) - \dfrac{1}{4} - 1 = 0$,

$4\left(k - \dfrac{1}{2}\right)^2 - \dfrac{5}{4} = 0$

$\therefore k = \dfrac{1}{2} \pm \dfrac{\sqrt{5}}{4}$

따라서 모든 상수 k값의 합은 1이다.

22 [모범답안]

주어진 식을 정리하면

$1 + \sin x - \cos x = \cos^2 x - \cos x$,

$1 + \sin x - \cos^2 x = 0$

이때 $\sin^2 x + \cos^2 x = 1$에서 $\cos^2 x = 1 - \sin^2 x$이므로

$1 + \sin x - (1 - \sin^2 x) = 0$,

$1 + \sin x - 1 + \sin^2 x = 0$

$\sin^2 x + \sin x = 0$, $\sin x(\sin x + 1) = 0$

따라서 $\sin x$의 값은

$\therefore \sin x = 0$ 또는 $\sin x = -1$

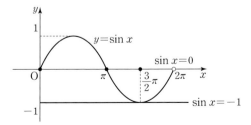

$\sin x = 0$에서 $x = 0$ 또는 $x = \pi$

$\sin x = -1$에서 $x = \dfrac{3}{2}\pi$

따라서 모든 해의 합은

$\therefore 0 + \pi + \dfrac{3}{2}\pi = \dfrac{5}{2}\pi$

23 [모범답안]

$\triangle ABC$에서 $180° = \angle A + \angle B + \angle C$이므로

$180° = \angle A + \angle 2A + \angle A = 4\angle A$

$\therefore \angle A = 45°$, $\angle B = 90°$

한편 사인법칙에서

$\dfrac{a}{\sin A} = \dfrac{b}{\sin B}$이므로

$\dfrac{a}{b} = \dfrac{\sin A}{\sin B} = \dfrac{\frac{\sqrt{2}}{2}}{1} = \dfrac{\sqrt{2}}{2}$

24 [모범답안]

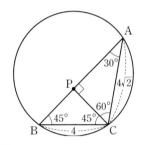

$\overline{BC} = a$, $\overline{AC} = b$일 때,

사인법칙을 이용하여 a, b의 값을 구하면

$a = 8\sin30° = 8 \times \dfrac{1}{2} = 4$

$b = 8\sin45° = 8 \times \dfrac{\sqrt{2}}{2} = 4\sqrt{2}$

또한 점 C에서 선분 AB에 수선의 발을 내렸을 때 만나는 점을 P라 하면 코사인법칙을 이용하여 $\overline{AP}$, $\overline{BP}$의 값을 구할 수 있다.

$\overline{AP} = 4\sqrt{2}\cos30° = 4\sqrt{2} \times \dfrac{\sqrt{3}}{2} = 2\sqrt{6}$

$\overline{BP} = 4\cos45° = 4 \times \dfrac{\sqrt{2}}{2} = 2\sqrt{2}$

따라서 $\overline{AB} = 2\sqrt{6} + 2\sqrt{2}$

25 [모범답안]

코사인법칙을 이용하여 $\cos C$의 값을 구하면

$\cos C = \dfrac{a^2 + b^2 - c^2}{2ab}$

이때 $\triangle ABC$가 $a = c$인 이등변삼각형이므로

$\cos C = \dfrac{a^2 + b^2 - c^2}{2ab} = \dfrac{b}{2a}$

양변에 a를 곱하면

$a\cos C = a \times \dfrac{b}{2a} = \dfrac{b}{2}$

$b = 2$이므로 $x = \dfrac{2}{2} = 1$

Ⅲ. 수열

01 [모범답안]

$$\frac{1}{a_n} = \frac{n^2+n+1}{n^2+n} = 1 + \frac{1}{n^2+n} = 1 + \frac{1}{n(n+1)}$$
$$= 1 + \left(\frac{1}{n} - \frac{1}{n+1}\right)$$

따라서

$$\sum_{k=1}^{10} \frac{1}{a_k} = \sum_{k=1}^{10} \left\{1 + \left(\frac{1}{k} - \frac{1}{k+1}\right)\right\}$$
$$= 10 + \left\{\left(1 - \frac{1}{2}\right) + \left(\frac{1}{2} - \frac{1}{3}\right) + \cdots + \left(\frac{1}{10} - \frac{1}{11}\right)\right\}$$
$$= 10 + \left(1 - \frac{1}{11}\right) = \frac{120}{11}$$

$$\therefore \sum_{k=1}^{10} \frac{11}{a_k} = 11 \sum_{k=1}^{10} \frac{1}{a_k} = 11 \times \frac{120}{11} = 120$$

02 [모범답안]

등비수열 $\{a_n\}$의 첫째항을 a, 공비를 r이라 하면

$$a_n = ar^{n-1}$$

이때 첫째항부터 제5항까지의 합이 $\frac{31}{2}$이므로

$$a_1 + a_2 + a_3 + a_4 + a_5 = a + ar + ar^2 + ar^3 + ar^4$$
$$= a(1 + r + r^2 + r^3 + r^4) = \frac{31}{2}$$

또한 첫째항부터 제5항까지의 곱이 32이므로

$$a_1 a_2 a_3 a_4 a_5 = a \cdot ar \cdot ar^2 \cdot ar^3 \cdot ar^4 = a^5 r^{10} = (ar^2)^5 = 32$$
$$ar^2 = 2$$

주어진 식을 정리하면

$$\frac{1}{a_1} + \frac{1}{a_2} + \frac{1}{a_3} + \frac{1}{a_4} + \frac{1}{a_5}$$
$$= \frac{1}{a} + \frac{1}{ar} + \frac{1}{ar^2} + \frac{1}{ar^3} + \frac{1}{ar^4}$$
$$= \frac{1}{ar^4}(r^4 + r^3 + r^2 + r + 1)$$
$$= \frac{1}{(ar^2)^2} \times a(r^4 + r^3 + r^2 + r + 1)$$

이때, $a(r^4 + r^3 + r^2 + r + 1) = \frac{31}{2}$, $ar^2 = 2$

$$\frac{1}{(ar^2)^2} \times a(r^4 + r^3 + r^2 + r + 1) = \frac{1}{2^2} \times \frac{31}{2} = \frac{31}{8}$$

03 [모범답안]

등차수열 $\{a_n\}$의 공차를 d라 하면

$a_1 + a_2 + a_3 + \cdots + a_{10} = 100$에서

$$\frac{10(2a_1 + 9d)}{2} = 100$$

$$2a_1 + 9d = 20 \cdots\cdots \text{㉠}$$

$a_1 + a_2 + a_3 + a_4 + a_5 = 2(a_6 + a_7 + a_8 + a_9 + a_{10})$에서

$$5a_1 + 10d = 2(5a_1 + 35d)$$

즉, $a_1 + 12d = 0$에서 $a_1 = -12d$

㉠에서 $2 \times (-12d) + 9d = 20$

$$d = -\frac{4}{3}, \ a_1 = -12 \times \left(-\frac{4}{3}\right) = 16$$

따라서 $a_7 = a_1 + 6d = 16 + 6 \times \left(-\frac{4}{3}\right) = 8$

04 [모범답안]

$S_n = 2n^2 - n$일 때 $\{a_n\}$을 구해보면

(i) $n = 1$일 때

$$S_1 = a_1 = 1$$

(ii) $n \geq 2$일 때

$$a_n = S_n - S_{n-1}$$
$$= (2n^2 - n) - \{2(n-1)^2 - (n-1)\}$$
$$= 4n - 3$$

(i), (ii)에서 $S_1 = a_1 = 1$이므로 a_n은 $n = 1$부터 수열이 성립한다.

$2^{a_k} \leq 8$의 양변에 밑이 2인 로그를 취해주면

$$a_k \leq 3, \ 4k - 3 \leq 3$$

$$\therefore k \leq \frac{3}{2}$$

따라서 자연수 k의 최댓값은 1

05 [모범답안]

$a_{n+2} = \begin{cases} a_n + 1 & (n\text{은 홀수}) \\ 3a_n & (n\text{은 짝수}) \end{cases}$ 의 조건에 a_1부터 대입하면

(i) 홀수 항

$$a_3 = a_1 + 1 = 2 + 1 = 3$$
$$a_5 = a_3 + 1 = 3 + 1 = 4$$
$$a_7 = a_5 + 1 = 4 + 1 = 5$$

(ii) 짝수 항

$$a_4 = 3a_2$$

$a_7 = a_4$에 의해 $5 = 3a_2$이므로

$$\therefore a_2 = \frac{5}{3}$$

따라서 $3a_2 = 5$

06 [모범답안]

이차방정식 $x^2 - kx + 5 = 0$의 두 근이 α, β이므로 근과 계수의 관계를 이용하면

$$\alpha + \beta = k, \ \alpha\beta = 5$$

이때 α, $\beta - \alpha$, β의 순서로 등비수열을 이루므로

$$(\beta - \alpha)^2 = \alpha\beta, \ (\beta + \alpha)^2 = (\beta - \alpha)^2 + 4\alpha\beta = 5\alpha\beta$$

$$\therefore k^2 = 5 \times 5 = 5^2$$

따라서 $k = 5$

07 [모범답안]

조건 (나)에서 $a_9=b_9=120$이므로

$a_5=a_9-4d=12-4d$

$a_6=a_9-3d=12-3d$

$b_{11}=b_9r^2=12r^2$

조건 (다)에서 $a_5+a_6=b_{11}$이므로

$(12-4d)+(12-3d)=12r^2$

$24-7d=12r^2$

$12(2-r^2)=7d$ ······ ㉠

이때 $2-r^2$의 값은 0이 아닌 7의 배수이고,

조건 (가)에서 $r^2<100$이므로

$2-r^2=-7$ 또는 $2-r^2=-14$

즉, $r^2=9$ 또는 $r^2=16$

(i) $r^2=9$, 즉 $r=-3$ 또는 $r=3$일 때

㉠에서 $d=\dfrac{12(2-r^2)}{7}=-12$

$r=-3$일 때,

$a_8+b_8=(a_9-d)+\dfrac{b_9}{r}=24+\dfrac{12}{-3}=20$

$r=3$일 때,

$a_8+b_8=(a_9-d)+\dfrac{b_9}{r}=24+\dfrac{12}{3}=28$

(ii) $r^2=16$, 즉 $r=-4$ 또는 $r=4$일 때

㉠에서 $d=\dfrac{12(2-r^2)}{7}=-24$

$r=-4$일 때,

$a_8+b_8=(a_9-d)+\dfrac{b_9}{r}=36+\dfrac{12}{-4}=33$

$r=4$일 때,

$a_8+b_8=(a_9-d)+\dfrac{b_9}{r}=36+\dfrac{12}{4}=39$

따라서 a_8+b_8의 최댓값은 39이고, 최솟값은 20이므로 그 차는 $39-20=19$이다.

08 [모범답안]

등차수열 $\{a_n\}$의 첫째항을 a, 공차를 d라고 하면

일반항은 $a_n=a+(n-1)d$

$a_3=a+2d=-2$, $a_9=a+8d=22$이므로

$\therefore a=-10$, $d=4$

따라서

등차수열 $\{a_n\}$은 a_4부터 양수이므로

$|a_1|+|a_2|+|a_3|+\cdots+|a_{10}|$

$=-(a_1+a_2+a_3)+(a_4+a_5+a_6+a_7+a_8+a_9+a_{10})$

$=(10+6+2)+(2+6+10+14+18+22+26)$

$=116$

09 [모범답안]

$a_{n+1}=\dfrac{3}{4}a_n+5$에서

$a_2=\dfrac{3}{4}\times a_1+5=\dfrac{3}{4}\times 20+5=20$

$a_3=\dfrac{3}{4}\times a_2+5=\dfrac{3}{4}\times 20+5=20$

$\vdots$

$a_n=20$

이므로 $a_{2009}=20$

10 [모범답안]

이차방정식 $x^2-2x+(2n-1)(2n+1)=0$에서 두 근이 α_n, β_n이므로 근과 계수의 관계를 이용하면

$\alpha_n+\beta_n=2$, $\alpha_n\beta_n=(2n-1)(2n+1)$

이때 $\dfrac{1}{\alpha_n}+\dfrac{1}{\beta_n}=\dfrac{\alpha_n+\beta_n}{\alpha_n\beta_n}$이므로

$\displaystyle\sum_{n=1}^{15}\left(\dfrac{1}{\alpha_n}+\dfrac{1}{\beta_n}\right)=\sum_{n=1}^{15}\left(\dfrac{\alpha_n+\beta_n}{\alpha_n\beta_n}\right)$

$\qquad\qquad\qquad\quad=\displaystyle\sum_{n=1}^{15}\dfrac{2}{(2n-1)(2n+1)}$

$\qquad\qquad\qquad\quad=\displaystyle\sum_{n=1}^{15}\left\{\left(\dfrac{1}{(2n-1)}\right)-\left(\dfrac{1}{(2n+1)}\right)\right\}$

$\qquad\qquad\qquad\quad=\left\{\left(\dfrac{1}{1}-\dfrac{1}{3}\right)+\left(\dfrac{1}{3}-\dfrac{1}{5}\right)+\cdots\right.$

$\qquad\qquad\qquad\qquad\qquad\left.+\left(\dfrac{1}{29}-\dfrac{1}{31}\right)\right\}$

$\qquad\qquad\qquad\quad=\left(1-\dfrac{1}{31}\right)$

$\qquad\qquad\qquad\quad=\dfrac{30}{31}$

11 [모범답안]

등비수열 $\{a_n\}$의 공비를 r $(r\neq 1)$이라 하자.

$S_3=\dfrac{a_1(1-r^3)}{1-r}$, $S_6=\dfrac{a_1(1-r^6)}{1-r}=\dfrac{a_1(1+r^3)(1-r^3)}{1-r}$

$|2S_3|=|S_6|$에서 $2S_3$ 또는 $S_6=-2S_3$

$S_6=2S_3$일 때,

$\dfrac{a_1(1+r^3)(1-r^3)}{1-r}=\dfrac{2a_1(1-r^3)}{1-r}$

$1+r^3=2$, 즉 $r=1$이 되어 조건을 만족시키지 않는다.

$S_6=-2S_3$일 때,

$\dfrac{a_1(1+r^3)(1-r^3)}{1-r}=\dfrac{2a_1(1-r^3)}{1-r}$

$1+r^3=-2$, 즉 $r^3=-3$

$a_4+a_{10}=a_1r^3+a_1r^9=a_1r^3(1+r^6)$

$\qquad\qquad=a_1\times(-3)\times\{1+(-3)\cdot(-3)\}=-30a_1$

따라서 $a_4+a_{10}=ka_1$에서 $k=-30$

12 [모범답안]

$a_{n+1}=\dfrac{1}{1-a_n}$에 $a_1=\dfrac{1}{4}$부터 대입하면

$a_2=\dfrac{1}{1-a_1}=\dfrac{4}{3}$

$a_3=\dfrac{1}{1-a_2}=-3$

$a_4=\dfrac{1}{1-a_3}=\dfrac{1}{4}$

$a_5=\dfrac{1}{1-a_4}=\dfrac{4}{3}$

$\vdots$

이므로

$a_1=a_4=a_7=\cdots=\dfrac{1}{4}$, $a_2=a_5=a_8=\cdots=\dfrac{4}{3}$,

$a_3=a_6=a_9=\cdots=-3$

t가 $3t-2$의 형태로 반복될 때 $\dfrac{1}{4}$의 값이므로

50 이하에서 $3t-2$의 값을 만족시키는 자연수 t의 개수는 17개

13 [모범답안]

$a_{n+1}+2a_n=3a_n+2$을 정리하면

$\therefore a_{n+1}=a_n+2$

$n=1, 2, \cdots, n-1$을 차례대로 대입하면

$a_2=a_1+2$

$a_3=a_2+2$

$a_4=a_3+2$

$\vdots$

$a_n=a_{n-1}+2$

위 식을 각 변끼리 더하면

$(a_2+a_3+a_4+\cdots+a_n)=(a_1+a_2+a_3+\cdots+a_{n-1})$
$\qquad\qquad\qquad\qquad\qquad\qquad +2(n-1),$

$a_n=a_1+2(n-1)$이고 $a_1=2$이므로

$\therefore a_n=2+2n-2=2n$

따라서 $a_{15}=30$

14 [모범답안]

$\dfrac{a_{10}-a_9}{S_{10}-S_8}+\dfrac{S_4-S_2}{a_4-a_3}$에서 $S_{10}-S_8=a_{10}+a_9$,

$S_4-S_2=a_4+a_3$이므로

$\dfrac{a_{10}-a_9}{S_{10}-S_8}+\dfrac{S_4-S_2}{a_4-a_3}=\dfrac{a_{10}-a_9}{a_{10}+a_9}+\dfrac{a_4+a_3}{a_4-a_3}$

$=\dfrac{\dfrac{a_{10}}{a_9}-1}{\dfrac{a_{10}}{a_9}+1}+\dfrac{\dfrac{a_4}{a_3}+1}{\dfrac{a_4}{a_3}-1}=\dfrac{r-1}{r+1}+\dfrac{r+1}{r-1}$

이때 $r=\sqrt{30}$이므로

$\dfrac{\sqrt{3}-1}{\sqrt{3}+1}+\dfrac{\sqrt{3}+1}{\sqrt{3}-1}=\dfrac{(\sqrt{3}-1)^2+(\sqrt{3}+1)^2}{2}=4$

15 [모범답안]

세 수 $a, b, 2$가 등차수열을 이루므로 b는 a와 2의 등차중항이다.

$\therefore b=\dfrac{2+a}{2}$

또한

세 수 $2, a, b$가 등비수열을 이루므로 a는 2와 b의 등비중항이다.

$\therefore a^2=2b$

이때 위의 두 식 $2b=2+a$, $a^2=2b$를 연립하여 a에 관해 정리하면

$a^2=a+2$, $a^2-a-2=0$, $(a-2)(a+1)=0$

$\therefore a=2$ 또는 $a=-1$

그런데 $a=2$인 경우 $a=b$이므로 서로 다른 세 수 라는 조건에 어긋나므로

$a=-1, b=\dfrac{1}{2}$

$\therefore 2ab=-1$

16 [모범답안]

$\displaystyle\sum_{k=p}^{q}a_k=\sum_{k=1}^{q}a_k-\sum_{k=1}^{p-1}a_k=q^2-(p-1)^2$
$\qquad\qquad =(q-p+q)(q+p+1)=27 \cdots\cdots \text{㉠}$

$q-p+1=1, q+p-1=27$인 경우

$p=14, q=14$

$q-p+1=3, q+p-1=9$인 경우

$p=4, q=6$

$q-p+1=9, q+p-1=3$인 경우

$p=-2, q=6$

$q-p+1=27, q+p-1=1$인 경우

$p=-12, q=14$

이 중 조건 $2\le p<q$를 만족시키는 경우는 $p=4, q=6$인 경우뿐이다.

따라서 $\dfrac{q}{p}=\dfrac{6}{4}=\dfrac{3}{2}$

17 [모범답안]

$a_n=\dfrac{n(n-1)}{3\{1^2+2^2+3^2+\cdots+(n-1)^2\}}$에서

$a_n=\dfrac{n(n-1)}{3\times\left\{\dfrac{(n-1)n(2n-1)}{6}\right\}}$

$\quad=\dfrac{2n(n-1)}{(n-1)n(2n-1)}=\dfrac{2}{2n-1}$

따라서

$\therefore \dfrac{1}{a_n}=\dfrac{2n-1}{2}=n-\dfrac{1}{2}$

$\displaystyle\sum_{k=1}^{10}\dfrac{1}{a_k}=\sum_{k=1}^{10}\left(n-\dfrac{1}{2}\right)=\dfrac{10\times 11}{2}-5=50$

18 [모범답안]

등비수열 $\{a_n\}$의 첫째항이 a이고 공비가 r이라고 하면

(i) $S_4 = \dfrac{a(r^4-1)}{r-1} = 9$

(ii) $S_8 = \dfrac{a(r^8-1)}{r-1} = \dfrac{a(r^4-1)(r^4+1)}{r-1} = 153$

(ii)에 (i)을 대입하면

$9(r^4+1) = 153$, $r^4 = 16$

$r=2$ 또는 $r=-2$

이때 r이 음수이면 등비수열 $\{a_n\}$의 모든 항이 양수가 될 수 없으므로

$\therefore r=2$

따라서

$S_4 = \dfrac{a(2^4-1)}{2-1} = 15a = 9$이므로

$a = \dfrac{9}{15} = \dfrac{3}{5}$

19 [모범답안]

$a_{15} + a_{22} + a_{28} + a_{35} = 36$에서

a_{15}, a_{35}의 등차중항과 a_{22}, a_{28}의 등차중항이 a_{25}로 같으므로

$a_{15} + a_{22} + a_{28} + a_{35} = 4a_{25} = 36$

$\therefore a_{25} = 9$

한편 $a_1 + a_3 + a_5 + \cdots + a_{49} = \dfrac{25(a_1+a_{49})}{2}$에서

a_1, a_{49}의 등차중항 또한 a_{25}이므로

$\therefore \dfrac{25(a_1+a_{49})}{2} = \dfrac{25 \times (9 \times 2)}{2} = 225$

20 [모범답안]

주어진 수열의 n번째 항을 a_n이라 하면

$a_n = \dfrac{1}{2+4+6+\cdots+2n} = \dfrac{1}{\sum\limits_{k=1}^{n} 2k}$

$\therefore a_n = \dfrac{1}{n(n+1)}$

따라서 주어진 수열의 첫째항부터 제10항까지의 합은

$\sum\limits_{k=1}^{10} \dfrac{1}{n(n+1)} = \sum\limits_{k=1}^{10}\left(\dfrac{1}{n} - \dfrac{1}{n+1}\right)$

$= \left(\dfrac{1}{1} - \dfrac{1}{2}\right) + \left(\dfrac{1}{2} - \dfrac{1}{3}\right) + \cdots$

$\qquad\qquad\qquad\qquad + \left(\dfrac{1}{10} - \dfrac{1}{11}\right)$

$= 1 - \dfrac{1}{11} = \dfrac{10}{11}$

21 [모범답안]

$a_1 > 0$, $k > 0$이므로 모든 자연수 n에 대하여 $a_n > 0$이다.

$a_n a_{n+1} = k$에서 $a_{n+1} = \dfrac{k}{a_n}$

$a_1 = a(a>0)$이라 하면

$a_2 = \dfrac{k}{a}$, $a_3 = \dfrac{k}{\frac{k}{a}} = a$, $a_4 = \dfrac{k}{a}$, $\cdots$이므로

$a = a_1 = a_3 = a_5 = \cdots = a_{29}$,

$\dfrac{k}{a} = a_2 = a_4 = a_6 = \cdots = a_{30}$

$\sum\limits_{n=1}^{30} a_n$

$= (a_1+a_2) + (a_3+a_4) + (a_5+a_6) + \cdots + (a_{29}+a_{30})$

$= 15(a_1+a_2) = 15\left(a + \dfrac{k}{a}\right)$

한편, $a > 0$, $\dfrac{k}{a} > 0$이므로

$a + \dfrac{k}{a} \geq 2\sqrt{a \times \dfrac{k}{a}} = 2\sqrt{k}$

$\qquad$ (단, 등호는 $a = \dfrac{k}{a}$, 즉 $a = \sqrt{k}$일 때 성립)

즉, $\sum\limits_{n=1}^{30} a_n \geq 15 \times 2\sqrt{k} = 30\sqrt{k}$

$\sum\limits_{n=1}^{30} a_n$의 값은 $a = \sqrt{k}$일 때, 최솟값 $30\sqrt{k}$를 가지므로

$30\sqrt{k} = 60$에서 $\sqrt{k} = 2$

따라서 $k = 4$

22 [모범답안]

자연수 n에 대하여 3^n을 10으로 나눈 나머지는 3^n의 일의 자리의 숫자와 같으므로 $n = 1, 2, 3, \cdots$을 순서대로 대입하여 a_n을 구할 수 있다.

$a_1 = 3$, $a_2 = 9$, $a_3 = 7$, $a_4 = 1$,

$a_5 = 3$, $a_6 = 9$, $a_7 = 7$, $a_8 = 1$, $\cdots$

따라서 수열 $\{a_n\}$은 3, 9, 7, 1이 순서대로 반복된다.

$2020 = 4 \times 505$이므로

$a_{2020} = a_4 = 1$

23 [모범답안]

$S_n T_n = 1^3 + 2^3 + 3^3 + \cdots + (n-1)^3 + n^3$에서

$S_n T_n = \sum\limits_{k=1}^{n} k^3 = \left\{\dfrac{n(n+1)}{2}\right\}^2$

$a_n = 4n$이므로 $S_n = 4 \times \dfrac{n(n+1)}{2} = 2n(n+1)$

따라서

$S_n T_n = 2n(n+1)T_n = \left\{\dfrac{n(n+1)}{2}\right\}^2$이므로

$\therefore T_n = \dfrac{n(n+1)}{8}$

따라서

$b_n = T_n - T_{n-1} = \dfrac{n(n+1)}{8} - \dfrac{n(n-1)}{8}$,

$= \dfrac{n(n+1)}{8} - \dfrac{n(n-1)}{8} = \dfrac{2n}{8} = \dfrac{n}{4}$

$\therefore b_8 = 2$

24 [모범답안]

$S_n - S_{n-1} = a_n$을 이용하면

$S_3 - S_2 = a_3 = 80$이므로

$\therefore ar^2 = 8$

$S_5 - S_3 = a_5 - a_4 = 5760$이므로

$ar^4 + ar^3 = ar^3(r+1) = 576,\ 8r(r+1) = 576$

$r^2 + r - 72 = 0,\ (r-8)(r+9) = 0$

이때 $r > 0$의 조건에 의해 $r = 80$이므로 $a = \dfrac{1}{8}$

$\therefore a_2 = \dfrac{1}{8} \times 8 = 1$

25 [모범답안]

주어진 조건에 따라 a_1부터 차례대로 대입하면

$a_1 = \dfrac{1}{2}$

$a_1 = \dfrac{1}{2} \le 1$이므로 $a_2 = 2 \times \dfrac{1}{2} = 1$

$a_2 = 1 \le 1$이므로 $a_3 = 2 \times 1 = 2$

$a_3 = 2 > 1$이므로 $a_4 = 2 - \dfrac{3}{2} = \dfrac{1}{2}$

$a_4 = \dfrac{1}{2} \le 1$이므로 $a_5 = 2 \times \dfrac{1}{2} = 1$

$\vdots$

따라서 $a_{3n-2} = \dfrac{1}{2},\ a_{3n-1} = 1,\ a_{3n} = 2$의 규칙성을 보이므로

$\therefore a_9 + a_{14} = 2 + 1 = 3$

[수학 II]

IV. 함수의 극한과 연속

01 [모범답안]

$x \to -2+$일 때, $f(x) \to 2$이므로

$\displaystyle\lim_{x \to -2+} f(x) = 2$

$x \to 1-$일 때, $f(x) \to 2$이므로

$\displaystyle\lim_{x \to 1-} f(x) = 2$

따라서 $\displaystyle\lim_{x \to -2+} f(x) - \lim_{x \to 1-} f(x) = 2 - 2 = 0$

02 [모범답안]

$\displaystyle\lim_{x \to 2} \dfrac{\sqrt{2x^2+1}-3}{mx+n}$의 값이 0이 아닌 실수로 존재하며,

$\displaystyle\lim_{x \to 2}(\sqrt{2x^2+1}-3) = 0$이므로

$\displaystyle\lim_{x \to 2}(mx+n) = 0$

즉, $2m+n = 0,\ n = -2m$

$\begin{aligned}
\lim_{x \to 2} \frac{\sqrt{2x^2+1}-3}{mx+n} &= \lim_{x \to 2} \frac{\sqrt{2x^2+1}-3}{m(x-2)} \\
&= \lim_{x \to 2} \frac{(\sqrt{2x^2+1}-3)(\sqrt{2x^2+1}+3)}{m(x-2)(\sqrt{2x^2+1}+3)} \\
&= \lim_{x \to 2} \frac{2x^2-8}{m(x-2)(\sqrt{2x^2+1}+3)} \\
&= \lim_{x \to 2} \frac{2(x-2)(x+2)}{m(x-2)(\sqrt{2x^2+1}+3)} \\
&= \lim_{x \to 2} \frac{2(x+2)}{m(\sqrt{2x^2+1}+3)} = \frac{8}{6m} \\
&= \frac{4}{3m} = \frac{4}{3}
\end{aligned}$

$\therefore m = 1,\ n = -2$

따라서 $m + n = -1$

03 [모범답안]

함수 $f(x)g(x)$가 실수 전체에서 연속이기 위해서는 $x = 4$에서도 연속이어야 한다.

$\displaystyle\lim_{x \to 4-} f(x)g(x) = \lim_{x \to 4+} f(x)g(x) = f(4)g(4)$

$\displaystyle\lim_{x \to 4-} f(x)g(x) = (-2)(16-k)$

$\displaystyle\lim_{x \to 4+} f(x)g(x) = (10)(16-k)$

$\therefore (-2)(16-k) = (10)(16-k)$이므로 $k = 16$

04 [모범답안]

$\displaystyle\lim_{x \to 1}(-2x^2+5) = 3,\ \lim_{x \to 1}(-4x+7) = 3$이므로

함수의 극한의 대소 관계에 의하여

$\displaystyle\lim_{x \to 1}\{f(x) + g(x)\} = 3$

$\lim_{x \to 1} f(x) = \alpha$, $\lim_{x \to 1} g(x) = \beta$라 하면

$\alpha + \beta = 3$ ······ ㉠

$\lim_{x \to 1} \{f(x) + 2g(x)\} = \lim_{x \to 1} f(x) + 2\lim_{x \to 1} g(x)$
$$= \alpha + 2\beta = 0$$이면

㉠에 의하여 $\alpha = 6$, $\beta = -3$이고,

$\lim_{x \to 1} \{2f(x) + g(x)\} = 2\lim_{x \to 1} f(x) + \lim_{x \to 1} g(x)$
$$= 2\alpha + \beta = 9 \neq 0$$이므로

$\lim_{x \to 1} \dfrac{2f(x) + g(x)}{f(x) + 2g(x)} = 8$을 만족시킬 수 없다.

그러므로 $\lim_{x \to 1} \{f(x) + 2g(x)\} \neq 0$이고

$\lim_{x \to 1} \dfrac{2f(x) + g(x)}{f(x) + 2g(x)} = \dfrac{2\lim_{x \to 1} f(x) + \lim_{x \to 1} g(x)}{\lim_{x \to 1} f(x) + 2\lim_{x \to 1} g(x)}$
$$= \dfrac{2\alpha + \beta}{\alpha + 2\beta} = 8$$ ······ ㉡

㉠에서 $\beta = 3 - \alpha$이므로 이것을 ㉡에 대입하면

$\dfrac{2\alpha + (3-\alpha)}{\alpha + 2(3-\alpha)} = \dfrac{\alpha + 3}{-\alpha + 6} = 8$에서

$\alpha = 5$이고 $\beta = -2$

따라서

$\lim_{x \to 1} \{f(x) - 2g(x)\} = \lim_{x \to 1} f(x) - 2\lim_{x \to 1} g(x)$
$$= 5 - 2(-2) = 9$$

05 [모범답안]

$f(x)$는 연속함수이므로 닫힌구간 $[0, 3]$에서도 연속이다.

따라서 사잇값의 정리에 따라 방정식 $f(x) = 0$이 열린구간 $(0, 3)$에서 실근을 가지기 위해서는 $f(0)f(3) < 0$이어야 한다.

또한 $0 < p < q < 3$인 모든 p와 q에 대하여 $f(p) \neq f(q)$이므로 열린구간 $(0, 3)$에서 증가하거나 감소한다.

이때 $f(0)f(3) < 0$이면 열린구간 $(0, 3)$에서 단 하나의 실근을 갖는다.

$f(0)f(3) = (a - 5)(a + 2) < 0$, $-2 < a < 5$

06 [모범답안]

모든 실수 x에서 연속인 함수 $f(x)$는 $x = -4$에서도 연속이어야 한다.

$\therefore \lim_{x \to -4} f(x) = f(-4)$

$\lim_{x \to -4} \dfrac{ax^2 - b}{x + 4}$의 값이 존재한다.

$x \to -4$일 때, (분모) $\to 0$이므로 (분자) $\to 0$이어야 한다.

$\lim_{x \to -4} (ax^2 - b) = 16a - b = 0$, $16a = b$

또한 $f(-3) = \dfrac{9a - b}{4 - 3} = 9a - b = -7a = -7$

$\therefore a = 1$, $b = 16$

$\lim_{x \to -4} f(x) = \lim_{x \to -4} \dfrac{x^2 - 16}{(x + 4)} = \lim_{x \to -4} \dfrac{(x-4)(x+4)}{(x+4)}$
$$= -8 = f(-4)$$
$$\therefore f(-4) = -8$$

07 [모범답안]

$\lim_{x \to \infty} f(x) = \infty$에서 $\lim_{x \to \infty} \left\{ \dfrac{1}{f(x)} \right\} = 0$

$\lim_{x \to \infty} \{2f(x) - 3g(x)\} \times \lim_{x \to \infty} \left\{ \dfrac{1}{f(x)} \right\}$

$= \lim_{x \to \infty} \left\{ 2 - 3\dfrac{g(x)}{f(x)} \right\} = 8 \times 0 = 0$

$\therefore \lim_{x \to \infty} \left\{ \dfrac{g(x)}{f(x)} \right\} = \dfrac{2}{3}$

$\lim_{x \to \infty} \left\{ \dfrac{f(x) + 3g(x)}{f(x)} \right\} = \lim_{x \to \infty} \dfrac{1 + 3\left\{ \dfrac{g(x)}{f(x)} \right\}}{1}$
$$= \dfrac{1 + 2}{1} = 3$$

$\therefore \lim_{x \to \infty} \left\{ \dfrac{f(x) + 3g(x)}{f(x)} \right\} = 3$

08 [모범답안]

조건 (가)에서

$\lim_{x \to \infty} \left(\dfrac{4x}{x - 2} \right) = 4$, $\lim_{x \to \infty} \left(\dfrac{4x + 7}{x - 9} \right) = 4$이므로 함수의 극한에서의 대소 관계에 의하여

$\lim_{x \to \infty} [(x^2 - 4) \{f(x)\}^2] = 4$

조건 (나)에서

$\lim_{x \to \infty} \left(\dfrac{16x^2 + 9x + 5}{x^2 - 1} \right) = 16$, $\lim_{x \to \infty} \left(\dfrac{16x^2 - 2x + 5}{x^2 - 1} \right) = 16$

이므로 함수의 극한에서의 대소 관계에 의하여

$\lim_{x \to \infty} \{(x - 2)f(x)\} = 16$

$\lim_{x \to \infty} (x + 2)f(x) = \lim_{x \to \infty} \dfrac{(x^2 - 4)\{f(x)\}^2}{(x - 2)f(x)}$
$$= \lim_{x \to \infty} (x + 2)f(x) = \dfrac{4}{16} = \dfrac{1}{4}$$

09 [모범답안]

$\lim_{x \to 2} \dfrac{2 - \sqrt{ax + b}}{x^2 - 2x} = 1$ ······ ㉠에서

$x \to 2$일 때 (분모) $\to 0$이고 극한값이 존재하므로 (분자) $\to 0$이어야 한다.

즉, $\lim_{x \to 2} (2 - \sqrt{ax + b}) = 0$에서

$2 - \sqrt{2a + b} = 0$, $2a + b = 4$이므로

$b = -2a + 4$ ······ ㉡

㉡을 ㉠에 대입하면

$\lim_{x \to 2} \dfrac{2 - \sqrt{ax - 2a + 4}}{x^2 - 2x}$

$$=\lim_{x \to 2}\frac{(2-\sqrt{ax-2a+4})(2+\sqrt{ax-2a+4})}{(x^2-2x)(2+\sqrt{ax-2a+4})}$$

$$=\lim_{x \to 2}\frac{4-(ax-2a+4)}{(x-2)(2+\sqrt{ax-2a+4})}$$

$$=\lim_{x \to 2}\frac{-a(x-2)}{(x-2)(2+\sqrt{ax-2a+4})}$$

$$=\lim_{x \to 2}\frac{-a}{x(2+\sqrt{ax-2a+4})}$$

$$=\frac{-a}{2 \times (2+2)}=-\frac{a}{8}=1$$ 에서

$a=-8$이고, ⓒ에서 $b=20$

따라서 $b-a=20-(-8)=28$

10 [모범답안]

$h(x)=f(x)-2x$라고 하자. 함수 $h(x)$는 모든 실수에서 연속이므로 닫힌구간 $[0, 1]$, $[1, 2]$에서도 연속이다.

$h(0)=1-0=1>0$, $h(1)=0-2=-2<0$,

$h(2)=7-4=3>0$이므로

$h(0)h(1)<0$, $h(1)h(2)<0$

따라서 사잇값 정리에 의해 함수 $h(x)$는 열린구간 $(0, 1)$, $(1, 2)$에서 각각 적어도 한 개의 실근을 갖는다.

그러므로 두 함수 $y=f(x)$와 $y=2x$는 열린구간 $(0, 2)$에서 적어도 2개의 교점이 존재하다.

11 [모범답안]

$f(0)=b, f(x)=f(x+6)$이므로 $f(0)=f(6)$

이때 함수 $f(x)$는 연속함수이므로

$f(6)=\lim_{x \to 6^-}f(x)=36+3=39=b$이다.

$\therefore b=39$

한편, 함수 $f(x)$는 연속함수이므로 $x=4$에서 연속이다.

$\lim_{x \to 4^-}f(x)=\lim_{x \to 4^+}f(x)$

$\lim_{x \to 4^-}f(x)=4a+b=4a+39$, $\lim_{x \to 4^+}f(x)=19$

$4a+39=19$, $a=-5$

$f(13)=f(6+7)=f(7)=f(6+1)=f(1)$

$\therefore f(1)=a+b=-5+39=34$

12 [모범답안]

조건 (가)의 $\lim_{x \to \infty}\dfrac{f(x)-x^3}{x}=1$에서 분모는 일차식이지만 극한값이 0이 아닌 상수로 수렴하므로 $\{f(x)-x^3\}$도 최고차항의 계수가 1인 일차식이다.

$\therefore f(x)-x^3=x+a, f(x)=x^3+x+a$

이때 조건 (나)의 $f(x)=-f(-x)$에 의하여 $f(x)$는 원점대칭이며 홀수 차항의 다항식만 존재한다.

$\therefore f(x)=x^3+x$

13 [모범답안]

함수 $|f(x)|$가 실수 전체의 집합에서 연속이므로 $x=-1$과 $x=3$에서도 연속이다.

함수 $|f(x)|$가 $x=-1$에서 연속이므로

$\lim_{x \to -1^-}|f(x)|=\lim_{x \to -1^+}|f(x)|=|f(-1)|$이어야 한다.

$\lim_{x \to -1^-}|f(x)|=\lim_{x \to -1^-}|x+a|=|-1+a|$

$\lim_{x \to -1^+}|f(x)|=\lim_{x \to -1^+}|x|=|-1|=1$

$|f(-1)|=|-1|=1$이므로

$|-1+a|=1$

$a>0$이므로 $a=2$

함수 $|f(x)|$가 $x=3$에서 연속이므로

$\lim_{x \to 3^-}|f(x)|=\lim_{x \to 3^+}|f(x)|=|f(3)|$이어야 한다.

이때 $\lim_{x \to 3^-}|f(x)|=\lim_{x \to 3^-}|x|=|3|=3$

$\lim_{x \to 3^+}|f(x)|=\lim_{x \to 3^+}|bx-2|=|3b-2|$

$|f(3)|=|3b-2|$이므로

$|3b-2|=3$

$b>0$이므로 $b=\dfrac{5}{3}$

따라서 $a-b=2-\dfrac{5}{3}=\dfrac{1}{3}$

14 [모범답안]

$$\left\{\frac{1}{f(x)}-\frac{1}{(x-a)}\right\}=\frac{(x-a)-f(x)}{f(x)(x-a)}$$

$$\lim_{x \to a}\left\{\frac{1}{f(x)}-\frac{1}{(x-a)}\right\}=\lim_{x \to a}\frac{(x-a)-f(x)}{f(x)(x-a)}$$

위 식에서 (분모) → 0이므로 (분자) → 0이어야 한다. 따라서 $f(a)=0$이다.

즉, $f(x)=(x-a)g(x)$ (단, $g(x)$는 이차함수)

$$\lim_{x \to a}\frac{(x-a)-f(x)}{f(x)(x-a)}=\lim_{x \to a}\frac{(x-a)-(x-a)g(x)}{(x-a)^2g(x)}$$

$$=\lim_{x \to a}\frac{1-g(x)}{g(x)(x-a)}$$

위 식에서 (분모) → 0이므로 (분자) → 0이어야 한다. 따라서 $g(a)=1$

이때 이차함수 $\{1-g(x)\}$는 $(x-a)$를 인수로 가진다.

$1-g(x)=(x-a)(mx+n)$

$$\lim_{x \to a}\frac{1-g(x)}{g(x)(x-a)}=\lim_{x \to a}\frac{(x-a)(mx+n)}{g(x)(x-a)}$$

$$=\lim_{x \to a}\frac{(mx+n)}{g(x)}=ma+n=0$$

$n=-ma$, $1-g(x)=m(x-a)^2$,

$g(x)=1-m(x-a)^2$

$f(x)=(x-a)g(x)=(x-a)-m(x-a)^3$

이때 최고차항의 계수가 -1이므로 $m=1$

$\therefore f(x)=-(x-a)^3+(x-a)$

$f(0)=a^3-a=a(a-1)(a+1)=0$

$a>0$이므로 $a=1$

15 [모범답안]

조건 (가)의 $\lim\limits_{x\to 0}\dfrac{f(x)}{x}=5$와 조건 (나)의 $\lim\limits_{x\to 5}\dfrac{f(x)}{(x-5)}=10$

에서 (분모) → 0이므로 (분자) → 0

$\therefore f(0)=f(5)=0$

$f(x)$는 다항함수이므로 $f(x)=x(x-5)Q(x)$ (단, $Q(x)$는 다항식)

조건 (가)의 $\lim\limits_{x\to 0}\dfrac{f(x)}{x}=\lim\limits_{x\to 0}\dfrac{x(x-5)Q(x)}{x}$

$\qquad\qquad =\lim\limits_{x\to 0}\{(x-5)Q(x)\}=-5Q(0)$

$\qquad\qquad =5$

$\therefore Q(0)=-1$

조건 (나)의 $\lim\limits_{x\to 5}\dfrac{f(x)}{(x-5)}=\lim\limits_{x\to 5}\dfrac{x(x-5)Q(x)}{(x-5)}$

$\qquad\qquad\qquad =\lim\limits_{x\to 5}\{xQ(x)\}=5Q(5)=10$

$\therefore Q(5)=2$

한편 $f(f(x))=f(x)\{f(x)-5\}Q(f(x))$

$\qquad\qquad =x(x-5)Q(x)\{f(x)-5\}Q(f(x))$

$\lim\limits_{x\to 5}\dfrac{f(f(x))}{x(x-5)}$

$=\lim\limits_{x\to 5}\dfrac{x(x-5)Q(x)\{f(x)-5\}Q(f(x))}{x(x-5)}$

$=\lim\limits_{x\to 5}Q(x)\{f(x)-5\}Q(f(x))$

$=Q(5)\{f(5)-5\}Q(f(5))=2(-5)(-1)=10$

16 [모범답안]

$f(x)=\lim\limits_{t\to\infty}\dfrac{13+x^2t}{7+t}(x-9)=(x-9)\lim\limits_{t\to\infty}\dfrac{13+x^2t}{7+t}$

$\lim\limits_{t\to\infty}\dfrac{13+x^2t}{7+t}=\lim\limits_{t\to\infty}\dfrac{\dfrac{13}{t}+x^2}{\dfrac{7}{t}+1}=x^2$

$\therefore f(x)=\lim\limits_{t\to\infty}\dfrac{13+x^2t}{7+t}(x-9)=(x-9)x^2$

$f'(x)=3x^2-18x=3x(x-6)=0$을 만족하는 해는

$x=0,\ x=6$

이때 닫힌구간 $[0,\ 9]$에서 증감을 조사하면 $x=6$일 때 극솟값이자 최솟값인 $f(6)=-108$을 갖는다. 또한 $x=0,\ 9$일 때 최댓값 0을 갖는다.

17 [모범답안]

$A^2-B^2=(A-B)(A+B)$

$(A+B)^2=(A-B)^2+4AB$

$(A-B)=\lim\limits_{x\to\infty}\{f(x)-g(x)\}=6$

$(A-B)^2=\lim\limits_{x\to\infty}\{f(x)-g(x)\}^2=6^2=36$

$4AB=4\lim\limits_{x\to\infty}f(x)g(x)=16$

$(A+B)^2=36+16=52=(2\sqrt{13})^2$

$\lim\limits_{x\to\infty}[\{f(x)\}^2-\{g(x)\}^2]=(A-B)(A+B)=12\sqrt{13}$

18 [모범답안]

$g(x)=\{f(x)\}^2$이라 하자.

함수 $g(x)$가 실수 전체의 집합에서 연속이려면 $x=a$에서 연속이어야 한다.

즉, $\lim\limits_{x\to a-}g(x)=\lim\limits_{x\to a+}g(x)=g(a)$이어야 한다.

이때

$\lim\limits_{x\to a-}g(x)=\lim\limits_{x\to a-}\{f(x)\}^2$

$\qquad\qquad =\lim\limits_{x\to a-}(-2x+6)^2=(-2a+6)^2$

$\lim\limits_{x\to a+}g(x)=\lim\limits_{x\to a+}\{f(x)\}^2$

$\qquad\qquad =\lim\limits_{x\to a+}(2x-a)^2=a^2$

$g(a)=\{f(a)\}^2=a^2$이므로

$(-2a+6)^2=a^2$에서

$a^2-8a+12=0$

$(a-2)(a-6)=0$

$a=2$ 또는 $a=6$

따라서 모든 상수 a의 값의 곱은

$2\times 6=12$

19 [모범답안]

연속함수 $f(x)$는 $x=4$에서 연속이어야 한다.

$\lim\limits_{x\to 4-}f(x)=\lim\limits_{x\to 4-}\{a(x-4)^2+b\}=b$

$\lim\limits_{x\to 4+}f(x)=\lim\limits_{x\to 4+}(3x-2)=10$

$\therefore b=10$

$f(x+8)=f(x)$에 의해 $f(0)=f(8)$

$f(0)=16a+b,\ f(8)=22,\ 16a+b=16a+10=22$

$\therefore a=\dfrac{3}{4}$

$f(x)=\begin{cases}\dfrac{3}{4}(x-4)^2+10 & (0\le x<4)\\ 3x-2 & (4\le x<8)\end{cases}$

$f(11)=f(8+3)=f(3)=\dfrac{3}{4}+10=\dfrac{43}{4}$

20 [모범답안]

$2-x=t$로 치환하면, $x\to 2$일 때 $t\to 0$이므로

$\lim\limits_{x\to 2}\dfrac{f(2-x)}{6-3x}=\lim\limits_{t\to 0}\dfrac{f(t)}{3t}=\dfrac{1}{3}\cdot\lim\limits_{t\to 0}\dfrac{f(t)}{t}=1$

$$\therefore \lim_{x \to 0} \frac{f(x)}{x} = 1$$

$\displaystyle\lim_{x \to 0} \frac{3x^3 + 9f(x)}{2x + f(x)}$ 의 분모와 분자를 x로 나누면

$$\lim_{x \to 0} \frac{3x^3 + 9f(x)}{2x + f(x)} = \frac{3x^2 + 9\dfrac{f(x)}{x}}{2 + \dfrac{f(x)}{x}} = \frac{9}{2+1} = 3$$

21 [모범답안]

$\displaystyle\lim_{x \to 1} \frac{g(x) - 2x}{x - 1}$ 의 값이 존재한다.

따라서 $\displaystyle\lim_{x \to 1} \{g(x) - 2x\} = 0, \ g(1) = 2$

$$\lim_{x \to 1} \frac{f(x)g(x)}{x^2 - 1} = \lim_{x \to 1} \frac{(x-1)\{g(x)-1\}g(x)}{x^2 - 1}$$

$$\lim_{x \to 1} \frac{\{g(x)-1\}g(x)}{x+1} = \frac{\{g(1)-1\}g(1)}{2} = \frac{1 \times 2}{2} = 1$$

$$\therefore \lim_{x \to 1} \frac{f(x)g(x)}{x^2 - 1} = 1$$

22 [모범답안]

$\displaystyle\lim_{x \to \infty} \frac{f(x)}{x^2 + x + 1} = 1$이므로

$f(x)$는 이차항의 계수가 1인 이차다항식임을 알 수 있다.

또한, $\displaystyle\lim_{x \to 3} \frac{f(x)}{x - 3} = 5$이므로

$f(x) = (x-a)(x-3)$라고 하면 (a는 상수)

$$\lim_{x \to 3} \frac{f(x)}{x - 3} = \lim_{x \to 3} \frac{(x-a)(x-3)}{(x-3)}$$

$$\therefore \lim_{x \to 3} (x - a) = 3 - a = 5, \ a = -2$$

따라서 $f(x) = x^2 - x - 6$

$$\therefore f(1) = 1 - 1 - 6 = -6$$

23 [모범답안]

$$\lim_{x \to 2} \frac{f(x-2) + g(3-x)}{x^2 - 4}$$

$$= \lim_{x \to 2} \frac{f(x-2)}{(x-2)(x+2)} + \lim_{x \to 2} \frac{g(3-x)}{(x-2)(x+2)}$$

이때,

$\displaystyle\lim_{x \to 2} \frac{f(x-2)}{(x-2)(x+2)}$에서 $x - 2 = t$로 놓고

$\displaystyle\lim_{x \to 2} \frac{g(3-x)}{(x-2)(x+2)}$에서 $3 - x = s$로 놓으면

(단, t와 s는 상수) $x \to 2$일 때, $t \to 0$, $s \to 1$이므로

$$\lim_{x \to 2} \frac{f(x-2)}{(x-2)(x+2)} + \lim_{x \to 2} \frac{g(3-x)}{(x-2)(x+2)}$$

$$= \lim_{t \to 0} \frac{f(t)}{t(t+4)} + \lim_{s \to 1} \frac{g(s)}{(5-s)(1-s)}$$

$$= \frac{1}{4} \lim_{t \to 0} \frac{f(t)}{t} - \frac{1}{4} \lim_{s \to 1} \frac{g(s)}{(s-1)} = \frac{7}{4} - \frac{11}{4} = -1$$

24 [모범답안]

방정식 $\{f(x)\}^2 + 2f(x) = 8$을 정리하면

$\{f(x) + 4\}\{f(x) - 2\} = 0$이므로

$$f(x) = -4, \ f(x) = 2$$

이때 $f(\alpha) = 3$, $f(\beta) = -2$를 만족하는 함수 $f(x)$의 그래프는 다음과 같다.

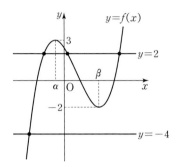

$f(x) = -4$에서 실근 1개, $f(x) = 2$에서 실근 3개이므로 구하는 서로 다른 실근의 개수는 모두 4개이다.

25 [모범답안]

주어진 식 $\displaystyle\lim_{x \to 0} \frac{3x^2 + 2f(x)}{x^4 - f(x)} = -1$에서 분모와 분자를 x^2으로 나누면,

$$\lim_{x \to 0} \frac{3x^2 + 2f(x)}{x^4 - f(x)} = \lim_{x \to 0} \frac{3 + 2\dfrac{f(x)}{x^2}}{x^2 - \dfrac{f(x)}{x^2}}$$

이때, 극한값 $\displaystyle\lim_{x \to 0} \frac{f(x)}{x^2} = a$이므로

$$\lim_{x \to 0} \frac{3 + 2\dfrac{f(x)}{x^2}}{x^2 - \dfrac{f(x)}{x^2}} = \frac{3 + 2a}{-a} = -1$$

$$3 + 2a = a$$

$$\therefore a = -3$$

V. 다항함수의 미분법

01 [모범답안]

다항식 x^5-x^2+x+2를 이차식 $(x+1)^2$으로 나누었을 때의 몫을 $Q(x)$, 나머지를 $ax+b$라 하면

$x^5-x^2+x+2=(x+1)^2Q(x)+(ax+b)$

양변에 $x=-1$을 대입하면

$-1-1-1+2=-1=-a+b, b-a=-1$

한편, 위식의 양변을 x에 대하여 미분하면

$5x^4-2x+1=2(x+1)Q(x)+(x+1)^2Q'(x)+a$

양변에 $x=-1$을 대입하면 $5+2+1=8=a$

$\therefore a=8, b=7$

따라서 나머지는 $8x+7$

02 [모범답안]

함수 $f(x)=x^3-6x^2+5x$에서 x의 값이 0에서 4까지 변할 때의 평균변화율은

$\dfrac{f(4)-f(0)}{4-0}=\dfrac{(4^3-6\times4^2+5\times4)-0}{4}=-3$

$f'(x)=3x^2-12x+5$이므로

$\dfrac{f(4)-f(0)}{4-0}=f'(a)$에서 $-3=3a^2-12a+5$

$3a^2-12a+8=0, a=\dfrac{6\pm2\sqrt{3}}{3}$

이때 $3<2\sqrt{3}<4$이므로 $0<\dfrac{6-2\sqrt{3}}{3}<\dfrac{6+2\sqrt{3}}{3}<4$

그러므로 구하는 모든 실수 a의 값은

$\dfrac{6-2\sqrt{3}}{3}, \dfrac{6+2\sqrt{3}}{3}$이고

모든 실수 a의 값의 곱은

$\dfrac{6-2\sqrt{3}}{3}\times\dfrac{6+2\sqrt{3}}{3}=\dfrac{8}{3}$이다.

따라서 $p=3, q=8$이므로

$q-p=8-3=5$

03 [모범답안]

$f(x)=(x-1)^3+1$이라 하면

이때, $f'(x)=3(x-1)^2$이므로

점 $(2, 2)$에서의 접선의 기울기는 $f'(2)=3$

따라서 접선의 방정식은 $y=3(x-2)+2=3x-4$

이 접선의 x절편과 y절편은 각각 $\dfrac{4}{3}, -4$이므로

구하는 넓이는 $\dfrac{1}{2}\times\left(\dfrac{4}{3}\right)\times(4)=\dfrac{8}{3}$

따라서 $p=8, q=3, p+q=11$

04 [모범답안]

t초 후 점 P의 속도를 $v_P(t)$, 점 Q의 속도를 $v_Q(t)$라 하면

$v_P(t)=3t^2-18t+24=3(t-2)(t-4)$

$v_Q(t)=3t^2-30t+48=3(t-2)(t-8)$

두 점 P, Q가 서로 반대 방향으로 움직이려면 $v_P(t)$와 $v_Q(t)$의 부호가 반대이어야 하므로 $v_P(t)v_Q(t)<0$

$v_P(t)v_Q(t)=9(t-2)^2(t-4)(t-8)<0$

따라서 t의 범위는 $4<t<8$

05 [모범답안]

사다리꼴의 제 1사분면에 있는 꼭짓점을 $P(p, 9-p^2)$ $(0<p<3)$, 넓이를 $S(p)$라고 하자. 이때 사다리꼴의 윗변의 길이는 $2p$, 아랫변의 길이는 6이고 높이는 $(9-p^2)$이다.

$S(p)=\dfrac{1}{2}(2p+6)(9-p^2)$

$\qquad=(p+3)(3-p)(3+p)=(3+p)^2(3-p)$

$S'(p)=2(3+p)(3-p)+(3+p)^2(-1)$

$\qquad=18-2p^2-p^2-6p-9=-3p^2-6p+9$

$\qquad=-3(p-1)(p+3)$

$0<p<3$이므로 $S'(p)=0$에서 $p=1$

$S(p)$의 증가와 감소를 따지면 $0<p<3$일 때, $p=1$에서 극댓값을 가진다.

$\therefore S(1)=32$

$S(p)$는 $p=1$에서 극대이고 최댓값 $S(1)=32$를 가지므로 사다리꼴의 넓이의 최댓값은 32이다.

06 [모범답안]

곡선 $y=f(x)$ 위의 점 $(0, 0)$에서의 접선의 기울기는 $f'(0)$이므로 접선의 방정식은

$y=f'(0)x$ …… ㉠

점 $(1, 2)$가 곡선 $y=xf(x)$ 위의 점이므로 $f(1)=2$

$y=xf(x)$에서 $y'=f(x)+xf'(x)$이므로

곡선 $y=xf(x)$ 위의 점 $(1, 2)$에서의 접선의 기울기는

$f(1)+f'(1)=2+f'(1)$이고

접선의 방정식은 $y-2=\{2+f'(1)\}(x-1)$,

즉 $y=\{2+f'(1)\}x-f'(1)$ …… ㉡

두 접선이 일치하므로 ㉠, ㉡에서

$f'(0)=2+f'(1), -f'(1)=0$

즉, $f'(0)=2, f'(1)=0$

삼차함수 $f(x)$를 $f(x)=ax^3+bx^2+cx+d$ $(a\neq0, a, b, c, d$는 상수$)$라 하면 $f(0)=0$이므로 $d=0$

$f(1)=2$이므로 $a+b+c=2, c=2-a-b$

즉, $f(x)=ax^3+bx^2+(2-a-b)x$이고

$f'(x)=3ax^2+2bx+2-a-b$

이때 $f'(0)=2-a-b=2$

PART1 국어

PART 2 수학

PART 3 해답

$b=-a$ ······ ©
$f'(1)=0$이므로
$f'(1)=3a+2b+2-a-b=0$
$2a+b=-2$ ······ ㉣
©을 ㉣에 대입하여 풀면 $a=-2, b=2$
따라서 $f'(x)=-6x^2+4x+2$이므로
$f'(-1)=-6-4+2=-8$

07 [모범답안]

$5x^3-15x-a=0$에서 $5x^3-15x=a$
$f(x)=5x^3-15x$라 하면
$f'(x)=15x^2-15=15(x-1)(x+1)$
$f'(x)=0$에서 $x=-1$ 또는 $x=+1$
$f(x)$의 증가와 감소를 표로 나타내면 다음과 같다.

x	$\cdots$	-1	$\cdots$	1	$\cdots$
$f'(x)$	$+$	0	$-$	0	$+$
$f(x)$	↗	10	↘	-10	↗

따라서 함수 $y=f(x)$의 그래프는 다음 그림과 같다.

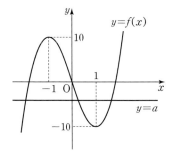

함수 $y=f(x)$의 그래프와 직선 $y=a$의 교점의 x좌표가 두 개는 양수이고, 나머지 한 개는 음수가 되는 실수 a의 값이 범위는 $-10<a<0$
따라서 정수 a는 $-9, -8, -7, -6, -5, -4, -3, -2,$
-1
총 9개이다.

08 [모범답안]

$f'(0)=\lim\limits_{h\to 0}\dfrac{f(0+h)-f(0)}{h}=\lim\limits_{h\to 0}\dfrac{f(h)}{h}=3$
$f(x+y)=f(x)+f(y)+6xy$에서 $x=4, y=h$를 대입하면
$f(4+h)=f(4)+f(h)+24h,$
$f(4+h)-f(4)=f(h)+24h$
$f'(4)=\lim\limits_{h\to 0}\dfrac{f(4+h)-f(4)}{h}=\lim\limits_{h\to 0}\dfrac{f(h)+24h}{h}$
$=\lim\limits_{h\to 0}\left(\dfrac{f(h)}{h}+24\right)$

$=f'(0)+24=3+24=27$

09 [모범답안]

$f(x)=x^3+ax^2+bx+c$에서
$f'(x)=3x^2+2ax+b$이고 함수 $f(x)$가 $x=p, x=q$에서 극값을 갖는다고 하자.
$f'(x)=0$ 방정식의 해는 $x=p, x=q$이고
$p<0, q<0$이므로 근과 계수의 관계에 의하여
$p+q=-\dfrac{2a}{3}<0, a>0$
$pq=\dfrac{b}{3}>0, b>0$
또한 함수 $f(x)$의 $x=0$에서의 함숫값은 c이고 c값의 범위는 $c<0$
따라서 $a>0, b>0, c<0$이므로
$\dfrac{|a|}{a}-\dfrac{|b|}{b}-\dfrac{|c|}{c}=1-1+1=1$

10 [모범답안]

$f(x)=x^3-9x^2+24x+1$에서
$f'(x)=3x^2-18x+24=3(x-2)(x-4)$
$f'(x)=0$을 만족하는 x의 값은 $x=2, x=4$

x	$\cdots$	2	$\cdots$	4	$\cdots$
$f'(t)$	$+$	0	$-$	0	$+$
$f(t)$	↗	21	↘	17	↗

함수 $f(x)$는 $x=2$에서 극댓값 $f(2)=21$을 갖고
$x=4$에서 극솟값 $f(4)=17$을 갖는다.
함수 $y=|f(x)|$의 그래프는 다음 그림과 같다.

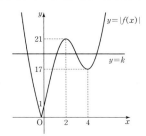

따라서 방정식 $|f(x)|=k$가 서로 다른 세 실근을 갖기 위한 k는 $f(x)$의 극댓값, 극솟값인 21, 17이어야 한다.
$\therefore k=17, 21$

11 [모범답안]

최고차항의 계수가 1인 사차함수 $f(x)$를
$f(x)=x^4+ax^3+bx^2+cx+d$ (a, b, c, d는 상수)라 하자.
$f(-x)=x^4-ax^3+bx^2-cx+d$이고
모든 실수 x에 대하여 $f(-x)=f(x)$이므로

$x^4-ax^3+bx^2-cx+d=x^4+ax^3+bx^2+cx+d$

$2ax^3+2cx=0$ ······ ㉠

㉠이 x에 대한 항등식이므로 $a=0$, $c=0$

즉, $f(x)=x^4+bx^2+d$

함수 $f(x)$가 $x=-1$에서 극솟값 3을 가지므로 $f(-1)=3$, $f'(-1)=0$이다.

$f(-1)=3$에서 $1+b+d=3$

$d=2-b$ ······ ㉡

$f'(x)=4x^3+2bx$이므로 $f'(-1)=0$에서 $-4-2b=0$

$b=-2$ ······ ㉢

㉢을 ㉡에 대입하면

$d=2-b=2-(-2)=4$

그러므로 $f(x)=x^4-2x^2+4$, $f'(x)=4x^3-4x$

$f'(x)=0$에서 $4x^3-4x=0$

$4x(x+1)(x-1)=0$

$x=-1$ 또는 $x=0$ 또는 $x=1$

함수 $f(x)$의 증가와 감소를 표로 나타내면 다음과 같다.

x	$\cdots$	-1	$\cdots$	0	$\cdots$	1	$\cdots$
$f'(x)$	$-$	0	$+$	0	$-$	0	$+$
$f(x)$	$\searrow$	극소	$\nearrow$	극대	$\searrow$	극소	$\nearrow$

따라서 함수 $f(x)$는 $x=0$에서 극대이므로 함수 $f(x)$의 극 댓값은 $f(0)=4$

12 [모범답안]

닫힌구간 $[0, 6]$에서

$f(0)=0$, $f(2)=0$, $f(4)=0$, $f(6)=0$이다.

이때, 롤의 정리에 의하여 $\dfrac{f(6)-f(0)}{6-0}=0=f'(c)$

$$(0<c<6)$$

$f'(x)=4x^3-36x^2+88x-48$

$\quad\quad=4(x-3)(x^2-6x+4)=0$

의 실근은 $x=3-\sqrt{5}$, $x=3$, $x=3+\sqrt{5}$이다.

$0<c<6$에서 $f'(c)=0$을 만족하는 $c=3-\sqrt{5}$, 3, $3+\sqrt{5}$

따라서 모든 c값의 합은 9

13 [모범답안]

$(x-5)f'(x)=x^2-25-f(x)$에서

양변에 $x=5$를 대입하면 $0=25-25-f(0)$, $f(0)=0$

또한 $x\neq5$일 때, $f'(x)=\dfrac{x^2-25-f(x)}{(x-5)}$

이때, 도함수 $f'(x)$가 연속함수이므로 $\lim\limits_{x\to5}f'(x)=f'(5)$

$f'(5)=\lim\limits_{x\to5}\{f'(x)\}=\lim\limits_{x\to5}\dfrac{x^2-25-f(x)}{(x-5)}$

$\quad\quad=\lim\limits_{x\to5}\dfrac{(x-5)(x+5)-\{f(x)-f(5)\}}{(x-5)}$

$\quad\quad=\lim\limits_{x\to5}\left[(x+5)-\dfrac{\{f(x)-f(5)\}}{(x-5)}\right]=10-f'(5)$

따라서 $f'(5)=10-f'(5)$이므로

$f'(5)=5$

14 [모범답안]

$f(x)=\dfrac{1}{3}x^3+x^2-3x+1$에서

$f'(x)=x^2+2x-3=(x+3)(x-1)$

$f'(x)=0$에서 $x=-3$ 또는 $x=1$

닫힌구간 $[-2, 2]$에서 함수 $f(x)$의 증가와 감소를 표로 나타내면 다음과 같다.

x	-2	$\cdots$	1	$\cdots$	2
$f'(x)$		$-$	0	$+$	
$f(x)$	$f(-2)$	$\searrow$	극소	$\nearrow$	$f(2)$

이때 $f(-2)=-\dfrac{8}{3}+4+6+1=\dfrac{25}{3}$,

$f(1)=\dfrac{1}{3}+1-3+1=-\dfrac{2}{3}$,

$f(2)=\dfrac{8}{3}+4-6+1=\dfrac{5}{3}$를 갖고,

$x=1$일 때 최솟값 $-\dfrac{2}{3}$를 갖는다.

따라서 $M=\dfrac{25}{3}$, $m=-\dfrac{2}{3}$이므로

$3M-6m=3\times\dfrac{25}{3}-6\times\left(-\dfrac{2}{3}\right)=25+4=29$

15 [모범답안]

$f(x)$가 모든 실수 x에서 연속이므로 $x=3$, $x=-3$에서도 연속이다.

$\therefore f(3)=\lim\limits_{x\to3}f(x)$, $f(-3)=\lim\limits_{x\to-3}f(x)$

$x\neq\pm3$일 때,

$f(x)=\dfrac{x^4-10x^2+9}{(x^2-9)}=\dfrac{(x-3)(x+3)(x^2-1)}{(x-3)(x+3)}$

$\quad\quad=x^2-1$

$\therefore f(x)=x^2-1(x\neq\pm3)$

$f(3)=\lim\limits_{x\to3}f(x)=\lim\limits_{x\to3}(x^2-1)=8$

$\therefore f(3)=8$

$f(-3)=\lim\limits_{x\to-3}f(x)=\lim\limits_{x\to-3}(x^2-1)=8$

$\therefore f(-3)=8$

따라서 $f(3)+f(-3)=16$

16 [모범답안]

두 함수 $f(x)$, $g(x)$는 실수전체에서 미분가능하므로 $x=2$에서도 미분가능하다.

$$\lim_{x \to 2} \frac{f(x) - f(2)}{x - 2} = \lim_{x \to 2+} \frac{f(x) - f(2)}{x - 2}$$
$$= \lim_{x \to 2-} \frac{f(x) - f(2)}{x - 2} = f'(2)$$
$$\lim_{x \to 2} \frac{g(x) - g(2)}{x - 2} = \lim_{x \to 2+} \frac{g(x) - g(2)}{x - 2}$$
$$= \lim_{x \to 2-} \frac{g(x) - g(2)}{x - 2} = g'(2)$$

$h(x)$는 실수 전체에서 미분가능하므로 실수 전체에서 연속이다.

$h(x)$는 $x=2$에서 연속이므로
$$\lim_{x \to 2+} h(x) = 3f(2) = \lim_{x \to 2-} h(x) = 2g(2) = h(2),$$
$$3f(2) = 2g(2) = h(2)$$

$h(x)$는 $x=2$에서 미분가능하므로
$x=2$에서 좌미분계수와 우미분계수가 동일하다.
$$\lim_{x \to 2+} \frac{h(x) - h(2)}{x - 2} = \lim_{x \to 2+} \frac{3f(x) - 3f(2)}{x - 2} = 3f'(2)$$
$$= h'(2)$$
$$\lim_{x \to 2-} \frac{h(x) - h(2)}{x - 2} = \lim_{x \to 2-} \frac{2g(x) - 2g(2)}{x - 2} = 2g'(2)$$
$$= h'(2)$$
$$\frac{1}{h'(2)} \times \lim_{x \to 2} \frac{3f(x) + 4g(x) - 3h(2)}{x - 2}$$
$$= \frac{1}{h'(2)} \times \left\{ 3\lim_{x \to 2} \left(\frac{f(x) - f(2)}{x - 2} \right) \right.$$
$$\left. + 4\lim_{x \to 2} \left(\frac{g(x) - g(2)}{x - 2} \right) \right\}$$
$$= \frac{1}{h'(2)} \times \{3f'(2) + 4g'(2)\} = 3$$

17 [모범답안]

두 점 P, Q의 시각 t에서의 속도를 각각 v_1, v_2라 하면,
$$v_1 = 12t^2 - 6t = 6t(2t-1),$$
$$v_2 = 6t^2 + 6t - 36 = 6(t-2)(t+3)$$
두 점 P, Q가 서로 다른 방향으로 움직이기 위해서는 속도의 부호가 달라야 하므로 $v_1 v_2 < 0$의 조건을 만족시켜야 한다.
$$v_1 v_2 = 36t(2t-1)(t-2)(t+3) < 0$$
$t \geq 0$이므로 $\frac{1}{2} < t < 2$

따라서 a의 최솟값 $m = \frac{1}{2}$, b의 최댓값 $M = 2$이므로
$$M + m = \frac{5}{2}$$

18 [모범답안]

다항함수 $f(x)$가 실수 전체에서 증가하기 위해서는
$f'(x) \geq 0$의 조건을 만족시켜야 한다.
$f'(x) = 3x^2 + 8kx + 3k$일 때,
$f'(x) = 3x^2 + 8kx + 3k \geq 0$이 되기 위해서는

$f'(x) = 0$의 판별식 $D \leq 0$이어야 한다.
$$\frac{D}{4} = (4k)^2 - 3(3k) = 16k^2 - 9k = 16k\left(k - \frac{9}{16}\right) \leq 0$$
$$0 \leq k \leq \frac{9}{16}$$

19 [모범답안]

$(x^2 - 9)g(x) = f(x) - 9$에서 양변에 $x=3$을 대입하면
$(9-9)g(3) = f(3) - 9 = 0, f(3) = 9$
$(x^2 - 9)g(x) = f(x) - 9$의 양변을 x에 대해 미분하면
$2xg(x) + (x^2 - 9)g'(x) = f'(x)$
위 식에 양변에 $x=3$을 대입하면
$$6g(3) = f'(3) = 3, g(3) = \frac{1}{2}$$
$h(x) = f(x)g(x)$이므로
$h'(x) = f'(x)g(x) + f(x)g'(x)$
$h'(3) = f'(3)g(3) + f(3)g'(3)$
$$= 3 \times \frac{1}{2} + 9g'(3) = 9$$
$$\therefore g'(3) = \frac{5}{6}$$

20 [모범답안]

방정식 $f(x) = g(x)$에서
$x^3 - 8x = -3x^2 + x + a$
즉, $x^3 + 3x^2 - 9x = a$
$h(x) = x^3 + 3x^2 - 9x$라 하면
방정식 $f(x) = g(x)$의 서로 다른 실근의 개수는 함수 $y = h(x)$의 그래프가 직선 $y = a$와 만나는 서로 다른 점의 개수와 같다.
$h'(x) = 3x^2 + 6x - 9 = 3(x+3)(x-1)$이므로
$h'(x) = 0$에서 $x = -3$ 또는 $x = 1$
함수 $h(x)$의 증가와 감소를 표로 나타내면 다음과 같다.

x	$\cdots$	-3	$\cdots$	1	$\cdots$
$h'(x)$	$+$	0	$-$	0	$+$
$h(x)$	↗	극대	↘	극소	↗

$h(-3) = 27$, $h(1) = -5$이므로 함수 $y = h(x)$의 그래프는 그림과 같다.

함수 $y = h(x)$의 그래프와 직선 $y = a$가 만나는 점의 개수가 3이려면 $-5 < a < 27$이어야 한다.
따라서 구하는 정수 a의 최솟값은 -4이다.

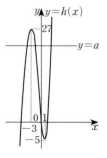

21 [모범답안]

$f(x) = \frac{1}{2}x^2$으로 놓으면 $f'(x) = x$

접점의 좌표를 $\left(t, \frac{1}{2}t^2\right)$이라고 하면, 이 점에서의 접선의 기울기는 $f'(t) = t$이므로 접선의 방정식은 $y - \frac{1}{2}t^2 = t(x-t)$,

$y = tx - \frac{1}{2}t^2$

이 접선이 점 $P(a, 2a-3)$을 지나므로

$2a - 3 = at - \frac{1}{2}t^2$, $t^2 - 2at + 2(2a-3) = 0$ ············ ㉠

t에 관한 이차방정식인 ㉠의 두 근을 α, β라고 하면 α, β는 접점의 x좌표이므로 접선의 기울기는 각각 α, β

이때 두 접선의 이루는 각이 직각이므로 $\alpha\beta = -1$

㉠에서 $\alpha\beta = 2(2a-3) = -1$이므로 $4a - 6 = -1$

$\therefore a = \frac{5}{4}$

22 [모범답안]

점 $P(t, t^2+1)$이라 하면

$\overline{AP}^2 = (t-2)^2 + (t^2+1)^2$

$\overline{BP}^2 = (t-8)^2 + (t^2+1)^2$

$\overline{AP}^2 + \overline{BP}^2 = 2t^4 + 6t^2 - 20t + 70$

이때, $f(t) = 2t^4 + 6t^2 - 20t + 70$이라 하면

$f'(t) = 8t^3 + 12t - 20 = (t-1)(8t^2+8t+20)$

x	$\cdots$	1	$\cdots$
$f'(t)$	$-$	0	$+$
$f(t)$	$\searrow$	58	$\nearrow$

즉, $t=1$일 때, $f(t)$는 극솟값을 가지므로 최솟값은 58이다.

23 [모범답안]

함수 $f(x) = ax^3 - 3(a^2+1)x^2 + 12ax$에서

$f'(x) = 3ax^2 - 6(a^2+1)x + 12a$

$f(x)$는 항상 증가하거나 감소하므로 $f'(x)$의 판별식은 $D \le 0$

따라서

$\frac{D}{4} = \{3(a^2+1)\}^2 - 36a^2 = 9(a+1)^2(a-1)^2 \le 0$

$\therefore a = \pm 1$

따라서 모든 a값의 곱은 -1이다.

24 [모범답안]

함수 $f(x)$가 극값을 가지지 않으므로

$f'(x)$의 판별식 $D \le 0$

$f'(x) = 3(a-4)x^2 + 6(b-2)x - 3a$이므로

$\frac{D}{4} = 9\{(b-2)^2 + a(a-4)\}$

$= 9\{(b-2)^2 + (a-2)^2 - 4\} \le 0$

$(a-2)^2 + (b-2)^2 \le 2^2$이므로

반지름이 2인 원의 넓이는 4π이다.

25 [모범답안]

평균변화율 $M(a, b) = \frac{f(b) - f(a)}{b-a}$

$f(b) = (2b-a)(2b-b) = 2b^2 - ab$

$f(a) = (2a-a)(2a-b) = 2a^2 - ab$

$M(a, b) = \frac{f(b) - f(a)}{b-a} = \frac{2(b^2-a^2)}{b-a} = 2(a+b)$

$M(a, b) = 2(a+b) < 9$

따라서 $a + b < \frac{9}{2}$를 만족하는 순서쌍은 $(1, 2)(1, 3)(2, 1)$ $(3, 1)$으로 총 4개이다.

VI. 다항함수의 적분법

01 [모범답안]

$y=ax^2 (x\geq 0)$에서 $y=4$일 때 $x=\sqrt{\dfrac{4}{a}}$이므로

곡선 $y=ax^2 (x\geq 0)$과 y축 및 직선 $y=4$로 둘러싸인 도형의 넓이는

$$\int_0^{\sqrt{\frac{4}{a}}}(4-ax^2)dx=\left[4x-\dfrac{a}{3}x^3\right]_0^{\sqrt{\frac{4}{a}}}=\dfrac{8}{3}\sqrt{\dfrac{4}{a}}$$

$y=x^2 (x\geq 0)$에서 $y=4$일 때 $x=2$이므로

곡선 $y=x^2 (x\geq 0)$과 y축 및 직선 $y=4$로 둘러싸인 도형의 넓이는

$$\int_0^2(4-x^2)dx=\left[4x-\dfrac{1}{3}x^3\right]_0^2=\dfrac{16}{3}$$

이때 $\dfrac{8}{3}\times\sqrt{\dfrac{4}{a}}=\dfrac{16}{3}\times 2$

$$\therefore a=\dfrac{1}{4}$$

02 [모범답안]

$0\leq x\leq a$일 때, $|f(x)|=-f(x)=ax-x^2$이고

$a<x\leq 3$일 때, $|f(x)|=f(x)=x^2-ax$이므로

$$\int_0^3|f(x)|dx=\int_0^a(ax-x^2)dx+\int_a^3(x^2-ax)dx$$

$$\int_0^3 f(x)dx=\int_0^a(x^2-ax)dx+\int_a^3(x^2-ax)dx$$이므로

$\displaystyle\int_0^3|f(x)|dx=\int_0^3 f(x)dx+2$에서

$$\int_0^a(ax-x^2)dx=\int_0^a(x^2-ax)dx+2$$

$2\displaystyle\int_0^a(ax-x^2)dx=2$, $\displaystyle\int_0^a(ax-x^2)dx=1$

$$\int_0^a(ax-x^2)dx$$

$$=\left[\dfrac{a}{2}x^2-\dfrac{1}{3}x^3\right]_0^a=\dfrac{1}{2}a^3-\dfrac{1}{3}a^3=\dfrac{1}{6}a^3$$이므로

$\dfrac{1}{6}a^3=1$에서 $a^3=6$

따라서

$$\dfrac{a}{2}f(-a)=\dfrac{1}{2}a\times(-a)\times(-2a)=a^3=6$$

03 [모범답안]

주어진 도함수 $y=f'(x)$의 그래프에서

$f'(x)=k(x-3)(x+3)$ (단, $k>0$)이라 하면,

$f'(0)=-9$이므로 $k=1$

즉, $f'(x)=x^2-9=(x-3)(x+3)$

$$f(x)=\int(x^2-9)dx=\dfrac{1}{3}x^3-9x+C \text{ (단, } C\text{는 적분상수)}$$

이때, $f(0)=0$이므로 $C=0$, $f(x)=\dfrac{1}{3}x^3-9x$

함수 $f(x)$의 극솟값은 $f(3)=-18$, 극댓값은 $f(-3)=18$ 이므로 그래프는 다음 그림과 같다.

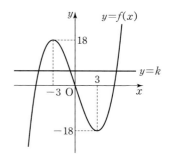

방정식 $f(x)=k$가 서로 다른 두 실근을 가지려면 $k=-18$, 18

04 [모범답안]

곡선 $y=-x^2+4x$와 직선 $y=3x$의 교점의 x좌표는

$-x^2+4x=3x$, $x^2-x=x(x-1)=0$, 즉 $x=0$ 또는 $x=1$

닫힌구간 $[0,1]$에서 $-x^2+4x\geq 3x$이므로

$$S_1=\int_0^1\{(-x^2+4x)-3x\}dx=\int_0^1(-x^2+x)dx$$

$$=\left[-\dfrac{1}{3}x^3+\dfrac{1}{2}x^2\right]_0^1=\dfrac{1}{6}$$

곡선 $y=-x^2+4x$와 x축의 교점의 x좌표는 $x=0,4$

닫힌구간 $[0,4]$에서 $-x^2+4x\geq 0$

$$S_2=\int_0^4(-x^2+4x)dx-S_1=\left[-\dfrac{1}{3}x^3+2x^2\right]_0^4-S_1$$

$$=\dfrac{32}{3}-\dfrac{1}{6}=\dfrac{21}{2}$$

$$\therefore \dfrac{S_1}{S_2}=\dfrac{\frac{1}{6}}{\frac{21}{2}}=\dfrac{1}{63}$$

05 [모범답안]

$$\int_{-2}^2 f(x)dx=\int_{-2}^2(x^3+ax^2+bx)dx$$

$$=\left[\dfrac{1}{4}x^4+\dfrac{a}{3}x^3+\dfrac{b}{2}x^2\right]_{-2}^2=\dfrac{16}{3}a=16$$

$$\therefore a=3, f(x)=x^3+3x^2+bx$$

$$\int_{-2}^2(x^4+3x^3+bx^2)dx=\left[\dfrac{1}{5}x^5+\dfrac{3}{4}x^4+\dfrac{b}{3}x^3\right]_{-2}^2$$

$$=\dfrac{64}{5}+\dfrac{16}{3}b=\dfrac{144}{5}$$

$$\therefore b=3, f(x)=x^3+3x^2+3x$$

따라서 $a+b=6$

06 [모범답안]

$\int_0^2 f(t)dt = a$ (a는 상수)라 하면

$f'(x) = 3x^2 + ax$

$f(x) = \int f'(x)dx = \int (3x^2 + ax)dx$

$\qquad = x^3 + \dfrac{a}{2}x^2 + C$ (단, C는 적분상수)

$f(2) = 8 + 2a + C, f'(2) = 12 + 2a$이고

$f(2) = f'(2)$이므로

$8 + 2a + C = 12 + 2a$에서 $C = 4$

$f(x) = x^3 + \dfrac{a}{2}x^2 + 4$이므로

$\int_0^2 \left(x^3 + \dfrac{a}{2}x^2 + 4\right)dx$

$= \left[\dfrac{1}{4}x^4 + \dfrac{a}{6}x^3 + 4x\right]_0^2 = 4 + \dfrac{4}{3}a + 8 = \dfrac{4}{3}a + 12 = a$에서

$a = -36$

따라서 $f(x) = x^3 - 18x^2 + 40$이므로

$f(-1) = (-1) - 18 + 40 = -15$

07 [모범답안]

$\int_2^x (x-t)f(t)dt = mx^2 + nx + 4$

위 식의 양변에 $x = 2$를 대입하면, $4m + 2n + 4 = 0$,

$n = -(2m+2)$

$\int_2^x (x-t)f(t)dt = mx^2 - (2m+2)x + 4$에서

$x\int_2^x f(t)dt - \int_2^x tf(t)dt = mx^2 - (2m+2)x + 4$

위 식의 양변을 x에 대하여 미분하면,

$\int_2^x f(t)dt + xf(x) - xf(x) = \int_2^x f(t)dt$

$\qquad\qquad\qquad\qquad = 2mx - 2m - 2$

위 식의 양변에 $x = 2$를 대입하면, $m = 1$

$n = -(2m+2)$이므로 $n = -4$

$\therefore m - n = 5$

08 [모범답안]

두 곡선 $y = f(x)$, $y = g(x)$는 서로 역함수 관계이므로

$y = x$에 대하여 대칭이다.

$f(0) = 3, f(2) = 7$이므로 $g(3) = 0, g(7) = 2$

$S_1 = \int_0^2 f(x)dx, S_2 = \int_3^7 g(x)dx$라고 하면

$S_1 + S_2 = \int_0^2 f(x)dx + \int_3^7 g(x)dx$

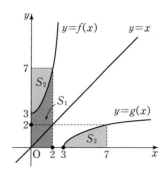

위의 그림에서

$S_1 + S_2 = \int_0^2 f(x)dx + \int_3^7 g(x)dx$는 가로 길이가 20이고,

세로 길이가 7인 직사각형의 넓이이다.

$\therefore S_1 + S_2 = \int_0^2 f(x)dx + \int_3^7 g(x)dx = 7 \times 2 = 14$

09 [모범답안]

함수 $F(x) = x^2 + ax + 1$가 함수 $f(x)$의 한 부정적분이므

로 $F'(x) = f(x) = 2x + a, f(0) = a = 2$

$\therefore f(x) = 2x + 2$

$G(x) = \int 3xf(x)dx = \int 3x(2x+2)dx$

$\qquad = \int (6x^2 + 6x)dx = 2x^3 + 3x^2 + C$

(단, C는 적분상수)

이 때, $G(0) = 1 = C$

$\therefore C = 1$

따라서 $G(x) = 2x^3 + 3x^2 + 1$

10 [모범답안]

곡선 $y = x^2 - 3x$와 직선 $y = ax$의 교점을 찾으면

$x^2 - 3x = ax, x^2 - (3+a)x = x(x-3-a)$에서 $x = 0$,

$x = a + 3$

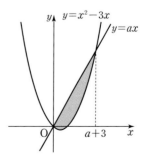

한편, 닫힌구간 $[0, 3]$에서 $ax \geq x^2 - 3x$,

$-x^2 + (a+3)x \geq 0$

따라서 주어진 곡선과 직선으로 둘러싸인 도형의 넓이는

$$S(a)=\int_0^{a+3} |(x^2-3x)-ax|\,dx$$

$$=\int_0^{a+3}\{-x^2+(3+a)x\}\,dx$$

$$=\left[-\frac{1}{3}x^3+\frac{1}{2}(a+3)x^2\right]_0^{a+3}$$

$$=-\frac{1}{3}(a+3)^3+\frac{1}{2}(a+3)^3=\frac{1}{6}(a+3)^3$$

$$\therefore S(a)=\frac{1}{6}(a+3)^3$$

11 [모범답안]

함수 $f(x)$의 부정적분 중 하나를 $F(x)$라 하자.

$$\lim_{x\to 7}\frac{1}{(x^2-48)(x^2-49)}\int_{49}^{x^2}f(t)\,dt$$

$$=\lim_{x\to 7}\left\{\frac{F(x^2)-F(49)}{(x^2-49)}\times\frac{1}{(x^2-48)}\right\}$$

$$=\lim_{x\to 7}\frac{F(x^2)-F(49)}{(x^2-49)}\times\frac{1}{1}=\lim_{x\to 7}\frac{F(x^2)-F(49)}{(x^2-49)}$$

$x^2=u$일 때, $x\to 7$일 때 $u\to 49$이므로

$$\lim_{x\to 7}\frac{F(x^2)-F(49)}{(x^2-49)}=\lim_{u\to 49}\frac{F(u)-F(49)}{(u-49)}=F'(49)$$

$$=f(7^2)=7^2+7^4+7^6+7^8+7^{10}$$

$$=\frac{7^2(49^5-1)}{7^2-1}=\frac{49(7^{10}-1)}{48}$$

$$\therefore p=48,\ q=10,\ p+q=58$$

12 [모범답안]

$f(x)$가 모든 실수 x에 대하여

$f(-x)=-f(x)$이고 최고차항의 계수가 양수인 삼차함수

이므로 $f(x)=ax^3+bx$ ($a,\,b$는 상수, $a>0$)이라 하자.

$$g(2)=\int_{-4}^2 f(t)\,dt=\int_{-4}^2(at^3+bt)\,dt$$

$$=\left[\frac{a}{4}t^4+\frac{b}{2}t^2\right]_{-4}^2=(4a+2b)-(64a+8b)$$

$$=-6a-6b=0에서\ b=-10a이고,$$

$$f(x)=ax^3-10ax=ax(x+\sqrt{10})(x-\sqrt{10})$$

한편, $g'(x)=f(x)$이므로 함수 $g(x)$의 증가와 감소를 표로

나타내면 다음과 같다.

x	$\cdots$	$-\sqrt{10}$	$\cdots$	0	$\cdots$	$\sqrt{10}$	$\cdots$
$f'(x)$	$-$	0	$+$	0	$-$	0	$+$
$f(x)$	$\searrow$	극소	$\nearrow$	극대	$\searrow$	극소	$\nearrow$

함수 $g(x)$의 극댓값이 8이므로

$$g(0)=a\int_{-4}^0(x^3-10x)\,dx=a\left[\frac{1}{4}x^4-5x^2\right]_{-4}^0$$

$$=a\{0-(-16)\}=16a=8에서$$

$$a=\frac{1}{2}$$

따라서 $f(x)=\frac{1}{2}x^3-5x$이므로

$$f(1)=\frac{1}{2}-5=-\frac{9}{2}$$

13 [모범답안]

$f(x)$가 삼차함수이므로, $f(x)=ax^3+bx^2+cx+d$

$\qquad\qquad\qquad\qquad$ ($a\neq 0$ $a,\,b,\,c,\,d$는 상수)

(다) 조건에 의하여 $f(0)=0,\ d=0$ $f(x)=ax^3+bx^2+cx$

한편, (가) 조건에 의하여

$$\int_{-1}^1 f(x)\,dx=\int_{-1}^0 f(x)\,dx=\int_0^1 f(x)\,dx$$

$$\int_{-1}^1 f(x)\,dx=\int_{-1}^0 f(x)\,dx=\int_0^1 f(x)\,dx=A라고\ 하면$$

$$\int_{-1}^1 f(x)\,dx=\int_{-1}^0 f(x)\,dx+\int_0^1 f(x)\,dx=A=A+A$$

이므로

$$A=2A,\ A=0$$

$$\therefore \int_{-1}^1 f(x)\,dx=0$$

$$\int_{-1}^1 f(x)\,dx=\int_{-1}^1(ax^3+bx^2+cx)\,dx$$

$$=\left[\frac{a}{4}x^4+\frac{b}{3}x^3+\frac{c}{2}x^2\right]_{-1}^1=\frac{2b}{3}=0,\ b=0$$

$$\int_0^1 f(x)\,dx=\int_0^1(ax^3+cx)\,dx$$

$$=\left[\frac{a}{4}x^4+\frac{c}{2}x^2\right]_0^1=\frac{a}{4}+\frac{c}{2}=0,\ a=-2c$$

(나) 조건에 의하여

$$\int_1^2 f(x)\,dx=\int_1^2\left(ax^3-\frac{1}{2}ax\right)dx$$

$$=\left[\frac{a}{4}x^4-\frac{a}{4}x^2\right]_1^2=\frac{15a}{4}-\frac{3a}{4}=3a=3,$$

$$\therefore a=1,\ c=-\frac{1}{2}$$

따라서 $f(x)=x^3-\frac{1}{2}x$이므로 $f(-1)=-1+\frac{1}{2}=-\frac{1}{2}$

14 [모범답안]

함수 $f(x)$가 $f(x+2)=f(x)+1$을 만족하므로

$$\int_2^4 f(x)\,dx=\int_0^2 f(x+2)\,dx=\int_0^2\{f(x)+1\}\,dx$$

$$=p+\int_0^2 1\,dx=p+2$$

따라서 $\int_4^6 f(x)\,dx=\int_2^4 f(x+2)\,dx=\int_2^4\{f(x)+1\}\,dx$

$$=(p+2)+2=p+4$$

$$\int_6^8 f(x)\,dx=p+6,\ \int_8^{10}f(x)\,dx=p+8,$$

$$\int_{10}^{12}f(x)\,dx=p+10$$

$$\int_0^{12}f(x)\,dx=p+(p+2)+(p+4)+(p+6)$$

$$\qquad\qquad +(p+8)+(p+10)=6p+30$$

15 [모범답안]

함수 $f(x)=\begin{cases}2x-1 & (x\geq 1)\\ x & (x<1)\end{cases}$ 에서

$xf(x)=\begin{cases}2x^2-x & (x\geq 1)\\ x^2 & (x<1)\end{cases}$

$g(2)=\int_0^2 tf(t)dt=\int_0^1 x^2dx+\int_1^2(2x^2-x)dx$

$\qquad =\left[\dfrac{1}{3}x^3\right]_0^1+\left[\dfrac{2}{3}x^3-\dfrac{1}{2}x^2\right]_1^2$

$\qquad =\dfrac{1}{3}+\dfrac{2}{3}(8-1)-\dfrac{3}{2}$

$\qquad =\dfrac{1+14}{3}-\dfrac{3}{2}=5-\dfrac{3}{2}=\dfrac{7}{2}$

$g(-2)=\int_0^{-2}tf(t)dt=-\int_{-2}^0 x^2dx=-\left[\dfrac{1}{3}x^3\right]_{-2}^0$

$\qquad =-\dfrac{8}{3}$

$\therefore \dfrac{g(2)}{-g(-2)}=\dfrac{\frac{7}{2}}{\frac{8}{3}}=\dfrac{21}{16}$

$p=16,\ q=21$

$\therefore p+q=37$

16 [모범답안]

직선 $y=-4x+8$과 x축 및 y축으로 둘러싸인 부분의 넓이

는 $\dfrac{1}{2}\times 2\times 8=8$이다.

따라서 곡선 $y=ax^3$에 의하여 나뉜 두 부분의 넓이는 각각 4
이다.

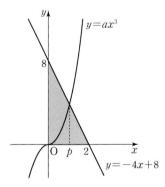

제1사분면에서 곡선 $y=ax^3$과 직선 $y=-4x+8$의 교점의
x좌표를 p라고 하면,

$ap^3=8-4p,\ a=\dfrac{8-4p}{p^3}\ (0<p<2)$

곡선 $y=ax^3$, 직선 $y=-4x+8$ 및 y축으로 둘러싸인 부분
의 넓이는 4이므로,

$4=\int_0^p\{(8-4x)-(ax^3)\}dx=\int_0^p(-ax^3-4x+8)dx$

$\qquad =\left[-\dfrac{a}{4}x^4-2x^2+8x\right]_0^p=-\dfrac{a}{4}p^4-2p^2+8p$

$\qquad =-p^2+6p$

$\therefore p=3\pm\sqrt 5$

그런데 $0<p<2$이므로 $p=3-\sqrt 5$

따라서 $a=\dfrac{8-4p}{p^3},\ p=3-\sqrt 5$

17 [모범답안]

직선 $y=x+2$가 곡선 $y=x^2-3x+k$와 점 $P(a,\ b)$에서
접한다고 하자.

$f(x)=x^2-3x+k$라 하면 $f'(x)=2x-3$

곡선 위의 점 P에서의 접선의 기울기가 1이므로

$f'(a)=2a-3=1$에서 $a=2$

점 P는 직선 $y=x+2$ 위의 점이므로 $b=a+2$에서 $b=4$

또한 점 P는 곡선 $y=x^2-3x+k$ 위의 점이므로

$4=4-6+k$에서 $k=6$

따라서 곡선 $y=x^2-3x+6$과 두 직선 $y=x+2,\ x=6$으로
둘러싸인 부분의 넓이는

$\int_2^6 |(x^2-3x+6)-(x+2)|dx$

$=\int_2^6 |x^2-4x+4|dx=\int_2^6(x^2-4x+4)dx$

$=\left[\dfrac{1}{3}x^3-2x^2+4x\right]_2^6$

$=(72-72+24)-\left(\dfrac{8}{3}-8+8\right)=24-\dfrac{8}{3}=\dfrac{64}{3}$

18 [모범답안]

$(3t^2-17t)=f(t)$라 하고, $f(t)$의 한 부정적분을 $F(t)$라
고 하면

$\displaystyle\lim_{x\to k}\dfrac{1}{(x+k)(x-k)}\int_{k^2}^{x^2}(3t^2-17t)dt$

$=\displaystyle\lim_{x\to k}\dfrac{F(x^2)-F(k^2)}{x^2-k^2}$

$x^2=u$일 때, $x\to k$이면 $u^2\to k^2$

$\displaystyle\lim_{u\to k^2}\dfrac{F(u)-F(k^2)}{u-k^2}=F'(u)=F'(k^2)$

$\therefore F'(k^2)=f(k^2)=-10$

$f(k^2)=3k^4-17k^2=-10,$

$3k^4-17k^2+10=(3k^2-2)(k^2-5)=0$이므로

$k=\pm\sqrt{\dfrac{2}{3}},\ \pm\sqrt 5$

따라서 모든 실수 k의 값의 곱은 $\left(-\dfrac{2}{3}\right)\times(-5)=\dfrac{10}{3}$

19 [모범답안]

$f'(x)=3x^2-18x$이므로 방정식 $f'(x)=0$의 해는 $x=0$,
$x=6$

이때 $k \neq 0$이므로, $k=6$

$f(6)=-108$이므로 $g(6)=-108$, $g'(6)=0$

$\therefore g(x)=(x-6)^2-108$

$f(x)-g(x)=(x^3-9x^2)-(x^2-12x-72)$

$\qquad\qquad =x^3-10x^2+12x+72$

$\qquad\qquad =(x-6)(x^2-4x-12)$

$\qquad\qquad =(x-6)^2(x+2)$

이때 두 곡선 $y=f(x)$와 $y=g(x)$로 둘러싸인 부분의 넓이는

$$\int_{-2}^{6}\{f(x)-g(x)\}dx=\int_{-2}^{6}(x-6)^2(x+2)dx$$

$$=\int_{-2}^{6}\{f(x)-g(x)\}dx$$

$$=\int_{-2}^{6}(x^3-10x^2+12x+72)dx$$

$$=\left[\frac{1}{4}x^4-\frac{10}{3}x^3+6x^2+72x\right]_{-2}^{6}$$

$$=\frac{2^{10}}{3}$$

20 [모범답안]

$f(x)=x^3+2$라고 하면 $f'(x)=3x^2$

$f(x)$ 위의 점 $(1, 3)$에서 접선의 기울기 $f'(1)=3$이므로

접선의 방정식은 $y=3(x-1)+3=3x$

곡선 $y=x^3+2$와 직선 $y=3x$의 교점은

$x^3+2=3x$, $(x-1)^2(x+2)=0$, $x=-2, 1$

따라서 이를 그래프로 나타내면

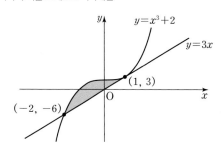

$S=\int_{-2}^{1}\{(x^3+2)-3x\}dx=\left|\frac{1}{4}x^4-\frac{3}{2}x^2+2x\right|_{-2}^{1}=\frac{27}{4}$

$\therefore 4S=27$

21 [모범답안]

시각 $t=0$에서의 점 P의 위치와 시각 $t=3$에서의 점 P의 위치가 서로 같으므로 시각 $t=0$에서 시각 $t=3$까지 점 P의 위치의 변화량이 0이다.

$$\int_0^3 v(t)dt=\int_0^3(t^2-kt)dt=\left[\frac{1}{3}t^3-\frac{k}{2}t^2\right]_0^3$$

$9-\frac{9}{2}k=0$에서 $k=2$

따라서 점 P가 시각 $t=0$에서 $t=3$까지 움직인 거리는

$$\int_0^3|v(t)|dt$$

$$=\int_0^3|t^2-2t|dt$$

$$=\int_0^2(-t^2+2t)dt+\int_2^3(t^2-2t)dt$$

$$=\left[-\frac{1}{3}t^3+t^2\right]_0^2+\left[\frac{1}{3}t^3-t^2\right]_2^3$$

$$=\left(-\frac{8}{3}+4\right)+\left\{(9-9)-\left(\frac{8}{3}-4\right)\right\}=\frac{8}{3}$$

22 [모범답안]

$f(x)=\frac{1}{3}x^3-\frac{3}{2}x^2+2x+C$ (단, C는 적분상수)

$f'(x)=x^2-3x+2=(x-1)(x-2)$

이때 $f'(x)=0$에서 $x=1$, $x=2$이므로 이를 이용하여 함수 $f(x)$의 극댓값, 극솟값을 구하면 함수 $f(x)$는 극댓값 $f(1)$, 극솟값 $f(2)$를 갖는다.

x	$\cdots$	1	$\cdots$	2	$\cdots$
$f'(x)$	$+$	0	$-$	0	$+$
$f(x)$	↗	극대	↘	극소	↗

$f(1)=\frac{4}{3}$를 대입하면

$f(1)=\frac{1}{3}-\frac{3}{2}+3+C=\frac{4}{3}$, $C=\frac{1}{2}$

따라서 $f(x)=\frac{1}{3}x^3-\frac{3}{2}x^2+2x+\frac{1}{2}$이므로

$\therefore$ 극솟값 $f(2)=\frac{8}{3}-6+4+\frac{1}{2}=\frac{7}{6}$

23 [모범답안]

함수 $f(x)$의 한 부정적분을 $F(x)$라 하면

$$\lim_{x\to1}\frac{\int_1^x f(t)dt}{x-1}=\lim_{x\to1}\frac{F(x)-F(1)}{x-1}=F'(1)$$

$$=f(1)=1$$

$1+a+b=1$, $a+b=0$

$$\int_0^1 f(x)dx=\left[\frac{1}{3}x^3+\frac{a}{2}x^2+bx\right]_0^1=\frac{1}{3}+\frac{a}{2}+b=0$$

$3a+6b=-2$

$\therefore a=\frac{2}{3}$, $b=-\frac{2}{3}$

따라서 $ab=-\frac{4}{9}$

24 [모범답안]

다음의 그래프에서

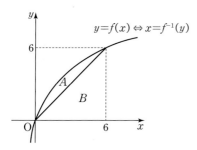

$A=\int_0^6\{f(x)-x\}dx=6$이라 하면 $A=6$이므로

$A+B=\int_0^6 f(x)dx=6+\dfrac{1}{2}\times6\times6=24$

$\therefore \int_0^6\{6-f^{-1}(x)\}dx=A+B=24$

25 [모범답안]

곡선 $y=f(x)$와 $y=g(x)$는 직선 $y=x$에 대하여 대칭이므로 구하는 도형의 넓이는 곡선 $y=f(x)$와 직선 $y=x$로 둘러싸인 도형의 넓이의 2배와 같다.

함수 $f(x)$와 역함수 $g(x)$의 교점은

$x^3-2x^2+2x=x,\ x(x-1)^2=0$

$\therefore x=0$ 또는 $x=1$

따라서 구하는 도형의 넓이를 S라 하면

$S=2\displaystyle\int_0^1\{(x^3-2x^2+2x)-x\}dx$

$\quad=2\displaystyle\int_0^1(x^3-2x^2+x)dx$

$\quad=2\left[\dfrac{1}{4}x^4-\dfrac{2}{3}x^3+\dfrac{1}{2}x^2\right]_0^1=\dfrac{1}{6}$

국어

01 [바른해설]
전통적인 형법에서는 인간의 행위만을 범죄행위로 보기 때문에 지능형 로봇은 형법에 따른 책임을 지지 않고 형벌을 받을 수 없다. 한편, 지문의 마지막 문단에서는 지능형 로봇의 범죄에 대한 형벌 부과의 정당화 조건에 대해 다루고 있는데, 지능형 로봇의 행위를 형법상 유의미한 행위를 파악할 수 있기 위해서는 지능형 로봇이 법적 주체의 지위를 구성하여 범죄 능력을 인정받아야 한다. 최근에는 사회적 체계는 행위가 아닌 소통이라는 체계 이론의 체계 개념을 바탕으로 법적 주체의 지위를 구성하여야 한다는 주장에 따라 지능형 로봇에게도 형사 책임을 물을 수 있는 가능성이 제기된다.

[채점기준]

예시답안	배점
'①체계 이론'의 관점을 배경으로, 주체인 '②지능형 로봇'이, '③자율성'을 인정받는 조건에 따라, '④형사 책임을 물을 수 있다'는 결론 등 총 4개의 주요 키워드 혹은 대체 가능한 표현을 포함하는 구성 예 체계 이론의 관점에서는 자연인이 아닌 인공 지능을 탑재한 지능형 로봇도 자율적인 존재로서 형사 책임을 물을 수 있다. / 체계 개념으로 자연인이 아닌 존재라 할지라도 법적 주체의 지위를 인정받을 수 있다면 범죄 행위에 형법을 적용할 필요가 있다.	10점
위 4개의 키워드 중 일부가 누락 되었으나 비슷한 맥락으로 전개되는 구성 예 사회 현상을 관찰할 때 행위가 아닌 소통을 더욱 근원적 개념으로 파악하는 체계 이론의 관점에서 자연인이 아닌 존재라 할지라도 법적 주체의 지위를 인정할 수 있다.	5점
위 기준을 바탕으로 띄어쓰기나 맞춤법에 오타가 있는 경우 1점씩 감점	-1점

02 [바른해설]
형법의 기본 원리에는 책임 원칙이라는 것이 있으며, 보기에서 제시된 내용은 책임 원칙의 내용과 의의에 관한 것으로, 책임 원칙의 적용 조건으로서 자유의지를 지니고 범죄 능력이 인정되는 자연인이라는 주체가 부각된다. 특히, 현행 형법에서는 자연인 외의 존재는 범죄 행위의 주체가 될 수 없음을 명시하고 있다.

[채점기준]

예시답안	배점
책임 원칙에 따라 현행 형법에서는 자연인에게만 범죄 능력이 인정된다는 형법의 근거 가능에 관한 〈보기〉 문단의 취지를 파악하여 동일한 맥락의 문장을 선별 예 그런데 ~ 구상하였다.	10점
정답과 비슷한 맥락이기는 하나 그에 따른 부수적인 문장을 선별 예 이에 ~ 없다.	5점
정답과 동일한 맥락이나 한 문장이 아닌 복수의 문장을 선별 예 그런데 ~ 없다	3점

03 [바른해설]
이 작품은 글쓴이가 두물머리를 볼 수 있는 운길산을 여행하고서 여행 감상을 담은 기행 수필이다. 저자는 두물머리에서 두 물줄기가 만나는 모습을 보며 만남의 의미를 생각한다. 물줄기의 만남에서 촉발되어 인간의 만남까지 그 생각은 이어지고 확대되고 심화된다. 이러한 글의 전개를 핵심어를 기반으로 구성할 수 있는지를 평가하고자 한다.

[채점기준]

예시답안	배점
– 두물머리를 바라보며 삶의 이치를 생각해본다. – 두물머리를 지켜보며 물의 만남, 사람의 만남을 사색한다. – 만남은 새로운 '큰 하나'가 되는 것이다. – 위와 같은 취지의 답안의 경우	10점
– 물의 만남과 사람의 만남이라는 두 가지 요소를 중심으로 놓고 상호적으로 기술하는 의미가 부족한 경우 예 '계절의 틀을 벗어날 능력이 사람에겐 주어져 있다'는 구절을 근거로 인간의 삶이 만물의 이치에서 벗어난다는 취지의 답안인 경우	5점
그 이외의 경우	0점
맞춤법 등의 오류: 1건당 1점씩 감점, 최대 2점 감점	

04 [바른해설]
이 글은 다음과 같이 구성되어 있다. 두물머리라는 지명이 주는 느낌과 두물머리를 잘 볼 수 있는 장소를 다루고, 이어서 두물머리를 바라보며 떠올린 만남의 의미 그리고 사람의 만남이 이와 다른 점이 묘사되며, 마지막으로는 두물머리를 바라보며 느끼는 황홀감에 대한 글쓴이의 의미적 분석 등이 다루어지고 있다. 이 각각의 구성 단계 마다 등장하는 핵심 어휘나 어구가 등장하는데 이에 대한 의미를 수필 작품을 보며 충분히 떠올릴 수 있는지를 평가한다.

[채점기준]

예시답안	배점
①: 서로 만나서 새로운 하나를 만들기 힘든 데서 오는 외로움 ②: – 모든 것을 다 안을 수 있는 넉넉한 품 – 상선약수 (공통사항) 위와 같은 취지의 답안의 경우	각 5점
두 답안 가운데 하나만 맞을 경우	5점
그 이외의 경우 0	0점
맞춤법 등의 오류: 1건당 1점씩 감점, 최대 2점 감점	

수학

01 [바른해설]
주어진 방정식에서 로그의 진수 조건에 의해
$\sin x > 0$, $6\sin x - 1 > 0$을 만족해야 한다.
$\log_2 \sin x + \log_2 (6\sin x - 1)$
$= \log_2 \sin x (6\sin x - 1) = 0$이므로
$\sin x (6\sin x - 1) = 1$이고 이를 정리하면
$6\sin^2 x - \sin x - 1 = 0$이다.
따라서 $(2\sin x - 1)(3\sin x + 1) = 0$이다.
이때 주어진 조건 $\sin x > \frac{1}{6}$에서 $3\sin x + 1 > \frac{3}{2}$이 되므로
방정식의 해는 $2\sin x = 1$이다.
따라서 $\sin x = \frac{1}{2}$이다.
$0 \leq x < 2\pi$에서 $\sin x = \frac{1}{2}$의 해는 함수 $y = \sin x$의 그래프와 $y = \frac{1}{2}$이 만나는 점의 x좌표이므로 $x = \frac{\pi}{6}$ 또는 $x = \frac{5}{6}\pi$이다.
따라서 구하는 모든 실수 x의 합은 $\frac{\pi}{6} + \frac{5}{6}\pi = \pi$이다.

[채점기준]

예시답안	배점
주어진 방정식에서 로그의 진수 조건에 의해 $\sin x > 0$, $6\sin x - 1 > 0$을 만족	1점
$\log_2 \sin x + \log_2 (6\sin x - 1)$ $= \log_2 \sin x (6\sin x - 1) = 0$이므로 $\sin x (6\sin x - 1) = 1$이고 이를 정리하면 $6\sin^2 x - \sin x - 1 = 0$이다. 따라서 $(2\sin x - 1)(3\sin x + 1) = 0$이다.	2점
이때 주어진 조건 $\sin x > \frac{1}{6}$에서 $3\sin x + 1 > \frac{3}{2}$ 이 되므로 방정식의 해는 $2\sin x = 1$이다. 따라서 $\sin x = \frac{1}{2}$이다.	2점
$0 \leq x < 2\pi$에서 $\sin x = \frac{1}{2}$의 해는 함수 $y = \sin x$ 의 그래프와 $y = \frac{1}{2}$이 만나는 점의 x좌표이므로 $x = \frac{\pi}{6}$ 또는 $x = \frac{5}{6}\pi$이다.	3점
구하는 모든 실수 x의 합은 $\frac{\pi}{6} + \frac{5}{6}\pi = \pi$	2점

02 [바른해설]

$a_n + a_{n+3} = 10$에서 $a_{n+3} = 10 - a_n$이다.

이때 $\sum\limits_{n=1}^{3} a_n = 5$이므로

$\sum\limits_{n=4}^{6} a_n = \sum\limits_{n=1}^{3} a_{n+3} = \sum\limits_{n=1}^{3} (10 - a_n) = \sum\limits_{n=1}^{3} 10 - \sum\limits_{n=1}^{3} a_n$

$\qquad = 10 \times 3 - 5 = 25$

$\sum\limits_{n=7}^{9} a_n = \sum\limits_{n=4}^{6} a_{n+3} = \sum\limits_{n=4}^{6} (10 - a_n) = \sum\limits_{n=4}^{6} 10 - \sum\limits_{n=4}^{6} a_n$

$\qquad = 10 \times 3 - 25 = 5$

$\sum\limits_{n=10}^{12} a_n = \sum\limits_{n=7}^{9} a_{n+3} = \sum\limits_{n=7}^{9} (10 - a_n) = \sum\limits_{n=7}^{9} 10 - \sum\limits_{n=7}^{9} a_n$

$\qquad = 10 \times 3 - 5 = 25$

따라서

$\sum\limits_{n=1}^{12} a_n = \sum\limits_{n=1}^{3} a_n + \sum\limits_{n=4}^{6} a_n + \sum\limits_{n=7}^{9} a_n + \sum\limits_{n=10}^{12} a_n$

$\qquad = 5 + 25 + 5 + 25 = 60$

[채점기준]

예시답안	배점
$a_n + a_{n+3} = 10$에서 $a_{n+3} = 10 - a_n$	2점
$\sum\limits_{n=4}^{6} a_n = \sum\limits_{n=1}^{3} a_{n+3} = \sum\limits_{n=1}^{3} (10 - a_n) = \sum\limits_{n=1}^{3} 10 - \sum\limits_{n=1}^{3} a_n$ $= 10 \times 3 - 5 = 25$	2점
$\sum\limits_{n=7}^{9} a_n = \sum\limits_{n=4}^{6} a_{n+3} = \sum\limits_{n=4}^{6} (10 - a_n) = \sum\limits_{n=4}^{6} 10 - \sum\limits_{n=4}^{6} a_n$ $= 10 \times 3 - 25 = 5$	2점
$\sum\limits_{n=10}^{12} a_n = \sum\limits_{n=7}^{9} a_{n+3} = \sum\limits_{n=7}^{9} (10 - a_n) = \sum\limits_{n=7}^{9} 10 - \sum\limits_{n=7}^{9} a_n$ $= 10 \times 3 - 5 = 25$	2점
$\sum\limits_{n=1}^{12} a_n = \sum\limits_{n=1}^{3} a_n + \sum\limits_{n=4}^{6} a_n + \sum\limits_{n=7}^{9} a_n + \sum\limits_{n=10}^{12} a_n$ $= 5 + 25 + 5 + 25 = 60$	2점

03 [바른해설]

$f'(x) = (x-1)(x+1)$로부터 부정적분을 이용하면

$f(x) = \int (x-1)(x+1)dx = \int (x^2 - 1)dx$

$\qquad = \dfrac{1}{3}x^3 - x + c$이다.

삼차 다항함수의 최고차항이 양수이므로

$x = -1$에서 극댓값이고 그 값은

$f(-1) = -\dfrac{1}{3} + 1 + C = \dfrac{2}{3} + C$이고

$x = 1$에서 극솟값이므로 그 값은

$f(1) = \dfrac{1}{3} - 1 + C = -\dfrac{2}{3} + C$이다.

극솟값이 극댓값의 3배이므로 $f(1) = 3f(-1)$을 풀면

$3\left(\dfrac{2}{3} + C \right) = -\dfrac{2}{3} + C$에서 $C = -\dfrac{4}{3}$이다.

따라서 $f(x) = \dfrac{1}{3}x^3 - x - \dfrac{4}{3}$이고

$f(1) = \dfrac{1}{3} - 1 - \dfrac{4}{3} = -2$이다.

[채점기준]

예시답안	배점
$f'(x) = (x-1)(x+1)$로부터 부정적분을 이용하면 $f(x) = \int (x-1)(x+1)dx = \int (x^2 - 1)dx$ $= \dfrac{1}{3}x^3 - x + c$이다.	2점
삼차 다항함수의 최고차항이 양수이므로 $x = -1$에서 극댓값이고 그 값은 $f(-1) = -\dfrac{1}{3} + 1 + C = \dfrac{2}{3} + C$이다. $x = 1$에서 극솟값이므로 그 값은 $f(1) = \dfrac{1}{3} - 1 + C = -\dfrac{2}{3} + C$이다.	4점
극솟값이 극댓값의 3배이므로 $f(1) = 3f(-1)$을 풀면 $3\left(\dfrac{2}{3} + C \right) = -\dfrac{2}{3} + C$에서 $C = -\dfrac{4}{3}$이다.	2점
$f(x) = \dfrac{1}{3}x^3 - x - \dfrac{4}{3}$이고 $f(1) = \dfrac{1}{3} - 1 - \dfrac{4}{3} = -2$이다.	2점

04 [바른해설]

(1) $x<0$일 때는 둘러싸인 영역이 생성되지 않는다.

(2) $0\le x<2$일 때

$y=ax|x-2|-3a=-a(x^2-2x+3)$이고 이때 둘러싸인 영역의 넓이를 A_1라 두면, 이때의 넓이

$$A_1=-\int_0^2 -a(x^2-2x+3)dx$$
$$=a\left[\frac{1}{3}x^3-x^2+3x\right]_0^2=a\left(\frac{8}{3}-4+6\right)=\frac{14}{3}a\text{이다.}$$

(3) $x\ge2$일 때

$y=ax|x-2|-3a=a(x^2-2x-3)=a(x-3)(x+1)$이며 x축과 $x=-1$, $x=3$에서 만난다. 따라서 주어진 조건 $x\ge2$와 결합하여 만들어진 영역의 넓이를 A_2라 두면, 이때의 넓이

$$A_2=-\int_2^3 a(x^2-2x-3)dx$$
$$=-a\left[\frac{1}{3}x^3-x^2-3x\right]_2^3=-a\left(-\frac{5}{3}\right)=\frac{5}{3}a\text{이다.}$$

(4) $x\ge3$일 때는 둘러싸인 영역이 생성되지 않는다.

(5) 구하고자 하는 전체 영역의 넓이를 A라 두면, (2)와 (3)에서

$$A=A_1+A_2=\frac{19}{3}a\text{이다.}$$

영역의 넓이가 19라 했으므로 $\frac{19}{3}a=19$로부터 $a=3$이다.

〈참고〉 함수의 그래프 $\begin{cases} -a(x^2-2x+3) & (x<2) \\ a(x^2-2x-3) & (x\ge2) \end{cases}$

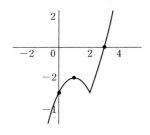

[채점기준]

예시답안	배점
(1) $x<0$일 때는 둘러싸인 영역이 생성되지 않는다.	1점
(2) $0\le x<2$일 때 $y=ax|x-2|-3a=-a(x^2-2x+3)$이고 이때 둘러싸인 영역의 넓이를 A_1라 두면, 이때의 넓이 $A_1=-\int_0^2 -a(x^2-2x+3)dx$ $=a\left[\frac{1}{3}x^3-x^2+3x\right]_0^2$ $=a\left(\frac{8}{3}-4+6\right)=\frac{14}{3}a$이다.	3점
(3) $x\ge2$일 때 $y=ax|x-2|-3a=a(x^2-2x-3)$ $=a(x-3)(x+1)$이며 x축과 $x=-1$, $x=3$에서 만난다. 따라서 주어진 조건 $x\ge2$와 결합하여 만들어진 영역의 넓이를 A_2라 두면, 이때의 넓이 $A_2=-\int_2^3 a(x^2-2x-3)dx$ $=-a\left[\frac{1}{3}x^3-x^2-3x\right]_2^3$ $=-a\left(-\frac{5}{3}\right)=\frac{5}{3}a$이다.	3점
(4) $x\ge3$일 때는 둘러싸인 영역이 생성되지 않는다.	1점
(5) 구하고자 하는 영역의 넓이를 A라 두면, $A=A_1+A_2=\frac{19}{3}a$이고, 전체 영역의 넓이가 19라 했으므로 $\frac{19}{3}a=19$로부터 $a=3$이다.	2점

Liberty without learning is always in peril;
learning without liberty is always in vain.

배움이 없는 자유는 언제나 위험하며
자유가 없는 배움은 언제나 헛된 일이다.

− 존F. 케네디 −